서교동에서 죽다

'오마니께'

차례

● 서교동에서 죽다   13

● 발문   418
● 작가의 말   438

서교동에서 죽다

고영범 장편소설

gasse・가쎄

1.

그해 여름 내게 가장 소중한 물건은 자전거였다. 26인치. 삼천리. 새 자전거. 사이클. 5학년 때부터 가지고 싶었던 건데 1년을 조르고, 온갖 심부름을 하고, 설명하고, 삐지고, 애원하고 한 끝에 방학이 시작되고도 한참 지나서야 얻어 가진 물건이었다. 원래는 방학의 시작과 더불어 사주기로 한 것이었지만 방학에 들어가기 며칠 전에, 정말로 우연히도, 그전까지 타고 다니던 자전거의 앞바퀴가 휘는 사고가 일어났는데, 엄마는 내가 고의적으로 사고를 낸 거라고 믿었다. 길에는 아무도 없었고, 어떤 이유에선가 나는 멀쩡한 길을 놔두고 '전보산대'와 담장 사이의 좁은 사이를 통해 가겠다고 마음먹었고 그리로 자전거를 몰았는데, 하필이면 거기에 하수구가 있었고, 하수구를 덮는 콘크리트 덮개 하나가 빠져 있었고, 미처 어떻게 손을 써볼 겨를도 없이 거기에 자전거 코를 처박았고, 나는 공중에서 한 바퀴 빙글 돌고 떨어졌지만 하필이면 엉덩이로 떨어지면서 기적적으로 아무 데도 다치지 않았다. 다행인 건데 '하필이면'이라고 말한 건, 자전거 앞바퀴가 휠 정도의 큰 사고였는데도 팔꿈치 하나 까지지 않은 걸 두고 엄마는 이 사건이 조작된 거라고 믿었기 때문이다. 그리고 이 사건이 전형적인 나의 '안달'에서 비롯된 사보타주라고 선언했다. 방학이 시작되고 나면 자전거를 사주겠노라고 이미 약속했음에도 불구하고 그 말을 믿지 못해서 새 자전거가 있어야만 하는 필연적인 조건을 만들기 위해 멀쩡하던 자전거를 부쉈고, 따라서 새 자전거는 사줄 수 없다는 게 엄마의 주장의 요지였다. 그렇다면 내가 팔이라도 부러졌어야 하는 거냐고 항변했지만, 재수 없는 소리를 한다고 안 들어도 될 욕을 한마디 더 들었을 뿐이었다.

진수는 그 상황을 은근히 즐기는 듯했다. 내가 새 자전거를 갖게 되면 내가 타던 자전거는 진수가 물려받는다는 게 우리 집의 유구한 전통에 따른 암묵적인 합의였는데, 진수는 그 자전거가 완전히 고물이라 자기 또한 새 자전거를 가져야 한다고 주장을 하고 있던 터였다. 사 남매의 막내답게 순진한 척하는 데 달인이지만 사실은 음흉하고 조숙한 진수는 풍파가 가라앉기를 기다렸다가 슬그머니 엄마에게 자기 자전거 이야기를 꺼냈고, 나는 진수가 새 자전거를 가지게 되면 내 자전거는 적어도 또 한 해 동안은 없던 일이 될 거라는 걸 알고 있었기 때문에 얼마 들어있지도 않은 저금통을 털어 자전거포에 가서 자전거 살을 몇 개 사다가 보란 듯이 자전거 수리를 시작했다. 진수는 처음에는 내 시도를 놀려댔지만 그럭저럭 수리가 진행되는 걸 보면서 경악하기 시작했다. 경악은 곧 행동으로 나타났다. 하루는 바큇살을 손보는 데 꼭 필요한 렌치가 사라졌고, 온 집안을 뒤져서 도저히 있을 법하지 않은 곳에서 그걸 찾아내면 다음 날은 드라이버가 사라지는 식이었다. 이 때문에 고함과 울부짖음을 포함하는 야단법석이 두어 차례 있게 되자 늘 아무 말 없이 안방에 누워있기만 하던 아버지가 나섰다. 너무 비싸지 않은 거면 좀 사주라고.

새 자전거를 원한 지 1년. 곧 얻게 될 거라고 생각하고 나서 근 보름이 지난 뒤에야 그 자전거를 얻어 가지게 된 건 어쩌면 다행인지도 몰랐다. 지난 1년 동안에도 키가 많이 컸지만, 믿어지지 않게도, 그 보름새에 지난 1년 동안 큰 만큼 또 느닷없이 컸고, 그 덕에 원래 노리고 있던 것보다 1인치 큰 26인치짜리를 가질 수 있게 됐으니까. 자전거포에서는 새로 나왔다는 5단 기어 몸체에 짐받이며 거울, 반사경, 조명등, 심지어 속도계까지 붙여서 팔아보려고 했고, 엄마는 기왕 사주는 거 내가 조금만 조르면 못 이기는 척하고 사줄 생각을 하고 있는 듯했지만, 내가 원하는 건 그야말로 최소한의 자전거였다. 바퀴 두 개, 안장 하나, 뒷바퀴 브레이크 하나. 가장 빨리 달릴 수 있는 벌거벗은 자전거. 5단 기어라는 건 뒷바퀴 원래의 톱니 옆에 크기가 다른 톱니가 네 개 더 붙어 있어서, 핸들에 설치된 기어 조종키를 움직이면 뒷바퀴 아래쪽에 붙은 체인 가이드가 위치를 바꾸면서 체인을 다른 톱니로 옮겨주는 방식으로 작동했다. 큰 톱니로 옮겨갈수록 페달을 구르기는 쉬워지지만 동시에 헛바퀴를 구르는 것 같은 느낌이 강했다. 그 느낌이 더러웠는데, 하지만 그래서 기어를 싫어한 건 아니었다. 기어는 언덕길을 오를 때, 특히 밖에서 하루 종일 쏘다니다가 지쳐서 귀갓길에 언덕을 오를 때에는 무척 유용할 듯했다. 문제는, 기어를 옮기는 과정에서 고장이 잦다는 것이었다. 친구들이 가지고 있는 자전거에서 발생하는 대부분의 고장, 특히 쉽게 해결하기 어려운 고장은 모두 기어에서 생기는 것들이었다. 기어를 옮기는 과정에서 체인이 톱니와 톱니 사이에 끼는 건 물론이고, 기어 조종키에서 단을 올리면서 체인은 이미 늘어졌는데 가이드는 움직이지 않아 체인이 아예 빠져 버리는, 그 당시에 자전거를 자주 타던 사람이 아니면 무슨 소린지 이해할 수도 없을 종류의 문제들이 수시로 발생했다. 그리고 핸들에는 아무것도 붙어 있지 않은 게 중요했다. 어차피 한 번 호되게 넘어지면 다 부서질 것들이고, 흠이 생기거나—이건 어쩔 수 없이 생길 수밖에 없는 건데—색이 바랠 때마다 테이프를 바꿔 감으려면 아무것도 없는 게 더 나았다. 내가 원한 건 과시용이 아니라 내 마음이 가는 방향으로 즉시 같이 움직여 주는, 내 분신 같은 자전거였고, 나는 그날 그걸 가졌다.

진수는 고민 끝에 내가 얼기설기 고쳐놓은 자전거와 열 권짜리 고학년용 아동대백과전집을 얻는 걸로 엄마와 타협을 봤다. 어차피 진수는 동네를 벗어나는 걸 좋아하지도 않았다. 그리고 다음 날 아버지가 입원했다. 이 두 사건은 어떤 식으로든 연결되어 있지 않다. 물론 순서가 바뀌었더라면, 그러니까, 엄마가 자전거를 사 준 날 아버지가 입원했더라면 그다음 날 내가 자전거를 가지기는 어려웠을 것이다. 그 정도의 연관성은 있겠다. 그러나 아버지는 입원 전에 해야 할 일을 일단락 짓기라도 하듯 엄마에게 쟤 자전거 사주지 그러냐고 한마디 했고, 엄마는 그대로 했다. 그리고 그날 밤에 혼수에 빠졌다. 그렇다고 아버지가 그날 밤에 혼수에 빠지게 될 걸 미리 알고 내 숙원을 풀어주기 위해 그렇게 말했다고 생각하지는 않는다. 그날은 유난히 아버지의 몸 상태가 좋았고, 따라서 기분도 좋은 편이어서, 오후에는 마당에 나가 제멋대로 뻗치고 있는 장미 덤불을 손보기까지 했다. 어쩌면 그게 무리였던 건지도 모르겠다. 자전거를 둘러싸고 나와 진수가 틈틈이 소란을 피운 게 아버지한테 좋지 않은 영향을 미친 거 아닌가 하는 생각 또한 들지 않은 건 아니었지만, 누구에게 물어보지는 않았다. 아무튼 아버지의 건강에 관한 한 너무 많은 일들이 너무 갑자기 진행됐다. 엄마 아버지는 이미 알고 있었겠지만 우린 아버지가 아픈 줄도 모르고 있었는데 5월이 돼서 갑자기 문제가 생기기 시작했고, 그 뒤로는 줄곧 급한 내리막길이었으니까. 앰뷸런스가 와서 아버지와 엄마를 싣고 갔고, 다음 날 작은엄마가 와서 필요한 물건들을 병원으로 실어 날랐다. 나는 자전거와 함께 남겨졌다. 그게 꼭 나쁘지만은 않았다. 눈을 뜨는 즉시 자전거를 끌고 나갔다가, 페달을 밟기는커녕 끌고 걸어올 기운도 없을 정도가 될 때에야 가까스로 들어오는 날들이 반복되었다. 아, 물론 집에 나 혼자만 남겨진 건 아니었다. 진수는 아동대백과전집과 함께, 충직한 장남이자 고등학교 2학년인 형은 입시 교재들과 함께, 중학교 3학년인 누나는 고입 입시를 걱정할 필요는 없었지만 대입은 고1 때부터 기선을 제압해야 하는데 그 시작은 중3 여름방학이라는 당대의 상식에 따른 공부 부담과 함께 남겨졌다. 다른 형제들의 사정이 어땠는지 자세히 알지는 못하지만 처음에는 다들 약간의 해방감을 느꼈던 거 같다. 그건 당사자들도 부인하기 어려울 것이다. 여름방학이 한창이었고, 이렇게 아무런 규제도 없는 여름방학은 처음이었다.

　광복절에도 나는 아침부터 자전거를 끌고 나갔다. 날은 무더웠고, 골목엔 아무도 없었다. 늘 하던 대로 홍익대학교의 정문 앞 공터—라고 하기에는 조금 어색하지만, 아무튼 우리는 그렇게 불렀다—까지 올라갔다. 아이들이 늘 모이는 자리였지만 텅텅 비어 있었다. 최소한 재완이와 성민이는 나와 있을 줄 알았지만 그 둘도 없었다. 그 둘은 방학 시작하고 나서 얼마 되지 않아 친가인지 외가인지 시골에 내내 내려가 있다가, 개학을 불과 열흘 남짓 남겨놓은 이제야 돌아온 참이어서 내 새 자전거를 볼 기회가 없었다. 둘의 무사 귀환과 내 새 자전거를 축하하기 위해 행주산성까지 다녀오기로 약속한 날이었는데, 그 자리를 빙빙 돌면서 한참을 기다렸는데도 아무도 나타나지 않았다. 하긴 미리 약속을 한 게 문제였을 것이다. 어차피 아침에 나오면 하루 종일 돌아다니다가 저녁때야 들어가곤 했지만, 같은 시간 동안이라도 멀리 다녀온다고 미리 이야기를 하는 순간 갑자기 일이 복잡해진다. 이런 종류의 일은 무조건 금지시키고 보는 엄마—성민이네 엄마가 이쪽에 가까웠다—도 문제였지만, 처음에는 호의적으로 도시락을 싸줄 궁리를 하다가도 차츰차츰 생각이 변해 결국에 가선 "다음에 미리미리, 충분히 준비해서 가라"는 엄마—재완이네 엄마—도 결과적으로 큰 차이가 없기는 마찬가지였다. 물론 해법은 있었다. 나처럼 아예 아무 말도 하지 않는 것이 그것인데, 이 녀석들은 무슨 이유에선가 반드시 엄마한테 이야기를 하고, 그 결과 하려던 걸 못하게 되는 게 정해진 코스였다. 우리 엄마는 그 둘의 엄마들에 비해 훨씬 더 나이가 많았고(두 녀석 다 장남이었고 나는 밑에서 두 번째였다), 다른 형제들에 비해 나한테 조금 덜 신경 쓰는 건 확실해 보였지만(엄마는 부인하지만, 형은 장남, 누나는 유일한 여자애, 동생은 막내라는 이유로 특별대접을 받는 경우가 종종 있었다. 그 셋에 비하면 나는 투명 인간에 가까운 쪽이었다), 내가 하려고 하는 걸 금지하는 데 있어서만은 다른 엄마들과 별다르지 않았다. 그런데 왜, 우리 사이에서조차 '모험'의 영역에 포함시키는 일을 엄마한테 발설하겠는가. 결과가 뻔한데. 여태까지의 경우들을 두고 판단해 보자면, 이 둘은 자기들이 생각하기에도 조금 무섭거나 판단이 어려울 경우 일부러 엄마에게 말하는 것 같았다. 허락을 구한다는 명목으로. 엄마가 말려줄 게 분명하니까. 일을 조금 더 극적으로 만들고 싶으면 말리는 엄마에게 살짝 저항을 하기만 하면 되었다. 그럼 엄마는 십중팔구 그 사실을 아버지에게 알리고, 아버지가 나서게 되면 소란은 조금 커지지만 패배의 명분이 정확해지고, 게다가 "그 대신 나중에,"라는 전제가 붙는 보상이 마련되는 경우도 종종 있었다. 비겁한 수작이다. 나는? 원래부터 누구에게도 내 계획을 알린 적이 없었거니와, 지금은 말할 사람도 없었고 말한다 해도 하지 말라고 할 사람도 없었다. 나는 이 기회를 그냥 흘려보내고 싶은 생각이 전혀 없었다.

어쨌거나, 재완이와 성민이가 못 나오고 있는 내막이 무엇이든, 당장 나는 혼자였다. 모험을 강행할 것인가, 집으로 돌아갈 것인가를 결정해야 했다. 행주산성까지 가려면 동교동 로터리를 지나 모래내로 넘어가는 길로 올라선 뒤 그 길을 그대로 따라가면 된다는 사실 정도는 알고 있었다. 모래내에서 수색, 화전을 지나 무조건 계속 가다 보면 왼쪽에 행주산성이 보인다, 그게 내가 알고 있던 전부였다. 그 둘은 조금 더 자세히 알고 있었을까? 글쎄, 아니었을 것이다. 그러나 그렇다고 해도, 문제가 생겼을 때 탓도 욕도 할 대상이 없이 혼자 잘 모르는 먼 길을 떠나는 건 그리 내키지 않는 일이었다. 행주산성. 권율 장군의 행주산성. 아낙네들이 행주치마에 담아온 돌을 던져서 조총을 이겼다는 전설의 행주산성. 새 자전거로 감행할 최초의 장거리 원정이었는데.

일단은 나를 바람맞힌 두 배신자의 집에 가보고 나서 처벌과 응징에 대해서 고민하는 게 합리적인 순서였겠지만, 나는 그렇게 하지 않았다. 두 배신자가 모두 없을 경우의 허탈감에 대해서도 잠시 생각이 미쳤지만, 그보다, 무엇보다, 두 녀석이 나를 초라하게 만드는 이유를 댈 경우를 사전에 피해야 했다. 이미 얘기했는지 모르겠지만, 재완이와 성민이네 부모님은 내 부모님보다 훨씬 젊었고, 생활방식도 많이 달랐다. 두 집은 수시로 여행을 다니기도 했고, 주말이면 외식을 나가기도 했다. 그해 봄의 어떤 일요일에 성민이네 집에서 놀다가 얼떨결에 같이 가족 외식에 따라갔던 적이 있었다. 멀리 간 것도 아니고 동네, 그러니까, 홍대 정문 바로 옆의 이층에 있는 중국집이었다.

우리 집도 일요일 점심 같은 때 이따금 중국음식을 시켜 먹지만, 온 식구가 외식을 목적으로 어디 나가는 경우는 거의 없었다. 어른들이 흔히 쓰는 말로, 인근에 '제대로 된' 중국집이라는 게 조금 전에 말한 홍대 정문 옆의 것 하나밖에 없었고, 배달을 시켜 먹는 절차도 복잡했다. 일단, 우리는 배달을 자주 시키는 집이 아니었기 때문에 중국집에서 우리 집을 몰랐다. 물론 주소라는 게 있긴 했지만 중국집에 주소를 주고 불어터지지 않은 음식이 오기를 기다리는 건 무모한 모험에 속하는 일이었다. 참다 참다 전화를 해보면 방금 떠났다고 하는데, 삼십 분을 기다려도 오지 않는 건 흔한 일이었다. "중국집에서 방금 떠났다고 하는 말"은 뻔한 거짓말의 예로 쓰일 정도였다. 제일 좋은 방법은 누군가가 가서 주문을 하고, 음식이 나오는 걸 기다렸다가 나오는 즉시 배달부를 인도해서 돌아오는 것이었다. 내가 자전거를 타기 시작한 이래로 이 일은 거의 전적으로 내게 맡겨졌다. 그건 그렇고, 아저씨—그러니까 성민이 아버지는, 그런 식으로 중국집 출입에 잔뼈가 굵은 내가 메뉴판에서 읽어보기만 하고 실물로는 생전 처음 접하는 요리들—전가복(해물 가족이 총출동해서 그걸 먹는 가족들도 모두 행복해한다는 뜻이라고 아저씨가 설명해줬다)과 해삼탕—을 시켰다. 그 우아한 냄새라니. 너무나 먹어보고 싶었지만 나로서는 포기할 수밖에 없었다. 두 가지 모두 너무 미끄러워 보였기 때문이다. 아줌마, 그러니까 성민이네 엄마가 자꾸 권했지만, 그렇잖아도 우리가 사용하는 것보다 길고 뭉툭해서 불편해 보이는 젓가락으로 음식을 집어 들다 말고 떨어뜨리는 수모를 당하느니 차라리 포기하는 게 나았다. 성민이와 성민이 동생 성희는 숟가락으로 퍼서 먹었는데, 나로서는 그건 체면에 관한 문제였다. 결국, 까딱하면 흉한 흔적을 남길 수 있는 짜장면을 피해 기스면만 한 그릇 먹고 말았는데, 양도 적었고, 그것 역시 국물이 튀지 않고 소리 나지 않게 먹느라 맛도 기억나지 않을 정도였다.

재완이네 역시 크게 다르지 않았다. 녀석의 집에 찾아갔는데, 혹시라도 작년 여름에 그랬던 것처럼 마침 온 가족이 타워호텔 수영장에 가는 길이라고 한다면? 혹시라도 아줌마가 같이 가자고 권한다면? 엄마는 이런 식의 제안이나 초대를 받을 경우 그게 진심에서 나오는 것인지, 그저 예의상 해보는 말인지를 먼저 가려내야 한다고 했는데, 그건 나로서는 너무나 어려운 일이었다. 게다가, 외식이니 고급 수영장이니 하는 이런 종류의 일들은 나중에 그에 버금가는 행사로 보답을 해야 하는 것이었고, 따라서 엄마에게 미리 부탁을 하거나 최소한 보고를 해야 하는 성격의 것이었다. 한마디로, 매우 곤란하고, 복잡하고, 체면을 망치기 십상이고, 운이 나쁘면 우물쭈물하는 사이에 초라해지기 딱 좋은 일이었다. 따라서 숙고 끝에, 나는 그 둘의 배신에 대한 원인 파악과 응징은 뒤로 미루고, 대신, 극동방송 쪽으로 방향을 잡고 달렸다.

　모든 길에는 특성이 있고, 따라서 각 길에 맞는 자전거 운용법이 있다. 예를 들어, 동교동 로터리 근처에서부터 모래내 철길 가까이까지 이어지는 연세맨션 앞길은 거의 사오백 미터 구간 전체의 도로포장이 모두 깨져서 그야말로 엉망진창이었기 때문에, 핸들을 슬쩍 쥐고 엉덩이를 들고 달리면서 자전거가 자유롭게 놀게 해줘야 했다. 자전거가 심하게 덜컹거린다고 해서 핸들을 꽉 쥐고 천천히 달리면 오히려 컨트롤이 불안해진다. 그런 길에서 왜 타냐고? 그 길은 전 세계에 몇 없을 독특한 길이었기 때문이다. 자전거를 타고 그 길을 달리면서 큰소리로 노래를 부르면 현인은 물론 이현조차 흉내 낼 수 없는 바이브레이션을 저절로 구사할 수 있었다.

극동방송국 앞부터 시작해서 상수동 사거리까지는 깨끗한 아스팔트 위에 어떤 이유에선가 왕모래가 많이 깔려 있는 길이었다. 내리막길을 내려갈 때부터 시작해서, 사거리에서 합정으로 우회전을 하든 마포 쪽으로 좌회전을 하든 왕모래에 미끄러지지 않게 조심해야 한다는 뜻이었다. 왕모래에 미끄러져서 넘어지는 건 어디가 부러지는 것 다음으로 최악의 사고에 속하는 일이었다. 넘어지면서 팔다리가 왕모래에 쓸리게 되는데, 그 고통은 겪어보지 않은 사람은 모른다. 게다가 그 상처는 오래가기까지 한다. 자전거의 핸들과 동체 또한 테이프가 찢기고 페인트가 벗겨지는 부상을 피하기 어렵다. 길거리에 자전거를 눕혀놓은 채 그 옆에 쭈그리고 앉아서 상처에 박혀서 피범벅이 된 왕모래를 긁어내는 청승은 평생에 한두 번이면 족하다는 게 내 생각이다. 그런 끔찍한 사태를 피하려면, 물론 천천히 달리면 된다. 그러나 홍대 정문에서 극동방송국을 지나 상수동 사거리에 이르는 길은 차량이 거의 다니지 않는 포장도로고, 게다가 내리막길이다. 어떻게 달리지 않을 수 있겠는가. 새 자전거의 성능과 성격, 기질, 상태 등등을 두루 시험하기에는 최적의 코스 중하나였다. 나는 극동방송을 지나 사거리까지 그대로 내리 달리다가 몸을 왼쪽으로 기울여 자연스럽게 자전거의 방향 전체를 왼쪽으로 유도했다. 바퀴 아래서 왕모래들이 미끈거리다가 튕겨 나가는 게 느껴졌다. 브레이크를 잡아도, 핸들을 인위적으로 조금만 급하게 틀어도 그대로 미끄러져서 넘어지게 될 것이었다. 넘어지는 걸 피하려다 약국 유리창을 뚫고 들어가거나 구멍가게의 진열대를 덮친 아이들의 전설이 면면히 이어져 내려오는 길이었다. 길 건넛집의 담벼락이 당장이라도 부딪힐 것처럼 와락 달려왔지만, 몸을 아주 조금씩 다시 세웠다 기울였다를 반복하면서 자전거가 미끄러지지 않고 진행 방향을 유지하게끔 했다. 짧고 가느다란 고무순이 아직 그대로 붙어있는 새 바퀴를 달고 있는 새 자전거는 입안의 혀처럼 내 생각 그대로, 내 몸의 움직임을 그대로 받아 움직였다. 오른 손등이 반대편 담벼락에 스치기 일보 직전까지 가긴 했지만, 속도를 전혀 줄이지 않고도 그 커브를 통과해 달려갈 수 있었다. 거기서부터 서울대교(언제부턴가 마포대교라는 이름으로 바뀌었다) 입구까지는 굴곡이 약간 있긴 하지만 대체로 내리막길이고 길의 상태도 좋았다. 상체를 쭉 펴고 내리막길을 내려가면서 맞는 바람이 상쾌했다. 페달이 헛도는 것 같은 느낌의 속도였다. 마포의 큰길에서 우회전해서 서울대교 진입로가 보이는 횡단보도까지 온 다음에야 나는 자전거를 멈췄다. 어디로 갈 것인가. 일단 머릿속에서 떠오르는 코스는 서울대교 앞에서 강변도로로 우회전한 뒤 절두산 성당까지 달리는 것이었지만, 이대로 서울대교를 건너 여의도로 들어가 5.16 광장을 한 바퀴 돈 뒤에 그대로 영등포로 넘어가 우회전한 뒤 당산동을 거쳐 제2한강교(이것 역시 언제부턴가 양화대교라는 이름으로 바뀌었다)를 건너서 돌아오는 코스도 생각해볼 만했다. 재완이는 대학생인 사촌형하고 같이 여의도에서 직진해서 인천까지 갔다 온 일을 자랑하곤 했는데, 아무리 '무조건 직진'이라고 해도 행주산성 가는 길보다 더 낯설고 얼마나 오래 걸리는지도 모르는 길을 혼자서 떠나는 건 무리인 듯했다.

결국 나는 서울대교 진입로에서 우회전하는 대신 속도를 올려 언덕길을 향해 치고 올라갔다. 속도를 올린 건, 다리로 이어지는 경사를 올라야 한다는 역학적인 목적도 있었지만, 한강 다리마다 설치되어 있는 검문소 안에 앉아있던 경찰관이 나와서 붙잡기 전에 재빨리 통과해야 한다는 이유도 있었다. 그날은 운이 좋았다. 언덕길을 조금 올라가고 있는데 바로 옆으로 버스가 붙은 것이었다. 얼떨결에 한 대를 그냥 보내고 뒤를 보니 버스들이 줄을 지어 올라오고 있었다. 5.16 광장에서 무슨 행사가 있는 모양이었다. 볼 것도 없이 다음 버스의 뒤 범퍼를 한 손으로 잡았다. 검문소는 반대편, 여의도에서 도심으로 진입하는 입구에 있었기 때문에 버스 뒤에 숨어서 무사통과할 수 있을 것이었다. 그러나 결과적으로, 검문소 걱정은 전혀 필요 없는 것이었다. 버스에 붙어서 올라가면서 보니 다리 양쪽의 인도에서 수많은 사람들이 여의도를 향해 걸어서 건너가고 있었고 검문소의 경찰은 초소 앞에 나와 서서 그 물결을 구경만 하고 있었다.

5.16 광장은 문자 그대로 인산인해였다. 한쪽 구석에는 족히 수백 개는 될 것 같은 대형 군용텐트들이 설치돼 있었고, 그 뒤로는 어마어마한 크기의 솥들이 수십 개 설치돼 있었다. 광장으로 통하는 입구 여기저기에서는 보이스카우트와 걸스카우트 단복을 입은 중고등학생들이 서서 무언가를 나눠주고 있었고, 나무 그늘 하나 없이 땡볕이 고스란히 내리쬐고 있는 광장 여기저기에, 담요나 수건을 깔고 앉아 기도를 하고 있는 사람들의 모습이 아스팔트에서 피어오르는 열기 속에서 어른어른 흔들리고 있었다. '예수혁명 성령폭발', '빌 브라이트 목사 초청 엑스플로 74' 같은 내용들을 적은 대형 아치와 플래카드 같은 것들이

서울대교에서 내려서는 지점부터 길목마다 크게 붙어 있더니, 아마 그 행사의 한 부분인 모양이었다. 사람들은 모두 시뻘겋게 익어 있었다. 나는 광장을 천천히 한 바퀴 돌았다. 젊은 청년들이 그림자 한 점 없는 광장 곳곳에서 아라비아 사람들처럼 수건을 머리에 뒤집어쓴 모습으로 기타를 치며 노래를 부르고 있었다. 눈을 지그시 감고 양팔을 하늘로 들어 올리고 있는 이들도 있었고, 바닥에 엎드려 아스팔트를 두드리는 이들도 있었다. 하나같이 얼굴이 시뻘겋게 달아오른 채 땀을 삐질삐질 흘리고 있었다. 처음 보는 흥미로운 광경들이었기 때문에 조금 더 구경을 하고 싶었지만, 그 뜨거운 바닥에 앉거나 엎드려서 무언가에 열중하고 있는 사람들을 자전거 위에서 슬렁슬렁 구경하면서 돌아다니는 건, 불경까지는 몰라도 어쩐지 좀 미안하게 느껴지는 데가 있었다. 나는 광장을 한 바퀴 돌고 나서 속도를 높여 영등포 쪽으로 빠져나가는 길에 올랐다. 그 길도 서울대교와 마찬가지로 광장으로 향하는 사람들의 물결이었다. 나는 물결을 거슬러 가는 단 한 마리의 물고기였다. 그러나 영등포로 일단 들어선 뒤 당산동으로 가는 길로 접어들자 사정은 백팔십도 달라졌다. 그 길은 트럭들의 영토였다.

나는 어떤 운전자들은 자전거를 타고 가는 국민학생을 죽이고 싶어 한다고 믿는다. 최소한 1974년 8월에는 그랬다. 특히 트럭 운전사들이 그랬다. 이렇게 말하면 설마 그 사람들이 일부러 그랬을 리가 있겠느냐, 네가 길 한가운데에서 너무 천천히 달리고 있었던 거 아니냐, 네가 앞에서 알짱거리면서 까불었던 거 아니냐, 등등 다양한 의견을 내놓겠지만, 당신이 이런 말을 하는 걸 보면 최소한 당신은 그 트럭 운전사들처럼 굴지는 않았다는 걸로, 그리고 앞으로도 그러지 않으리라는 말로 이해하고 만족하겠다. 그러나 나는 길을 나설 때마다 그런 트럭 운전사들을—아니, 그냥 트럭이라고 하자, 그들의 얼굴을 보지는 못했으니까. 그리고 아마도 그들 역시 나를 사람으로 보지 않고 그저 '자전거'라고 봤기 때문에 그렇게 했을 거라고 생각한다. 그렇게 생각하기로 하겠다—최소한 한둘은 겪곤 했다. 내 자전거의 뒤에 바짝 따라붙었다가 느닷없이 어마어마한 소리의 경적을 울리면서 지나가는 이들은 아마도 친절한 축에 속할 것이고, 일부러 갓길로 밀어붙이는 이들도 있었다. 물론 최악은 일부러 속도를 올리고 경적을 울리면서 갓길로 밀어붙이는 경우였다. 70년대 아스팔트 포장도로의 갓길이란 게 대체로 어떻게 생겼나. 흰 줄이나 노란 줄이 그어져 있고 그 너머까지 포장이 되어 있는 경우도 있었지만, 아스팔트가 끝나면서 맨땅이 펼쳐져 있는 경우가 대부분이었다. 이때 아스팔트와 맨땅 사이에는 적어도 10센티미터, 혹은 그 이상의 높이 차이가 생기는데, 빠른 속도로 달리던 자전거가 갑자기 아스팔트와 현격한 높이 차이가 있는 맨땅으로 내려서는 건 상당히 위험할 수도 있는 일이다. 이때 위험을 피하려면 자전거의 진행 방향이 아스팔트와 맨땅이 만나는 지점과 가능한 한 직각에 가깝게 되도록 방향을 튼 뒤 내려서는 게 최선이겠지만, 그렇게 할 만한 시간적이거나 공간적인 여유가 허락되지 않을 경우에는, 아스팔트의 가장자리까지 최대한 가까이 간 뒤에 자전거 앞바퀴를 들고 뛰어내리듯이 맨땅으로 내려선 뒤 무게중심을 앞쪽으로 이동시켜 뒷바퀴가 가볍게 내려서도록 해야 한다. 그렇게 하지 않고 그대로 비스듬히 방향만 틀어 내려서다가는 바퀴가 미끄러지면서 넘어지게 될 위험이 크다. 그때 도로 쪽으로 넘어지게 되는 경우를 상상해 보라. 아니, 이건 너무 잔인한 요구다. 취소. 그건 그렇고, 그렇게 위험한데 왜 큰길로 다니느냐고 무어라 할 수도 있겠다. 그에 대해서는 이렇게 대답하겠다. 동네에서만 다니려면 무엇 하러 그렇게 빨리 달릴 수 있는 바퀴를 자전거에 달았겠느냐고.

당산동의 제2한강교 입구까지 오는 그리 길지 않은 구간을 달리는 동안, 나는 두 번 트럭의 위협을 받았고 두 번 다 갓길로 뛰어내려 위기를 모면했다. 나를 위협했던 두 대의 트럭 중 한 대의 운전수는 사람과 가까이 사는 네 발 달린 포유류 중 어린

개체를 지칭하는 말로 시작한 건 분명하지만, 뒷부분은 잘 알아들을 수 없었던 고함소리와 흙먼지를 떨어뜨리면서 쏜살같이 사라졌다.

제2한강교로 올라설 때는 버스의 엄호를 빌릴 만한 여유가 없었다. 있는 힘을 다해 페달을 밟아 다리로 올라서는 완만한 언덕길을 통과했고, 입구 초소에서 경찰관이 뛰어나올 무렵에는 이미 속도를 내서 경찰이 부르는 소리를 못 들은 척 지나쳐 버릴 수 있었다. 다리에서 내리는 지점에 있는 검문소에서는 이쪽 초소에서 무전을 받고 대기하고 있던 경찰관에게 혹시 붙들릴 수도 있겠지만, 그때는 이미 다리를 건넌 뒤고, 무엇보다 그때의 나는 강의 그쪽에 있는 집으로 돌아가는 배고픈 아이일 뿐이므로 그들이 어떻게 하고 싶어도 할 수 있는 게 없을 터였다. 도대체 왜 그런지는 모르겠지만 그들은 내가 다리를 건널 때마다 날 붙잡고 싶어 했고, 잡힐 때마다 한두 마디 겁을 주거나 협박을 하고 싶어 했다. 그중 친절했던 어떤 경찰관은 내게 다리 중간에서 뛰어내리지 말라는 친절한 조언을 해 주기도 했다. 살다 보면 어려운 일은 있게 마련이고, 그러나 그런 시절 역시 살다 보면 지나간다, 대충 그런 내용이었다. 고마운 얘기였지만, 내게는 별 관계없는 말이었다. 최소한 내가 두 발 대신 자전거를 애용하던 그 시절에는. 게다가, 그날 내가 타고 있던 자전거는, 이미 말했듯이, 26인치 바퀴를 달고 있는 신품 사이클이었다. 그전에 내가 타고 다니던 '준 아동용' 자전거와는 차원이 달랐다. 바로 앞에 서서 가로막지 않는 한 바람처럼 스쳐 지나갈 수 있을 것이었다. 그렇게 마음의 준비를 하고 다리의 끝이라고 할 수 있는 유엔참전기념비 아치를 향해서 달려갔는데, 그 바로 앞에 있는 초소에서는 아무도 나와보지 않았다.

  나는 그대로 합정동을 향해 내달리다가 절두산 성당을 향해 방향을 틀었다. 배가 좀 고프긴 했지만, 성당 아래 공터에 아이들이 나와 있을지도 모른다는 생각이 들었다. 그곳 역시 자전거를 가진 아이들이 늘 모이는 장소 중 하나였다. 조선조 말에 가톨릭 신자들의 목을 자르던 자리라고 해서 절두산이라는 이름이 붙었다는 언덕은 한쪽이 한강 위로 솟은 낭떠러지였다. 그 낭떠러지 앞에 사람을 앉혀놓고 목을 뎅겅 자르면 머리통이 한강으로 굴러떨어져서 영영 찾을 수 없게 되는데, 가톨릭 신자들은 육체의 부활을 믿기 때문에 그렇게 머리통을 물속에 빠뜨려서 영영 못 찾게 하는 게 나라가 금하는 종교를 믿은 것에 대한 형벌의 일부라는 것이었다. 누가 지어낸 이야기인지는 모르겠지만 아이들은 그 말을 곧이곧대로 믿었거나 최소한 믿고 싶어 했고, 그래서 성당에서 비탈길로 조금 내려가면 나오는 공터에서 야구나 축구를 하다가 게임이 끝나거나 중학생들한테 자리를 빼앗기거나 하게 되면 백사장으로 내려가 물에 밀려온 온갖 쓰레기들을 뒤지면서 '해골 뼈다귀'를 찾아다니곤 했다. 머리 없는 시신들을 수습해서 절두산 성당 지하에 모셔뒀다는 이야기도 있었다. 나중에 머리를 찾게 되면 합쳐서 묻기 위해 임시로 안치시켜 뒀다는 거였고, 당연히 우리는 그 지하실로 통하는 입구를 찾기 위해 성당 안을 뒤지고 돌아다니다가 '소사 아저씨'한테 혼쭐이 나기도 했다.

공터에서는 중학생들이 야구를 하고 있었다. 아이들이 왔다가 이미 쫓겨났을지도 모르는 일이었다. 쫓겨나서 아래 백사장으로 내려갔을지도 모르지만, 자전거를 끌고 공터로 내려가고 싶은 생각은 없었다. 분명히 몇 명이 달려들어서 새 자전거를 한번 타보자고 할 것이고, 거절을 하든 그렇게 해보라고 승낙을 하든 이래저래 골치 아플 게 분명했다. 성당에 들어가 보는 것 역시 자전거가 없어질까 봐 무서워서 할 수 없었다. 새 자전거는 자유였지만 족쇄이기도 했다. 그러나 그렇다고 해서 벗어던지고 싶은 생각은 물론 없었다. 나는 자전거에 탄 채로 근처를 한 바퀴 빙 돌아보고는 집으로 향했다.

집에선 진수가 혼자서 백과사전을 보며 뒹굴다가 나를 맞았다. 형과 누나는 보이지 않았다. 아직 학원에 가 있을 시간이었다. 구희 누나도 보이지 않았다. 엄마가 없는 집은 갑자기 허기가 지게 하는 데가 있다. 맥이 빠지고 갑자기 모든 것이 제자리에 놓여있지 않은 느낌이 들면서 내 몸조차도 제대로 작동하지 않아 울고 싶어지는 상태가 되는 것이다. 엄마가 없는 상태는 이미 며칠째 이어지고 있었고, 그만 익숙해질 만한 때도 됐지만 그게 그렇지 않았다. 혼자서 심심하던 진수는 날 붙잡고 백과사전 놀이를 하자고 했지만, 이유 없는 울분과 심통이 솟아올라서 사전의 아무 데나 열어서 내용을 읽어주면 진수가 그게 무엇에 대한 건지를 알아맞히는 늘 하는 게임조차 하고 싶은 생각이 들지 않았다. 냉장고에 구희 누나가 해놓은 반찬들이 있었겠지만 나는 내 손으로 계란 볶음밥을 대충해서 먹고 다시 자전거를 타고 나섰다. 진수가 허둥지둥 따라나서려고 했지만 그전에 먼저 페달을 밟고 달리기 시작했다. 한참을 달리다 뒤돌아보니 진수가 골목 입구에서 자전거를 돌리고 있는 모습이 보였다.

　그러나 어디로 가야 하나. 연세맨션 앞길로 가서 모래내 철길까지 마구 달릴까? 그러나, 아직은 자전거를 조금 아껴주고 싶었다. 다시 절두산에 가볼까? 그건 어쩐지 맥이 빠지는 기분이었다. 학교에 가볼까? 그러나 꼬맹이들이 와서 땅따먹기나 하고 있을 학교 운동장에 가서 하릴없이 빙글빙글 돌다가 나오는 것도 별로 내키지 않았다. 방향을 돌려 다시 집 쪽으로 달렸다. 골목 안에도 진수는 없었다. 잠시 자전거를 세우고 집으로 들어가는 골목길을 지켜봤다. 진수는 아마 되돌아서 들어간 모양이었다. 들어가서 데리고 나올까, 하다가 돌아서고 말았다. 큰길로 나가 성산동을 향해 다시 달리는 동안 무언가 단단한 게 뭉쳐서 목울대로 올라왔다. 그러나 어쩔 수가 없었다. 정확히 말하자면, 어쩔 수 없다는 느낌 같은 게 들었다. 어쩐지 진수와 마주 보고 있으면 더 우울해지고 화가 날 것만 같았다. 큰길로 자전거를 몰고 나가 야산(동네 아이들 누구도 이름을 모르고 있었던 이 산은 언제부턴가 성미산이라는 이름으로 불렸다) 쪽으로 방향을 잡았다. 33번 버스 종점을 지나면 비포장의 언덕길이 시작되었고, 헐떡거리면서 그 언덕길을 간신히 올라서고 나면 양쪽으로 비닐하우스 단지가 펼쳐졌다. 거기까지가 나와 친구들이 가던 한계였다. 그 언덕 뒤로는 넘어가지 말라는 주의를 이따금씩 받곤 했다. 다른 쪽이라고 해서 물론 괜찮다는 말을 듣고 쏘다닌 건 아니었지만, 이쪽은 느낌이 달랐다. 집에서 불과 1킬로미터나 떨어졌을까. 오히려 신촌이나 합정동, 모래내보다 더 가까웠지만, 그러나 그 언덕 너머는 완전히 낯선 세계처럼 보였다.

언덕 위에 서서 내가 올라온 길을 내려다봤다. 일직선으로 뻗은 길과 그 위를 달리는 차량들의 모습이 보였다. 그 길로 되돌아서 내달리면 청기와주유소가 나올 것이고, 거기서 길을 건너면 가나안제과가 나올 것이고, 그 위로 계속 올라가면 시장이, 철길이, 그리고 결국엔 홍익대학교가 나올 것이었다. 내게 낯익은 세계는 그쪽이었다. 다시 몸을 돌려 반대편을 봤다. 흙먼지가 뽀얗게 일어나는 길이 있고, 그 뒤로 저 멀리에 개천이 보였다. 그리고 그 뒤로 납작하게 엎드린 허름한 '하꼬방'들이 희미하게 보였다. 예전에 성미산에서 산적 놀이를 할 때 그 동네에서 온 아이들과 잠시 같이 놀았던 적이 있었다. 왜 갑자기 그 아이들이 생각난 건지는 모르겠다. 아마 같이 지낼 누군가가 필요했던 걸까. 나는 개천 쪽으로 내려가는 흙길을 내려다보다가 천천히 방향을 돌려서 집으로 향하는 언덕길을 달려 내려갔다. 공휴일이라고 축구나 레슬링 중계라도 있는 걸까. 전파상 앞에 사람들이 모여 있는 게 보였다. 나는 그들 뒤를 지나쳐서 집으로 돌아갔다.

2.

    구희 누나는 원래 엄마의 후암동 친구네 집에서 일을 하고 있다가 작년에 우리 집으로 갑자기 옮겨왔다. 바로 밑의 동생이 아버지가 소유한 버스에서 차장으로 일을 하고 있었기 때문에 '집안일이 회사로 새 나가는 것'을 싫어한 아버지가 내키지 않아 했지만, 엄마가 강하게 주장해서 데리고 왔다. 내가 듣기로는 구희 누나가 엄마의 후암동 친구네 집 대학생 형과 너무 가까워져서 떼어놓아야겠는데 갑자기 내보낼 데가 마땅치 않아 애당초 구희 누나를 소개해 준 엄마한테 상의를 했고, 아버지의 건강에 문제가 생기면서 병수발에 신경을 쓰느라 집안일에 부담을 느끼던 엄마가 우리 집으로 데리고 오기로 한 것이었다. 엿들으려고 했던 건 아니었고, 마당에서 자전거를 손보고 있다가 열려 있는 창문을 통해 엄마가 후암동 친구와 이야기하는 걸 우연히 들었을 뿐이었다. 물론 엄마 친구가 올 때마다 내가 일부러 안방 창문 바깥에서 시간을 많이 보낸 게 전혀 사실이 아닌 건 아니었다. 그러나 그건 염탐을 목적으로 한 건 아니었다. 좋다, 좀 더 정직하자면, 어른들끼리의 이야기가 전혀 궁금하지 않은 건 아니었다. 하지만, 그보다는, 고향 친구들과 이야기를 나눌 때면 엄마의 평안도 사투리가 조금 더 심해지는 게 듣기 좋았기 때문이다. 그러다가 약간 비밀스런 이야기인 것 같은 분위기가 되면 대화는 느닷없이 일본말로 바뀌어 진행되기도 했는데, 그리 오래 지속되진 않았지만 어른들이 일본말을 하기 시작하면 태도도 약간 바뀌면서 서로 조금 더 깍듯하고 격식을 갖추는 것 같다는 느낌이 들었다. 나는 어른들이 일본말을 쓰는 게 조금 부끄럽기도 했지만, 한편으로는 그런 변화가 어딘가 이국적인 것 같았고, 그래서 신선하고 좋기도 했다. 구희 누나네 집에는 딸 넷에 밑으로 어린 남동생이 둘 있고, 아버지가 풍을 맞아서 구희 누나가 아버지 약값과 남동생들 학비를 벌어 보내야 하기 때문에 고향에 돌아갈 형편이 못 된다는 이야기도 그때 들었다. '풍을 맞는다'는 말은 그때 처음 들었지만 어딘가 불길하고 암담한 느낌을 주는 말이라는 생각이 들었다. 아무튼 그렇게 해서 구희 누나는 우리 집으로 왔고, 그때부터 줄곧 우리와 함께 지냈다.

  누나는 별로 말이 없고, 늘 약간 우울해 보였으며, 우리 식구한테 성질을 부린 적은 없었지만 어딘가 신경질적인 데가 있어 보였다. 나는 구희 누나의 그런 면모가 이제 막 실연이라는 비극을 겪은 사람이 마땅히 보일 법한 당연한 태도라고 생각했고, 그래서 누나를 약간 존중하는 태도를 유지했다. 물론 내 그런 마음가짐이 그리 잘 전달됐던 것 같지는 않다. 누나와 나의 관계라는 게 때 되면 밥을 주고 밥을 얻어먹고, 방을 치워주고 치울 수 있게 비켜주고 하는 것 정도였기 때문이다. 나는 나름대로 예우 차원에서―물론, "방이 너무 더러워서 망신스럽다. 구희 누나가 들어가기 전에 네가 애벌로 먼저 좀 치우라우."라고 하는 식의 엄마의 잔소리가 다소나마 역할을 하긴 했다는 걸 아주 부인하지는 않겠다―예전보다 깨끗하게 방을 쓰려고 애를 썼다. 하지만, 내가 그렇게 신경을 쓰고 있는데도 불구하고 누나가 내 방을 치우기 전에 한 번 휙 둘러보면서 가볍게 한숨을 내쉰다든가 하는 걸 보게 되면 살짝 빈정이 상하면서 공책을 책상에 탁 내려놓는다든가 하는 식으로 일부러 조금 거칠게 행동하고 그런 적도 분명히 있긴 했다. 그리고 그렇게 지내는 게 익숙해지면서 우리는 서로 소가 닭 보듯 하는 관계가 되었고, 내가 알고 있던 그런 사정조차도 모르고 있던 다른 형제들은 나보다 조금 더 빨리 누나와 거리를 둔 사이가 되었다. 내 친구네 집들 중에는 식구들이 식모 누나와 허물없이 가깝게 지내는 집들이 꽤 있었는데, 구희 누나와 우리 형제들의 관계는 전혀 그렇지 못했다. 구희 누나의 그런 성격은 엄마로서는 조금 안심이 되는 것이기도 했다. 엄마의 후암동 친구네 아들과는 달리 형은 아직 고등학생이었고 그중에서도 유별나게 반듯한 모범생 축에 들었지만, 어쨌거나 사내구실을 하려 들면 할 수 있는 나이라 걱정이 되지 않는 건 아니었을 것이기 때문이다. 형은 엄마한테서 단단히 주의를 받았는지 구희 누나와 단둘이서 마주치는 일이 아예 없을 정도로 조심했다. 원체 엄마 말을 잘 듣는 형이었다. 애고 어른이고 말 많은 사람을 질색하는 아버지는 처음에는 남의 식구인 구희 누나가 집에 들어오는 걸 못마땅해했지만 시간이 좀 지나자 못 배운 애답지 않게 점잖고 과묵하다고 마음에 들어 했고, 엄마는 구희 누나가 "애가 차갑다"고 처음에는 조금 못마땅해하기도 했지만 한편으로는 "자존심이 있는 애"라고 은근히 평가해 주기도 했다. 깔끔하고 솜씨가 좋고 뭐든 빨리 배우는 것도 물론 큰 도움이 됐을 것이었다. 그러나 내가 보기엔 오히려 구희 누나 편에서 우리 식구들에게 곁을 주려고 하지 않는 것 같았고, 어찌 보면 오히려 누나가 우릴 좀 무시하고 있는 것 같았다. 구희 누나는 누구나 좋아하는 TV 드라마는 물론 라디오 드라마도 듣지 않았고, TV에서 나오는 식모들과는 달리 남의 집 소문을 날아오지도 않았다. 우리 집에 온 지 거의 한 해가 됐지만, 동네에 아는 사람도 아예 없는 것 같았다. 재완이네 식모 누나는 구희 누나가 자기를 시장에서 만나도 못 본 척하고 지나간다고 험담을 했을 정도였다. 내가 그 이야기를 엄마에게 전하자 엄마는 "그러니?" 하면서 흡족한 표정을 지었다. 물론 내가 그 이야기를 전달한 것도 엄마가 그렇게 반응하리라는 걸 예상했기 때문이었다. 엄마는 그 이야기를 아버지에게 전했고, 바깥사람들이 궁금해할 이야깃거리라고는 전혀 없는 집안이지만 아무튼 집안 이야기가 사람들 입에 오르내리는 걸 질색하는 엄마 아버지는 그 후로 구희 누나를 한결 더 신뢰하고 마음에 들어 하게 된 듯했다. 그렇다고 구희 누나가 도를 닦듯이 부엌일과 집안을 쓸고 닦는 일에만 몰두하는 건 아니었다.

구희 누나가 정성을 바치는 일은 음악이었다. 정확히 말하자면, 음악을 듣는 일이었다. 그중에서도 팝송이었다. 구희 누나는 무슨 일을 하든 늘 음악을 틀어놓고 했다. 구희 누나는 가지고 있는 물건이 별로 많지 않았는데, 라디오만은 소니 제품을 가지고 있었다. 부엌에서 일을 할 때에는 고무줄로 상자 배터리를 동여맨 그 조그마한 소니 트랜지스터라디오를 틀어놓고 했고, 청소를 하면서 돌아다닐 때에는 그 라디오를 앞치마 주머니에 넣고는 이어폰을 연결해서 들었다. 식구들 모두가 처음에는 약간 신기해했지만, 곧 익숙해졌다. 익숙해졌을 뿐만 아니라, 형과 누나도 밤에 책상 앞에 앉을 때는 라디오부터 틀어놓게 되었다. 그러나 구희 누나의 음악사랑은 라디오에서 멈추지 않았다. 누나가 우리 집에 오고 나서 서너 달이 지났을 때 금성사에서 카세트 레코더라는 물건이 나왔다. 내가 그 사실을 아직도 기억하는 건, 그때 구희 누나가 그 물건을 덥석 사들였기 때문이다. 아마도 라디오 음악프로에서 나오는 광고를 통해 그런 제품이 나왔다는 걸 알게 됐을 텐데, 구희 누나는 시내로 외출하는 엄마에게 그 카세트 레코더를 사다 달라고 부탁했고, 그 부탁은 집안에 자그마한 파장을 일으켰다. 엄마는 "그게 네 한 달 월급하고 같은 값"이라고, 정신 차리라는 말을 반복했는데, 구희 누나는 평소의 조용한 모습과는 달리 물러서지 않고 고집을 부렸다. 외출에서 돌아온 엄마는 그걸 식탁 위에 올려놓으면서 "하긴 요즘은 이런 것도 혼수로 마련한다더라."라고 덧붙였다. 그렇게라도 생각하지 않으면 구희 누나의 행동을 이해하기 어려웠기 때문이었을 것이다.

구희 누나가 그걸로 뭘 하는지는 정확하지 않았다. 엄마가 그걸로 무얼 할 거냐고 물었을 때에도 대답을 하지 않았다. 녹음을 하거나 재생을 하는 것 말고는 아무런 다른 기능이 없는 물건이었으니 당연히 무언가를 녹음할 것이라는 건 예상할 수 있었지만, 구희 누나가 앉아서 노래를 하는 건 물론이고, 라디오에서 나오는 노래를 녹음하는 모습도 볼 수 없었다. 엄마 말대로 혼수를 장만하고 있는 건지도 몰랐다.

　형과 누나만 구희 누나의 영향을 받은 게 아니었다. 나도 집에서 뒹굴다가 왠지 모르게 서러워지는 시간이 되면 응접실에 들어가, 그동안은 먼지만 뒤집어쓰고 있었지만 구희 누나가 온 뒤로 매일 정성스럽게 닦아놓는 전축에 8트랙 카세트를 집어넣거나 음반을 올려놓아 보곤 했다. 그건 어쩌면 과시의 표현이었을지도 모르겠다. 누가 하지 말라는 말을 한 적도 없지만, 구희 누나는 그 전축을 한 번도 틀어볼 생각을 하지 않았다. 그러나 구희 누나가 그 전축을 궁금해하고 있다는 건 구희 누나가 그 전축을 닦고 있는 광경을 본 사람이라면 누구든 짐작할 수 있을 만했다. 구희 누나는 일단 젖은 걸레로 전축의 표면을 잘 닦은 뒤, 마른걸레로 다시 한번 훔치고, 턴테이블의 덮개를 올린 뒤에 그 안쪽도 조심스럽게 닦았다. 처음에 구희 누나가 전축을 닦는 걸 봤을 때 바늘을 조심해야 한다고 말할 뻔했지만, 구희 누나는 내가 그렇게 말하기 전에 이미 바늘을 조심스럽게 들어올려서 닦은 뒤 바늘에 입김을 불어서 먼지를 떨어뜨리기까지 했다. 그리고 나서는 이삼십 장 정도 되는 음반들과 8트랙 카세트테이프들의 표면을 닦았다. 사실 그 전축은 우리 집에서는 크리스마스 전용이나 마찬가지였다. 해마다 크리스마스가 되면 응접실에 크리스마스 장식을 두른 뒤에 냇 킹 콜이나 빙 크로스비의 음악을 틀어놓는 게 엄마의 유일한 음악 취미였다. 아주 이따금 패티 페이지나 앤디 윌리엄스, 브라더스 포, 프랭크 시나트라의 음악을 트는 경우가 있었지만, 그건 그야말로 이따금이었다. 그랬던 전축이, 구희 누나가 온 뒤로 갑자기 주목을 받는 대상이 된 것이었다. 한 번은 구희 누나가 응접실을 청소하러 들어갔을 때 일부러 따라 들어가서 음악을 틀기도 했다. 오스몬드 패밀리의 음반이었는데, 나는 그중에서 '마더 오브 마인'이라는 청승맞은 노래를, 이를테면, 좋아하는 편이었다. 내가 그 곡을 틀었을 때 구희 누나의 입가에 살짝 미소가 지나가는 걸 봤다. 웃는 이유가 궁금했지만 물어보진 않았다. 어딘가 비웃음 같았기 때문이다.

3.

작은엄마가 와서 엄마 짐을 챙겨 가면서 진수를 데리고 갔다. 아버지의 입원이 길어지면서 진수가 마음에 걸렸는지 엄마가 병원에서 데리고 있기로 한 것이었다. 하긴 형과 누나는 학원과 독서실에서 하루의 대부분을 보내다가 저녁식사 시간이 돼서야 집에 돌아왔고, 나는 자전거를 타고 돌아다니느라 바빠서 진수는 거의 대부분의 시간을 혼자서 보내야 했고, 그러느라 심심하다는 말을 입에 달고 살았다. 늘 놀아달라고 졸라대던 진수가 사라지자 처음에는 홀가분하고 좋더니 곧 쓸쓸해졌다. 엄마도 없고, 아버지도 없고, 진수도 없고, 형과 누나도 대개 없거나 집에 돌아와도 입시 준비를 하느라 자기 방에만 박혀 있고. 밤에 마루에 나와 앉으면 형과 누나, 그리고 구희 누나의 방에서 모깃소리처럼 흘러나오는 음악 소리 말고는 아무 소리도 들리지 않았다. 집 전체가 허공에 뜬 것 같고 이따금씩 못 견디게 쓸쓸해지곤 했지만, 그렇다고 말하기도 그렇고, 사실은 내가 지금 그런 상태라고 말할 상대도 없었다. 모든 것이 '임시' 같았다. 아버지가 안방에 누워 있을 때에는 그때가 임시 같았고 곧 '정상'으로 돌아갈 날만 기다리고 있었는데, 아버지와 엄마, 거기에 진수마저 집을 비우고 나니 그때가 그나마 정상이었던 것 같고, 늘 안방에서 인기척이 들리고 엄마가 부산스럽게 움직이던 그 무렵이 그리웠다. 내키는 대로, 혹은 내키지 않더라도 아무 데나 돌아다니다가 허기가 져서 쓰러질 지경이 돼서야 돌아와 냉장고를 뒤져 늦은 저녁을 먹고 아무 책이나 붙잡고 뒤적거리다가 잠드는 날들이 이어졌다.

"찌개만 뎁히면 돼. 앉아."

그날도 연희동으로 독립문으로 사직공원으로 싸돌아다니다가 저녁시간이 훨씬 지나서 어두워진 다음에야 돌아온 길이었다. 처음에는 엄마의 단속이 없어진 뒤로, 오로지 일찍 들어오지 않아도 되기 때문에 늦게까지 돌아다녔지만, 그 후로는 집에 와도 아무도 없다는 것 때문에 집 앞까지 왔다가도 다시 핸들을 돌려 해지는 걸 본 뒤에야 돌아왔고, 그때쯤 되면 이미 구희 누나는 부엌을 다 정리하고 방으로 들어간 뒤였다. 밥때가 지나서 들어오면 굶든가 알아서 차려 먹든가 하는 건 구희 누나가 오기 전부터 우리 집의 불문율이었는데, 그건 밥시중을 들어줄 구희 누나가 온 뒤로도 그대로 이어졌다. 그랬기 때문에, 구희 누나의 이런 행동은 의외였다. 구희 누나는 찌개를 갖다주고는 자기 방으로 돌아가지도 않고 내 맞은편에 앉아 트랜지스터라디오를 틀었다. 늘 약간의 차가운 거리를 유지하고 있던 구희 누나가 늦은 시간에 일부러 밥을 차려주고, 내 맞은편에 앉아 라디오를 듣는 건 전혀 예상하지 못한 일이었다. 나는 조용히 라디오를 들으면서 밥을 먹었다.

"이제야 다시 라디오가 나오네."

구희 누나가 지나가는 말처럼 중얼거렸다. 다시 라디오가 나오다니, 잠시 어리둥절했지만 곧 정신이 들었다. 지난 며칠 동안은 육영수 여사의 국장 기간이라 줄곧 장송곡만 나왔는데, 오늘 처음으로 원래의 프로그램으로 돌아간 거였다. 육영수 여사는 광복절이었던 며칠 전, 재완이와 성민이에게 바람맞은 내가 버스의 뒤꽁무니에 붙어서 여의도로 들어가던 그 시간쯤에 장충동 국립극장에서 문세광의 총에 맞았다. 성미산 언덕에서 돌아오는 길에 본, 전파상 앞에 몰려 서 있던 사람들이 그래서였다.

"노래 좋지?"

먼 산을 보는 듯한 태도로 앉아있다 말고 구희 누나가 그 자세 그대로 말을 건네왔다. 나는 그렇다고 대답했다. 실제로 그랬기 때문이었다. 구희 누나는 그 노래를 부르는 사람이 존 레논이라고 했다. 그리고 노래 제목은 '오 마이 러브'라고 조심스럽게 말했다. 나는 어쩔 수 없이 살짝 웃었다. 영어를 한마디도 모르긴 했지만 그래도 그 정도는 알 수밖에 없었고, 딱 그 정도만 아는 나도 아는 말로 제목을 삼은 게 좀 유치하게 느껴졌다. 구희 누나는 자기 발음이 서툴러서, 혹은 자기가 영어를 쓰는 것 자체가 우스워서 내가 비웃는 걸로 받아들였던 것 같다. 누나는 작은 한숨 소리 같은 걸 내면서 입을 다물었고, 전혀 비웃을 의사가 없었던 나는 이 뜻하지 않은 사태를 어떻게 수습해야 할지 몰랐기 때문에 말없이 밥만 먹었다. 전에 내가 오스몬드 가족의 노래를 듣고 있을 때 구희 누나의 입가에 비웃음 비슷한 게 스치고 지나가던 게 생각났다. 그런데 이건, 제목만 놓고 보자면, '마더 오브 마인'보다 더하지 않은가 말이다. 그래서 기왕 비웃었다는 오해를 받은 김에 조금 더 고약하게 밀어붙이고 싶기도 했지만, 어떻게 해야 그런 의도가 전달될지 떠오르는 것도 없었다. 그리고 무엇보다, 노래는 고단했던 마음이 천천히 누그러질 정도로 좋았다. 그 노래가 끝나고 진행자가 달콤한 목소리로 무어라 무어라 이야기를 하고 나서 다음 노래가 시작되었다. 역시 팝송이었는데 역시 좋았고, 제목이 '오 마이 러브'에 비해서는 훨씬 복잡하게 들렸다.

"이 노래는 뭐야?"

나는 전혀 의도하지 않았던 조금 전의 실수를 만회하기 위해 내가 가진 가장 순진한 말투를 동원해서 물었다. 구희 누나는 무어라 말을 하려는 듯 입을 벌리다 말고 다물더니 "몰라"라고 짧게 대답하고는 일어나서 상을 치우기 시작했다. 얼굴을 잠시 붉혔던 것 같기도 하다. 누나의 돌연한 태도 변화에 놀라긴 했지만, 내가 또다시 어떤 실수를 했다는 것만은 분명했다. 기분을 상하게 하고 싶은 건 아니었다는 식의 말을 해주고 싶었지만, 그것 역시 어떤 식으로, 구체적으로 어떤 문장으로 말해야 할지 알 수가 없었다. 다시 한번, 자기가 먼저 나를 비웃어놓고, 싶은 생각이 슬그머니 올라와 마주 화를 내고 싶어졌다. 그러나 그래도 되는 건가? 내가 지금 느닷없이 화를 내면 그 이유를 구희 누나가 짐작은 할까? 나 역시 지난번에 누나가 비웃어서 화가 났다고 말을 해야 할까? 한다면 어떻게 해야 하지? 등등의 생각을 하다가 보니 말을 하든 화를 내든 무언가를 할 수 있는 시점은 다 지나가 버린 것 같았다. 나는 잠시 멍청하게 그 자리에 앉아 있다가 누나가 성난 사람처럼 반찬 그릇들을 치우고 있는 자리를 슬그머니 빠져나올 수밖에 없었다.

다음 날 아침, 밥을 먹고, 형과 누나가 학원에 간다고 나간 뒤 둘만 남게 되고 나서도, 구희 누나와의 어색함은 풀리지 않았다. 음악을 들으면서 대문에서 현관 앞까지의 돌길을 쓸고 있는 누나 옆에 가서 일부러 얼쩡거리거나, 설거지를 하고 있는 옆에 가서 물을 받아 마시면서 시간을 끌어도 구희 누나는 두 번 다시 지금 나오는 노래가 좋다거나 하는 이야기를 하지 않았다. 내가 좋아하는 어니언스의 '작은 새'가 나오는 걸 듣고 따라 부르다가, 다시 한번 비웃음을 받을 걸 각오하고 "아, 노래 좋다"라고 중얼거렸을 때에도 누나는 못 들은 척하고 하던 일만 계속했다. 나는 구희 누나에게 사과하고 어떤 식으로든 보상을 해야 한다는 조바심, 혹은 일종의 강박에 시달리기 시작했는데, 그 기회는 곧 찾아왔다.

　내가 살던 집, 골목을 나서면 바로 앞에 개천이 하나 흐르고 있었다. 물이 더러운 데다 양도 많지 않았고, 게다가 주변의 도로와 집들을 올려 지은 건지 개천이 원래 낮은 건지 모르겠지만, 아무튼 주변의 집들보다 대략 2미터 정도 낮은 곳을 흐르고 있어서 아이들의 주목을 거의 받지 못하는 개천이었다. 그 개천이 흐르는 방향으로 계속 따라가다 보면 합정동까지 이어졌다. 아마 결국은 한강으로 들어가는 하천이었을 텐데, 서교동에서 합정동으로 넘어가는 어느 지점에서부턴가 그 하천이 땅속으로 들어가면서 그 위는 넓은 길이 되었다. 그리고 하천이 땅속으로 들어가는 그 지점쯤의 오른쪽에 어느 날 문득, 아주 넓은 공터가 조성되었다. 그 동네 아이들은 물론 우리 같은 옆 동네, 옆의 옆 동네 아이들까지 몰려들어서 따로따로 공을 차고 놀아도 충분할 정도로 넓었는데, 국민학교를 지으려고 마련한 터라고 했다. 인근 지역의 국민학교마다 한 학년에 열 반 스무 반씩, 한 반에 여든 명이 넘는 아이들이 바글거리고 있었으니까 학교를 새로 짓는 게 시급한 문제인 건 틀림없었지만 그런 큰 공사가 그리 쉽게 진행될 리 없을 것이었고, 그러니 꽤 오랜 기간 동안 근사한 놀이터가 생기게 된 것이었다. 그러나 그건, 그야말로, 떡 쥔 사람은 줄 생각도 하지 않는데 우리 마음대로 김칫국부터 마신 격이었다. 공사가 금세 시작되지 않은 건 맞았다. 하지만 그렇다고 해서 그 공터를 아이들 몫으로 마냥 비워 놓기만 한 것도 아니었다. 어느 날 다시 찾아가 보니 그 공터 전체를 밭으로 조성해 놓고 아이들이 얼씬도 못하게 막아놓고 있었던 것이다. 실망했지만 우리가 어떻게 할 수 있는 일은 아니었다. 우린 경작지로 변해버린 그 공터에 대해 곧 잊어버렸다. 그런데 최근에 그 근처를 지나갈 기회가 있었던 재완이가 가지고 온 소식에 의하면, 그 밭이 옥수수밭이라는 것이었다. 옥수수밭이 끝도 없이 이어지는데, 완전히 다 큰 옥수수가 그야말로 주렁주렁 매달려 있다고 했다. 자연스럽게 옥수수 서리라는 말이 나왔다. 시골에 과수원을 하는 친척 집이 있는 성민이는 요즘은 서리하다 걸리면 바로 경찰로 넘긴다고 겁을 줬지만, 책으로 서리의 낭만성만을 배운 우리는 그 말을 믿지 않기로 했다. 게다가, 해가 지고, 결행을 하기로 한 시간이 됐을 때 성민이가 나타났기 때문에 성민이의 말을 믿지 말아야 할 이유는 더 커졌다. 그리고 우리에게는 우리의 놀이터를 빼앗아간 데 대한 정당한 응징이라는 명분이 있었다.

원래의 계획은 서리를 결행하기 전에 먼저 자전거를 타고 현장을 한 바퀴 돌아보자는 것이었지만, 너무 어둡고 조용해서 우리는 그 계획은 곧 포기했다. 농사를 짓고 있긴 하지만 이미 기본적인 공사 준비는 시작한 건지, 밭 옆에는 우리가 '노깡'이라고 부르던 거대한 콘크리트관들이 쌓여 있었다. 키가 좀 작은 아이들은 그 안에 들어가서 똑바로 서 있어도 될 정도의 거대한 지름을 가진 관이었다. 우리는 밭에서 가장 멀리 있는 노깡 안에 자전거를 숨겨두고 끝도 없이 펼쳐져 있는 것 같은 옥수수밭으로 숨어들어 갔다. 옥수수밭 안은 조용했다. 긴장해서 몸을 숙이고 숨어들어 갔지만 옥수수는 우리 키만큼이나 컸고 사방은 어둡고 조용했다. 너무나 조용해서 숨어 다니는 게 곧 싱거워졌기 때문에 우리는 허리를 펴고 돌아다니면서 닥치는 대로 옥수수를 땄다. 따서는 양팔에 안고 다니는 게 번거로워 껍질을 벗겨 두 개씩 묶은 뒤 목에 걸었다. 그렇게 해서 꽤 많은 옥수수를 딸 수 있었다.

그 많은 옥수수가 훌륭한 선물이 되지 않을 수도 있다는 생각은 한 번도 해보지 않았다. 설령 아무리 쓸모없는 것이라 할지라도 그렇게 많이, 그렇게 금방 어디에선가 장만해서 가져다준다는 건 명백히 그만큼이나 풍부하고 신선한 호의의 표시였고, 나는 그 효과에 대해 추호도 의심하지 않았던 거 같다. 그러나 내가 나중에는 목이 아플 정도로 많이 걸고 온 옥수수를 건넸을 때 구희 누나의 반응은 내가 예상했던 것과는 많이 달랐다.

"삶아 달라고?"

전혀 예상하지 못했던 반응이었던 건데, 하긴 옥수수로 할 수 있는 게 굽는 거 아니면 삶는 거지, 다른 게 뭐 있겠는가. 그러나 나는 서울에서 태어나 서울을 한 번도 떠나보지 않은 국민학교 6학년생이었고, 따라서 옥수수 같은 종류의 음식은 입에 넣어서 씹어보기 전까지는 굳이 좋아한다 아니다를 말할 수 있는 범주에 들어가지도 않는 것이었다. 내게 그 옥수수는 단지

내 활동의 결과물, 노획물로만 의미가 있는 것이었고, 그날 나는 내 노획물을 고스란히 갖다 바쳤으므로 그것의 용도와 관계없이 순수하게 나의 의도, 나의 갸륵한 마음을 알아주는 데서 비롯된 약간의 경탄과 감사의 마음 같은 걸 기대하고 있었던 것 같다. 나는 잠시 할 말을 잃었다가, "누나 맘대로 해"라는 말을 남기고 내 방으로 들어와 버렸다. 구희 누나는 다음날 그 옥수수들을 삶아서 거실의 탁자에도, 식탁에도 올려놓았지만 나는 보란 듯이 그것들에 눈길도 주지 않았다.

4.

다음날 다시 한번 성미산 고개 위에 섰을 때, 나는 반대편 언덕으로 내려가기로 마음먹었다. 개학이 얼마 남지 않았고, 더 이상 해볼 게 없는 것 같은 기분이었다. 실제로, 내가 가볼 만한 곳은 다 가봤고, 할 수 있는 건 대충 다 해본 뒤였다.

언덕 반대편은, 작은 고개를 하나 넘었을 뿐인데도 완전히 다른 세상이었다. 단정한 양옥집과 건물들이 서 있던 길 양편은 갑자기 비닐하우스와 창고건물 같은 것들로 바뀌었고, 흙이 너무나 쌓여 포장도로인지 비포장도로인지 잘 구분도 되지 않는 길에서는 흙먼지가 날렸다. 내리막길이 끝나자 양쪽으로는 밭이 펼쳐졌다. 그리고 그 끝에는 꽤 넓은 흙길이 가로지르고 있었다. 그 길로 트럭이 한 대 지나가자 흙먼지가 뽀얗게 일었다.

그 길 뒤로 개천이 흘렀다. 물이 깊지는 않은 것 같았지만 주변에 온갖 쓰레기가 널려 있고 넓기도 꽤 넓어서 아무 데로나 건너가기는 어려워 보였다. 개천가로 다가가자 천변에 모여서 놀고 있던 꼬맹이들이 내 자전거를 보고 모여들기 시작했다. 내가 기억하고 있는 얼굴은 보이지 않았다. 아이들이 '알라'라는 독특한 별명으로 부르던 내 또래의 아이.

성미산에서는 산의 이쪽에서 올라온 아이들과 저쪽에서 올라온 아이들이 마주치는 경우가 간혹 있었지만, 같이 어울려서 노는 경우는 거의 없었다. 이쪽 동네 아이들은 대개 긴 머리에 칼라가 있는 셔츠를 입고 있었고, 저쪽 동네 아이들은 거의 빡빡에 가까운 짧은 머리에 소매 없는 러닝셔츠 차림인 경우가 많았다. 좁은 산에서 섞이지는 않은 채 같이 놀다가 자리를 먼저 뜨는 쪽은 늘 이쪽 동네 아이들이었다. 이쪽 동네 아이들이 먼저 자전거를 타고 언덕길을 달려 내려가면 저쪽 동네 아이들은 하던 걸 멈춘 채, 아무 말 없이 목을 빼고 그 광경을 지켜보곤 했다. 아이들과 함께 자전거를 타고 내려오다가 뒤를 돌아보면 늘 그 모습이 보였다.

그러나 예외인 날이 하루 있었다. 두 동네 아이들이 산에서 마주쳤을 때, 아무렇지도 않게 나서서 전쟁놀이를 하자고 제안한 아이가 있었다. 빡빡 깎은 머리에 소매 없는 러닝셔츠만 입은 낯익은 모습이었지만 처음 보는 얼굴이었다. 게다가 그 아이는 진한 경상도 사투리를 썼다. 그 아이가 거침없이 말을 걸어왔을 때 우리 동네 아이들이 당황했던 건 그 사투리 때문이기도 했다. 그러나 그 제안은, 습관적으로 따로 놀면서도 늘 상대편을 의식하면서 어색한 느낌을 가지고 있었던 우리 모두에게 묘한 해방감을 선사했다. 우리는 곧, 늘 그렇게 놀아온 사이인 것처럼 신나게 어울려서 놀았다. 아이들은 평소보다 더 높은 곳까지 올라가고, 훨씬 더 과감하게 뛰어내렸다. 한참을 놀다가, 누구는 과외공부를 가야 하고, 누구는 엄마와 함께 어딜 가야 하고, 등등의 이유로 집으로 일찍 돌아가야만 했던 우리 동네 아이들이 자리를 뜰 때, 그 아이는 이해할 수 없다는 표정으로 우릴 쳐다보다가 마침내 나와 눈을 마주쳤다.

"니도?"

마치 나는 우리 동네 아이들과 다른 존재라는 걸 알고 있다는 듯한 말투였다. 묘한 기분이 들었다. 나는 굳이 집에 일찍 돌아가야 할 이유가 전혀 없었지만, 그렇다고 혼자서만 '남의 동네' 아이들과 같이 남아서 노는 건 또 어딘가 어색했다. 아마도 별명일 게 분명한 '알라'라는 그 아이와 그래서 어떻게 헤어졌는지는 기억이 분명하지 않다. 아마도, 아이들이 만나고 헤어지는 게 대개 그렇듯이, 대충, 별말 없이, 느닷없이, 각자 갈 길로 갔을 것이다. 그야말로 기약도 없이.

　목소리가 또랑또랑하고 헤어질 때 유난히 아쉬운 얼굴로 쳐다보던, 심한 경상도 사투리를 쓰던 아이. 애당초 그 아이를 찾아온 건 아니었지만, 와서 보니 그게 목적처럼 되어 버렸다. 모여든 아이들에게 알라를 아느냐고 물었지만 다들 고개를 저었다. 오른쪽과 왼쪽 중에 어디로 갈까, 우리 동네로 돌아갈까 잠시 생각하다가 왼쪽으로 방향을 잡았다. 한강 방향이었다. 정확한 이유는 모르겠다. 아마 물이 흘러가는 방향이어서 거슬러 올라간다는 느낌이 없었기 때문일 수도 있겠다. 아니면, 오른쪽 멀리 보이는 건물들이 이쪽은 아니라고 말하는 것 같았었나. 한강을 향해 달리기 시작하자 점차 집들이 사라지고, 그다음에는 밭이 사라지더니 논이 나타났다. 그렇게 한참을 가자 오른쪽으로 작은 다리가 보였다. 그 다리를 건너서 조금 들어가자 납작하게 엎드린 집들이 나오고, 공터 한쪽 넓게 물이 고여있는 곳에 아이들이 모여 있었다. 알라는 그 아이들 무리에 들어 있다가 나를 보고는 활짝 웃으며 다가왔다. 마치 내가 이리로 찾아올 걸 알고 있었다는 듯한, 매일 같이 놀던 친구를 맞이하는 것 같이 스스럼없는 모습이었다.

우리 동네에서 '찜볼'이라고 부르는 걸 이 아이들은 '찜뽕'이라고 불렀다. 규칙도 약간 달랐다. 우리는 주먹을 꼭 쥐고 공을 쳤어야 했는데, 이 동네에는 아예 그런 규칙이 없어서 손바닥을 펴서 치기도 하고 주먹을 쥐고 치기도 했다. 알라는 찜뽕의 고수였다. 손바닥의 어느 한 쪽으로 쳐서 의도한 방향으로 공을 보내는 기술은 혀를 내두를 만했다. 시선과 팔의 방향은 3루 쪽을 향하고 있는데, 정작 치는 건 손바닥의 오른쪽 끝으로 쳐서 공은 1루 쪽으로 가게 만드는 식이었다. 그런데 그중에서도 압권은 손바닥을 쫙 편 뒤 손가락 끝으로 쳐서 백스핀을 거는 기술이었다. 알라가 나중에 내게 가르쳐 준 바에 의하면 가운데 세 손가락을 모은 뒤 그 끝으로 공의 아랫부분을 치는 게 핵심이었다. 그렇게 치면 말캉말캉한 공은 그리 멀리 나가지는 않지만, 땅에 떨어지는 즉시 내 방향으로 되돌아오면서 수비수들을 혼란스럽게 만들었다. 공이 땅에 떨어지기 전에 수비수가 달려 나와 잡을 경우에도 제대로 잡지 못하면 공이 손바닥에서 도로 튀어나오기도 했다. 알라는 맨발에 조리만 신고 있었는데도, 그런 기술에 힘입어서 번번이 출루에 성공했다.

알라는 뿐만 아니라 따지는 데도 대가였다. 찜볼이 됐든 찜뽕이 됐든 공터에 줄 그어놓고 하는 게임이니만큼 불확실한 것들이 항상 있었다. 제일 자주 문제가 되는 건 대충 그어놓은 주루선을 따라서 굴러간 공이 파울이냐 아니냐를 따지는 것과, 출루한 주자가 세이프냐 아웃이냐를 따지는 일이었는데, 알라는 조리를 짤짤 끌고 경기장을 누비면서 누구보다 열정적으로, 때론 거의 위협적으로 항의를 하고 고집스럽게 밀어붙여서 자신의 뜻을 대개 관철시켰다. 다른 아이들도 만만치 않게 거칠었지만, 목청의 크기와 동작의 단호함, 과격함, 과단성 등에서 알라는 단연 타의 추종을 불허했다. 알라는 중학생으로 보이는 아이들한테도 거침없이 대들었는데, 그 아이들은 그런 알라가 같잖다는 듯이 지긋이 꼬나보다가도 이내 관심을 돌려버리곤 했다. 그리고 알라는 실력 외에도 그런 경기 외적인 전투력에 힘입어서, 일단 자기 순서가 왔다 하면 거의 항상 출루에 성공했고, 일단 출루를 하고 나면 어떻게든 홈까지 들어와 득점을 올렸다. 알라는 자신이 승부에 끼친 지대한 영향에 대해 끊임없이 복기하는 걸 좋아할 뿐만 아니라 다른 아이들이 그 사실을 잘 알고 있는지 수시로 확인하고 싶어 했는데, 아이들이 그 과정에 대해 떨떠름한 반응을 보인다는 사실은 전혀 의식하지 못하는 것 같았다. 그러니까, 한 마디로, 알라는 그 동네의 고약한 작은 왕자였다.

알라의 그런 힘의 원천, 혹은 근거가 궁금해질 때쯤 그 궁금증을 해소해 주는 인물이 나타났다. 그 인물은 알라와 똑같이 머리통에 착 달라붙는 곱슬한 짧은 머리에, 똑같이 까무잡잡

하고, 똑같이 조리를 잘잘 끌고 나타났는데, 다른 거라면 반바지 대신 나팔바지를 한 단 걷어서 입고, 알라처럼 러닝셔츠를 입었지만 그 위에 단추를 풀어제낀 남방을 걸치고 있다는 것 정도였다. 그 인물이 나타나자 아이들은 눈에 띄게 경직됐고, 중학생들로 보이던 아이들은 고개를 꾸벅거리며 인사를 건넸다.

"행님아, 내 친구다."

알라가 '행님'이라고 부른 그 인물은 나를 흘끗 쳐다보더니 공터 한쪽 전신주에 기대놓은 내 자전거를 가리켰다.

"니끼가?"

내가 어리바리하고 있자 알라가 대신 대답했다.

"응. 쌔기다."

알라의 행님은 아무 말도 없이 자전거를 세워서 양쪽으로 살피더니 올라타고 공터를 한 바퀴 빙 돌았다. 그러고는 왔던 길로 다시 빠져나갔다. 아이들은 아무 일도 없었던 듯이 다시 찜뽕을 하기 시작했지만, 내 신경은, 당연히, 온통 자전거에 가 있었다. 아무 말도 없이 남의 자전거를 타고 간 그 '행님'이라는 자도 어이가 없었지만, 내게 아무런 설명도 하지 않고 있는 알라한테도 화가 치밀었다. 그러나 모든 아이들이 너무도 아무렇지도 않은 것처럼 굴었기 때문에 나 혼자 다르게 행동하기도 어려웠다. 그러고 있는 와중에 사방에서 들어와 저녁 먹으라고 부르는 엄마들의 소리가 들려왔다. 공터까지 쫓아 나와 그악스럽게 욕을 해대면서 아이의 팔이며 귀때기를 잡아끌고 가는 엄마도 있었다. 어영부영 찜뽕은 끝이 났고, 아이들은 흩어졌다. 알라도 내게 아무런 말도 없이 사라져 버렸다. 나는 알라를 잡아두지는 못했지만, 알라가 조리를 짤짤거리면서 뛰어가는 방향을 잘 살펴 두었다. 만약의 경우에 의지할 데라고는 알라밖에 없었기 때문이다.

　나는 왜 한 마디도 못하고 그자가 자전거를 타고 사라지는 걸 보고만 있었을까? 그전에, 왜 그자가 내 자전거를 건드리는 걸 보고만 있었을까? 그것도 전에, 도대체 왜 여기까지 올 생각을 했을까? 나는 아무도 없고 앉을 자리도 없는 그야말로 공터에서, 그자가 사라진 방향을 보고 서성거릴 수밖에 없었다. 해가 이울면서 모기들이 달려들기 시작했다. 아무리 팔을 휘저어도 귓가에서 앵앵거리는 소리가 그치지 않았다. 아마도 공터 한쪽 구석에 고여있는 물웅덩이 때문인 것 같았다. 나는 천천히 걸어서 동네 입구로 나와, 공터의 물웅덩이와 하나 다를 바 없는 썩은 물이 흐르는 개천을 건너 큰길로 나왔다. 길 양쪽을 모두 둘러봤지만 알라네 형님인지 뭔지 하는 인간은 어디에도 보이지 않았다. 큰길에도 모기가 극성인 건 마찬가지였다. 거의 고인 물이나 마찬가지인 썩은 개천 탓이었을 것이다. 그러나 그 개천이 흘러가는 곳 끄트머리에서부터 불타오르기 시작한 하늘은,

어처구니없고 억울하고 짜증이 치밀어 오른 나머지 탈진 일보 직전에 도달한 그 순간에도 압도적이었다. 나는 노을이라는 걸 태어나서 처음 보는 아이처럼 눈을 떼지 못한 채 서쪽 하늘만 바라보고 서 있었다. 한강 위에서 시작된 붉은빛은 어느새 내 머리 위의 구름까지 물들이고 있었다.

시시각각 하늘 전체로 퍼져가는 노을빛을 바라보고 있는데 뒤에서 인기척이 났다. 그자가 자전거에서 내리더니 자전거를 그대로 바닥에 내동댕이치다시피 쓰러뜨렸다.

"잘 나가네."

그자가 러닝셔츠를 올려 배를 쓰다듬으면서 말했다. 무어라 따지고 싶었는데, 보기만 하면 욕을 잔뜩 하고 싶었는데, 그자의 사나운 얼굴을 보는 순간 엉뚱한 소리가 튀어나왔다.

"26인치예요."

그자는 내 말을 들었는지 말았는지, 배를 슬슬 쓰다듬으면서 다리를 건넛마을로 향했다. 그제야 자전거를 세워서 이리저리 살펴봤다. 특별히 망가지거나 흠이 난 데는 없었다. 어처구니가 없긴 했지만, 이 정도로 하루가 마무리된 게 다행이다 싶었다. 자전거를 빼앗기지 않은 것만도 어딘가.

일단 그 자리를 뜨고 싶었다. 자전거를 몰고 대충 망원동 방향이겠다고 여겨지는 길로 들어섰다. 개천 옆길을 통해 왔던 길로 돌아가다가는 그자가 다시 나타날지도 모른다는 두려움이 있었던 것 같다. 그리고 그 두려움은 자전거를 빼앗길지도 모른다는 두려움만은 아니었다. 그자는 잠깐 눈을 마주친 것만으로도 몸을 얼게 만드는, 작은 몸짓 하나하나가 모두 가차 없는 폭력의 냄새를 풍기는, 내가 처음 보는 종류의 사람이었다. 나를 두고 공터를 떠나던 알라의 무표정에서도 잠시 그런 모습이 스쳐 갔던 것 같았다. 알라를 붙들지 못했던 건 아마도 그래서였던 건가. 아무튼, 일단, 무조건, 그곳을 벗어나고 싶었다.

길 양옆으로는 논이 이어졌다. 내가 머릿속에 가지고 있던 대충의 지도에 따르자면, 내가 있는 곳은 성산동에서 한강 쪽으로 좌회전해서 한참을 들어온 위치였으니 이제 한강을 오른쪽으로 두고 직진하기만 하면 131번 버스의 종점이거나 종점에 가까운 어딘가가 나와야 마땅할 것이었다. 하지만, 길은 내 작은 머릿속의 엉성한 지도를 완전히 배신했고, 큰길로 이어질 거라고 생각했던 길이 어느 순간 슬그머니 사라지면서 눈앞에는 논두렁길만 남았다. 성산동으로 넘어가는 언덕길과는 딴판이었다. 그리고 논두렁길은 갈수록 좁아졌다. 자전거에서 내리고 싶어도 내려설 자리가 마땅치 않을 정도였다. 게다가 논두렁은 조금씩 높아지기까지 했다. 논바닥의 높이는 그대로 있고 좁디좁은 논두렁만 높아지니 위협을 느낄 정도였는데, 그걸로는 모자랐는지, 조금 더 나아가자 논두렁 위에 군데군데 흙무더기까지 쌓여 있었다. 처음의 두어 개는 자전거를 탄 채로 어찌어찌 넘어갈 수 있었지만, 그다음에 맞닥뜨린 흙더미는 너무 높아서 그럴 수도 없었다. 좀 작은 자전거였더라면 안장에서 앞으로 내려서면서 땅에 발을 디딜 수 있었을지도 모르겠다. 하지만, 26인치 자전거는 사실 내 키가 편안하게 감당할 수 있는 높이는 아니었다. 자전거를 약간 기울이는 것과 동시에 안장 앞 프레임으로 내려앉으면서 발을 디뎌보려 했지만 그렇게 디딘 발이 논두렁 옆의 풀에 미끄러지면서 나는 속절없이 논으로 처박혔다. 자전거가 내 위로 떨어진 게 그나마 행운이라면 행운이었다. 톱니바퀴가 진흙탕에 파묻히면 그걸 다 긁어내기 전에는 페달을 구르지도 못할 터였다. 자전거를 논둑길 위에 올려놓은 뒤 논둑을 기어 올라와 흙더미 위에 주저앉았다. 구름을 붉게 물들이고 있던 노을빛이 사위고 있었다. 여기가 망원동 근처가 맞나 싶게, 사방이 모두 논이었다. 내가 가고 있던 방향으로 계속 가는 것밖에는 방법이 없다는 건 분명했지만, 그렇게 해서 집으로 돌아갈 수 있을 거라는 확신은 이미 사라지고 있었다. 바람이 지나갈 때마다 검푸른 벼 잎들이 슥슥 칼 가는 소리를 내며 흔들렸다. 주저앉아

있던 자리에서 일어나 자전거를 옆구리에 끼고 조심스럽게 걸음을 옮겼다. 다행히도, 좁은 오르막길은 그리 길지 않았다. 십여 미터를 올라가자 논두렁이 십자로처럼 이어지면서, 그 너머에는 다시 논바닥이 높아져서 벼 잎들이 허벅지 정도 높이까지 올라왔다. 내가 직진해야 할 논두렁은 여전히 좁은 반면에 가로지르는 길은 제법 넓어서 그리로 가고 싶은 마음이 굴뚝같았지만, 처음에 맞는 방향이라고 생각한 길을 그대로 따라가기로 했다. 이 벌판에 끝이 있고 거길 지나면 집으로 가는 길이 있으리라는 게 믿어지지 않았다. 자전거를 다시 타고 가다가는 비슷한 꼴을 또 당할 것 같고, 무엇보다 자전거에 올라탈 만한 공간도 없었다. 자전거를 끌고 나란히 걸어갈 만한 공간도 없었다. 별도리 없이 자전거를 옆구리에 걸쳐 든 채 한 걸음씩 한 걸음씩 논두렁길을 걸었다. 걸음을 옮길 때마다, 논두렁을 침범하고 넘어온 벼 잎들이 반바지만 입은 허벅지를 긁어댔다. 날은 발밑이 불안할 정도로 어두워가고, 뒤에서 칼 든 사람 수십 명이 따라오는 것 같은 소리가 났다.

5.

논두렁을 다 통과해서 큰길에 이르렀을 때는 이미 날이 완전히 캄캄해진 다음이었다. 자전거를 타려고 보니 핸들이 돌아가 있었다. 핸들을 바로잡고 나서도 자전거가 제대로 나가지 않고 끼긱거리는 소리가 났는데, 억지로 페달을 구르다 보니 갑자기 뚝 소리가 나면서 페달이 움직이지 않았다. 가로등 불빛에 비춰 보니 앞바퀴 브레이크가 바퀴 안에 들어가 박혀 있었다. 아마도 흙더미에 부딪혀서 논으로 떨어질 때 앞 브레이크가 틀어지면서 바퀴 안쪽으로 들어갔는데, 그걸 모르고 억지로 페달을 밟다가 살이 부러지거나 튕겨 나간 것 같았다. 애당초 자전거를 살 때 뒷바퀴 브레이크만 있으면 된다고 했더랬는데, 자전거는 모르지만 브레이크는 달리는 자전거를 멈춰서게 하는 것이고,

그렇다면 한 개보다는 두 개가 더 안전하다고 믿은 엄마의 강권을 그대로 받아들인 게 잘못이었다. 하지만 어쩌겠는가. 어찌어찌 브레이크를 꺼내서 제자리에 돌려놨지만, 잘 보이지도 않고 도구도 없어서 손으로 대충 자리만 잡아놓은 브레이크가 자꾸만 바퀴 안쪽으로 다시 미끄러졌다. 할 수 없이 자전거의 앞부분을 들어 올린 채 뒷바퀴만 굴려서 집까지 천천히 걸어가야 했다. 집 근처에 도착했을 때쯤에는 너무나 허기가 져서 걸음을 옮기는 일조차 힘에 겨웠다. 자전거를 아무 데나 세워두고 홀가분하게 걸어가고 싶은 마음이 굴뚝같았지만, 차마 그러지 못할 뿐이었다.

초인종을 누르고 나서 기다리는 시간이 끔찍하게 길었다. 마침내 "누구세요?"라고 묻는 구희 누나의 음성이 들렸을 때는 "나야" 하는 한 마디도 제대로 나오지 않을 지경이었다. 엄마가 집에 없다는 사실도 너무나 서러웠다. 아침까지만 해도 살뜰하게 모시던 자전거를 마당에 아무렇게나 쓰러뜨려 놓고 집 안으로 들어갔다. 거실 탁자 위에 삶은 옥수수가 아직 그대로 놓여 있었다. 탁자에 두 팔과 턱을 괸 채로 주저앉아 옥수수를 뜯어 먹기 시작했다. 꿀맛이었다. 뱃속으로 무언가가 들어가자 비로소 앞으로 고꾸라질 것 같던 느낌이 조금씩 사라졌다.

"씻고 와. 밥 차려줄게."

그 말을 듣는데 눈물이 날 것 같아 고개를 돌리지도 못하고 계속 옥수수만 먹었다.

"도대체 어디서 뭘 하다 온 거니?"

구희 누나가 냉장고를 열었다 닫았다 하면서 식사 준비를 하다 말고 어이가 없다는 듯이 물었다.

어이가 없기로는 나도 마찬가지였다. 난 대체 왜 이 모양 이 꼴이 됐어야만 했나.

"목욕탕에 옷 갖다 놓는다. 샤워해. 온통 흙투성이다."

옥수수 한 개를 다 먹고 나서야 조금 움직일 기운이 났다. 목욕탕에 들어가서 거울을 보니 그야말로 가관이었다. 머리부터 발끝까지 온통 진흙이 말라붙어서 샤워기 밑에 한참을 서 있어도 흙탕물이 흘러나왔다. 엄마가 집에 있었으면 등짝을 맞아도 서너 대는 맞았을 몰골이었다. 그렇다면 운이 좋은 셈인 건가. 고개를 숙이고 흙탕물이 빙글빙글 돌면서 하수구로 빠져나가는 모습을 보고 있자니 공연히 울대로 무언가가 치밀고 올라오는 것 같았다. 이 정체 모를 느낌은 그즈음 들어 자주 받았는데, 일종의 설움 같은 그 느낌에는 짜증과 방향을 모를 분노 같은 것도 같이 들어 있었다. 하지만, 그렇다고 해서 화를 내는 것도 우스운 일이었다. 내가 짜증을 부리거나 화를 낼 일은, 조금만 정신을 차리고 생각해 보면, 전혀 없었기 때문이다. 그날만 해도,

새 자전거를 몰고 성미산 언덕 너머 동네로 들어간 건 내 선택이었고, 아무 말도 하지 못하고 자전거를 내줬던 것도 나였고, 왔던 길을 택하는 대신 망원동으로 넘어가는(아마도 그럴 것이라고 마음대로 믿어버렸던) 논둑길로 들어간 것도 내가 내린 결정이었다. 다른 어느 누구도 탓할 수 없는 하루였던 셈이다. 그리고, 그래서 더 억울했다.

그러나 그날의 최악의 사태는 구희 누나가 차려준 식탁 앞에 앉아서 울어버린 일이었다. 그날 고생을 좀 하긴 했지만, 그래도 눈물을, 그것도 주체할 수 없을 정도로 흘리다니, 이해할 수 없는 일이었다. 구희 누나는 식탁에 밥과 반찬들을 차려놓고 내가 목욕탕에서 나오기를 기다렸다가 찌개를 데우기 시작했는데, 식탁에 앉아서 찌개를 기다리고 있다가 내가 눈물을 흘리기 시작한 것이다. 너무나 허기가 졌던 탓에 평소에는 그리 좋아하지도 않는 김치찌개 냄새에 감동을 했던 걸까? 그건 물론 아니었다. 원인은, 아무리 생각해 봐도, 노래였다. 노래 때문에 눈물을 흘리다니. 그러나, 그것, 노래 때문이었다. 구희 누나가 틀어놓은 라디오에서 남성 듀엣이 부르는 어떤 노래가 흘러나오고 있었는데, 그 노래의 한 지점에서 무어라 설명하기 어려운 기분이 일어났다. '기분이 일어났다'라는 이 이상한 말은 내가 사용해 본 적도, 누가 쓰는 걸 들어본 적도 없는 표현이지만,

그렇게 말고는 달리 설명하기가 어렵다. 그 노래는 그날 처음 들어보는 것이었는데, 그걸 듣는 순간 저 구석 어디에 숨어 있었던 것 같은 일종의 기억 같은 것이 걷잡을 수 없이 살아 올라왔다. 이걸 '일종의 기억 같은 것'이라고 한 이유는, 기분에 왠지 기억 속에서 끄집어낸 것 같지만 실제 내 기억과는 아무 관계도 없는 것이었기 때문이다. 그 노래는 "헤어지자 보내온 그녀의 편지 속에 곱게 접어 함께 부친 하얀 손수건" 어쩌고 하는 가사로 시작되었는데, 내게는 '그녀'라는 존재가 있어 본 적도 없고, 그러니 헤어져 본 적도 없고, 따라서 편지를 받아본 적도 없고, 당연히 그 안에 함께 부친 하얀 손수건 같은 걸 본 적도 없었다. 그러나 그럼에도 불구하고 그 노래를 듣는 순간, 그런 기억이 있는 것 같다는 기분, 그 기억이 다시 떠오른다는 사실 자체가 너무나 괴롭고 달콤한 것 같은 기분, 그런 말도 안 되는, 실체 없는 기분이 떠올라 그 순간의 나를 장악해버린 것이었다. 그리고, 그래서, 마치 그런 기분을 내가 실제로 느끼기라도 하고 있는 것처럼 가슴 저 깊은 곳에서 무언가가 묵직하게 밀고 올라오더니 목구멍 저 안쪽에서 크흐끄어어 하는 이상한 소리가 나오려고 했고, 그걸 억지로 막으니까 코 뒤가 꽉 막히는 것 같으면서 눈물이 쏟아져 나온 것이었다.

"괜찮아. 아줌마 내일 오신다고 했어. 아저씨 내일 퇴원하신대."

구희 누나가 내 어깨를 다독거리면서 이렇게 말했다. 그 순간 아버지에 대해서 까맣게 잊고 있었다는 사실이 떠올랐고, 그 사실에 대한 죄책감 같은 게 겹쳐지면서 눈물이 더 걷잡을 수 없이 흘렀다. 구희 누나는 아무 말 없이 내 어깨를 계속 다독여 줬는데, 눈물을 충분히 흘려서 그랬는지, 아버지가 퇴원한다는 소식과 더불어서, 태어나서 처음 맞아본 이 비상사태가 해소된다는 걸 알게 된 안도감 때문에 그런 건지, 혹은 구희 누나가 계속 어깨를 두드려준 게 도움이 된 건지, 아니면 구희 누나가 어깨를 두드려주고 있다는 사실 자체가 좋았던 건지, 그도 아니면 그 노래가 위로마저 전해주는 힘이 있었던 건지, 어느 순간 마음이 가라앉으면서 더없이 평화로운 상태가 됐다. 그 노래가 끝나고, 진행자는 그 노래가 트윈폴리오가 부른 '하얀 손수건'이라고 소개해줬다. 송창식과 윤형주. 그러고 보니 귀에 익은 목소리들이었는데, 내가 늘 흥얼거리고 다니던 '피리 부는 사나이'를 부른 송창식이 이런 노래도 불렀다니, 믿을 수가 없었다. 내가 이렇게 말하자 구희 누나는 자기 방으로 가서 그 신비의 카세트 레코더를 들고 나오더니 표면에 잔글씨로 무어라 잔뜩 쓰여 있는 테이프를 하나 넣고 틀어줬다. 버튼을 눌러서 뚜껑을 열고, 테이프를 집어넣고, 뚜껑을 닫고, 플레이 버튼을 누르고 하는 손동작 하나하나가 귀한 유리 물건을 다루기라도 하는 것처럼 조심스러웠다. 트윈폴리오의 노래만 모아놓은 테이프였다. 더할 나위 없이 감미로운 목소리로 부르는 노래들이 흘러나왔지만 더 이상 눈물이 나지는 않았다. 나는 그 노래들을 들으며 밥을 먹었고, 구희 누나는 맞은편에 앉아 시선을 허공에 둔 채 턱을 고이고 음악을 들었다.

6.

 그날, 진영아, 너는 왜 그 시간에 거기를 뛰어가고 있었을까. 사실 이 질문은 큰 의미가 없다. 너는 원래 뛰어다니는 아이였으니까. 너는, 누가 대문 앞에 와서 네 이름을 부를 때는 말할 것도 없거니와, 집 앞을 지나는 아이들의 재재거리는 소리만 들려도 신발을 대충 걸친 채 뛰기 시작해서 한쪽 발씩 '깽깽이'를 뛰면서 차례로 신발을 꿰고, 그렇게 하는 과정에서 예열 과정을 마치기라도 한 것처럼, 양쪽 신발이 다 꿰어지는 그 즉시 전속력으로 대문을 열고 튀어나가던 애였다. 그러니 네가 그날 그 시간에 거기를 뛰어가고 있었던 건 그날이 다른 날과 별다르지 않은 날이었다는 뜻이기도 할 것이다. 그러나 그건 사실이 아니다. 너는 그날 집으로부터 뛰어나온 게 아니라 집을 향해 뛰어가고 있었다.

　네가 그날 거기를 뛰어가고 있었던 건 조금이라도 빨리 집에 가고 싶었기 때문이다. 물론 네가 그토록 자랑스러워하던 자전거를 타고 있었다면 더 빨리 갈 수도 있었을 것이다. 그러나 너는 그 전날 그 새 자전거를 보기 좋게 망가뜨렸고, 아직 고칠 여유가 없었고, 그 때문에 근 이십일 만에 병원에서 돌아온 엄마한테 욕을 바가지로 얻어먹었으며, 스스로도 욕을 먹어도 싸다는 생각을 하면서 묵묵히 서 있었다. 그래서 너는 더 빨리 뛰었다. 네가 그렇게 서둘렀던 건, 네가 집에 조금이라도 빨리 가지고 가고 싶은 물건을 들고 있었기 때문이다. 너는 약국 심부름을 다녀오는 길이었다. 네 엄마가 약사와 전화 통화를 하는 소리를 너는 옆에서 들었다. 너는 수화기 너머로 희미하게 들려오는 '신약', '효능이 뛰어난' 따위의 말들을 들었다. 자전거를 쓸수 없었지만, 그래도 너는 네가 그 심부름을 하겠다고 자원했다. 어차피 그런 심부름은 늘 네 차지였지만, 그러나 그날은 다른 날들과 달랐다. 그날의 심부름은 워낙에 막중한 것이었고, 그래서 엄마는 잠시 형을 고려하기도 했다. 최소한 너는 그렇다고 느꼈다. 그럴 수는 없는 일이었다. 너는 네 달리기가 얼마나 빨라졌는지에 대해 과장되게 떠든 뒤, 형에게 100미터 달리기를 도전하기까지 했다. 네 엄마가 너한테 그 심부름을 시킨 건

순전히 그 소란이 번거로워서였을 것이다.

너는 골목을 빠져나가 33번 진화운수가 다니는 큰길까지, 거기에서 성산병원까지, 그곳을 지나면 나오는 약국까지 뛰어갔다. 달리기라는 것을 그 일을 위해 배우기라도 한 것처럼 온 힘을 다해 뛰어갔다. 뛰어가는 동안, 그리고 되돌아서 뛰어오는 동안 너는 기적의 약을 운반하고 있다고 생각했다. 그러기로 했다. 아버지는 그 약을 드시고 기적처럼 회생하실 것이었다. 그러면 엄마는 더 이상 부재하지 않을 것이고, 어쩌면 형과 누나도 방안에만 박혀 있지 않을 것이고, 어쩌면 그즈음 너를 짓누르고 있던 이유 없는 불안과 짜증과 우울도 사라질 것이고… 다시 모든 것이 예전 같아질 것이었다. 너는 그렇게 믿었다. 하지만 그건 어쩌면 달리기 자체의 힘이었을지도 모르겠다. 자전거도 그랬고, 속도는 늘 네게 다른 것들에서 얻지 못하는 쾌감을 주었다.

너의 상상력이 클라이맥스에 도달했을 때, 그 물건을 들고 네가 전속력으로 뛰어가고 있던 곳은 개천가였다. 평소에는 물이 그리 많지 않지만 집중호우가 내리더라도 넘치는 일이 없도록 이 미터 정도의 깊이로 파내려 파서 물길을 만든 뒤 양옆으로 축대를 쌓아 올린 개천. 그 옆으로는 지은 지 그리 오래되지 않은 단층이나 이층짜리 양옥집들이 나란히 늘어선 길이었다.

너는 그 길을 전속력으로 달리고 있었다. 오십여 미터 앞에 돌다리가 있었고, 그 다리 위로 좌회전해서 곧장 뛰면 너와 네 가족이 지난 십여 년을 살아온, 꽤 널찍한 마당이 있는 단층 양옥집으로 통하는 골목길이 나올 것이었다. 돌다리는 사내아이 하나가 전속력으로 뛰어서 건너기에 충분한 넓이였다. 아이는 물론, 자전거도, 오토바이도. 그리고 자동차도, 교차하기는 어렵지만 한 대는 무리 없이 건너갈 만한 넓이였다. 그 다리를 향해 빠른 속도로 접근하는 동안 너는 머릿속으로 적당한 궤적을 그리며 개천가에서 조금 떨어져, 집들이 서 있는 쪽으로 조금씩 옮겨갔다.

다리에는 높이가 이십 센티미터 정도밖에 되지 않는 아주 낮은 콘크리트 난간만 있었고, 그 콘크리트 다리에는 상수동 사거리와 마찬가지로 왕모래가 많이 깔려 있었기 때문에 달리기나 자전거로 급커브를 틀다가는 미끄러져서 다리를 왕모래에 온통 쓸면서 넘어지거나 관성에 못 이겨서 개천으로 뛰어들게 될 위험성마저 있었다. 너는 네가 간신히 걷기 시작할 무렵, 세발자전거를 타기 시작할 무렵부터 그 길과 그 다리 위를 뛰어다녔기 때문에, 그 사실을 누구보다 잘 알고 있었다. 속도를 줄이지 않고 다리 위를 뛰어서 건너가기 위해서는 느슨한 포물선을 그릴 만한 거리가 있어야 했고 그러려면 다리에 가까이 다가갈 즈음 그 다리 오륙 미터 앞에 있는 집의 대문에 바짝 붙으면서 최대한 각도를 번 후, 그렇게 해서 번 삼십도 정도의 각도로 다리 위로 뛰어들어야 했다. 그러면 설령 발밑의 왕모래에 미끄러져서 넘어질 것 같더라도, 차라리 미끄럼을 타면서 그 속도 그대로 길이가 오륙 미터에 불과한 다리를 뛰어넘어갈 수 있었다. 그렇게 해서 다리를 넘어간 후 반대편 개천가의 골목 모퉁이에 서 있는 전봇대를 짚고 그 반동을 이용해서 튀듯이 골목으로 뛰어들어갈 수 있을 것이었다.

이 모든 계산과 예상이 순식간에, 자연스럽게 이뤄지면서 네가 다리를 향해 뛰어가고 있는 동안, 너는 예전과 다른 무언가를 느꼈다. 너는 무언가를 봤다. 네가 뛰어가고 있는 방향의 저쪽 멀리에서 무언가가 너를 향해 맹렬한 속도로 뛰어오고 있었다. 물론 너를 향해 뛰어오고 있는 그것을 네가 그날 처음 본 건 아니었다. 너는 네가 기억하는 모든 세월을 그 동네에서 살아왔고, 유별나게 부산스러운 아이였고, 특히 방학 때면 갑자기 고꾸라질 정도로 허기가 져서 엄마 소리도 입 밖에 내지 못할 정도가 되기 직전까지 온 동네를 쏘다니며 집에 돌아오지 않던 아이였고, 그러니 그 동네에 네가 모르는 건 없었다. 너는 네가 큰길에서 그 개천가를 향해 좌회전해서 뛰어들 때부터 저 멀리에 두 개의 점처럼, 얼굴은 알지만 한 번도 말을 나눠보지는 않은 '어떤 누나'와 그 누나네 집에서 기르는 커다란 독일셰퍼드가 네 쪽을 향해 걸어오고 있는 걸 봤다. 어쩌면 너는 어느 순간부터 그 두 점 사이의 거리가 멀어지기 시작했다는 걸, 그 개가 생각보다 빨리 다가오고 있는 걸 의식했을지도 모르겠다. 그러나 너는 뛰는 일에 집중하고 있었다. 너는 네가 들고 있는 기적을 빨리 집에 가지고 가야 한다는 생각에 몰두하고 있었다. 너는 겨우 열두 살, 게다가 아주 부주의하고 덜렁거리기로 정평이 나 있는 사내아이였다. 너를 향해 달려오고 있던 독일셰퍼드와, 그 뒤에서 필사적으로 또한 너를 향해 달려오고 있던 그 얼굴만 아는 동네 누나의 일그러지고 공포에 절은 얼굴을 네가 조금 더 일찍 봤다면 뭔가가 달라졌을까? 뭔가가 달라지도록 네가 어떤 식으로든 조처를 취할 수 있었을까? 글쎄. 부질없는 가정이다. 너는 그렇게 하지 못했고, 다리로 뛰어들기 위해 바짝 붙던 개천가 집의 대문간, 바로 그 누나가 살던 그 집 대문간의 한쪽 구석에 몰려선 채 덩치가 너만 한 독일산 셰퍼드의 공격을 받았다. 그 집 대문에는 크게 입을 벌린 수사자 두 마리가 둥근 문고리를 물고 앞을 내다보고 있었지만, 네가 그 문고리를 붙들고 있는 동안 그 용맹스러운 얼굴의 수사자들은 아무런 도움이 되지 못했다. 그 개는 멀리로부터 오로지 너만을 노리고 뛰어온 듯 잠시의 망설임도 없이, 아무런 소리를 내지 않고 네 얼굴을 향해 달려들었다. 네가 오른손으로 문고리를 붙들고 버티면서 왼팔을 올려 얼굴을 가리자 그 개는 그대로 네 왼 팔뚝을 물었다. 무어라 형용할 수 없는, 태어나서 처음 느껴보는 무겁고 뜨거운 느낌이 팔에서 어깨를 거쳐 순식간에 전신으로 퍼졌다. 그 즉시 다리에 힘이 풀리면서 그 자리에 주저앉고 싶었지만, 너는 버텼다. 순식간에 벌어진 일은 그것만이 아니었다. '시이튼 동물기'였던가, 아니면 늘 달고 살던 두어 종의 소년잡지에서 읽었던가, 잡다한 상식으로 가득 차 있던 네 머릿속에서 너는 필요한 정보를 하나 끄집어냈다. 맹수한테서 공격을 당할 때에는 절대로 땅에 쓰러지면 안 된다는 정보. 너는 필사적으로 버티면서 또 한 가지, 모든 짐승들은 콧등이 급소라는 정보를 끄집어내어 이미 기운이 빠질 대로 빠진 주먹으로 개의 콧등을 계속 내리쳤다. 얼굴만 아는 누나는 무어라 소리를 지르며 달려왔다. 개는 잠시 물러났다가 다시 네 허벅지를 향해 달려들었다. 너는 허벅지에 그 큰 개를 매단 채로 개천을 향해 움직였다. 너는 계속해서 개의 콧등을 내리쳤다. 개가 네 주먹을 물려고 네 허벅지에서 이빨을 떼었을 때, 너는 네 주먹이 개의 크고 단단한 이빨을 스치는 걸 느끼면서 개천으로 뛰어내렸다. 물이 거의 마른 개천 가운데로 기다시피 움직여가면서 너는 위를 올려다보고 생각했다. 저 개가 쫓아서 뛰어내리면 난 여기서 죽을 수도 있다.

모험하는 소년들의 이야기를 많이 읽은 아이답게, 너는 비교적 침착하게 개천 바닥에 놓여 있는 큰 돌을 하나 집어 들었다. 왼팔과 왼 다리가 불이 붙은 것처럼 뜨거웠다. 너는 큰 돌을 들고 개를 올려다봤다. 개는 내려올 길을 찾는 것처럼 양옆으로 움직이고 있었다. 너는 있는 힘을 다해 몸을 일으켰다. 위엄을 보여야 한다고 생각했을 것이다. 큰 돌을 왼손으로 옮겨 들고 좀 작은 돌을 하나 집어 들었다. 그 돌을 꽉 쥐고는 던지는 게 나을지, 그대로 들고 서 있는 게 나을지를 생각했다. 네가 공격을 당하고, 개천으로 뛰어내리고, 돌을 쥐고 일어서서 이 모든 생각을 하는 데 걸린 시간이 얼마나 될까. 그동안 줄곧 너는 그 동네 누나가 지르는 비명소리, 개의 이름을 부르는 소리를 들었다. 너는 아주 오랜 시간이 지나 어른이 되고, 늙어가기 시작할 때까지도 그 사실을 기억하게 된다. 그리고, 그 누나가 그렇게 소리를 지르고 있는 동안 정작 그 개는 아무런 소리를 내지 않고 있었다는 사실도. 그 개는 마치 해야만 하는 일에 몰두하듯이 네게 끊임없이 덤벼들었다.

그 동네 누나가 개의 목줄을 붙잡고 울면서 네게 괜찮냐고 물어볼 때, 너는 처음 듣는 그 누나의 목소리가 예쁘다고 생각했다. 얼굴과 분위기에 어울리는 목소리라고 생각했다. 개는 목줄을 잡히고 나서야 비로소 짖기 시작했다. 너는 그 자리에 서서 네 집 전화번호를 불러줬다. 개가 맹렬히 짖고 있었기 때문에, 또한 스스로 너무 심하게 울고 있었기 때문에, 그 누나는 네가 불러주는 전화번호를 잘 듣지 못하고 자꾸 반복했다. 삼사에 오 뭐라고? 오삼? 오삼 뭐라고? 몰라 모르겠어. 그 누나가 모르 겠다고 발을 구르며 울었기 때문에 너는 괜찮다고 말해야 했다. 누나, 난 괜찮아요, 라고 말하자 그 누나는 울면서 네게 이렇게 말했다. 안 괜찮아, 너 피 많이 나. 안 괜찮아. 어떡해. 너는 심지 어 네 집이 어딘지 설명해 주려 시도해 보기도 했다. 때마침 옆 집 아주머니가 그 자리를 지나가지 않았다면 너는 좀 더 길게 설명을 하고 서 있어야 했을지도 모른다. 옆집 아주머니가 허겁 지겁 자리를 뜨고 네 어머니와 동생이 뛰어올 때까지, 너는 그 자리에 서서 새하얗게 질린 채 발을 동동 구르고 있는 동네 누 나와 너를 향해 끊임없이 짖고 있는 셰퍼드를 올려다보고 있어 야 했다.

　상처는 꽤 깊었다. 너는 왼쪽 허벅지를 스무 바늘 정도, 왼쪽 팔을 열 바늘 정도 꿰매야 했다. 왼쪽 팔과 허벅지 모두 시커멓 게 멍이 들고 부어올랐는데, 특히 왼쪽 허벅지는 미친 듯이 부 어올라 곧 터져버릴 것 같았다. 의사는 개한테 광견병 검사를 해봐야 할 거 같다고 말했다. 검사 결과에 따라 네가 어떤 특별 한 주사를 맞아야 할지도 모른다고도 말했다. 그 주사는 무척 아프다던데, 하고 누군가가 말했다. 개는 광견병 예방주사를 맞긴 했지만 유효기간이 서너 달 지나 있었다. 너의 가족도 항상 개를 키워왔기 때문에 주사를 맞혀야 할 때가 서너 달 정도 지났다고 해서 문제가 생기지는 않는다는 건 네 어머니도, 아버지도 알고 있었다. 너도 알고 있었다. 그러나 불안한 것 또한 사실이었다. 그러나 너는 네가 광견병에 걸릴지도 모른다는 사실만큼이나, 사람들이 그 개를 죽일지도 모른다는 사실도 불안했다. 네 집을 찾아온 동네 사람들은 말했다. 사람을 문 개는 죽여야 한다고. 너의 식구들 중 누군가는 그 개를 재워야 한다고 조금 부드럽게 말했지만, 결국 같은 말이었다. 광견병에 감염되어 있는지 아닌지를 알려면 개를 재운 뒤 뇌를 검사해봐야 한다고 했다. 그러니 광견병 검사를 한다는 건 곧 개를 죽여야 한다는 것과 같은 뜻이었다. 너는 끊임없이 말했다. 그 개는 잘못이 없어요. 그 누나도 잘못이 없어요. 그러면 사람들은 네게 물었다. 그럼 누구 잘못이란 말이냐. 너는 할 말이 없었다. 내가 너무 빨리 뛰었어요, 그 개는 제가 공격하러 오는 줄 알았을 거예요, 라고 말했지만 어른들은 고개를 저었다.

7.

내가 개에 물린 건 끔찍한 사건이었지만 그것이 아버지의 퇴원이 가져다주는 희망을 가릴 정도는 아니었다. 게다가 나로서는 덕을 본 것도 있었다. 엄마가 쉽게 병구완을 할 수 있도록 안방에 아버지와 나란히 눕게 된 것이었다. 이따금 낮잠을 자는 엄마 옆에 누운 적은 있었지만, 아버지와 나란히 눕는 건 아주 어린 시절 이후로 처음이었다. 게다가 다음 날은 개학일이었다. 안방 문을 열고 등교 인사를 하는 형과 누나, 진수에게 아버지 옆에 누운 채로 "오냐, 다녀오거라." 하고 아버지 대신 인사를 받는 재미는 양팔과 다리를 한 달쯤 내줘도 아까울 게 없는 것이었다. 어머니는 올해 식구들 신수가 왜 이런지 모르겠다고 신세 한탄을 하셨지만, 입에는 옅은 웃음을 띠고 있었다. 아버지도 고비는 일단 넘겼다고 했고, 내 상처는 시간이 지나면 아물 것이었다.

아버지는 누워 있는 동안에는 대개 책을 읽었다. 나 역시 도리 없이 책이나 읽을 수밖에 없었다. 나는 안방에 있던 책 중에서 <바람과 함께 사라지다>를 골라잡아 읽었는데, 주말의 명화에서 영화로 본 탓도 있었지만, 이렇게 두꺼운 책을 읽을 수 있다는 걸 아버지에게 보여주고 싶은 욕심도 있었던 것 같다. 아버지는 원체 말이 없는 사람이었지만, 책을 읽다가 플랜테이션처럼 잘 모르는 단어나 상황에 대해 질문하면 자세하게 대답을 해줬다. 나는 아버지가 굵고 낮은 목소리로 천천히 길게 대답해주는 게 듣기 좋아서 노예제나 남북전쟁처럼 이미 대충 알고 있는 것들에 대해서도 다시 묻고 또 물었다.

그렇게 사나흘이 지나자, 아버지는 마당에 나가서 전지가위를 들고 장미를 손질할 정도로 컨디션이 좋아졌다. 엄마에게는 옆에서 하루 종일 종알거리는 녀석이 있어서 정신이 산란해서 나왔다고 했지만 엄마는 그렇게 조금씩 움직이는 게 몸에 좋다고 했고, 나는 내가 아버지의 건강에 구체적으로 도움이 되고 있다는 생각에 기뻤다.

"아유, 그건 와 벌써 끊어내요? 병원 가 있느라 이번에 핀 건 제대로 보지도 못했구만서두."

아버지가 아직 싱싱하게 피어있는 꽃을 가지째 끊어내자 엄마가 아쉬워하면서 말했다.

"저녁때 태풍이 온다잖소."

아버지가 잠시 뜸을 들이다 대답하자 엄마가 멈칫하는 게 보였다.

"또요? 올해는 태풍이 유난히 잦은 거 같네. 기분인가?"

아버지는 아무 말 없이 잘라낸 장미들을 엄마에게 건네주었다. 나는 안방 창문턱에 턱을 고이고 이 장면을 말없이 바라보았다. 두 사람이 서 있는 자리 뒤의 대문 지붕과 담벼락 너머 멀리에 짙은 먹구름이 깔려있고, 그 위로 늦여름 오후의 해가, 황금빛이라고 말할 수밖에 없는 찬란한 빛을 뿌리고 있었다. 먹구름과 오후의 햇빛이 대조를 이루면서 사물의 윤곽은 더욱 선명해지고 빛은 더욱 따뜻하게 빛나는, 한 해에 몇 번 보기 어려운 그런 풍경이었다.

엄마는 아버지가 잘라낸 장미들을 화병에 꽂아 안방 문갑 위에 두었다. 엎드려서 책을 읽다가 고개를 돌리면 바로 보이는 위치였다. 우리 집 마당에서 나고 아버지가 꺾어서 엄마가 꽂아놓은 그 장미꽃들은 이대로 모든 것이 다 좋아질 거라는 사실을 보여주고 약속하는 징표인 것 같았다.

저녁 식사가 끝날 무렵에, 예보와 달리 그냥 지나가나 보다

했던 비가 쏟아지기 시작했다. 곧이어 거센 바람이 창틀을 흔들기 시작했지만, 그럴수록 엄마 아버지, 진수와 같이 앉아있는 방안은 더욱 안온하게 느껴졌다. TV에서는 높은 모자에 단장을 든 후라이보이 곽규석이 수영복 같은 옷만 입은 무용단과 팔짱을 끼고 양쪽 다리를 교대로 들어 올리는 춤을 추면서 <쇼쇼쇼>의 시작을 알렸다. 음악 소리가 요란해지자 누나가 멋쩍은 웃음을 지으며 슬그머니 방문을 열고 들어와 앉았다. 엄마가 좋아하는 "못생겼지만 노래는 시원시원하게 하는" 조영남이 나와 '불 꺼진 창'을 불렀고, 아버지와 엄마가 모두 징징거린다고 싫어하는 김정호가 '이름 모를 소녀'를 불렀고, 엄마가 입술을 내민 모습이 망측하다고 질색을 하는 김정미와 김추자가 나팔바지를 입고 뱀처럼 팔을 휘저으면서 특유의 코맹맹이 소리로 각각 '이건 너무 하잖아요'와 '무인도'를 불렀다. 나는 내가 좋아하는 어니언스가 나오길 기대하고 있었지만, 그 대신 누나가 좋아하는 김세환이 등장해서 '비'를 불렀다. 엄마는 그렇잖아도 비가 많이 오는데 비를 부르는 노래를 한다고 언짢아했다. "소낙비야 내려라, 천둥아 울리럼"이라고 노래하는 아름답고 미묘한 대목에서는 혀를 차기까지 했다.

그다음에 등장한 건 송창식이었다. 아버지는 "저 재미있는 친구가 또 나왔구나"라고 말하며 웃었다. 어니언스는 나오지 않았지만, 아버지를 또 웃게 했다는 것만으로도 나는 송창식이 좋았다. 송창식은 '철 지난 바닷가'로 시작해서 '한 번쯤', 그리고 '피리 부는 사나이'까지 세 곡을 잇달아 불렀다. '피리 부는 사나이'의 전주가 나오면서 송창식이 허수아비처럼 양팔을 드는 순간 진수와 나는 환호했다. 노래가 마무리될 무렵, 며칠 전 밤에 구희 누나가 틀어놓은 라디오에서 흘러나오던 '하얀 손수건'과 녹음기에서 틀어주던 '웨딩케이크', '에델바이스', '축제의 노래' 같은 노래들이 생각났다. 구희 누나는 지금 뭘 하고 있을까 잠깐 생각이 들었지만, 곧 방 안의 즐거운 분위기로 마음을 옮겼다.

그날 밤의 그 방 안 분위기와 나눴던 이야기가 소상하게 기억나는 이유는, 그날 이후로 몇 번이나 그날 밤을 복기해봤기 때문이다. 그날 밤과 같은 즐겁고 따뜻한 시간들은 아버지가 병으로 눕기 전까지는 거의 매주 주말마다 누려오고 있던 것이었고, 그날, 나는 꽤 오랫동안 우리 집에서 사라졌던 그 시간들이 다시 돌아올 거라는 희망에 부풀어 있었다.

그러나, 그런 시간은 그날 이후로 다시는 돌아오지 않았다.

아버지는 오랫동안 버스회사를 운영해 왔다. 버스회사란 게, 지금은 어떤지 모르겠지만 어린 시절부터 토막토막 주워들은 걸

종합해 보자면, 차량을 소유한 차주들이 모여 조합을 형성하고, 그 안에서 사장을 선출해서 운영을 맡기는 형식이었다. 아버지도 그런 사장이었는데, 사장 일을 맡으면서 워낙 술자리가 잦았고, 그렇게 생긴 간염이 간경화증으로, 그리고 기타 합병증으로 악화되었다. 아버지는 사장이라는 직책을 내놨지만, 우리 가족은 아버지 소유의 버스들에서 나오는 수입으로 치료비와 생활비를 감당하며 그럭저럭 지낼 수 있었다. 나중에 내가 알아본 바로는, 그 무렵이 시내버스 대수가 급격하게 늘어나던, 버스의 전성시대였다. 이농과 서울로의 집중이 본격화되던 무렵이었고, 지하철 1호선이 두어 주 전에 개통했지만 그건 시내 중심가 일부의 얘기일 뿐, 사대문 밖에서는 여전히 버스가 유일한 대중교통수단이던 시대였다. 버스회사들이 비대해지면서 정부로부터의 요구도 다양해졌다. 무엇보다 수시로 노선 구간을 연장하거나 재조정하고 배차 간격을 줄이면서 대수를 늘려야 했고, 그와 동시에, 구형 차종을 폐기하고 신형으로 교체하라는 압박도 심하게 들어왔다. 보험 없는 시대에 중병을 오래 앓느라 여유자금이 없던 아버지는 소유 차량을 팔고 나가든가 아니면 빚을 얻어서라도 교체해야 하는 처지에 놓이게 됐다. 버스업계에 새로 들어오려고 기다리는 이들은 얼마든지 있었으므로, 로비와 압력이 두루 거셌다. 아버지는 빚을 얻어서 노후 버스 두 대를 새 버스로 교체

했다. 아버지로서는 빠른 시일 안에 경제활동에 복귀할 가능성은 적어 보였고, 아이들은 아직 어렸으므로 지속적인 수입을 보장하는 쪽이 중요했을 것이다. 게다가 버스는, 아무리 눈만 뜨면 새로운 규제가 만들어진다고 해도 여전히 전망이 좋은 사업이었다. 황금알까지는 몰라도, 매일 꾸준히 알을 낳아서 여러 사람을 먹여 살리는 거위였다.

엄마가 소낙비가 내리리고 노래하는 김세환을 보면서 짜증을 낸 데에는 그럴 만한 이유가 있었다. 대개의 크고 작은 버스 사고는 눈이나 비에 관련되어 있었기 때문이다. 저녁 무렵부터 본격적으로 몰아치기 시작한 바람과 비의 기세는 이미 두 시간가량을 몰아치고 나서도 전혀 수그러들 기미를 보이지 않았다. 엄마는 <쇼쇼쇼>가 끝나고 이어진 연속극에 눈을 두고 있으면서도 전적으로 몰입하지는 못하는 것 같았다. 누나는 TV에 미련을 두고 있다가 <주말의 명화>가 시작되면 부르라고 하고는 자기 방으로 돌아갔고, 나는 환자이자 안방 거주자로서의 특혜를 만끽하면서 평소 같으면 허락되지 않는 연속극을 보고 있었다. 그리고 그때 연속극의 한순간에서처럼 전화벨이 울렸다. 엄마와 아버지가 짧은 순간 서로를 마주 보는 걸 나는 봤다. 아버지가 먼저 TV 쪽으로 다시 시선을 돌렸고, 엄마는 전화기로 다가가 수화기를 집어 들었다.

"어떤 차? 어떤 차?"

잠시 수화기를 들고 상대방이 말하는 걸 듣고만 있던 엄마가 비명처럼 반복해서 물었다. 나는 반사적으로 아버지를 바라봤는데, 아버지는 아무런 표정의 변화도 없이 TV만 쳐다보고 있었다.

"어디서? 어디서?"

엄마의 음성은 이제 거의 울음이 섞여 있었다. 아버지가 TV에서 시선을 떼고 나를 쳐다보면서 나직하게 명령했다.

"TV 끄고 진수랑 너들 방에 가 있으라우."

이제 곧 <주말의 명화>가 시작될 시간이었고, 그건 아프지 않을 때도 시청이 허락되는 특별한 프로였지만, 나와 진수는 순순히 안방을 물러 나왔다. 사고는 일상적인 건 아니었지만, 그렇다고 아주 드문 일도 아니었다. 그리고 우리는 사태가 진정되기를 조용히 기다리는 것 말고는 할 수 있는 게 아무것도 없다는 사실도 잘 알고 있었다. 평소보다 조금 더 조용히, 조금 더 고분고분하게 처신하면서.

8.

보험이 거의 모든 사고를 중재하는 시대가 된 뒤에도 당사자 간의 합의는 여전히 중요한 역할을 하는데, 당시는 보험 이전의 시대였다. 법과 제도에 의한 처리보다 당사자 간의 합의가 더 중요했고, 주먹까지는 아니더라도 애원, 호소, 공갈, 협박, 점거 등등, 법보다 가까운 건 얼마든지 있었다. 사정이 이렇다 보니 사고의 규모와 피해 정도만큼이나 상대방이 누구냐 하는 것도 중요했다. 피해자 입장에서 보자면 차주가 어떤 사람인가, 차주 입장에서는 피해자가, 혹은 피해자를 대리하는 사람이 어떤 사람인가 하는 게 일의 해결에 큰 영향을 미쳤다. 상대에 따라 상대적으로 큰 사고가 수월하게 수습되는 경우도 있었고, 작은 사고가 큰 골칫거리로 번지는 경우도 있었다. 그리고 당사자 간

합의가 이뤄지더라도 그걸로 끝이 아니었다. 사고의 주변에는 언제든 손을 내밀 준비를 하고 있는 공무원과 경찰이 있었다. 이들은 자신들에게 무언가 이득이 되는 게 있을 때에는 합의를 도와주기도 했지만, 같은 이유로 합의를 무산시킬 수 있는 힘도 가지고 있었고, 그 힘을 언제든지 행사할 의사 또한 가지고 있었다. 그리고 무엇보다, 사고의 원인과 책임소재를 가리는 일, 그리고 그에 따라 가능해질 수도 있는 형사처벌에 관해서는 이들이 거의 절대적인 권한을 가지고 있었다. 그러니 버스 몇 대를 굴리는 건 전방위적인 노력을 필요로 하는 일이었고, 따라서 팀플레이가 이뤄져야 했다. 아버지는 공무원들과 돈 관련 문제를 전담했고, 엄마는 사람을 담당했다. 엄마는 그 일을 무척이나 부담스러워하고 싫어했는데, 아버지가 병석에 눕고 나서는 아버지가 맡아하던 일까지 직접 하거나, 아니면 최소한 누군가에게 그 일을 부탁하는 일을 감당해야 했다. 그러니 아무리 작은 사고여도 엄마는 언제나 초긴장 상태였다. 사람이 많이 다치는 경우는 최악이었다. 병원에 입원을 주선하고, 찾아가서 당사자와 가족들에게 사죄하고 보상을 협의하고 하는 건 쉽지 않은 일이었다. 다친 사람을 보러 다니는 것 자체가 힘든 일이지만, 결국 모든 문제를 돈으로 환원시켜서 해결을 봐야 하는 건 더 어려운 일이었다. 치료비용을 너무 많이 쓰는 것도 문제지만 너무

적게 써서 피해자가 홀대받는 느낌을 줘서도 안 되었다. 보상의 수준을 놓고 협의를 하는 건 더 쉽지 않았을 것이다. 피해자와 그 가족의 마음을 상하게 하고 싶지는 않았지만 그렇다고 원하는 대로 다 해주기도 어려웠다. 양쪽이 두루 만족할 수 있는 해결책을 끄집어내는 건 애당초 불가능에 가까운 일이었다. 이따금 왈패 같은 피해자 가족이나 친지들이 술을 마시고 와서 행패를 부리기도 하고, 심지어 피해자 가족의 의뢰를 받은 무뢰한이 협박을 하는 일도 있었다. 그런데 여러 명의 피해자가 발생하는 순간, 이 모든 어려움은 갑자기 산술적인 합의 몇 배로 커진다. 피해자가 많다는 걸 안 피해자 각자가 자기 몫의 보상금이 적어질 걸 우려해서 나름대로 '손'을 쓰기 시작하고, 그 결과물은 대개 교통부 과장, 내무부 계장, 청와대에 파견 나가 있는 경찰관, 신문기자 따위의 '연줄'을 작동시키는 것으로 나타난다. 그리고 이들은 자신의 전공분야 특유의 방식으로 자기의 권력을 과시함으로써 사태를 해결하려 들었다. 이런 사람들을 하나하나 상대하는 건, 혹은 이런 사람들을 상대해 줄 누군가를 동원하는 건 그것 자체만으로도 피를 말리는 일이었다.

　다음 날 아침 눈을 떴을 때에는 이미 많은 것이 달라져 있었다.

일단, 평소 같으면 평일에 비해 훨씬 천천히, 여유 있게 시작되어야 할 일요일 아침이었지만 그날은 전혀 그렇지 못했다. 엄마는 이른 아침부터 우리를 두들겨 깨웠다. 일어나 보니 엄마는 이미 외출 준비를 다 마친 상태였다. 엄마는 우리들과 구희 누나까지 한 데 불러 모아놓고, 누가 와도 문을 열어주지 말라고 단단히 이른 다음 외출했다. 엄마가 나가고 나서 얼마 되지 않아 초인종이 울렸다.

구희 누나가 거실에 매달려 있는 인터폰의 통화 버튼을 눌렀다.

"누구세요?"

"이중식 사장님 계세요?"

걸걸한 중년 아저씨의 목소리였다. 구희 누나는 사장님과 사모님 두 분 다 안 계신다고 하고는 인터폰을 끊었다. 끊자마자 다시 초인종이 울렸다. 우리는 어찌할 바를 몰라 다들 인터폰 앞에 모여서 인터폰을 쳐다보기만 했다. 계속 초인종이 울렸다. 이번에는 형이 받았다. 다짜고짜 반말이 터져 나왔다.

"문 열어!"

"어른들 안 계세요."

형이 그렇게 말했지만 바깥에서는 막무가내였다.

"글쎄, 일단 문 열어."

"어른들이, 아무도, 안 계신다고요."

진수가 인터폰에 대고 소리를 꽥 질렀다. 어린아이 목소리에 주춤했는지 그제야 초인종 소리가 멈췄다.

"다들 들어가자."

인터폰 앞에 잠시 서서 기다리다가 더 이상 초인종이 울리지 않자 형이 모두를 돌아보며 말했다. 이때 안방에서 아버지의 음성이 들렸다.

"진석아,"

"예," 형이 안방으로 가서 문을 열었다. 우리도 따라가서 문가에 엉거주춤하게 둘러섰다.

"문 열어드리고, 응접실에서 기다리시라 그래. 그리고, 구희야,"

"예," 구희 누나가 뒤에서 고개를 내밀며 대답했다.

"아주머니가 곧 돌아오실 거라고, 그때까지 기다리시라고 하고, 차 대접해 드리라우."

"예." 구희 누나가 대답하고 뒤로 물러섰다.

"너희는 각자 방에 돌아가서 할 일들 하라우. 바깥에 신경 쓰지 말고." 아버지는 말을 마친 뒤 다시 책을 집어 들고 벽을 향해 돌아누웠다. 우리는 조용히 문을 닫고 돌아섰다.

"어떻게 해?" 누나가 걱정스러운 표정으로 형에게 물었다.

"뭘 어떻게 해. 아버지 말씀 들었잖아. 방에 들어가서 조용히 들 하고 있어." 형이 우리를 둘러보며 말하고는 구희 누나를 바라봤다. 구희 누나가 고개를 가볍게 끄덕이고는 현관으로 나갔다. 나는 진수를 데리고 우리 둘이 쓰는 방으로 들어갔다.

우리가 쓰는 방은 현관을 들어서면 바로 왼쪽에 있는 방이었다. 그리고 맞은편이 응접실이었다. 원래는 우리가 집안에서 가장 자주 들락거리고 가장 시끄럽기 때문에 현관에서 가장 가까운 그 방을 쓰게 된 건데, 반면에 응접실에 손님이 와 있을 때에는 가장 조용히 해야 하는 방이기도 해서 손님이 오면 우리는 무조건 안방으로 가거나 밖으로 나가야 했다. 평소 같았으면 그날도 밖으로 튀어나가 돌아다니다가 돌아왔을 텐데, 돌아다니기는커녕 제대로 걷지도 못하는 형편이니 이번에는 꼼짝도 못하고 집안에서 일어나는 일을 고스란히 감수할 수밖에 없었다.

현관문이 열리는 소리가 들렸다.

"이쪽이요."

구희 누나가 사람들을 응접실로 안내하는 모양이었다. 잠시 후, "차를 좀 드릴까요?" 하는 구희 누나의 목소리와, "우리가 뭐 차 마시러 왔나?" "물이나 좀 줘." 하는 등의 소리들이 들려왔다. 몇 명이나 될까… 궁금했지만 나가볼 엄두는 나지 않았다.

"최초의 우주비행사"

진수가 백과사전을 펴들고 질문을 던졌다. 지금 이 판국에⋯, 하는 생각이 들었지만, 하긴 진수는 아직 이런 문제에 예민하게 반응할 나이가 아니었다. 너무나 한심해서 대답을 할 마음이 없기도 했지만, 무엇보다 허벅지와 팔의 꿰맨 자리가 미친 듯이 가려웠다.

"힌트. 백과사전 제일 처음에 나오는 인물."

내가 아무 대답 없이 가만히 있자 몰라서 그런 줄 알았던 모양인지 진수는 친절하게 힌트까지 던져줬다. 나는 거즈로 덮어놓은 상처 주변을 조심스럽게 긁으면서 대답했다.

"유리 가려워."

"으하하하"

진수가 요란하게 웃으면서 뒹굴었다. "유리 가려워래, 으하하하."

"야, 조용히 해."

얼른 주의를 줬지만 진수는 웃음을 그치려 들지 않았다.

"야, 알았어, 알았어, 유리 가가린. 됐냐?"

방 안에서 이렇게 옥신각신하는 동안 구희 누나가 문을 빼꼼 열고 고개를 들이밀고는 심각한 얼굴로 입술에 손가락을 세워 보였다. 그리고는 무어라 대꾸를 하기도 전에 문을 닫고 사라져 버렸다. 얼굴이 화끈거렸다. 이런 저차원적인 일로 망신을 당하다니. 생각 같아선 진수를 한 대 쥐어박아주고 싶었지만, 그랬다간 더 시끄러워질 게 뻔했다. 대신 나도 입술에 손가락을 대고 문에 귀를 갖다 댔다. 진수도 내 등을 짚고 고개를 들이밀면서 귀를 갖다 댔다. 너무 가까이 들이대지 말라고 밀어내긴 했지만, 나는 진수가 가까이 다가왔을 때의 달큰한 숨 냄새가 늘 좋았다.

9.

그날부터 시작해서, 응접실은 늘 사람들로 들끓었다. 응접실에 사람이 너무 많으니까 응접실은 대기실이 됐고, 엄마가 사람을 만나서 응대하는 일은 주로 거실에서 했다. 우리 집에서 거실은 양옥집의 거실보다는 한옥의 대청마루 같은 성격이 더 강했다. 겨울에는 별다른 쓰임이 없었고, 여름에는 나와 진수가 하루 종일 뒹굴며 놀다가 밤에는 텐트를 치고 자는 공간이기도 했다. 또한 저녁에 식구들이 교자상을 놓고 둘러앉아 과일을 먹으면서 이야기를 나누거나, 의자가 여섯 개 놓여 있는 식탁이 비좁을 정도로 많은 사람이 모였을 때 역시 교자상을 놓고 식사를 하거나 하는 용도로 쓰이는 곳이었다. 이제 그 교자상은 엄마가 손님들 한 사람 한 사람과 마주 앉아 온갖 내용과 어조의 이야기들을 들어주는 자리가 됐다. 그러나 그것도 불과 사나흘이었고, 그 뒤로는 분위기가 좀 더 험악해졌다. 차라리 학교에 가는 게 낫지, 방안에 가만히 들어앉아 있는 게 불안할 지경이었다. <바람과 함께 사라지다>를 들고 읽는 시늉을 내기는 하지만, 채 몇 문장을 읽기도 전에 현관문이 열고 닫히는 소리가 났고, 그때마다 딴생각이 비집고 들어왔다. 게다가 모르는 단어들도 자꾸 튀어나왔는데, 분위기상 아버지에게 물어보기도 어렵고 해서 그대로 넘어가다 보니 더욱 이야기에 몰입하기가 어려웠다. 바깥은 대체 어떻게 돌아가는 건지 궁금했지만 그전처럼 나가서 탐색을 하거나 엄마에게 물어볼 만한 분위기도 아니었다. 전에도 이런저런 사고는 있었지만, 이번에는 많이 달랐다. 아버지는 벽을 향해 돌아누운 채로 책만 읽고 있었고, 그러니 방 안에서 함부로 소리를 내기도 어려웠다. 얼른 진수라도 학교에서 돌아와 성가시게 해줬으면 싶을 정도였다. 소원을 빌 때는 조심해야 한다, 이뤄질 수도 있기 때문이다. 이 말을 누가 했던가. 아마도 셰익스피어겠지. 그 사람은 안 한 말이 없으니까. 아니면 그냥 서양의 속담이었든가. 아무튼 그 말에 걸맞은 사건이 벌어졌다.

아버지와 같이 안방을 쓰기 시작한 뒤로 나는 아버지와 같이 방 안에서 식사를 하곤 했는데, 구희 누나가 점심상을 가지고 들어오자마자, 내 지루함을 파격적으로 깨뜨리는 일이 생긴 것이다. 그때까지만 해도 응접실에서의 대기와 거실에서의 개별 상담이라는 엄마의 작전이 통제 불능 상태로 망가지는 경우는 없었다. 언성을 높이는 사람도 간혹 있었지만, 대개는 방 안에 환자가 있으니 목소리를 조금만 낮춰달라고 엄마가 사정조로 이야기를 하면 곧 누그러지게 마련이었다. 이건 내가 소년중앙에서 읽은 바로는 마케도니아의 필립 2세가 처음 시작했고, 줄리어스 시저와 나폴레옹이 적극적으로 활용했던 '분리한 뒤 공격하라!'는 병법이었다. 하긴 이건 전혀 새로운 일은 아니었다. 엄마는 나와 진수가 다툴 때에도 같은 방법으로 다루곤 했다. 일단 분리한 뒤 한 명씩 면담. 이렇게 혼자서 일대일로 엄마와 마주하게 되면 우선은 감정이 가라앉게 마련이었다. 그러나 그날은 이 방법이 제대로 먹히지 않았다. 어떤 아줌마가 소리를 질러대기 시작한 것이다.

"이 사장님이 직접 나와 보세요, 아니 아무리 아파도 나와서 수습을 하셔야지, 식사도 받아 자시는 거 보니 혼수상태는 아니신 거 같구만!"

나는 밥상으로 다가앉다 말고, 자동적으로 아버지를 돌아봤다. 바깥에서는 엄마가 무어라 사정조로 만류하는 소리가 들렸다. 아버지는 고개를 숙인 채 그 소리를 듣고 있더니 구희 누나에게 말했다.

"야 좀 데리고 나가 있으라우."

구희 누나나 나나 어디에 가서 무얼 하고 있으라는 건지 알 도리가 없어서 잠시 어리둥절했지만, 구희 누나가 일단 알았다고 대답하고 나를 쳐다봤다. 나는 엉거주춤 일어나 구희 누나를 따라나섰다. 거실에는 엄마가 처음 보는 아줌마 둘과 같이 서 있었다. 두 아줌마가 안방을 향하고 있고, 엄마가 그걸 막아서고 있는 것 같은 모습이었다. 역시. 완전히 분리가 이뤄지지 않았기 때문이야, 라고 생각하면서 구희 누나를 따라갔다. 뒤통수에 두 사람의 시선을 느끼면서 나는 일부러 조금 더 심하게 절뚝거리면서 걸었다.

"애가 다쳤나 보네…" 좀 민망했는지 둘 중 한 사람이 중얼거리는 소리가 들렸다.

"개한테 심하게 물렸어요. 아직 걷는 게 온전하질 못해요." 엄마가 부드러운 목소리로 말했다. "자, 좀 앉으세요."

내가 이렇게 본의 아니게 결정적인 공로를 세우면서 따라간 구희 누나가 향한 곳은, 뜻밖에도 옥상이었다. 옥상은 응접실과 부엌 사이에 달려 있는 좁은 문을 통해 올라가게 되어 있었는데, 옥상에는 약 30센티미터 정도 높이의 시멘트 난간만 있어서 평소에는 진수와 내게는 접근금지 구역이었다. 그렇다고 해서 못 올라갈 건 없었지만, 입구 계단에 이런저런 물건들도 많이 쌓여 있고, 수시로 고추나 무청, 배추겉잎, 호박 따위 각종 야채를 널어 말리는 용도로 사용했기 때문에 나로선 그리 큰 매력을 느끼지 못하는 곳이었다. 구희 누나는 자주 이용하는 모양이었다. 옥상에는 한쪽 구석에 의자가 하나 놓여 있었고, 누나는 그 의자를 가리켰다.

"앉어."

내가 엉거주춤 의자에 앉자마자 구희 누나는 다시 내려갔다. 아주 잠깐이었지만, 버려진 것 같은 느낌이었다. 물론 구희 누나는 매일같이 뜻하지 않은 손님들도 많이 오고 해서 바쁜 처지였다. 하지만, 그렇다고 나를 이렇게 옥상에 내버려 두고 혼자 가버리다니 좀 너무하지 않은가 말이다. 하긴 아버지의 명령이 너무 갑작스럽긴 했다. 아직 제대로 걷지도 못하는 나를 어디에 데리고 가겠는가. 그래도 그렇지, 공연히 서러운 느낌이 들었다. 하지만 잠시 신선한 바람을 맞으며 생각해 보니, 갑작스럽게 내린 판단치고는 현명한 데가 있었다. 집 밖은 마땅히 가 있을 만한 곳이 없었고, 내 방은 응접실을 마주 보고 있으니 더 소란스러우면 소란스러웠지 나을 일은 없었다. 어차피 아버지의 의도가 내게 민망하거나 험한 꼴을 보여주지 말자는 거였을 테니, 옥상은 딱 적당한 장소였다. 이웃에 소리가 새 나가지 않도록 창문들을 모두 닫아놓은 상태여서 집안에서 나는 소리는 옥상으로도 올라오지 않았다. 옥상에서 돌아보는 주변은 지극히 평화로웠고 매미 우는 소리만이 자지러졌다. 이제 곧 저 소리도 사라질 것이었다. 이제 막 9월로 접어들고 있는 참이었는데, 하늘의 색깔은 모든 색들을 하얗게 한 꺼풀 벗기는 듯하던 한여름의 강렬함을 이미 조금 잃어버리고 있었고, 나뭇잎들마다 끄트머리에 희미하게 갈색의 기운이 돌고 있었다.

사방이 정적으로 둘러싸이자 오히려 그제야 불안이 조금씩 밀려들기 시작했다. 우리 집에 지금 무슨 일이 벌어지고 있는 건가. 이런저런 사고는 이따금씩 있는 일이었지만, 저렇게 많은 사람들이 한꺼번에 집으로 몰려와 진을 치고 있는 경우는 처음이었다. 아버지는? 그렇잖아도 회복이 어려운 병이라고 하던데, 다시 일어나실 수 있을까? 의자에서 일어나 옥상의 모퉁이까지 가서 대문과 대문 앞 골목을 내려다봤다. 대문에 붙어 있는 작은 문을 잠그지 않고 조금 열어놓은 게 보였다. 사람들이 하도 수시로 드나들어서 초인종 소리가 거슬리니까 아예 열어놓은 듯했다. 내가 어딘가에 숨어서 조용히 있고 싶을 때 주로 활용한 곳은 옥상이 아니라 대문 지붕 위였다. 대문 위의 지붕에도 옥상처럼 30센티미터 정도의 난간이 둘러져 있었는데, 담벼락과 그 바로 앞에 있는 커다란 목련나무를 타고 올라가 드러

누우면 옥상에서 내려다보지 않는 한 감쪽같았다. 지상에서 불과 몇 미터 올라간 좁은 공간이었는데도 별세상 같은 데가 있었다. 봄에는 손에 닿을 거리에 목련이 흐드러졌고, 마루에 쳐놓은 텐트 안도 너무 더운 여름날 밤에 몰래 올라가 누워서 별을 올려다보고 있으면 진수가 찾아 헤매는 소리가 들리곤 했다. 가을에는 가을대로 또 운치가 있었다. 가지가 담장을 넘어온 옆집 대추나무에서 대추를 따 먹기도 하고, 바람이 건듯 불고 지나가면 머리 위의 목련이며 그보다 더 높이 솟은 주변의 은행이며 단풍나무 따위에서 몸 위로 낙엽이 떨어져 덮이기도 했다. 그렇게 누워서 아무 생각이나 하다가 사방이 지나치게 조용해지면 슬그머니 내려오는 것이었다. 혹시라도 이 집을 떠나게 된다면 그 모든 것들이 다 사라지게 될 것이었다. 이 집에서 계속 살아갈 수는 있는 걸까? 대문 지붕 위에 누워서 하늘을 쳐다볼 때 문득문득 느껴지던 달콤한 슬픔 같은 것도 이제 사라지는 건가? 난간에 물린 다리를 얹어놓고 가려운 자리 주변을 살살 긁어가며 이런저런 생각을 하고 있는데 뒤에서 인기척이 났다. 구희 누나가 쟁반에 음식을 가지고 올라온 것이었다.

"난 여기 자주 올라온다."

구희 누나가 주먹밥을 하나 집어먹으며 말했다. 구희 누나가 우리 식구와 같이 밥을 먹은 적이 한 번도 없었기 때문에, 나는 접시에 놓인 주먹밥들을 보면서 과연 저걸 나 혼자 다 먹을 수 있을까 생각하고 있던 참이었다. 구희 누나가 나란히 앉아서 같이 먹으니 마치 대접을 받는 것 같은 기분이었다. 식초와 설탕, 소금으로 간을 하고 통깨를 묻힌 주먹밥 안에는 볶은 김치가 들어 있었다. 맛있었다. 우리 집에서는 처음 먹어보는 것이었는데, 너무 맛있어서 이번에는 구희 누나가 너무 많이 먹지는 않을까 걱정될 정도였다. 나는 구희 누나가 맛있게 먹는 걸 지켜보다가 물었다.

"왜 여태까지는 따로 밥을 먹었어?"

구희 누나는 의외의 질문이라는 듯 깜짝 놀라며 나를 쳐다봤다.

"왜일 거 같아?"

"몰라." 사실은 알 것 같았지만 나는 그냥 이렇게 대답했다.

국민학교 6학년 사내아이에게 "몰라"라는 말은 상당히 다양한 뜻과 용도를 가지고 있다. 귀찮다는 뜻이 가장 자주 쓰이는 경우일 것이고, 말하고 싶지 않다, 나한테 물어보지 말아다오, 너한테는 말하고 싶지 않다, 생각하고 싶지 않다, 나 지금 바쁘다, 등등의 표현들로도 자주 쓰인다. 물론 정말 몰라서 그렇게 말하는 경우도 간혹 있긴 있겠다. 이번 경우는 "난처하다"는 뜻이었다. 왜냐면 나는 구희 누나가 우리 식구를 싫어한다,

심지어 어떤 이유에선가 약간 경멸한다고 생각했고, 그래서 가급적이면 우리 식구들과 섞이지 않으려 든다고 생각해 왔기 때문이다. 그런데 그런 내용을 내 입으로 어떻게 말할 수 있겠는가. 같은 질문을 반복할까 봐 무서워서 입안 가득히 주먹밥을 욱여넣었을 뿐이다. 그러나 구희 누나는 다시 물어보거나 하지 않고 별로 중요하지 않은 문제라는 듯이 스스로 묻고 대답했다.

"왜긴 무슨 왜겠니. 아줌마가 싫어하니까 그렇지."

의외의 대답이었다. 그럴 리가. 엄마가 왜? 그러나 구희 누나는 한 치의 의심도 없다는 천연덕스러운 표정이었다.

"엄마가 왜 싫어해?"

"왜 싫어하긴? 사람들 대부분 다 그래." 구희 누나는 그런 의문을 가지고 있는 내가 이상하다는 표정으로 나를 쳐다봤다. "부자들은 자기가 부리는 사람들하고 같이 밥 먹는 거 싫어해."

"엥?" 나로서는 상상도 해본 적이 없는 일이었다. 엄마, 아버지가 구희 누나와 같이 밥 먹는 걸 싫어하다니.

"더럽다고 생각하거든."

구희 누나는 이렇게 내뱉듯이 말하면서 주먹밥을 크게 한 입 베어 물고는 입을 벌리고 웃었다. 입안에 밥알이 다 보였다. 그러나 더럽다고 느껴지지는 않았다. 일부러 그런다는 느낌이 들었다. 아니나 다를까, 구희 누나는 금세 시무룩해져서 입을 다물더니 조용히 입안에 든 걸 씹어서 삼켰다.

"그런데 그게 맞아."

"…정말 그런 거 같애?" 구희 누나가 갑작스럽게 이랬다저랬다 하다가 입을 다물고 마니까 공연히 불안해졌다.

"가난하고 무식하면 더러운 거 맞아. 이따금 우리 시골집에 가보면 알 수 있어."

"나도 맨날 더럽다고 욕 얻어먹는데."

"너나 진수도 밖에서 놀다 들어오면 더럽지. 그런데 그렇게 더러운 거 하고 달라."

그게 어떻게 다르다는 건지 궁금했지만, 구희 누나는 별로 말하고 싶은 기분이 아닌 것 같았다. 혹시 내가 알라네 형한테서 느끼던 그런 무섭고 피하고 싶었던 그런 기분을 말하는 건가. 그러나 내가 구희 누나한테서 느끼는 건 그런 것과 전혀 다른, 오히려 반대의 어떤 것이었다.

"그래도 아줌마, 아저씨는 점잖은 편이야. 별로 표 안 내고. 전에 있던 집에 비하면."

"전에 있던 집? 후암동 아줌마네?"

"응."

구희 누나는 짧게 대답하고는 라디오를 집어 들었다.

"집안 분위기가 좀 그래서 오래 못 들었네."

라디오를 틀자 거친 목소리가 기타에 실려서 들려왔다. 목소리가 들리자마자 구희 누나가 두 손으로 입을 가리며 눈을 동그랗게 떴다. 내가 무어라 말을 하려 하자 한 손을 내 입에 갖다 댔다. 말을 하지 말라는 뜻이었겠지만 내가 말을 멈춘 건 그 갑작스러운 감촉—거칠고 축축한 손가락의 감촉 때문이었다. 내가 어떤 종류의 감촉을 기대하고 있었는지는 모르겠지만, 아무튼 그때 내가 느낀 그 감촉은 내가 어쩌면 기대하고 있었을 그 어떤 감촉과도 달랐다. 구희 누나는 내가 입을 다물자 다시 두 손을 자기 입 앞에 모으고 마치 기도라도 하고 있는 모습으로 노래를 들었다.

가벼운 풀밭 위로 나를 걷게 해주세
봄과 새들의 노래 듣고 싶소
울고 웃고 싶소 내 마음을 만져주오
나도 행복의 나라로 갈 테야

구희 누나의 손이 의외의 감촉을 가지고 있었던 것처럼, 그 거친 목소리도 의외의 가사를 노래하고 있었다. 노래는 그 프로의 '이 주의 새 음반' 코너에서 소개된 것이었다. 진행자는 그 노래의 주인공이 군 복무를 마치고 돌아와 음반을 낸 것이라고 하면서, 사실 그 노래는 다운타운에서는 몇 년 전부터 유명했던 노래라고 말했다. 그 말을 듣자 구희 누나가 홀린 듯이 말했다.

"나 저 노래 알아. 나 저 가수 본 적 있어."

그 노래는 내가 좋아하는 '요즘 노래'를 부르는 어니언스나 이현, 송창식과 달랐고, 새로 은밀하게 좋아하게 된 트윈폴리오와도 달랐다. 진행자의 말투에서 받은 느낌으로는 '다운타운'이라는 데는 방송에 나오는 것과는 전혀 다른, 은밀하고 끼리끼리만 주고받으며 사는 세계인 듯했는데, 그 세계를 구희 누나가 알고 있다니, 그건 또 다른 의외의 사실이었다.

"누나는 다운타운이라는 데 가봤어?"

"다운타운?"

구희 누나가 딴생각에서 깨어나면서 눈을 껌벅거리고 있는데 문이 열리면서 엄마가 고개를 내밀었다.

"여기서 뭣들 하고 있니?"

글쎄, 뭘 하고 있었다고 대답해야 하나, 적당한 답을 찾기도 전에 엄마가 바닥에 놓인 쟁반과 그릇을 보고는 말을 이었다. "밥을 여기서 먹였넌? 이제 내려와."

"예."

엄마가 문 안으로 사라지는 것과 동시에 구희 누나가 쟁반을 챙겨 들고 따라 내려갔다. 집 안으로 다시 들어가는 것도 별로 내키지 않았지만, 그보다 구희 누나와의 대화가 끊긴 것이 더 아쉬웠다. 혹시나 누나가 다시 올라오진 않을까 싶어 잠시 서성거렸지만, 대문 앞을 기웃거리던 아줌마들 여러 명이 문을 밀고 들어오는 모습이 보였다. 특별히 그럴 이유도 없겠지만, 설령 그러고 싶다 하더라도, 당분간은 구희 누나가 다시 옥상에 올라올 여유가 없을 것 같았다. 대문 위 지붕과 달리 나무 그림자 한 점 없는 옥상은 뜨거웠고, 서성거리는 것 외에는 혼자 할 수 있는 것도 없었다. 나도 천천히 계단을 걸어 내려갔다. 올라올 때는 몰랐는데 내려갈 때는 허벅지의 꿰맨 자리가 당기면서 가려움증이 조금 가시는 것 같았다. 가려움증을 없애는 데는 통증만 한 게 없다. 둘 중 하나를 선택하라면 나는 일초도 망설이지 않고 통증을 택하겠다고 생각했다.

10.

  몇 번의 위기가 없었던 건 아니지만, 상처가 덧나지 않아 별 문제 없이 실밥을 뽑을 수 있었다. 자전거를 고쳐보겠다고 쭈그리고 앉다가 꿰맨 자리에서 살짝 피가 배어 나온 적이 한 번 있었고, 대문 지붕에 올라가려고 담벼락에 매달려서 다리를 너무 높이 들어 올리다가 또 한 번, 진수를 약 올리려고 진수가 아기 때부터 가지고 있는 곰 인형을 걷어차다가 또 한 번, 하는 식으로 허벅지가 심하게 잡아당겨진 적이 있었지만, 그럭저럭 상처가 덧나지는 않은 상태에서 잘 아물었다. 팔은 그보다도 더 무난했다. 그러나 우리 집에 난 상처는 좀체 아물 기미가 보이지 않았다.

  사고는 우리 버스가 급경사에 급커브인 옥수동 언덕을 내려가는 길에 올라오는 차를 피하려다가, 그날의 폭우로 도로를 덮듯이 흘러내리는 빗물에 미끄러져 옆으로 넘어지면서 났다고 했다. 새 차라서 기사가 차의 브레이크 성능을 너무 믿은 거라는 이야기도 나왔고, 그게 아니라 기사가 그 차를 처음 몰아본 날이라 그 차에 대해서 너무 몰랐다는 이야기도 있었다. 이도 저도 아니고, 새 차를 투입할 때는 당연히 고사를 지내야 하는데, 이 사장, 그러니까 아버지가 그런 미신 따위, 라고 코웃음을 치고 그냥 운행에 투입한 게 탈이었다는 이야기도 나왔다. 어른들은 제각기 원인에 대해 진단을 내렸지만, 그래서 어떻게 해야 원상회복이 될지 처방을 내릴 수 있는 사람은 아무도 없었다. 늘 만원인 노선인데 마침 토요일 저녁이라 승객이 꽉 차지는 않았지만 그래도 여전히 수십 명이 타고 있었고, 차가 넘어지면서 그 사람들이 모두 차 안을 굴러다녔고, 당연히 그중 상당수가 심하게 다쳤고, 넘어진 차가 미끄러지면서 구멍가게와 약국을 덮쳐 두 가게를 모두 두들겨 부수다시피 했다고 들었다. 사망자가 나지 않은 것만 해도 다행이라고들 했다. 예전에 이따금 나던 소소한 사고처럼 시간이 지나면 수습이 되고 모든 게 다시 정상으로 돌아갈 수 있는 그런 사고가 아니라는 게 내 눈에도 들어오기 시작했다.

엄마를 보고 있으면, 피가 마른다는 말이 어떤 건지를 알 수 있을 것 같았다. 엄마의 얼굴은 먼저 창백해졌다가, 이삼일이 지나자 검어졌고, 그로부터 또 며칠이 지나자 잿빛이 됐다. 그 상태로 사그라지는 게 아닌가 걱정될 정도였다. 입술도 부풀어서 터졌다 가라앉았다를 반복하더니 어느새 얼굴의 다른 부분과 구분이 거의 안 될 정도로 잿빛으로 가라앉았다. 내 실밥을 뽑으러 병원에 갔을 때, 의사가 진찰을 좀 해보자고 했을 정도였다.

정작 더 큰 문제는 피해자 가족들과의 합의 이후에 몰아닥쳤다. 피해자 가족들이 물러가고 나자 회사 사람들이 찾아오기 시작했다. 아버지가 거실이나 응접실에 나와 앉아 그 사람들과 같이 심각하게 이야기를 주고받는 날들도 있었다. 아버지도 엄마와 마찬가지로 얼굴이 잿빛이 되었고, 밤이면 집안은 사람이 더 이상 살지 않는 집처럼 조용해졌다. 그러다가 다시 사람들이 찾아오기 시작했는데, 이들은 그동안 찾아오던 사람들과는 또 조금 달랐다. 하루는 어떤 아줌마가 다짜고짜 고함을 지르며 행패를 부리기도 했다. 그 아줌마는 "내 돈 내놔!"라는 말만을 계속하다가 마침내는 엄마의 멱살을 움켜쥐고 "그 돈이 어떤 돈인데!"라며 고함을 지르면서 엄마를 흔들기 시작했는데, 엄마는 처음에는 "아이고, 사모님, 애들도 있는데…"라고 몇 번 중얼거렸지만, 나중에는 아예 아무 말도 하지 않고 흔드는 대로 흔들렸다. 나는 식탁에 앉아서 밥을 먹다가 슬그머니 숟가락을 내려놓고는 옥상으로 올라갔다. 내가 어떻게 해야 하는 건지 알 수가 없었다. 꼭 그런 경우는 아니더라도, 아무튼 엄마가 곤경에 처한 상황을 두고 평소에 상상하던 대로라면 내가 영웅처럼 나서서 그 아줌마를 떼어내고 준엄하게 꾸짖으면서 엄마를 구해내야 했겠지만, 실제로 그렇게 울부짖으면서 매달리고 있는 사람을 보자 달려들어서 떼어놓기는커녕 말도 붙여볼 엄두가 나지 않았다. 그저 엄마가 더 민망해지지 않게 자리를 피하는 게 더 중요한 일 같았다. 사실은 아무 생각도 못 할 정도로 머릿속이 멍해졌지만, 어떤 생각이든 생각이란 걸 했다면 아마도 그런 생각이었던 것 같다는 얘기다.

옥상에 올라가서 뒤늦게 안절부절하고 있는데 구희 누나가 따라 올라왔다. 구희 누나도 엔간히 놀란 모양이었다.

"세상에 귀신보다 무서운 게 빚쟁이여."

구희 누나는 여태 한 번도 안 쓰던 사투리를 쓰면서 고개를 절레절레 흔들었다.

"빚쟁이?"

"응. 새 차를 빚을 잔뜩 얻어서 샀는데, 아저씨가 다른 차 다 팔아넘겨도 피해자 보상하고 나니까 그 빚 갚을 돈이 안 남는단다."

"누가 그래?"

"손님들이."

그렇다면 도대체 앞으로 우리는 어떻게 되는 건가. 그래서 구체적으로 무엇이 어떻게 변하게 된다는 건지, 혹은 아무런 변화도 없을 건지, 나로서는 가늠할 수가 없었다. 그러나 아무런 변화도 없진 않을 거라는 사실은 곧 밝혀졌다.

"나도 다른 집으로 간다."

구희 누나가 마치 별일 아닌 것처럼 골목길을 내다보며 말했다.

"누나가? 다른 집으로 가?"

"응."

하긴 어떤 변화든 일어난다면 가장 먼저 바뀔 게 구희 누나의 거취였다. 어쨌거나 같은 식구인 건 아니니까.

"난 멀리 안 가. 아줌마 망원동 친구네로 가기로 했어."

"망원동 친구 아줌마?"

"응."

그 집은 나도 아는 집이었다. 전에 엄마의 동창들이 그 집에서 모인 적이 있었는데, 아이들까지 모두 모여서 넓디넓은 마당 한쪽에 있는 수영장에서 놀았더랬다. 집안에 수영장이 있다니! 아무리 체면을 차려 표를 안 내려 해도 눈이 휘둥그레질 수밖에 없었다. 그 집에는 사립인 이대부속 국민학교에 다니는, 나보다 한살이 많든가, 아무튼 내 또래의 아이도 있었다. 가까운 데 멀쩡한 공립학교 놔두고 뭐 하러 돈 내고 멀리까지 보내느냐고, 아이들을 사립학교에 보내는 집들을 비웃던 엄마가 진수가 입학할 무렵이 되자 막내 하나는 어디 한 번 이대부속이든 홍익이든 리라든 사립이라는 게 얼마나 좋은지 한번 보자며 보내보겠다고 한 적이 있는데, 마치 사립학교라는 것에 대해 선심이라도 쓰듯 내렸던 결정이 세 군데 모두 추첨 탈락이라는 결과로 이어지자 약간 충격을 받은 것 같았다. 그 후로 엄마는 그 일이 생각날 때마다 그 집 이야기도 한 데 엮어서 꺼내곤 했다. 한 푼 없이 월남해서 동대문에서 옷감을 만들던 집이 사업이 잘돼서 아예 주단집을 크게 냈는데 그게 또 잘 되고, 그 옆에 주단하고는 아무 관계도 없는 빵집을 시작했는데 하도 운이 좋다 보니 그것도 잘 되고, 하다못해 아이들 셋 모두 사립학교 추첨에서 떨어져 본 적이 없다고.

"좋겠다."

"왜?"

"그 집은 마당에 수영장도 있어."

그 말을 듣자마자 구희 누나는 인상을 쓰면서 한숨을 푹 쉬었다.

"정말이야?"

"왜?"

"그 수영장을 내가 쓰겠니?"

그런…가?

"그리고 그 수영장을 주인아줌마가 청소하겠니?"

그러고 보니 그건 맞는 말 같았다. 구희 누나는 크고 좋은 집으로 갈수록 더 힘들어지는 거구나. 듣고 보니 정말 말도 안 되는 일 같았다. 하지만 우리 집 청소는? 우리 밥해 주는 건? 그것도 따지고 보면 마찬가지 아닌가? 이런 불공평한 일은 도대체 어디서부터 시작된 걸까, 나로서는 알 수가 없었다. 아무튼 분명한 건 구희 누나가 이제 곧 떠날 거라는 것, 그리고 우리 집이 어떻게 될지는 알 수가 없다는 것 정도였다.

구희 누나가 떠났다고 해서 큰 변화가 있는 건 아니었다. 찾아오던 손님들도 대충 끊겼고, 집안은 다시 조용해졌다. 나는 이제 학교에 가도 될 것 같았지만, 굳이 먼저 가겠다고 나서지는 않았다. 엄마도 이제 그만 학교에 가야 하지 않겠느냐고 묻거나 하지 않았다. 엄마는 골똘하게 생각에 잠기는 일이 많아졌지만 아버지는 전과 별로 다를 바 없어 보였다. 그냥 이럭저럭 다시 원래대로 살게 되는 건가 싶을 정도였다. 그러나 그리 오래지 않아 변화가 찾아오기 시작했다. 어떤 변화는 급격하게, 어떤 변화는 서서히 찾아왔다. 용돈을 타기 어렵게 됐다는 건 서서히 찾아온 변화였다. 형과 누나가 학원을 다니지 않게 된 것도 서서히 찾아온 변화처럼 보였다. 주말에 온 식구가 하루 종일 집 안에 있게 되면서 어찌 보면 더 왁자하게 즐거워진 것도 같았다. 그건 아마도 순전히 진수와 내가 들떠있어서 그렇게 느껴진 건지도 모르겠다. 나는 구희 누나는 모르겠지만, 구희 누나의 라디오는 좀 그리웠다. 그래서 저녁 늦은 시간이면 응접실에 들어가 혼자서 라디오를 틀어놓고 듣기도 했는데, 어쩐지 그 자그마한 트랜지스터라디오에 귀를 기울이던 그 맛은 나지 않는 것 같았다. 그러나 주변에 아무도 없는 방에서 넓은 소파에 혼자 앉아 음악에 귀를 기울이는 일에는, 그 나름대로의 운치도 있었다. 며칠을 그렇게 듣는 동안 그 거친 목소리의 주인공이 한대수라는 가수라는 사실도 알게 됐고, 그가 부른 더 재미있는 노래도 듣게 됐다. '물 좀 주소'라는 제목이었는데, 나는 그 노래를 송창식이 부른 '피리 부는 사나이'와 더불어 늘 흥얼거리곤 했다.

그러나 그렇게 평화로운 시절은 오래가지 못했다. 얼마 지나지 않아 청회색의 작업복을 입은 사람들이 오더니 가구와 전자제품마다 공책 사 분의 일만 한 크기의 종이를 잔뜩 붙여놓고 갔다. 엄마는 그게 차압 딱지라는 건데, 그렇게 딱지를 붙여놓은 물건들은 더 이상 우리 게 아니기 때문에 손을 대면 안 된다고 했다. 그 딱지를 찢거나 하면 감옥에 갈 수도 있다고 했다.

응접실의 전축도 그중 하나였다. 다음 날 아침에 마당에 나가보니 기껏 고치고 닦고 핸들에 새 테이프까지 감아놓은 내 자전거에도 그 딱지가 붙어 있었다. 응접실의 소파며 장식장에 붙은 딱지를 보면서도 크게 실감이 나지 않다가, 자전거에 붙은 걸 보니 갑자기 우리가 모든 걸 잃었다는 깨달음이 온몸을 덮쳤다. 그래서 어느 날, 대문에 붙어있는 딱지를 보았을 때에도 더 이상 큰 충격은 없었다. 재완이와 성민이가 병문안이랍시고 왔다가 그걸 보고 그게 뭐냐고 물었을 때에는 차분히 설명을 해주기까지 했다.

"그럼 너네 이사 가냐?"

성민이가 물었을 때, 아, 그렇겠구나, 싶은 생각이 들었다. 당연한 일이었다. 밀봉을 명하는 것 같은 딱지가 잔뜩 붙어 있는 집에서 어떻게 살겠는가.

"그럼 전학도 가는 거냐?"

재완이가 물었다. 글쎄. 그러고 보니 나는 알고 있는 것도, 알 수 있는 것도 하나도 없었다. 불과 얼마 전까지만 해도 나는, 구봉서식으로, 모르는 것 빼고는 다 안다고 잘난 척하고 다녔는데 말이다.

11.

그날 아침, 화장실에서 물을 내리는 소리를 듣고서야 나는 정신이 번뜩 들었다.

상처라는 게 그것 때문에 죽는 게 아니라면 언젠가는 아물게 마련이고, 그러므로 내 상처도 모두 아물었다. 흉터가 꽤 크게 남았고, 그 자리가 수시로 미친 듯이 간지럽긴 했지만, 어쨌거나 회복이 되긴 된 셈이었다. 그러니 학교에 다시 가야 했다. 가고 싶지 않았지만 언제까지나 농땡이를 칠 수는 없는 일이었다.

마귀할멈은 1학기 때만 해도 기회가 있을 때마다 억지로 짓는 게 분명한 미소를 만면에 띄우며 "진영이 어머님은 학교가 안 궁금하신가 봐?"라고 내게 은근한 메시지를 전달하곤 했는데,

9월 중순도 훌쩍 넘어선 뒤에 다시 학교에 갔을 때는 거의 쳐다도 보지 않아서 속으로는 아주 홀가분했다. 나도 눈치란 게 유난히 빠르진 않더라도 보통 아이들 정도는 되는 편이었으니, 마귀할멈이 1학기 때는 왜 유난히 관심을 보였고, 지금은 왜 흰자위로도 쳐다보지 않는지 모를 리가 없었다. 문제는 그다음이었는데, 앞으로 무슨 일이 어떻게 벌어질지에 대해서는 짐작하기 어려운 데가 있었다. 올리버 트위스트처럼 아예 엄마 아버지도 없이 살아가야 하는 처지가 된다면 마귀할멈은 그 소설 속의 나이 든 여자들처럼 나를 괴롭히려 들겠지만, 나는 다행히도 아직은 엄마 아버지와 형제들과 같이 한집에서 살고 있었고, 그 사실은 앞으로도 바뀌지 않을 것이었다. 만약에라도, 혹시라도, 사정이 더 안 좋아져서 고아원에 맡겨지기라도 한다면 그 즉시 고아원을 탈출해서 방랑의 고아 라스무스나 톰 소여, 허클베리 핀처럼 떠돌아다니면서 살아야겠다는 마음을 먹었다.

마귀할멈의 무관심은 서서히 미움으로 변해 갔다. 대개의 국민학교 6학년 사내아이들이 그렇듯이, 나는 특별히 문제가 있는 아이는 아니었지만, 누가 마음먹고 문제를 찾아내려고 들면 하는 짓 하나하나가 다 문젯거리일 수도 있는 그런 아이였다. 한 아이를 귀찮게 하기에 가장 쉬운 실내화 하나만 놓고 봐도, 나는 실내화를 가지고 있긴 했지만(이게 없어서 검사를 할 때마다 몸으로 매를 견디고 마음으로 학대를 감당하는 아이들이 반마다 서넛은 꼭 있었다.) 더러운 편이었고(내 문제는 집에 가서 실내화를 내놓는 걸 잊어버린다는 거였다. 학교 문을 나서는 순간 학교에 관한 건 깡그리 잊어버리는데, 무슨 재주로 실내화가 더럽다는 것만 골라서 기억하겠는가), 누군가가 감시하고 있는 상황만 아니면 기꺼이 실내화를 신은 채 운동장에도 나갔고, 실내화를 신은 채 운동장에서 놀다가 수업 시작종이 울린 다음에 뛰기 시작해서 마귀할멈과 거의 동시에 교실로 돌아오는 경우도 다반사였다. 1학기 때는 이 모든 것들이 대체로 용인되는 편이었는데, 2학기에는 전혀 그렇지 못했다. 게다가 2학기에는 이런저런 준비물을 챙기는 것도 쉽지 않았다. 공작 재료처럼 구입을 해야 하는 것들은 그럴 돈이 없었고, 걸레처럼 손으로 만들어가야 하는 것들은 엄마가 준비해 줄 여유가 없었다. 나는 뜰채처럼 엉성하고 구멍투성이였고, 마귀할멈은 아예 나를 확인하는 걸로 준비물 점검을 시작하곤 했다. 한 마디로, 마귀할멈은, 어떤 이유에선가, 날 쥐잡듯 잡기로 결심한 사람 같았다. 그리고 그 와중에 채변검사가 있었다.

나는 비교적 성실한 학생이었지만, 애당초 준비물에 좀 약한 편이었다. 말했듯이, 학교 문을 나서는 순간 학교에 대해 완전히 잊어버리는 경향이 있어서 그랬을 텐데, 운이 좋으면 다음 날 아침에 기억이 나기도 했지만, 대개는 그렇지 않았다. 매년 돌아오는 채변검사는 그중 최악이었다. 채변검사는 아이들이 변을 콩알만큼 제출하면 거기서 회충과 촌충 같은 기생충의 알을 찾아내서 구충제를 처방하기 위한 것이었다. 당시에는 기생충이 아동 건강에 심각한 위해를 끼치고 있었으니 필요한 일이긴 했을 텐데, 문제는 변을 채집하는 행위라는 게 상당한 기억력, 심지어 기획력을 필요로 하는 일이라는 것이었다. 수세식 화장실은 이 문제를 조금 더 고약하게 만드는 데가 있었다. 미리 신문지를 준비해서 화장실 바닥에 깔고 볼일을 보지 않는 한 아차 하는 순간 모든 게 사라질 수밖에 없으므로 누군가가 수시로―가장 이상적으로는 내가 화장실 문을 열고 들어갈 때마다―내게 채변검사를 상기시켜줘야만 했는데, 당시의 우리 집은 전례 없이 혼란스러운 상태였고 무척 오랜만에 갑작스런 이사까지 준비해야 해서 가족 구성원들 모두가 대체적으로 넋이 나가 있는 상황이었다. 그렇잖아도 신통치 않은 내 기억력에 매우 실질적으로 악영향을 미쳤지만 입 밖에 내는 순간 말도 안 되는 변명처럼 들리게 되는 이런 이유로 해서, 나는 이미 제출기한을 사흘이나 어기고 있던 처지였다. 어제 종례 시간에 내일이 마지막 기회라고 마귀할멈으로부터 다짐인지 협박을 받을 때는 무슨 일이 있어도 이건 기억을 하겠노라고 모질게 마음을 먹었지만, 집에 와서 이삿짐을 꾸리네 어쩌네 하면서 정신없이 지내다 보니 또 깜빡 잊어버렸고, 그 깜빡이 아침까지도 쭈욱 이어졌던 것이다.

"다 내렸어?"

화장실에서 나오는 누나를 붙들고 절박하게 물어봤지만, 그건 누가 들어도 바보 같은 질문이었다.

"그럼 다 내리지 반만 내리냐?"

누나는 인정사정없이 비웃으며 나를 비켜 갔다. 작은형 이제 마귀할멈한테 손바닥 맞게 생겼다고 진수가 놀려댔지만, 대꾸를 할 기운도 없었다. 벌써 이틀이나 그 잔소리와 공갈협박을 들었는데 오늘은 대체 어떻게 넘겨야 하나 하는 걱정뿐이었다. 진수 말대로 손바닥을 맞을지도 모르는 일이었지만, 그 정도 선에서 마무리되리라는 보장도 없었다.

학교 가는 길에 개똥이라도 있으면 주워가겠다고 나뭇가지를 두 개 집어 들고 나왔는데, 동네 길을 두리번거리면서 나오는 동안 어느새 청기와주유소 앞 큰길까지 나오고 말았다. 횡단보도 앞에는 반 여자아이들도 여러 명 있어서 체면상 나뭇가지를 들고 길바닥을 기웃거릴 수가 없었다. 횡단보도를 건너고 나서도 사정은 마찬가지였다. 조금 어물거리면서 횡단보도를 같이 건넌 아이들을 먼저 보내고 난 뒤에도 담벼락 근처를 살펴보면서 걸어가고 있노라면 어느새 누군가가 와서 "야, 이진영, 뭐 찾냐?" 하고 참견을 했다. 그즈음의 나는 개에 물려서 죽을 뻔했던 것으로부터 시작해서 집 대문에 이상한 딱지가 나붙은 것까지 포함, 아이들 사이에 온갖 소문과 관심의 대상이 되어 있었다. 거기에 길에서 개똥을 찾더라는 것까지 더할 생각은 없었기 때문에, 나는 나뭇가지들을 던져 버리고 깨끗이 포기하고 말았다. 일단 학교에 들어가면 방법이 있겠지 싶었다.

자리에 앉자마자 재완이와 성민이가 다가왔다.

"똥."

두 녀석의 첫마디였다. 내가 고개를 젓자 두 녀석 모두 고개를 절레절레 저었다. 재완이는 서부극에서 하는 것처럼 "친구, 행운을 비네."라고 한 마디 던지고는 자기 자리로 돌아갔다. 소심한 성민이는 진심으로 공포에 사로잡혀서 얼어붙어 있었기 때문에 오히려 내가 안심시켜 줘야 했다.

"등교를 하고 있긴 하지만 난 아직 좀 환자다. 설마 날 죽이기야 하겠냐."

일단 첫 관문은 조회 시간이었다. 이런 일들은 대개 종례 시간에 다루게 마련이었지만, 그렇다고 긴장을 늦출 수는 없었다. 물론 긴장한다고 해서 해결될 일도 아니었지만 말이다. 아무튼 다행히도, 마귀할멈은 채변검사에 대해서는 아무런 언급도 하지 않은 채 조회를 마쳤고 바로 첫 시간이 시작되었다. 수업이 진행되는 동안 어느 무엇인가가 갑자기 마귀할멈에게 채변검사를 상기시켜 수업을 뒤집어엎게 될지 모른다는 불안감은 여전히 있었지만, 그런 불상사가 일어나지 않는 한 일단 약간의 시간은 벌게 된 셈이었다. 아슬아슬하게 첫 시간을 마치고 나서 쉬는 시간이 되자마자 나는 총알같이 교실을 뛰쳐나갔다. 행선지는 건물 뒤꼍 외진 곳에 있는 변소였다. 귀신이 나온다는 소문이 있어서 담벼락 소변기 자리에 붙여놓은 녹십자사 소변통에 오줌을 누는 것도 다들 꺼렸고, 어쩔 수 없이 가게 되더라도 가능한 한 빨리 해치우고 나오는 곳이었다. 아니나 다를까, 열어보는 칸마다 구멍은 깊고 어두웠고 주변은 깨끗했다. 개학한 지 그리 오래되지 않았다는 것도 사태를 고약하게 만든 원인 중 하나였을 것이다. 다음 쉬는 시간에는 운동장 반대편 담장 근처의 변소를 노려보기로 했다. 거긴 아이들 왕래가 너무 많아서 혹시라도 창피한 꼴을 당할까 봐 께름칙했지만, 사실 그렇기 때문에 가능성이 더 높은 곳이었다.

다음 시간 역시 안절부절못하면서 보내긴 마찬가지였다. 나는 마귀할멈이 내 얼굴을 보는 순간 채변봉투가 생각날까 봐 가급적이면 시선을 마주치는 걸 피하려 애쓰느라 그 시간이 국어 시간인지 산수 시간인지도 헷갈릴 지경이었다. 옆 분단 맨 뒤에 앉아있던 전학생이 딴짓을 하다가 걸려서 지적을 받을 때에는 심장이 멎는 것 같았다. 아무 이유 없이 아무 때나 느물느물 웃고 다니는 병식이라는 푼수 같은 이름의 그 푼수 녀석 역시 채변봉투를 가지고 오지 않아 어제 같이 지적을 받은 터였다. 물론 전학을 온 지 며칠밖에 되지 않은 터라 심하게 야단을 맞지는 않았지만, 그렇다 해도 녀석을 보는 순간 채변검사라는 단어가 떠오를 가능성은 얼마든지 있었다. 심지어 재완이와 성민이도 그 가능성을 의식하고 있어서, 마귀할멈이 녀석을 지적하는 순간 둘 다 곧장 내게 시선을 돌렸을 정도였다. 나는 혹시 내게로 향할지도 모르는 마귀할멈의 시선을 피하랴, 재완이와 성민이에게 시선을 돌리라는 신호를 몰래 보내랴 정신이 없었다.

마귀할멈은 의외로 녀석에게 가볍게 주의만 주고는 다시 칠판으로 돌아서서 하던 필기를 이어갔다. 녀석은 주의를 받고도 여전히 느물느물 웃으며 팔을 쭉 펴고 책상 위에 엎드렸다가 지겨워 죽겠다는 표정으로 턱에 팔을 고인 채 한 손으로 교과서를 뒤적거렸다. 저 녀석은 전학 온 지 며칠 되지도 않은 놈이 도대체 불안이란 걸 모른단 말인가. 야단을 맞든 매를 맞든, 어찌 돼도 상관없다는 건가. 아니면, 혹시, 저 녀석은 가지고 왔단 말인가. 저 녀석이 가지고 왔으면 나 혼자 남는 건데, 싫어지자 속이 더 타들어 가는 것 같았다. 망할 놈의 똥 같으니. 팥알만 한 똥 한 조각 때문에 대체 이게 무슨 고생이란 말인가. 왜 그놈의 채변검사는 꼭 물을 내리는 순간에 가서야 생각난단 말인가. 소용돌이치며 떠내려가는 똥 덩어리를 보면서도 아무 생각 없이 서 있었던 어젯밤의 일이 악몽처럼 다시 떠올랐다. 아아, 똥 냄새보다도 빨리 사라지는 내 기억력, 똥 덩어리만도 못한 내 두뇌여.

쉬는 시간을 알리는 종이 울리자마자 아이들은 축구공을 들고 온 아이를 중심으로 악다구니를 쓰며 운동장으로 뛰쳐나갔다. 나는 마귀할멈의 눈에 띄지 않게 조심하면서 아이들 틈에 끼어 운동장까지 뛰어나간 뒤 아이들이 공을 쫓아 뛰어간 뒤에도 직진으로 운동장을 가로질러 담장 가까이에 있는 변소로 향했다. 개에 물렸던 허벅지가 뻐근해 왔지만, 거기에 신경 쓸 형편이 못되었다.

그러나 운동장 변소도 칸마다 비정상적으로 깨끗했다. 도대체 이게 어쩐 일이란 말인가. 원래 이런 건가? 이럴 수가. 전에는 분명히 이렇지 않았는데. 학교 변소에서 큰일을 본 거라곤 그로부터 벌써 삼 년 전인 삼학년 때, 갑자기 설사가 왔을 때가 처음이자 마지막이었다. 상세한 이야기는 생략하겠지만, 최소한 오십 마리는 되는 것 같은 왕파리 떼가 맹렬한 소음을 내며 날아다니던 그때의 경험이 워낙 몸서리쳐지는 것이어서, 웬만하면 차라리 조퇴를 하고 집까지 뛰어가는 게 그 후로 내가 대처해온 방식이었다. 학교 변소의 청결 상태도 문제였지만, 콘크리트 바닥에 구멍만 뚫려 있는 재래식—소위 푸세식 변소를 한 번도 써본 적이 없어서 더 그랬을 것이다. 그건 재완이나 성민이도 마찬가지였을 텐데, 그 애들은 그래도 방학 때마다 시골 친척집에 오가면서 경험을 해본 적이 있었고, 시골에 갔다가 돌아온 뒤에는 늘 그 이야기를 무용담처럼 늘어놓곤 했다. 그러나 나는 부모님이 모두 평안도 출신 실향민이고, 엄마와 아버지에게 각각 한 명씩 있는 형제들은 모두 서울에 살고 있어서 찾아갈 시골이라는 게 아예 없었다. 어쨌거나, 이제 남은 방법은 하나밖에 없었다.

나는 굳은 결심을 하고 엉덩이를 까고 앉았다. 신호가 오는 순간 엉덩이를 얼른 옆으로 돌려 발판 위에 떨어뜨린다는 계획이었다. 그러나 바지를 까고 앉는 순간부터 밑에서 서늘한 기운이 몰려와 무얼 내어놓기는커녕 그 자리에 가만 앉아있기도 어려웠다. 아래를 들여다보니 컴컴한 곳 여기저기 희끄무레한 것들이 보였다. 들여다보기도 무섭고 고개를 들고 안 보고 있으면 서늘한 기운만 느껴져서 더 무서웠다. 나오던 것도 들어갈 판인데 애당초 마렵지도 않은 똥이 나올 리 없었다. 포기를 해야 하나

하는 순간 옆 칸의 문이 열리고 짧게 욕설을 내뱉는 소리, 그리고 문이 닫히는 소리, 바지를 내리는 소리가 들렸다. 누군가가 이제 막 일을 시작하려는 참인 게 분명했다. 하늘이 내린 기회였다. 나는 얼른 일어나 후다닥 옷을 추스른 후 뒷문을 박차고 뛰어나가 소리가 들려온 옆 칸 문을 두드렸다. 이럴 때 학교의 최고 학년이라는 건 엄청나게 도움이 되는 일이었다.

"야, 너 몇 학년 누구냐?"

"난 6학년이다. 넌 누구냐?"

"나도 6학년이다. 넌 누구냐?"

잠시 조용하더니 대답이 돌아 나왔다.

"너 이진영이지? 6학년 2반."

의외의 반응이었다. 낯선 목소리인데 나를 알다니. 애초의 계획과는 달리 상황이 조금 복잡해졌지만, 그렇다고 뒤로 물러설 수 있는 상황은 아니었다. 어찌 되든 밀고 나가봐야 했다.

"그래. 넌 누구냐?"

"나 김병식."

"전학생?"

"그래."

"너도 똥 안 가지고 왔어?"

"보면 모르냐?"

교회에는 재완이를 따라서 부활절과 크리스마스 때나 한 번씩 갔다 오는 게 다였지만, 그러나 이건 하나님이 보우하심이 분명했다. 나는 여태와는 다른 부드러운 말투로, 수시로 뛰어들어와 녹십자 통에 오줌을 누고 다시 뛰쳐나가는 아이들에게 들리지 않도록 조심하면서 문짝에 대고 속삭였다.

"나도 좀 주라."

안에서는 잠시 생각을 해보는 듯하더니 역시 문에 대고 속삭이는 듯한 소리가 들려왔다.

"근데 너 종이 있냐?"

그제야 나 역시 종이를 가지고 오지 않았다는 게 생각났다. 학교에서 똥을 누러 가는 아이들은 누런 연습장을 한두 장 북 뜯어서 구기면서 뛰어가곤 했다. 내 입장에서는 휴지란 화장실에 늘 비치되어 있는 어떤 것이라고 믿고 있었기 때문에 휴지에 대해서는 생각도 해보지 않은 채 무조건 엉덩이를 까고 앉았던 건데, 무섬증 때문에 아무것도 나오지 않은 게 오히려 다행이었던 셈이다.

"잠깐만 기다려."

나는 문짝에 대고 다시 속삭이고는 밖으로 뛰쳐나갔다. 교실까지 다녀오기에는 너무 늦었다. 아마 교실에 도착하고 나면 쉬는 시간이 끝나는 종이 울릴 것이었다. 그렇다고 십 분의 쉬는 시간 동안에 가능한 한 최장거리를 이동하고 최대한의 땀을 빼는 게 목표인 것처럼 미친 듯이 운동장을 뛰어다니고 있는 아이들이 주머니에 종이를 넣어두고 있을 리는 만무했다. 설령 종이를 흔들며 뛰어다니고 있는 아이가 있다 하더라도, 운동장에 한가득인 아이들 틈에 섞여 공을 쫓아 이리 뛰고 저리 구르고 있는 놈을 쫓아가 쉬는 시간이 끝나기 전에 붙잡은 뒤 그 종이를 얻는다는 건 불가능에 가까운 일일 것이었다. 게다가 나는 여전히 회복 과정의 환자였다. 그랬다간 기껏 아문 허벅지의 상처가 다시 터져버릴지도 몰랐다. 나는 운동장 대신 다른 방향을 택했다.

내가 다니던 학교 운동장의 담장은 원래는 낮은 시멘트벽이었으나 두어 해 전에 조기축구회원들이 단체로 담을 넘다가 무너져서 몇 명이 다치는 사고가 있은 뒤 높이는 더 높고, 대신 사이가 숭숭 뚫려 있어서 삭막한 느낌은 덜어주는 연두색 철기둥 담으로 바뀌었다. 이 새로운 담장은 아이들과 담장 너머 길 건너편에 나란히 있는 문방구 주인들에게는 엄청난 희소식이었다. 어떤 용감한 아이가 쉬는 시간에 담장으로 가서 문방구 주인을 소리쳐 불러 빵을 사 먹은 뒤로, 아이들은 쉬는 시간에 간식을 사 먹는 건 물론, 점심시간에 내기 축구로 땀을 흘리고 나면 단체로 담장 앞에 가서 지는 팀이 내는 하드를 먹기도 했다. 쉬는 시간이면 쉬는 시간, 점심시간이면 점심시간마다 철창에 매달리는 아이들이 많아지면서 젊은 축에 속하는 선생님들이 교대로 나가 단속을 하기도 했지만 그것도 하루 이틀이지, 그런 종류의 과외 업무를 달가워할 교사는 없었다. 결국 이 일은 6학년 아이들 중 어떤 기준으로 선발되었는지는 아무도 모르는 '선도부'에 맡겨졌다. 아이들이 보기에 성적순으로 뽑았다고 하기에는 분명히 해당이 안 될 것 같은 아이들이 있었고—거꾸로, 그 순서대로라면 분명히 해당해야 할 것 같은데 선도부가 아닌 아이들이 있었고—그렇다고 완력 순으로 뽑았다고 하기에는 터무니없는 꼬맹이도 들어있었고, 행실이 바른 순서로 뽑았다고 하기엔 사고뭉치인 녀석도 등교 시간마다 완장을 차고 교문 앞에서 으스대고 서 있는 모호한 집단이 이 '선도부'란 존재였는데, 한동안은 이 완장을 자랑할 구실과 시간이 더 생긴 것에 행복해하면서 쉬는 시간과 점심시간에 담장 앞을 지키고 서 있던 선도부원들은, 그러나 시간이 지나면서 서서히 그 수가 줄더니 어느 날 아주 사라지고 말았다. 완장 자랑도 하루 이틀이지, 다른 아이들이 뛰어노는 걸 멀뚱멀뚱 구경만 하는 것도 재미없었거니와, 저학년들이면 몰라도 빵이 아니면 차라리 죽음을 달라는 기세로 대들면서 학교 끝나고 동네에서 보자,

넌 평생 선도부원 할 거 같냐고 벼르는 동급생들을 다루는 건 쉽지 않은 일이었다. 그러나 아마도 결정적인 건 문방구 주인들의 구박이었을 것이다.

등하교 시간 잠시만을 보고 장사하던 문방구 주인들로서는 구멍 뚫린 담장은 곧 복음이었는데, 교사도 아니고 어린 녀석들이 완장을 차고 그 복음이 전파되는 현장을 막아서는 꼴은 참아주기 어려웠을 것이다. 장사에 의욕이 있는 이들은 아예 담장 가까이에 의자와 간이좌판, 심지어 손수레 같은 것까지 갖다 놓고 아이들을 기다리다가 순식간에 짭짤한 수익을 올리곤 했는데, 웬 꼬맹이들이 그걸 가로막고 나선 것이었으니 곱게 봐주려야 봐줄 수가 없었다. 처음에는 각급 공무원들과 교사들을 대하던 오랜 습관대로 매수를 시도하는 주인들도 있었지만, 그보다는 약간의 윽박지름으로 겁을 주고 차별대우로 소외감을 느끼게 만드는 게 더 효과적이라는 걸 알게 된 뒤로는 문방구 주인들끼리 나름의 연대를 형성해서 이 어린 하수인들에게 대응해 나갔다.

당시는 디지털 선사시대였다. 게임기는커녕 어떤 종류의 비디오게임이나 컴퓨터게임, 심지어 최초의 비디오게임이랄 수 있는 탁구게임도 아직 나오기 전이었고, 아니, 무엇보다 '비디오'나 '컴퓨터'라는 말을 아는 사람조차 몇 없던 시절이었다. 게임이라고 할 만한 건 윷놀이 같은 전통놀이 아니면, 표준전과 부류의 참고서나 새소년, 소년중앙 따위 아동 잡지에서 방학특집 부록으로 나오는 주사위 게임, 책받침 축구 게임 정도밖에 없었다. 아이들은 친구 집으로 몰려다니거나 길바닥에서 그때그때 유행을 따라 딱지치기, 구슬치기, 팽이치기 따위를 하고 놀았지만, 고학년 중에서도 조금 머리통이 큰 아이들에게는 그 못지않게, 혹은 그보다 훨씬 재미있는 게 문방구의 뒷방에서 노는 것이었다. 대개는 문방구 주인의 살림방이기도 했던 뒷방은 바둑 장기를 좋아하는 아이들에게는 기원이었고, 가난하지만 재주 있는 아이들이 돈은 있으나 손재주는 없는 부잣집 아이들이 산 탱크나 비행기 따위의 조립 완구를 대신 만들어주고 손맛을 보는 공방이기도 했고, 조숙한 아이들이 라면땅을 씹으면서 민화투나 짓고땡, 섯다를 치는 도박장이기도 했다. 그보다 더 조숙한 아이들은 그런 방들에서 일반만화 가게에서는 볼 수 없고 신문가판대에서 판매만 하는 성인용 반공만화들을 빌려보고 낮술이라도 걸친 것처럼 벌건 얼굴을 하고 집으로 향하곤 했다. 그러니 오늘날의 한국 대중문화를 규정하는 특질의 상당 부분은 문방구의 뒷방에서 배태된 셈인 것인데, 마포구 서교동 모 국민학교 앞의 문방구 주인들은 1974년의 가을 어느 날 일치단결하여 선도부원들의 뒷방 출입을 금지시켜 버렸다. 이 아이들은 졸지에 당대의 대중문화의 산실에서 쫓겨나게 된 것이었다. 바야흐로 날은 추워지고 뒷방의 효용가치는 점점 더 높아지는 시절이 되었는데 한때 빛나던 완장은 일이 학년 코흘리개들이나 알아줄 뿐, 졸지에 애물단지가 되고 말았다. 진짜로 누군가를 선도할 만한 품성을 지니고 있고, 그중에서도 기꺼이 그렇게 하고 싶어 하는 극소수의 아이들을 제외한 선도부원들은 서서히 그 자랑스럽게 빛나던 노란색 완장을 손 없이 세상 떠난 처삼촌의 상가에서 어거지로 두른 상주의 삼베완장이나 되는 듯이 할 수 있는 한 재빨리 벗어던져 버렸고, 철기둥 담장 앞은 다시 한 번 장마당의 활기를 되찾았다.

그러나 새로 열린 장마당이 과거의 은성함을 온전히 되찾은 건 아니었다. 언제든 이걸 다시 잃어버릴 수도 있다는 걸 깨달은 아이들은 그들이 살면서 몸으로 체득해온 방법으로 자체 규율에 나섰다. 가능하면 학교 측의 신경을 거스르지 않도록, 거래를 시도하는 저학년 아이들을 고학년 아이들이 윽박질러서 쫓아내는 방법으로 거래량을 자체 조절하기 시작한 것이었다. 그러나 거래를 원하는 저학년 아이들은 여전히 있었고, 거기에서 또다시 작은 시장이 만들어졌다. 저학년 아이들의 구매를 대행해 주면서 커미션을 받아 챙기는 고학년 아이들이 등장한 것이었다. 빵을 대신 사주고는 한 입, 라면땅이나 자야, 짱구,

왕돌이 따위 과자를 사주고는 작은 한 줌, 하는 식으로.

　나는 일단, 문방구 주인들이 모여 있는 담장으로 달려가 나름대로 단골이라고 부를 만한 아저씨를 발견하고 연습장 한 권을 외상으로 달라고 부탁했다. 그리고 보기 좋게 거절당했다. 외상을 달라고 한 이유는 주머니에 그야말로 땡전 한 푼 없었기 때문인데, 방학과 그 후의 부상으로 인한 장기결석까지 겹쳐 문방구에 가본 지도 꽤 됐고, 따라서 더 이상 나를 단골이라고 생각하지 않는 건 물론이고 얼굴을 잘 기억하지도 못하게 된 문방구주인이 두 번 생각해 보지도 않고 내 요청을 거절한 것이었다. 바로 그때, 한 어린 여자애의 가냘픈 목소리가 들려왔다.

　"산수 공책 좀 사주세요."

　아마도 일학년, 기껏해야 이학년이나 돼 보이는 여자애는 암묵적인 담장의 질서에 순응해서 대여섯 걸음 떨어진 자리에서 '오빠들'이 자기 앞을 지나갈 때마다 부탁을 하고 있었지만, 보통 아이들은 쉬는 시간이 거의 끝나가고 있어서 주문한 걸 받고 뛰어가기도 바빴고, 전문 대행업자들로서는 얻어먹을 수 있는 것도 아닌 공책 부탁을 들어줄 이유가 없었다. 여자아이는 거의 울상이 되어가고 있었다.

　"내가 사줄게. 대신 한 장만 줘."

여자애는 어리둥절한 표정으로 "예?" 하고 물었지만, 아마도 산수 시간에 선생님한테 야단을 맞지 않는 게 더 중요했기 때문에, 더 이상 묻지 않고 십 원짜리 한 장을 내밀었다. 나는 문방구 주인에게서 산수 공책을 받아 쥐고는 여자애가 보는 앞에서 맨 앞장을 북 찢어냈다. 여자애가 공책이 뜯겨나간 자리를 보면서 금방 눈물이라도 떨어뜨릴 것 같은 표정으로 서 있었기 때문에 나는 맨 뒷장을 펼치고 마지막 장을 조심스럽게 잡아당겼다. 맨 앞장과 붙어 있던 마지막 장이 맥없이 떨어져 나왔다. 나는 지저분하게 남은 종이 쪼가리들을 정리해서 깨끗해진 공책을 건네준 뒤 변소를 향해 뛰어가다가 그 자리에 멈춰서고 말았다. 병식이 예의 그 히죽거리는 웃음을 지으면서 변소에서 걸어 나오고 있었기 때문이다.

"안 나와."

어쩌겠는가. 안 나온다는데. 마음 같아선 변소로 도로 끌고 가서 안에 처넣고 싶었지만 이미 아이들이 교실 쪽으로 움직이고 있었다. 막막한 심정으로 교실을 향해 걷다가 뛰기 시작했다. 주변의 아이들이 덩달아 뛰기 시작했다. 아프리카 초원의 임팔라들처럼.

마귀할멈은 매 수업이 끝날 때마다 교무실로 내려가곤 했다. 그랬다가 다음 수업종이 울려야 교실로 올라오는 것이었는데,

마귀할멈이 슬리퍼를 끌면서 천천히 걸어오는 동안이면 운동장에서 뛰어놀던 아이들이 땀과 흙범벅인 채로 교사로 뛰어 들어가, 복도에서 마귀할멈을 추월해서 자기 자리에 가 앉기에 충분한 시간이었다. 때로는 추월 과정에서 마귀할멈이 '정신봉'이라고 부르던 막대기에 등짝을 후려 맞는 일도 있었지만 말이다. 뒤를 돌아보니 병식은 여전히 빙글거리면서 뛰는 둥 마는 둥 하고 있었다.

"뛰어!"

나는 병식의 뒤로 돌아가서 등을 떠밀었다. 다른 날도 마찬가지지만, 오늘은 특히나 마귀할멈의 눈에 띄지 말아야 하는 날이었다. 나는 물론이고, 이 꼴도 보기 싫은 병식이라는 놈도.

점심시간에 나는 수업 시간 내내 잘 구겨서 보들보들해진 산수 공책 두 장과 채변봉투를 주머니에 집어넣고, 아침부터 들고 다니던 나뭇가지로 무장하고 다시 운동장 변소로 향했다. 시간적인 여유도 있으니, 어떻게 해서든 해결을 봐야 했다. 교실에서 나오기 전에 병식이를 쳐다봤지만, 그 녀석은 아주 포기를 한 건지 아이들하고 시시덕거리면서 나를 쳐다보지도 않았다.

아까보다는 조금 더 익숙해졌지만 나와야 할 건 여전히 나오지 않았다. 몇 분을 버티다가 우울한 기분으로 변소를 나서는데, 내 이런 심사를 알 리 없는 아이들이 웃고 떠들면서 빵이며 과자며 먹고 있는 모습이 보였다. 갑자기 배가 고파졌다. 바로 그 순간, 내 머리에 그야말로 전등불이 켜지듯이 어떤 생각이 떠올랐다. 그 생각이 떠오르자마자 담장에서 조금 떨어진 곳에 모여서 있는 하급생들에게 다가갔다. 뱃속이 부글부글 끓어오르는 것 같은 느낌을 억누르기 위해, 오히려 있는 힘을 다해 소리를 질렀다.

"단팥빵 사 먹고 싶은 사람."

아까도 어린 여자애의 공책을 대신 사주고 두 장을 얻어가지긴 했지만, 하지만 그건 공책이었고, 따라서 이것과는 달랐다. 나는 우리 학교의 대부분의 아이들이 가장 경멸해 마지않는 짓, 우리 반뿐만 아니라 6학년 전체에서 가장 비열하고 치사한 아이들만이 한다고 여기던 짓을 하고 있는 것이었다.

나를 쳐다본 것은 내 근처에 있던 저학년 아이들만이 아니었다. 담장에 달려들어 십 원짜리 지전 한 장으로 빵이나 과자를 바꿔가던 아이들도, 담장 한쪽 구석에 몰려서서 해바라기를 하고 있던 한 무리의 아이들도 나를 쳐다봤다. 그 아이들은 하루 종일 쉬는 시간마다 담장 앞에서 얻어먹는 걸로 배를 채웠기 때문에 도시락을 가지고 오지 않았어도 점심시간에 배고픈 줄 모르고 축구를 할 수 있었지만, 축구공을 가지고 온 아이나 그 아이의 친구들은 그 아이들을 끼워주고 싶어 하지 않았다.

그래서 그 아이들은 주로 자기들끼리 어울렸는데, 다른 아이들은 그 아이들을 '산동네 아이들'이라고 불렀다. 와우산 아이들. 불과 몇 해 전에 아파트가 붕괴해서 수십 명이 죽고 또 수십 명이 다친 동네. 그 산비탈에 엎디어 있는 하꼬방 동네에 사는 아이들. 어른들은 쉬쉬하면서 언급을 피했고 아이들은 그 동네에서 귀신이 나온다고 믿었다. 그러니 귀신이 사는 그 동네에서 오는 아이들도 피해야 했다. 그런데 내가, 이를테면, 산동네 아이들이나 하는 짓, 산동네 아이들의 영역으로 자발적으로 걸어들어간 셈이었다. 뒤통수에 나를 아는 한동네 아이들, 같은 반 아이들의 시선이 꽂히는 게 느껴졌다. '빨간 딱지', '망했대' 어쩌고 하는 소리가 들리는 것 같기도 했다. 엄마들의 가십에 귀를 기울이고 있는 아이들은 늘 있는 법이고, 그 녀석들이 며칠 전부터 나를 주시하고 있었다는 건 이미 알고 있었다. 하지만 나는 그런 시선에 대해 어떻게 대처해야 할지 몰랐고, 알았다 하더라도, 그걸 신경 쓸 여유가 없었다. 나는 한 하급생 아이에게 단팥빵을 사주고 한 조각을 얻은 뒤 아이들의 시선을 피해 변소로 들어갔다.

마귀할멈은 종례 때가 되어서야, 그것도 다른 순서들을 다 마치고서야 '정신봉'을 교탁에 소리 나게 두들기며 채변검사를 챙겼다.

"채변검사 가지고 온 사람 가지고 나와. 안 가지고 온 사람은 교탁 왼쪽으로 나와서 서."

교탁의 왼쪽에 나와서 서라는 건 매를 맞을 준비를 하라는 걸 뜻했다. 병식과 내가 자리에서 일어났다. 나는 나를 쳐다보는 병식의 시선을 피하면서 채변봉투를 들고나가 교탁에 올려놨다. 병식은 나를 흘낏 보고 슬쩍 미소를 흘리면서 자기 쪽에서 보기에 교탁의 왼쪽에 가서 섰다. 아이들이 잠시 술렁였다. 아이들은 마귀할멈의 호출을 받았을 때 선생이 아니라 자기가 보기에 교탁의 왼쪽인 곳으로 걸어나가는 경우가 있었는데, 마귀할멈은 그럴 때마다 왼손으로 막대기를 들고, 왜, 내가 왼손으로 때리면 덜 아플까 봐? 라고 하면서 아이의 손바닥이나 엉덩이를 때리곤 했다. 그래놓고는 다시 교탁의 오른쪽으로 아이를 끌어당겨 놓고는 오른손으로 막대기를 옮겨들고 본격적으로 때리는 것이었다. 병식이 채변봉투를 안 가져온 죄, 거기에 잘못 선 죄, 거기에 더해 빙글빙글 웃은 죄까지 더해 꽤나 호되게 얻어맞을 거라고 생각하니 그토록 밉상이던 녀석이 불쌍하게 여겨지기까지 했다. 마귀할멈은 내가 가지고 나온 채변봉투를 높이 들어 햇볕에 비춰보더니 짧게 내뱉었다.

"들어가."

내가 자리에 들어와 앉고 병식이만 남은 상태에서 아이들이 숨을 죽이고 있는데, 마귀할멈은 전학 온 지 얼마 안 됐으니 한 번만 더 봐준다, 내일은 꼭 가지고 와, 라고 하고는 자리로 들여보냈다. 병식은 나를 향해 입 모양으로 "어떻게?"라고 물으며 자기 자리로 들어갔고, 반장은 가슴을 곧추세우고 교탁 앞에 선 마귀할멈을 향해 인사 구령을 붙였다. 아이들은 일제히 "감사합니다."라고 소리를 지르고는 교실을 뛰쳐나갔다. 마귀할멈은 내 채변봉투를 들어 햇볕에 다시 한번 비춰보고는 정신봉을 손바닥에 두들기면서 교실 문을 나섰다. 마치 그걸 쓰지 못해서 아쉬워하는 듯한 모습이었다. 나도 천천히 일어나 교실을 빠져나갔다. 최소한 일 년 치는 한꺼번에 살아버린 것 같은 기분이었다.

12.

한참 뒤에 채변검사 결과가 돌아왔을 때 나는 채변검사에 관한 모든 사항을 이미 까맣게 잊고 있었기 때문에, 기생충 약을 먹어야 하는 아이들이 호명될 때는 다른 아이들과 함께 낄낄거리면서 약을 올리고 있었다. 회충, 촌충, 십이지장충 보유자들이 호명되고, 앞으로 나가 각각의 기생충에 해당하는 약을 받아 그 자리에서 먹는 민망하고 번다하고 소란스러운 과정이 모두 지나가고 난 뒤, 마귀할멈은 아주 차분한 목소리로 나를 불렀다.

"이진영, 앞으로 나와."

불길한 느낌을 가진 채 앞으로 걸어 나가는데, 재완이 입 모양만으로 "왜?"라고 물었다. 나도 역시 입 모양만으로 "몰라"

라고 대답을 하면서 슬쩍 눈치를 보니 마귀할멈은 심지어 희미한 미소마저 띠고 있었다. 그제야 내가 한 짓이 생각이 났고, 사태가 심상치 않다는 느낌이 왔다. 평소보다 길었던 종례가 끝났다고 생각해서 책가방을 책상 위에 올려놓고 들썩거리고 있던 아이들이 분위기가 예사롭지 않다는 걸 눈치채고는 가방을 슬그머니 도로 내려놓고 숨을 죽였다. 마귀할멈은 벼르던 쥐를 마침내 구석에 몰아넣은 고양이처럼 의기양양해서 나를 가지고 놀기 시작했다. 마귀할멈은 일단 채변봉투 안에 든 비닐봉지를 꺼내 들었다. 아이들이 비명을 질렀다. 마귀할멈이 교실 안을 한 번 휙 훑어보는 걸로 아이들을 침묵하게 만들더니, 그 봉투를 내 얼굴로 들이밀면서 물었다.

"이게 뭐니?"

무어라 대답해야 할지 판단이 서질 않았다. "똥"이라고 대답하자니 이미 그게 아니라는 게 드러나 있는 상태인 게 분명해 보였고, 그렇다고 "단팥빵"이라고 하기에는 내가 생각해도 너무 터무니없었다.

"…"

"이게 뭐냐고!"

마귀할멈이 다시 한번 봉투를 내 얼굴 앞에서 흔들면서 소리쳤다. 이쯤 되면 마귀할멈의 대본을 따라가는 수밖에 없었다.

원하는 방향으로 분노하게 해 주고, 욕하게 해 주고, 그걸 풀게 해 주는 것 말고는 달리 생각나는 대책이 없었다.

"똥인데요."

똥이니 방귀 따위 말만 나오면 좋아하는 실없는 아이들이 키득거리기 시작했다. 마귀할멈이 득의에 차서 비아냥거렸다.

"아, 이게 똥이야? 오, 그래? 넌 도대체 무슨 좋은 걸 먹고살길래 똥을 단팥빵으로 싸니?"

아이들 몇몇이 노골적으로 웃음을 터뜨렸다. 자기 말에 아이들이 웃음까지 터뜨리고 했으니 조금 더 기세등등하게 나올 거라고 예상을 하긴 했지만, 그래도 마귀할멈의 다음 발언은 그 예상조차 넘어서는 것이었다.

"먹어."

마귀할멈은 봉투를 내 코밑으로 좀 더 바짝 내밀면서 말했다.

"먹어."

이런 막무가내에는 도대체 어떻게 대응해야 하는가. 나는 말 없이 고개를 옆으로 돌렸고, 그때마다 마귀할멈은 코밑으로 봉투를 들이밀면서 고집을 부렸다.

"먹어."

내가 그 봉투를 손으로 쳐서 떨어뜨린 건 반항을 하고 싶었다거나 특별한 악의가 있어서 그랬던 건 정말 아니었다. 나는 다만 어쩔 줄 몰랐을 뿐이었다. 아무리 피해도 끊임없이 코밑으로 다가오는 불쾌한 물건을 달리 어떻게 처리할 수가 있겠는가. 내 생각과 동기야 어땠건, 마귀할멈은 자신이 원하는 만큼 화를 내도 되는 정당한 사유가 생겼고, 따라서 정신봉을 치켜들었다. 경로는 다소 달랐지만 결론은 이미 예상하고 있었던 것이니만큼, 나는 순순히 칠판을 향해 돌아서서 분필을 놓는 자리를 짚고 섰다. 어차피 끝은 그것으로 정해져 있었다. 대수는 예상보다 조금 많아질 수 있겠지만. 그러나 마귀할멈은 그보다는 조금 더 색다르고 강렬한 무언가를 원했다.

"바지 내려."

아이들이 웅성거리기 시작했다. 엉덩이를 까고 매를 맞는 건 당시에는 그리 흔하지는 않았지만 전혀 없는 일은 아니었다. 다만, 고학년, 특히 6학년 아이에게 그런 처분을 내리는 경우는 없었다. 특히나 남녀합반인 경우에는. 마귀할멈이 다소 무리를 하고 있는 게 분명했다. 그러거나 말거나, 나는 칠판을 짚은 채 가만히 버티고 있었다. 아무런 대꾸도 하지 않고 있으면 결국엔 몽둥이질을 시작할 것이고, 일단 그렇게 되면 이 사태는 그걸로 그럭저럭 마무리 짓게 될 것이었다. 하지만 그다음에 벌어진 일은 내 예상과 다시 한번 달랐다.

"바지 내려, 못 내려? 못 내려?"

마귀할멈은 이 말을 반복하면서 정신봉의 끄트머리로 내 옆구리며 팔이며 머리를 마구 찌르기 시작했다. 정신이 들기는커녕 멀쩡하던 정신도 돌아버릴 지경이 되었다. 그때 성민이의 목소리가 들렸다. "진영아, 바지만 내려." 좋은 방안이라고 생각했는지, 재완이도 그 말을 받아서 반복했다. 다른 아이들도 너도나도 소리를 질러대기 시작했다.

"바지만 내려! 바지만 내려!"

마귀할멈으로서는 의외의 사태였을 텐데, 그러나 나는 막무가내로 버티고 있었고, 시간이 지날수록 그런 나를 굴복시켜서 그 상황을 정리하는 게 나 못지않게 본인에게도 중요해지고 있었을 것이었다. 막대기질이 잠시 주춤해졌다. 쥐도 도망갈 구멍을 열어주고 쫓으라고 했는데 그런 거였나. 바지만 내리고 팬티 차림으로 매를 맞는 게 마귀할멈이나 내게 적절한 탈출구가 될 수도 있었을 수도 있겠다. 하지만 나로서는 그게 쉽지 않은 결정이었다. 이미 말했다시피 우리 집은 태풍에 휘말려 있었고, 그 말은 엄마가 속옷의 세탁 같은 것에 신경을 쓸 수 없는 상황이었다는 뜻이기도 했다. 엄마는 새로 이사 갈 동네에서 생전처음 시작하게 될 가게를 준비하느라 경황이 없었고, 세탁기에는 일찌감치 차압 딱지가 붙어 있었다. 다른 형제들은 어땠는지 모르겠지만, 나로서는 옷 서랍에 자동으로 들어와 있던 새

속옷의 공급이 끊긴 것에 별다른 문제의식을 가진 적이 없었고, 스스로 그 문제를 해결할 의사도 없었다. 그 결과, 그날 내가 입고 있던 내 속옷은 남들한테 보여줘도 좋은 상태가 전혀 아니었다. 그리고 내 생각에는, 마귀할멈이 그런 좋은 소재를 놓칠 리가 없었다. 나는 아마도 학년이 끝날 때까지 마귀할멈의 놀림감이 될 것이었다. 그렇다고 마냥 버틸 수도 없었다. 마귀할멈은 나를 부러뜨리려 들 것이었고 나는 그럴 생각이 전혀 없었지만, 이 사태의 끝이 어떻게 될지에 대해서는 점점 더 두려움이 커졌다. 나는 잠시의 어색한 침묵 끝에, 애당초 마귀할멈이 요구했던 대로, 아랫도리를 죄다 내리는 쪽을 택했다. 마귀할멈이 다가와 정신봉으로 엉덩이를 때리기 시작했다. 몽둥이는 내 맨살 위에 첫 순간에는 차갑게, 그다음에는 곧 뜨겁게 얹혔다.

종례의 마지막 순서는 모두들 교사 앞으로 몰려나가 줄을 선 뒤 다시 한번 담임에게 인사를 하고 흩어지는 것이었다. 나는 교사에서 가능한 한 천천히, 그러나 너무 늦지는 않게 빠져나와 줄 맨 뒤에 가서 섰다. 운동장 한쪽 구석 농구 골대 밑에 진수가 앉아있는 게 보였다. 진수는 돌멩이 같은 걸로 땅바닥에 무언가를 그리고 있었다. 반장이 구령을 붙이고 모두들 마귀할멈에게 허리를 굽혀 인사를 했다. 마귀할멈이 나를 바라보는 시선을 느꼈기 때문에 나도 다른 아이들만큼 허리를 굽혔다. 치욕스러웠다. 아이들이 삼삼오오 흩어지면서 나를 흘끔흘끔 쳐다봤다. 나는 진수에게로 천천히 걸어갔다. 내 그림자가 길게 뻗으면서 진수를 덮었다. 진수가 고개를 들어 나를 올려다봤다.

"작은형"

진수는 나를 '작은형'이라고 불렀는데, 상황과 자기 기분에 따라서 발음이 다양하게 나오곤 했다. 대개는 '짝은형'이었고, 흥분해서 급하게 부를 땐 아예 '짠형'이 되곤 했다. '작은형'은 심각하거나 편안하거나, 아무튼 마음이 좀 가라앉아 있고 느슨할 때 나오는 발음이었다. 나는 원래도 좀 느린 편인 진수가 천천히 '작은형'이라고 부를 때의 느낌을, 물론 비밀리에, 좋아했었다.

"뭐하냐?"

"그냥."

그리고 있던 그림을 들여다보려고 하자 진수가 발로 쓱쓱 문질러 버렸다.

"재완이 형, 성민이 형!"

아마 재완이와 성민이가 다가오는 모양이었다. 하지만 나는 고개도 돌리지 않고 그 자리에 그대로 서 있었다.

"뭐하냐?"

"큰형이랑 누나 기다려. 우리 오늘 이사 간다."

"뭐? 이사? 야, 이진영, 너 왜 우리한테 말 안 했어?"

말하지 않을 생각은 아니었다. 다만 어떻게 말해야 할지를 몰랐을 뿐이었다. 엄마는 우리가 화곡동으로 이사하는 걸 가급적이면 남들에게 알리지 말라고 했다. 학군 바깥으로 이사를 하면 원칙적으로 전학을 해야 했기 때문인데, 우리는 학교를 옮기지 않기로 하고 있었기 때문이다. 사정이 그러니, 친구들에게 이사를 한다고 말하는 건 '가급적'의 범주 밖에 있는 일인 거 같긴 했지만, 하지만 그렇게 말했을 때 그 즉시 돌아올 "어디로 하는데?"라는 질문에 대해서 무어라 대답할 것인가 말이다. 그러니 아무 말도 할 수 없었을 뿐이었다. 이 복잡한 사정을 어떻게 간략하게 추려서 대답해야 할지 몰라 잠시 멈칫하고 있는데 교문을 향해 가고 있던 아이들이 노래를 부르기 시작했다.

"이진영 엉덩이는 빨개
빨가면 사과
사과는 맛있어
맛있으면 바나나
바나나는 길어

길으면 기차

기차는 빨라

빠르면 비행기

비행기는 높아

높으면 백두산

백두산 뻗어내려 반도 삼천리

무궁화 이 강산에 역사 반만년”

“야, 조용히 해!”

재완이가 소리를 질렀지만 별 소용이 없었다. 아이들은 아예 합창을 하면서 교문을 빠져나갔다.

“저 형들 왜 저래?”

물론 아이들은 내가 마귀할멈한테 불려나가 엉덩이를 까고 매를 맞은 걸 놀리는 거였다. 그러나 그 이야기를 진수에게 할 필요는 없었다. 재완이와 성민이도 그 정도는 알고 있었다. 내가 이사 문제에 대해 그랬듯이, 재완이와 성민이도 대답하기 어려운 문제에 부딪치자 서로 얼굴만 쳐다봤다.

“너네 오늘은 과외 없냐?”

2학기 시작하면서부터 둘 다 중학교 과정 과외를 시작했는데, 장소가 동교동 철길 근처, 목욕탕 옆 건물이라고 좋아하던 기억이 났다. 나더러도 합류하라고 몇 번이나 권유를 했지만, 아무래도 그럴 수 있는 시절은 이제 지난 것 같아 엄마에게 이야기도 꺼내보지 않았다. 재완이 말로는 과외방 창문을 열면 바로 목욕탕 여탕의 창문이 맞닿아 있어서 막대기로 열고 들여다볼 수 있다고 했다. 재완이야 평소에도 뻥이 좀 센 편이긴 하지만, 성민이마저 얼굴을 붉히면서 고개를 끄덕이는 걸 보니 사실인 모양이었다.

"어, 있어. 우리 가야 돼. 내일 보자."

재완이와 성민이마저 가버리고 나자 운동장에는 이제 진수와 나, 둘만 남게 되었다.

"춥다."

진수가 몸을 웅크리며 말했다. 날이 갑자기 추워졌다. 좀 더 두꺼운 겨울 '잠바'를 꺼내 입어야 할 정도였는데 이미 이삿짐을 다 싸놓은 터라 그럴 수가 없었다. 아이들이 다 사라지고 나니 운동장은 더 썰렁하고 추웠다. 운동장 한가운데서 바람에 쓸려 모래먼지가 일어나는 게 보였다.

"뛰자!"

진수는 벌벌 떨면서도 그 자리에 웅크리고 앉아 있다가, 내가 운동장을 한 바퀴 돌아서 그 자리로 올 때쯤에야 일어나 나보다 앞서서 뛰기 시작했다.

"네, 이진수 선수, 이제 겨우 국민학교 3학년의 나이지만, 6학년 인 이진영 선수를 멀찌감치 따돌리고 선두에서 뛰고 있습니다."

무엇이든 중계방송 흉내를 내는 건 진수와 나의 놀이방식이 었다. 싸우면서도 권투 시합이나 레슬링 시합 중계 흉내를 낼 정도였다. 진수를 붙잡아 헤드록을 걸면서 "네, 이진영 선수 헤 드록을 걸고 있습니다. 아, 이진수 선수 어렵겠네요. 빠져나올 수 있을까요? 항복을 선언해야 하지 않을까요?"라고 말하면 진 수는 내 팔을 풀려고 힘을 쓰느라 제대로 나오지도 않는 목소 리로 "아, 그건 이진수 선수에 대해서 잘 몰라서 하는 소리죠. 이진수 선수에게는 아무도 모르는 비장의 무기가 있습니다."라 고 대답하는 식이었다.

진수가 앞서서 뛰는 동안 나는 추월은 하지 않으면서, 곧 추 월을 할 듯 뒤에 바짝 붙어서 뛰었다. 허벅지는 아직도 완전히 펴치는 않았고, 엉덩이도 후끈거렸다.

"네, 이진영 선수 바짝 붙어서 추격하고 있습니다. 곧 따라잡 겠군요."

"그럴 리가 있나요, 그건 불가능한 일입니다."

그렇게 주거니 받거니 하면서 뛰는 동안 추위는 한결 가시고 오히려 몸에서 땀이 날 지경이었다. 교문에서 누나가 들어오는 게 보였다. 누나도 교복만 입은 채 부들부들 떨고 있었다.

"누나도 뛰어! 뛰면 따뜻해져"

뛰면서 소리를 질렀지만 누나는 아무 대답도 하지 않고 놀이터로 가더니 그네 옆에 가방을 내려놓고 그네에 앉아 팔짱을 꼭 꼈다.

"결승점 통과! 이진수 우승!"

진수가 양팔을 하늘로 쭉 뻗어 올리면서 소리를 지르더니 놀이터로 달려갔다. 누나는 그네에 앉은 채로 'ㄱ' 자로 세워진 교사 건물을 쳐다보고 있었다. 나는 그 옆의 그네에 앉아서 발로 땅을 차 앞뒤로 왔다 갔다 하기 시작했다. 쇠줄은 손을 대면 달라붙을 것처럼 차가워서 줄을 팔에 끼고 주머니에 손을 넣었다.

"나 일학년 때 교실이 저기였다. 1층 맨 왼쪽 교실. 1학년 1반."

누나가 운동장 왼쪽에 따로 떨어져 있는 저학년 교사를 보면서 말했다.

"저 교실도 항상 추웠어. 발 시렵고. 1층이고 그늘이라서 그랬나 봐."

"추우면 뛰어. 뛰면 안 추워. 어차피 체력장 연습도 해야 하잖아."

"치마 입고 어떻게 뛰니."

"치마를 입어서 더 추운데 치마를 입었기 때문에 뛰지도 못하고."

"그러게 말야. 불공평해."

누나가 정강이를 쓸면서 말했다.

"쇳덩이들이 다 너무 차가워."

진수가 손을 부비면서 다가왔다.

"그만 놀고 가만히 앉아 있어. 오빠 이제 곧 올 거야."

누나가 말하면서 손짓을 하자 진수가 "그래? 가만히 앉아 있어? 알았어." 하고 비실비실 웃으며 누나 무릎에 가서 앉았다. 평소 같았으면 밀어냈을 텐데, 추워서 그랬는지 누나는 진수를 그대로 내버려 두고 팔을 돌려 안았다.

"진영이 졸업하고 나면 너 혼자 다녀야겠다."

누나가 진수의 어깨에 얼굴을 얹고 혼잣말인 것처럼 중얼거렸다.

교문으로 형이 들어서는 게 보였다. 형은 나와 눈이 마주치자 손을 흔들어 나오라는 신호를 보냈다. 우리는 자리를 털고 일어나 교문으로 천천히 걸어갔다. 이미 해가 기울기 시작하고 있었다.

13.

"집중해. 오늘만 같이 타고 내일부터는 너희들끼리 타야 돼."

나와 진수는 버스를 타는 게 무척 오랜만이라 한편으로 신이 나기도 했는데, 형은 한껏 신경이 날카로워져 있었다.

"자, 저기 밤색 사각형 빌딩 보이지? 꼭대기에 홀트아동복지회라고 써 있는 거 보여? 우리 방금 전에 청기와주유소 앞에서 탔지? 진수, 그다음이 어디였어?"

"경남예식장."

"그래. 그다음이 여기 합정동이야. 그다음은 한강. 그러니까, 아침에 학교에 올 때는 어떻게 되겠어?"

"한강-합정동-경남예식장-청기와주유소."

진수가 대답했다.

"그래. 그렇게 거꾸로 기억하면 되겠지? 자, 화곡동에서 한강까지는 한참이야. 한 사십 분 걸려. 거긴 천천히 외우고, 한강이 보이면 그때부터 긴장하면 돼."

진수는 이미 한강에 넋을 잃고 있었다.

"한강… 넓다…"

진수는 남이 앉아있는 좌석 너머로 강을 내려다보려 발돋움을 했다. 한강에서 화곡동까지 40분 정도면 청기와주유소에서는 대략 50분 정도 걸린단 이야긴데, 내내 이렇게 서서 다녀야 하는 건가? 나는 그게 더 마음에 걸렸다. 진수가 첫날이니까 구경하느라 정신이 팔려서 저렇지, 앞으로는 매일 징징거릴 게 틀림없었다.

"진영이, 한강 다음에 어디라고?"

설명 다음에 질문 공세. 형이 늘 하는 방식이었다. 남들은 자상한 형이라고들 했지만 설명은 너무 자세해서 지겨웠고, 질문은 너무 쉬운 것부터 차근차근 물어봐서 또 지겨웠다. 하지만 어떤 친구들은 형이 툭하면 쥐어 패서 이를 갈았는데, 그런 형들에 비하면 백 배 낫긴 했다.

"한강 다음에? 나야 모르지. 한 번도 안 가본 덴데."

진수에게도 한 질문을 나한테도 다시 하는 게 자존심 상해서 일부러 못 알아들은 척 어깃장을 냈다.

"아니, 집으로 가는 길 말고. 학교 오는 길."

형은 짜증도 내지 않고 다시 찬찬히 말했다.

"그건 진수한테 물어봐. 아까 진수가 대답했잖아."

내가 퉁명스럽게 대답하자 누나가 수습에 나섰다.

"얜 자전거 타고 매일 돌아다녔잖아."

"그래도 버스는 다르지."

형이 중얼거렸다.

"큰형은 같이 안 다녀?"

진수가 걱정스러운 표정으로 물었다.

"나하고 진숙이는 너희보다 일찍 나오잖아."

형이 창밖을 보며 말했다.

"한강 다 건넜다. 이제부터 한참 가야 돼. 종점까지 가는 거야."

차는 한강을 건너서 우회전을 한 뒤 강변을 달리기 시작했다. 처음 보는 길이었다. 우리 넷은 모두 창밖에 시선을 고정하고 아무 말 없이 서 있었다. 창밖은 이제 어두워지기 시작하고 있었다.

"다리 아퍼."

아니나 다를까, 진수가 중얼거렸다. 진수 바로 앞의 자리에 앉은 중학생은 말없이 창밖만 바라보고 있었다. 하긴 자리를 양보해 주고 싶어도 서 있는 사람들한테서 받아서 무릎 위에 산더미같이 쌓아놓고 있는 가방들 때문에라도 일어나기 어려울 것 같았다.

"종점 근처에 가면 자리가 날지도 몰라. 그때까지 잘 참아봐."

형이 부드러운 목소리로 달랬다. 버스는 낯선 길을 끝도 없이 달렸다. 형광등 불빛 아래서 파랗게 질린 사람들이 아무 말 없이 버스와 함께 흔들리고 있었다. 그러니까, 이런 버스가 구른 것이었다. 나는 버스 안을 천천히 둘러봤다. 이 차가 굴러서 우리가 다치면 엄마도 누군가의 집에 찾아가게 되겠지… 나는 창에 이마를 대고 기댄 채 가로수와 건물들 사이로 언뜻언뜻 보이는 한강을 내다봤다. 매일 한강을 보면서 다니는 것도 그리 나쁘지 않을 것 같았다.

14.

　우리가 버스의 종점에서 내려서 향한 곳은 시장으로 통하는 길목에 있는 상가였다. 상가라고는 하지만 제각각의 모양으로 납작하게 엎드려서 나란히 늘어서 있는 건물들에 허름한 문방구와 약국, 철물점, 이발소, 전파상 따위의 업소들이 계통 없이 들어서 있었고, 그 끄트머리에 약간의 사과와 귤 따위 과일을 얹은 좌대를 앞에 내놓은 식품점이 하나 있고 그 뒤로는 본격적으로 시장 골목이 시작되었다. 그리고 그 시장을 지나면 주택가가 펼쳐졌다. 그러니까 크고 작은 차들이 빠르게 다니는 도시의 길과 안온하게 엎드려 있는 집들 사이의 완충지대로 시장이 있었고, 그 허름하고 짧은 상가는 큰길을 달리는 금속성의 차갑고 사납고 빠른 것들과 한자리에 쪼그려 앉아있는 상인들,

그들이 다루는 생선이며 야채, 과일 같은 부드러운 질감의 물건들, 여기저기서 흐르는 물 때문에 항상 질척한 바닥, 그리고 그 사이를 돌아다니며 장을 보는 사람들 같은 느리고 부드러운 존재들로 채워진 시장통 사이의 기압 차를 해소해주는 역할을 하는 셈이었다. 사람들은 아침이면 이 짧은 상가 골목을 지나 세상으로 나가고, 저녁이면 그보다 조금 느려진 걸음으로 집으로 돌아올 것이었다. 그러니 이 상가에 있는 상점들은 좋게 말하면 통행인이 많은, 소위 '목'이 좋은 자리에 위치한 셈이었지만, 달리 보자면 주택가로부터 시장을 사이에 두고 격리돼 있어서 단골보다는 지나는 길에 들르는 뜨내기손님들을 주로 상대하게 된다는 문제가 있었다.

형은 우리 셋을 이끌고 그 상가 끄트머리의 '정주상회'라는 새 간판이 붙어 있는 가게로 향했다. 정주는 엄마의 고향이었다. 온갖 격한 감정들과 빚을 정리하는 그 난장판이 마무리되고 나서 잠시 머리를 싸매고 누웠던 엄마가 자리를 털고 일어난 뒤 지난 한 달 정도를 들여서 만들어낸 곳이 바로 여기였다. 말로만 듣던 정주. 오산학교가 있었다던 정주. 남강 이승훈과 김억과 김소월과 백석과 이광수가 살았다던 정주. 무엇보다, 운동 잘하고 악기 연주 잘했다던 엄마의 건장한 오빠들이 살았다던, 해방이 되고 나서 떠난 엄마가 그 뒤로 한 번도 돌아가

보지 못한 그 정주가, 이미 어두워져 가는 변두리의 시장 골목이지만, 백열등 불빛을 받으며 내 눈앞에 커다란 글자로 나타나 있는 걸 보니 마치 사라진 세계가 나타난 것처럼 뭉클했다. 화곡동은 우리가 망해서 도망쳐 내려온 곳이라고 생각했는데, 엄마가 그 작은 시장통 가게에 당신과 아버지가 떠나온 평안도, 혹은 평북 같은 두루뭉술한 이름이 아니라, 콕 집어 당신의 고향 이름을 내건 걸 보니 여기가 꼭 유배지인 것만은 아닌 것 같기도 했다. 엄마는 당신의 이름을 내걸고 무언가를 해보려고 했던 것인지도 모르겠다.

엄마는 그 간판 밑에서 커다란 스카프로 머리를 싸매고 처음 보는 두툼한 붉은색 스웨터를 입고는 허리를 굽힌 채 무언가를 하고 있다가 뒤돌아서서 웃으면서 우리를 맞았다. 엄마는 일꾼들처럼 목장갑을 끼고 있었다. 엄마는 자랑스럽게 가게를 보여주었다. 한 번 쓱 둘러보면 다 파악할 수 있는 규모의 구멍가게였지만, 엄마는 하나하나 공을 들여서 설명해줬다. 바깥으로 내놓은 좌대에는 사과와 귤, 배 같은 과일들을 진열하고, 실내 양쪽 벽에 설치된 선반들에는 종합선물세트와 초콜릿 같은 조금 고급스러운 과자들을 진열하되 낮은 선반에는 자주 팔릴 법한 것들을 놓고, 가운데에 십자형의 좁은 통로를 비워놓고 사방으로 놓은 매대에는 사람들이 많이 찾는 부피가 큰 싸구려 과자들을 쌓아놓는다는 식이었다. 가게 안은 밝고 깨끗했고, 선반과 좌대에서는 신선한 나무 냄새가 풍겼다. 아직 매대에는 충분한 양의 과자와 과일들이 쌓여 있지 않아 어딘가 허술해 보였지만, 엄마는 처음 해보는 힘든 일을 하면서도 즐거워 보였다.

계산대는 가게 맨 안쪽에 있었다. 그리고 그 뒤쪽의 좁은 골목 같은 통로로 돌아가면 석유곤로와 작은 찬장 따위가 놓여 있는 간이부엌이 마련되어 있었고, 그 옆으로 두 사람 정도가 간신히 몸을 누일 수 있는 작은 방이 있었다. 아침 일찍 등교하거나 출근하는 사람들과 밤늦게 집으로 돌아가는 이들이 들렀다 갈 수 있게 새벽에 문을 열고 밤늦게 문을 닫아야 하기 때문에 엄마는 주로 그 방에서 지내야 한다고 했다. 형도 마찬가지였다. 형은 곧 고3이 될 것이니 혼자서 조용히 지내면서 공부를 할 곳도 필요하고, 이따금씩 도매시장에 가서 과일을 떼어오거나 매일 가게 문을 열고 닫을 때 바깥 나무문을 떼고 붙이고 하는 것 같은 힘든 일들은 형이 그 방에서 지내면서 맡아줘야 하기 때문에 형도 가겟방에서 지낼 거라고 했다. "그러니", 엄마가 말했다.

"진영이 네가 잘해줘야 돼."

이제부터 집에서 지내는 건 아버지와 누나, 진수와 나, 이렇게 네 사람이고, 엄마와 형은 이따금씩만 들르게 될 것이니 상대적으로 내 책임이 클 거라는 얘기였다. 누나는 집안 살림을 맡고, 집에서 아버지 시중을 들어드리는 걸 비롯해 연탄불 관리, 가게와 집을 오가면서 엄마가 그 조그마한 간이부엌에서 장만하는 우리와 아버지의 식사를 나르는 임무는 나에게 맡겨졌다.

"우리 진영이는 책임감도 강하고, 뭐든지 잘 하잖년." 엄마는 그렇게 말했다. 기분이 좋았다. 태어나서 처음으로 없어서는 안 되는 사람으로 인정을 받는 것 같았다.

"그리고,"

엄마가 말했다.

"아주 용한 한의사를 만났어." 엄마는 비밀이라도 밝히는 것처럼 목소리를 낮춰서, 그러나 환하게 웃는 얼굴로 우릴 둘러보면서 말했다. "한 반년만 약을 열심히 먹으면 아버지 나을 수 있다더라."

집으로 가는 길은 즐거웠다. 그전까지는 가볼 일이 별로 없었던 시장 골목은 진흙탕과 좌판과 저녁 장을 보러 나온 아줌마들과 그 사이를 비집고 거칠게 달리는 짐 자전거들처럼 피해야 할 것들도 많았지만 볼 것도 많았다. 비위가 약한 진수는 생선 좌판들이 모여 있는 구역, 돼지머리, 순대 따위를 내놓은 식당들이 늘어선 골목에서는 숨을 참고 빨리 걸었다. 순댓국 골목을 끝으로 마침내 시장 골목을 빠져나와 중국집 앞을 지나면서는 우리 모두 참았던 숨을 내쉬고 그 고소한 냄새를 깊이 들이켰다.

중국집을 지나자 갑자기 조용한 주택가가 나왔다. 일직선으로 곧게 뻗은 길 양쪽으로 고만고만한 크기의 비슷한 집들이 나란히 서 있는 동네였는데, 엄마는 나중에 약간의 비웃음을 섞어서 그 집들은 '집장사 집'이라고 했다. 그러나 진수와 나는 그 집들이 마음에 들었다. 특히 그 길의 왼편에는 개천이 흐르고 있었고, 그 뒤의 집으로 들어가려면 입구마다 놓여 있는 작은 다리를 건너야 했다. 우린 그 길을 베니스라고 부르기로 했다.

우리가 살 집은 베니스를 지나 가파른 언덕길을 한참 올라간 후 다시 꼬불꼬불한 골목길을 지난 뒤에야 나왔다. 도대체 여기에 어떻게 집을 지을 수 있었을까 생각하게 만드는 곳이었다. 문을 열고 들어가자 잎사귀가 다 떨어진 나무들에 둘러싸여 있는 좁고 길쭉한 마당이 나타났고, 그 왼쪽으로 벽돌 모양의 빨간색 타일을 두른 우중충한 단층 건물이 서 있었다. 창문에는 마름모꼴의 철창이 붙어 있었고, 아마도 거실일 법한 장소의 넓고 큰 유리문은 아코디언 식의 철제 셔터로 막혀 있었다. 우리는 모두 아무 말 없이 그 살풍경을 지켜보다가 형을 따라 조용히 집으로 들어갔다.

아버지가 누워있는 방은 현관에서 오른쪽에 있었다. 여태 살던 집에서는 들고 날 때마다 거실 안쪽에 있는 방까지 가서 인사를 드리고 다시 현관으로 나가곤 했지만, 이 집에서는 그럴 필요가 없을 것이었다. 나와 진수가 같이 쓸 방은 아버지 방 바로 맞은편이어서 아버지가 부르면 언제든지 달려갈 수 있었다. 아버지는 우릴 반갑게 맞았지만 여전히 자리에 누운 채였다. 그래도 아버지는 이미 어두워진 방 안에서 머리맡에 등을 켜고 책을 읽고 있었다. 전 집에서는 마지막 며칠 동안 몸이 많이 붓고 상태가 좋지 않아서 책을 읽는 것도 할 수가 없었다. 그러니 이건 좋은 신호였다. 아버지는, 엄마가 만났다는 그 용한 한의사의 말에 따르자면, 반년만 꼬박꼬박 약을 먹으면 다시 일어날 수 있을 것이고, 일 년이면 완전히 회복될 수 있을 터였다.

아버지 방에 새로 들여놓은 농에서도 나무 냄새가 났다. 다른 두 방은 구석에 비닐 옷장만 하나씩 놓여 있을 뿐 텅 비어 있었다. 거실도 소파는 물론 의자나 테이블 하나 없이 맨 마루였다. 나는 이 텅 빈 집이 마음에 들었다.

특히 마음에 든 건 지하실이었다. 마당에서 현관으로 올라가는 계단 뒤에 숨어 있는 좁은 계단을 서너 칸 내려가면 작은 쪽문이 있었는데, 그걸 열고 들어가 연탄을 쌓아놓은 곳을 지나 또 몇 칸 계단을 내려가면 텅 빈 넓은 공간이 나왔다. 그 공간은 집 모양처럼 직사각형이었지만, 오른쪽과 왼쪽, 그리고 반대편 끝에 콘크리트로 만든 커다란 구조물이 기둥처럼 천장을 받치고 있어서, 어딘가 낯설고 특별한 느낌을 주었다. 입구 쪽 벽 천장 가까이에 붙어서 희미한 빛을 흘려보내고 있는 간유리가 끼워져 있는 납작한 창문 두어 개까지, 나로서는 처음 접해보는 종류의 공간이었다.

각각의 콘크리트 구조물에는 중간보다 조금 높은 곳에 사방이 각각 1미터 조금 안 되는 넓이의 턱이 튀어나와 있고, 그 안쪽에는 가로세로가 각각 4, 50센티미터 정도 되는 조그마한 철문이 달려 있었다. 그리고 구조물의 한쪽 옆으로 그 턱까지 올라갈 수 있는 시멘트 계단이 붙어 있었다. 한 사람이 간신히 올라갈 수 있을 정도로 폭이 좁은 그 계단들에는 난간이 붙어 있지 않았다. 그 계단들 때문에, 그 콘크리트 구조물들은 마치 실내에 지어놓은 세 개의 탑처럼 보이기도 했고, 지하실 전체가 축소모형의 신축공사장이나 허물다 만 폐허처럼 보이기도 했다. 나는 그것조차 마음에 들었다. 그러나 내가 그 지하실에서 무엇보다 마음에 들었던 건, 어디서 나는지 알 수 없는 구수한 거 같기도 하고 약간 매캐한 것 같기도 한 냄새였다. 형은 그게 바로 연탄이 타면서 나는 냄새라고 했다. 일산화탄소나 이산화탄소는 냄새가 없으니 아마 이산화황이 내는 냄새일 거라는 게 형의 추측이었다. 그 냄새는 세 개의 탑 꼭대기에 각각 붙어 있는 조그마한 철문 안쪽에서 나는 거였다.

좁은 시멘트 계단을 몇 개 올라가 벽면에 기대어 세워져 있던 기다란 갈고리 같은 것으로 그 철문의 고리를 당겨서 열면 좁고 깊은 터널 같은 것이 보이고, 그 안쪽에 연탄 화덕이 들어 있었다. 화덕을 꺼내려면 그 갈고리를 그 터널에 집어넣어 화덕의 아래쪽에 붙어 있는 고리에 걸고 천천히 잡아당겨야 했다. 형은 화덕을 너무 빨리 잡아당기면 넘어질 수도 있으니 화덕이 흔들리는 상태를 봐가면서 아주 천천히 당겨야 한다고 했다. 화덕을 꺼내서 아침저녁으로 하루 두 번 연탄을 가는 건 내가 책임져야 하는 일이었다. 조심스럽게 화덕 안을 들여다봤다. 표면이 검은 연탄구멍들의 저 깊은 안쪽에서 노랗고 파랗고 붉은 불이 맹렬하게 올라오고 있었다. 표면의 저 검은색이 아주 얇게 남아있을 때가 연탄을 갈기에 가장 좋은 때라고 형은 말했다.

형은 저녁 식사를 마치고 나서 저녁 연탄을 갈 시간이 될 때까지 기다렸다가 나를 다시 지하실로 데리고 갔다. 형은 세 방의 연탄을 갈면서 그 요령을 반복해서 차근차근 다시 한번 설명해 줬다.

화덕을 철문 밖의 좁은 턱까지 무사히 끌어냈으면 남은 계단 몇 개를 마저 올라가 연탄집게로 불이 붙어 있는 연탄을 꺼내서 화덕 옆에 내려놓고, 그 연탄 아래의 다 탄 연탄을 꺼낸 뒤에 불이 붙어 있는 연탄을 화덕에 다시 집어넣은 뒤, 그 위에 새 연탄을 가져다 넣어야 했다. 그러나 그게 그리 간단치 않은 게, 우리 방의 연탄을 꺼내 보니 위의 연탄이 아래 연탄과 달라붙어 있었다. 연탄 한 장을 들어내는 건 아무 문제가 없었지만, 두 장이 붙어있는 걸 꺼내는 건 그리 만만한 일이 아니었다. 일단 화덕과 천장 사이가 그리 넓지 않아서 공간적인 여유가 충분치 않았고, 두 장을 한꺼번에 꺼내다가 연탄의 무게를 견디지 못해 연탄을 놓쳐서 탑 아래로 떨어뜨리거나 화덕을 잘못 건드려서 넘어뜨릴 수도 있었다. 탑의 꼭대기까지 올라가면 머리는 물론 등까지 약간 굽혀야 했는데, 이런 구부정한 자세로 무거운 걸 들어 올리는 건 국민학생으로서는 그리 쉬운 일이 아니었다. 아무튼, 어찌어찌해서 붙어 있는 연탄을 끄집어냈으면, 이제는 그걸 조심스럽게 옆으로 누인 뒤에 집게를 그 사이에 집어넣어 떼어내야 했다.

붙은 연탄을 떼어냈으면, 불이 붙은 연탄을 화덕에 넣고 죽은 연탄을 지하실 입구에 갖다 놓은 뒤 새 연탄을 가지고 와서 불붙은 연탄 위에 올려놓아야 했다. 이 연탄에는 모두 열아홉 개의 구멍이 뚫려 있어서 십구공탄이라고 부르는데, 이 구멍을 모두 잘 맞춰야 가스도 덜 나오고, 화력도 좋다고 했다.

그러나 이 구멍을 모두 잘 맞추는 건 그리 만만한 일이 아니었다. 무엇보다, 화덕 위의 공간이 그리 충분치 않아서 화덕 가까이로 머리를 들이밀고 구멍을 맞춰야 하는데, 빨리 맞추지 못하고 계속 들여다보고 있으면 연탄가스에 중독이 돼서 일시적으로 정신을 잃고 계단 아래로 떨어져 다칠 수도 있으므로 잠깐 밖으로 나가 찬바람을 쐬고 들어와서 다시 구멍을 맞춰야 한다고 했다. 형은 내게 이걸 몇 번 반복해서 말하게 했다.

"구멍을 맞출 때 어떻게 해야 한다고?"

"구멍을 맞추기 전에 심호흡을 하고, 구멍을 맞출 때에는 숨을 멈춰."

"그런데 구멍이 잘 안 맞으면?"

"밑으로 내려와서 심호흡을 몇 번 한 뒤에 다시 올라가."

"그래도 안 맞으면?"

"그럴 리가."

"까불지 말고. 만약에 안 맞으면?"

"지하실 밖으로 나가서 하늘의 별을 본 뒤에,"

"또 또 까분다."

"가 아니고, 신선한 공기를 마신 다음에 다시 들어온다."

"왜? 왜 그렇게 해야 한다고?"

"안 그러면 나도 모르는 사이에 가스 중독이 될 수도 있어."

"그래. 조심해야 돼."

사실 복잡할 건 없는 일이었다. 하지만 조금만 방심하면 불을 꺼뜨릴 수도 있고, 가스중독이 될 수도 있고, 심지어 집에 불을 낼 수도 있는 일이었다.

"근데 형은 이거 언제 다 배웠어?"

"어제. 주인아줌마한테서 배웠지."

"…난 형이 날 때부터 알고 있었던 줄 알았어. 하도 잘 아는 척해서."

자기도 겨우 어제 배운 주제에 나를 바보 취급해 가면서 가르친 게 얄미워서 그렇게 말하긴 했지만, 그렇게 금방 잘 알게 되고 익숙해질 수 있다는 건 고무적인 사실이었다.

이 연탄 갈기는 내게 부여된 임무 중 두 번째로 중요한 것이었다. 내 가장 중요한 임무는 엄마가 가게에서 만드는 아버지 식사와 탕약을 때맞춰 나르는 것이었다. 오전 약은 우리가 등교하고 난 후 가게가 한가할 때 엄마가 가게 문을 잠깐 닫아걸고 직접 가지고 갈 것이지만, 하굣길에 가게에 들러서 오후 약을 가지고 들어가는 건 내 임무였다. 그러니까 당시의 내 임무를 요약하자면, 아침에 일어나서 지하실에 내려가 연탄을 갈고 전날 아버지가 드신 약병을 들고 가게로 나가 전달하고 등교한 뒤, 하굣길에 가게에 들러서 오후 약을 들고 집에 가 약을 드리고, 숙제를 마치고, 다시 가게로 내려가 그새 엄마가 만들어놓은 저녁밥과 저녁 약, 그리고 다음 날 아침 약을 가지고 집으로 돌아와 아버지 진지를 차려드리고, 저녁 식후 약을 드리고, 저녁 식사를 한 후 자기 전에 마지막으로 연탄을 가는 것까지였다.

15.

눈을 떠서 둘러보니 형광등이 켜져 있었고, 낯선 방이었다. 낯선 방의 느낌은 총체적이었다. 천장, 전등, 방바닥의 감촉, 벽지의 무늬, 창문, 온도, 방의 크기, 방문, 방 안의 가구, 이 모든 것이 다 낯설었다. 아주 잠깐 동안, 모르는 곳에 와 있다는 공포감이 엄습했다. 창밖은 캄캄했다. 낯익은 것이라고는 방 한쪽 구석에 던져둔 책가방과 자고 있는 진수의 얼굴뿐이었다. 이게 도대체 무슨 악몽인지 어리둥절해 있는 찰나에 귀에 익은 목소리가 들렸다.

"아직 안 일어났어?"

그와 동시에 누나가 문을 벌컥 열고 고개를 들이밀었다. 밤새 울었는지 눈이 퉁퉁 부어 있었다.

"난 지금 나가야 되기 때문에 너희들 지금 안 일어나면 학교 못 가. 어서 일어나."

"응."

"너 아침에 해야 할 일들 다 기억하고 있지?"

아침에 해야 할 일들이라고? 아침에 해야 할 일들이라니. 잠시 아무 생각이 나지 않아 누나의 얼굴만 쳐다보고 있자니 누나가 소리를 버럭 질렀다.

"너 기억 안 나? 아버지 약, 그리고 연탄."

아버지 약, 그리고 연탄. 그제야 모든 게 생각이 났다. 아, 우린 이사를 왔지. 아직 잠이 덜 깬 눈으로 사방을 다시 한번 둘러봤다. 여기가 앞으로 우리가 살게 될 곳이었다.

누나가 문을 닫고 나가고 나서야 나는 가까스로 정신을 좀 차릴 수 있었다. 잠자리가 바뀌어서 그런 건지 밤새 잠을 자긴커녕 어딘가를 헤매고 다니다가 돌아온 것처럼 온몸에 기운이 하나도 없었다. 진수를 흔들어 봤지만 꿈쩍도 하지 않았다. 에라 모르겠다 싶어서 나도 그대로 다시 누웠는데, 그제야 비로소 내가 감당해야 할 새로운 일상의 순서가 떠올랐다. 아침에 느지막이 일어나서 세수하고 차려져 있는 아침을 먹은 뒤 가방을 들고나가면 되던 일상은 끝났다. 모든 게 바뀌었다.

몸이 피곤한 게 당연했다. 전날 학교에서부터 시작해서 새로 이사한 집에 들어올 때까지 온갖 일들을 다 겪은 데다, 전에 비해 아침 기상 시간이 한 시간 반이나 앞당겨졌다. 전에는 아침 여덟 시에 일어나서 씻고 아침을 먹은 뒤 여덟 시 사십 분에 집을 나서면 아홉 시 오 분 전까지는 학교에 도착할 수 있었다. 그러나 이제는 여섯 시 반에 일어나서 등교 준비를 하고 연탄을 간 뒤 아버지 아침 약을 데워서 드리고, 뭉그적거리는 진수를 재촉해서 준비를 시킨 뒤 일곱 시쯤 집을 나서서 십오 분 후에 가게에 도착해 아침밥을 먹고, 늦어도 일곱 시 사십 분에는 버스 종점에 가서 줄을 서야 했다. 출근 시간대라서 줄이 길 것이니 미리 가서 줄을 서야 한다는 게 형의 말이었다.

진수를 다시 한번 흔들어 깨운 뒤에 나는 지하실로 향했다. 지하실에서는 기분 좋은 냄새가 났다. 약간 매콤하고 구수한 것 같기도 하고, 혀끝이 달콤해지는 것 같은 냄새였다. 형이 가르쳐준 대로 시멘트 계단의 중간까지 올라가 철문을 열고 조심스럽게 화덕을 꺼낸 뒤 남은 계단을 마저 올라가 연탄을 갈았다. 모든 게 순조로웠다. 그런 식으로 세 방의 연탄을 다 갈고 나니 무언가 엄청나게 중요하고 큰일을 해낸 것처럼 뿌듯했다. 나는 갑자기 점잖은 사람이 되어서 뭉그적거리면서 느릿느릿 움직이는 진수를 다그치기는커녕, 도와주기까지 했다.

장사진. 긴 뱀처럼 한 줄로 구불구불하게 늘어서는 진법. 나는 말로만 알고 있던 장사진을 그날 아침 89번 버스 종점에서 실제로 봤다. 형도, 엄마도, 사람이 많을 거라는 경고를 하긴 했지만, 그래도 이 정도를 상상한 건 아니었을 것이었다. 아마도 인근 지역의 학교들인 듯, 처음 보는 교표와 배지를 단 고등학생과 중학생들, 출근길의 어른들, 그리고 많지는 않지만 진수와 나 같은 국민학생들까지, 실로 다양한 그룹의 어마어마하게 많은 사람들이 종점 안을 빙글빙글 돌아 종점 밖 큰길까지 줄을 서 있었다. 줄을 관리하는 사람이 따로 있을 정도였다. 이윽고 차가 줄 앞에 와서 서자 사람들이 서둘러서 차를 향해 움직이기 시작했고, 줄을 관리하는 사람의 목소리도 덩달아 높아졌다.

"한 줄! 한 줄! 빨리빨리! 밀지 마세요! 밀지 마세요!"

줄이 정신없이 빠르게 움직였고, 진수와 나는 반쯤 넋이 빠진 상태에서 줄을 따라 이동하려고 애를 썼다. 앞쪽에 서 있던 사람들이 버스로 들어가자마자 뛰어가 자리를 잡는 게 보였다. 어디에 앉을까 두리번거리다가 바로 앞의 자리를 빼앗기는 사람도 있었다. 사람들은 끊임없이 버스 안으로 흘러들어갔다. 순식간에 버스 안이 가득 차기 시작했다. 자리에 앉아서 가고 싶은 사람들이 줄 옆으로 비켜섰고, 시간이 급한 사람들은 그들을 지나쳐서 버스 안으로 돌진했다. 어느 순간 차장이 문을 막아섰고, 줄을 관리하는 사람도 이제 그만 타라고 줄을 막아섰지만, 이 차를 꼭 타야 한다고 밀치고 오르는 이들을 막기에는 역부족이었다. 그렇게 몇 사람이 더 올라타고 나자 차장이 재빨리 차체를 두들기며 "오라이!"를 외치고는 문을 우겨 닫았다.

그렇게 한 차 가득 채워서 버스가 떠난 뒤에도 우리 앞으로는 어림잡아 수십 명이 서 있었다.

"앉아서 갈 수 있을까?"

진수가 내 귀에 대고 속삭였다. 우리는 발끝을 들고 멀리 보이는 버스의 좌석 수를 헤아리기 시작했다. 맨 뒷줄에 여섯 명, 그리고 두 명씩 앉을 수 있는 의자가 양쪽에 모두 여덟 개 정도, 그리고 일인용 의자가 또 여덟 개 정도가 있었다. 그러니까 모두 서른 명 정도가 앉아서 갈 수 있다는 얘기였다. 나는 진수를 줄에 세워놓고 옆으로 한 발 빠져나와 우리 앞에 선 인원수를 확인했다. 모두 스물여덟 명. 그러니까, 숫자만 놓고 보자면 간신히 앉을 수 있다는 얘기였다. 우리는 귓속말로 작전을 짜기 시작했다. 나는 진수에게 타자마자 문 맞은편에 있는 이인용 좌석, 혹은 그 바로 뒤의 좌석을 노리라고 했다. 앞쪽은 일인용밖에 없었고, 뒤쪽에 좌석이 몰려 있어서 가능성이 높기는 했지만 내리기가 어려울 수도 있었기 때문이다. 내 말을 끝까지 듣고 있던 진수가 어이없다는 표정으로 나를 쳐다봤다. 자리는 모두 서른 개인데 우리 앞에 스물여덟 명이 있다, 그런데 우리한테 어떤 선택의 여지가 있단 말이냐는 거였다. 듣고 보니 맞는 말이었다.

마침내 차가 와서 서고, 사람들이 올라타기 시작했다. 내 작전이 말이 안 된다는 걸 이미 알고 있었지만, 그래도 올라타자마자 우리가 점찍어두었던 그 자리를 제일 먼저 쳐다봤다. 그리고 그 자리들은 기적적으로 아직 비어있었다. 그러나 우리가 그 자리들을 향해서 움직일 즈음, 우리 바로 앞에 올라타서 잠시 우왕좌왕하던 이들이 차례로 그 자리들을 차지했다.

그제야 우린 다시 실내를 둘러봤다. 그 뒤쪽에 한 자리가 남아 있었다.

"가서 앉아!"

남은 한 자리를 가리키며 진수에게 말했지만 그동안 우리 뒤에 올라탄 어른이 진수를 슬쩍 밀치고는 그 자리로 들어가 앉았다. 진수는 나를 돌아봤지만, 내가 어찌하겠는가. 상대는 어른이고 게다가 잘못한 것도 없는데.

"바보야, 얼른 가서 앉으라니까."

내가 진수에게 하는 소리를 들었겠지만, 그 어른은 꼼짝도 하지 않고 신문을 크게 폈다가 착착 접어 공책 크기만 하게 만들어서 들더니 거기에만 눈을 두고 있었다. 나는 그 자리 앞에

가 서서 그 어른을 계속 노려보든지, 어떤 식으로든 복수를 하고 싶었지만, 그것도 마음대로 되지 않았다. 사람들이 계속 들어오면서 점점 안으로 밀려갔기 때문이다. 복수는커녕 진수와 떨어지지 않기 위해서 필사적으로 버텨야만 했다. 뒷자리에 앉아 있던 중학생이 우리 가방과 신발주머니를 받아주고 나서야 진수와 나는 좌석에 붙어있는 손잡이를 잡고 간신히 버틸 수 있었다.

차는 이미 종점에서부터 가득 채워져서 출발했다. 그리고 그 뒤로 정거장에서 설 때마다 조금씩 더 채워졌다. 도저히 더 이상 들어설 수 없을 정도가 됐다 싶으면 기사 아저씨는 급정거, 급발진, 급회전을 해서 버스를 한 번 뒤흔들어 놓았다. 그러면 또 조금 자리가 생겼고, 차장 누나는 그 자리에 몇 명의 승객을 더 채워 넣었다. 중간에 중고등학생들이 몇몇 내렸지만, 그렇게 내린 자리가 티도 나지 않고 금세 또 채워졌다. 차장 누나는 정거장마다 출발하고 나서 한참을 양팔로 문 양쪽을 잡고 버티면서 갔고, 간신히 돌아서서 문을 닫고 나면 기사 아저씨가 급정거, 급발진을 반복해서 다시 자리를 조금 만들어냈다. 그런 식으로 해서 등촌동까지 나가자 사람들이 조금씩 내리기 시작했지만, 여전히 차 안에 여유가 생기지는 않았다. 올라타는 사람들의 수도 늘었기 때문이다. 우리는 조금이라도 여유가 생길 때마다 필사적으로 창문 쪽으로 다가갔다. 바깥을 보아야 했기 때문이다. 그리고 제때 내리려면, 버스가 한강을 건너는 순간부터 긴장해야 했다.

한강을 보았지만 결과적으로 큰 도움은 못 됐다. 형이 말한 대로 우리가 내려야 할 청기와주유소의 전 정거장인 경남예식장부터 "내려요!"라고 소리를 지르며 앞으로 밀고 나갔지만, 어림도 없었다. 가까스로 차 문에 도달했을 때는 이미 버스가 출발한 뒤였다. 거의 울 것 같은 표정을 짓고 있던 나와 진수에게 차장은 말했다.

"내려요!"라고 소리를 쳤어야지."

"소리쳤어요."

진수가 거의 눈물을 흘릴 것 같은 표정으로 대꾸하자, 차장은 조금 안됐는지 "미리 앞에 나와서 크게 소리를 쳤어야지. "내려요!" 이렇게. 어떡하니."라고 말하고는 우리가 완전히 내릴 때까지 사람들이 올라타지 못하도록 막아줬다. 진수와 나는 동교동에서부터 학교를 향해 터덜터덜 걸어 올라갔다. 등교하는 아이들은 이미 하나도 보이지 않았다. 한참 늦었다 싶으니까 뛰고 싶은 마음도 들지 않았다. 우리는 기찻길 건널목 쪽으로 터덜터덜 걸어갔다. 건널목을 건너 개천가를 걸을 때까지도 아이들은 하나도 보이지 않았다. 돌다리를 건너 실내사격장 옆 골목으로 접어들면 바로 미라네 집이었고 그 동네에는 다른 친구들도 많이 살고 있었지만 그 길도 텅 비어 있긴 마찬가지였다. 마치 우리만 놔두고 모두들 어디론가 떠나버린 것 같았다. 얼마 걷지도 않았는데 곧 목덜미며 등이 시려왔다. 길에서 오래 있어야 하니 두툼한 속옷을 입으라고 한 엄마 말을 그대로 따랐는데, 사람들의 열기로 덥혀진 버스 안에서 땀을 흘리고 있다가 찬바람 부는 거리에 내려서고 나니 곧장 몸이 식기 시작한 것이었다.

"내일부터는 더 일찍 나와야겠다."고 내가 중얼거렸지만 진수는 아무 말이 없었다.

개천을 건너 학교 입구로 올라갔을 때에도 아무도 없는 건 마찬가지였다. 문방구 앞에도 아무도 없었다. 늦어도 많이 늦은 모양이었다. 마귀할멈과 그 난리법석을 치른 게 바로 어제였는데 오늘 또 지각이라니. 오늘은 또 무슨 봉변을 당할지 알 수 없었다. 대문은 닫혀 있고 쪽문만 열려 있는 교문으로 들어가는 발걸음이 천근만근이었다.

교문을 들어서고 나서 진수는 왼쪽의 저학년 교사로, 나는 오른쪽의 고학년 교사로 갈라져야 했다. 진수를 먼저 보냈다. 진수는 풀이 죽어서 교실 쪽으로 가다 말고 돌아봤다.

"빨리 뛰어가! 늦을수록 더 혼나."

진수가 다시 뒤로 돌아 신발주머니를 덜렁이며 뛰어갔다. 나는 내가 올라가야 할 2층 교실을 올려다봤다. 어제 그 수모를 당한 바로 다음 날 지각까지 했으니 무슨 봉변을 당할지 몰랐다. 그러나 어쩌겠는가. 나는 늙은 암사자, 아니, 표범, 아니, 하이에나 우리 안에 던져진 먹이일 뿐이었다. 터덜터덜 걸어서 교사로 향했다. 가다가 돌아보니 진수가 막 건물 안으로 사라지고 있었다. 그 모습을 바라보다가 다시 내가 들어가야 할 건물을 올려다봤다. 그 안에 들어갔을 때 벌어질 일이 눈앞에 그려졌다. 재완이나 성민이도, 다른 아이들도 아무 도움이 안 될 것이다. 나중에는 안 된 척했지만, 내가 엉덩이를 까고 맞고 있는 동안에는 그 두 녀석도 웃고 있었을 것이다. 도대체 6학년이나 된 아이를, 그것도 여자아이들까지 있는 자리에서 엉덩이를 까고 매를 때리다니! 새삼 화가 치밀어 올랐다. 그 얼굴을 다시 봐야 할 뿐만 아니라, 그 얼굴을 들이대면서 온갖 모욕을 가하는 걸 고스란히 감수해야 하다니. 신발주머니에서 실내화를 꺼내기까지 했지만, 도저히 그걸 갈아 신고 안으로 들어갈 엄두가 나지 않았다. 나는 다시 돌아서서 나왔다.

운동장을 천천히 가로질러 가는 동안, 처음에는 누군가의 눈에 띨까 봐 무서웠지만 나중에는 오히려 누군가가 봐줬으면 하는 마음이 들었다. 누군가가 붙들고 물어봐 줬으면. 너 지금 어디 가는 거니. 왜 가는 거니. 그러면 나는 속 시원하게 다 털어놓을 것이었다. 그러나 무얼? 속에서 무언가가 금세라도 터질 듯이 부글부글 끓어오르고 있었지만, 그게 무엇인지는 정확히 알 수가 없었다. 선생님이 날 때렸어요! 여자아이들도 다 있는 데서 내 바지를 벗기고 엉덩이를 때렸어요! 그러나 그게 다인 가? 아니지, 무언가가 더 있는 것 같았다. 매를 맞은 건 빙산의 일각일 뿐이고, 그 일각을 잡고 들어 올릴 수만 있다면 무언가 어마어마한 덩어리가 끌려 나올 것 같았다. 그러나 그 일을 누 가 해줄 건가? 그날따라 운동장에는 아무도 없었다. 대개는 교 문 옆 초소에 앉아있던 소사 아저씨도 보이지 않았다. 나는 그 냥 교문을 빠져나왔다.

16.

 학교 앞길을 터덜터덜 걸어서 내려오는데, 마치 투명인간이 된 것 같았다. 벌써 6년째 걸어 다니고 있는 낯익은 길이었지만 사실은 나와 그 길에 있는 담장, 나무, 대문들 사이에는 아무런 관계도 없었고, 지금 그것들은 그 관계없음을 과시라도 하는 듯이 차갑고 단단하게 내게서 거리를 두고 서 있었다. 늘 보던 문방구 주인들도 지금은 내게 아무런 관심을 보이지 않고 한가롭게 잡담을 나누거나 아이들이 어질러두고 간 좌판의 물건들을 정리하고 있었다. 휭 소리가 날 정도로 세찬 바람이 불어왔다. 이미 차갑게 식어 있던 땀에 젖은 내복이 얼음장처럼 몸에 달라붙으면서 저절로 몸서리가 쳐졌다. 차라리 뛰는 게 나았겠지만 도저히 그럴 기분이 아니었고, 그럴 기운도 없었다. 몸을 잔뜩 움츠린 채 바람을 피하면서 햇볕을 쬘 만한 데를 찾아 두리번거리다가 해가 잘 드는 대문을 발견하고, 대문과 대문 기둥이 맞닿는 구석에 등을 붙이고 섰다. 그러나 밤새 차갑게 식어 있다가 이제 겨우 늦가을의 햇살을 받기 시작했을 뿐인 돌과 쇠는 차갑기 그지없었다. 나는 그 한기에 놀라 얼른 등을 떼고는 그 구석에 그대로 서서 가방과 신발주머니를 바닥에 내려놓고 팔짱을 낀 채 고개를 최대한 숙여 어깨에 파묻었다. 남극의 펭귄들이 그러고 서서 추위를 견디는 모습을 동물의 왕국에서 본적이 있었다. 나는 시이튼 동물기에 나오는 늑대왕 로보나 아프리카 평원을 달리는 치타와 스스로를 동일시하는 걸 좋아하던 아이였는데 펭귄이라니.

그 자리에 아무리 그러고 서 있어도 몸이 따뜻해질 기미는 없었다. 오히려 더 추워질 뿐이었다. 게다가 그 자리에 마냥 그러고 있을 수만도 없었다. 어디론가 가야 했다. 그러나 어디로? 11월의 서울에서 학교를 빼먹은 국민학생이 책가방과 신발주머니를 들고 갈 수 있는 곳은 정말 없었다. 자전거라도 있다면 어딘가 실컷 돌아다니다가 올 텐데 싶었지만, 하지만 자전거를 타고 달리면 더 추울 텐데? 하는 생각이 곧 그 자리를 차지했다. 그러니 차라리 학교로 돌아가는 게 나을까… 하지만 그렇게 해서 들어간 교실 안에서 무슨 일이 벌어질지는 상상을 불허할 정도로 뻔했다. 학년 초에는 간이라도 빼 줄 것처럼 눈만 마주치면 징그럽게 웃던 담임이 마귀할멈이 된 건 사실 얼마든지 예상할 수 있던 일이었다. 학년 초부터 담임은 산동네 아이들한테는 이미 마귀할멈이었고, 어느 순간 나 역시 산동네 아이 중 하나가 됐을 뿐이었다. 그렇게 생각하고 보니 누군가가 날 찾아 이야기를 걸어줬으면 좋겠다는 것도 철없는 낭만적인, 아니, 낙망적인 생각일 뿐, 가급적이면 빨리 그 자리에서 튀는 게 상책이라는 생각이 들었다. 그러나 역시, 여전히, 어디로?

제일 먼저 생각난 건 구희 누나였다. 엄마의 망원동 친구 집은 그 동네에 가면 찾아갈 수 있을 것 같았다. 경성운수 종점 옆길로 쭉 올라간 뒤 언덕길 꼭대기에서 왼쪽으로 가면 나오는 큰집이었다. 자전거를 타고 그 앞을 지나간 적도 있었다. 그러나 걸어서 가긴 너무 먼 거리였다. 그렇다고 버스를 타고 일부러 찾아가긴 또 뭐했다. 하긴 간다고 해도 구희 누나를 만날 수 있으리라는 보장도 없었다. 게다가 엄마 친구한테 들키기라도 하면 학교에 있을 시간에 여기엔 왜 왔느냐고 분명히 물어볼 텐데, 거기에 대답할 말도 없었다. 결국 나는 가장 안전한 곳을 택했다. 아는 사람은 물론 아예 사람이 아무도 없을 곳. 학교에서 멀리 떨어진 곳.

성미산이라는 이름은 나중에야 알게 됐고, 그때는 그저 산이었다. 동네에서 산에 가자고 하면 으레 이곳이었다. 이름이 없어도 하나 이상할 게 없었던 게, 달리 표현할 말이 없어서 산이지, 이름까지 붙여주기에는 그냥 바위와 흙으로 이뤄진 언덕일 뿐이었다. 꼭대기 언저리에나 올라가야 나무들이 조금 있을 뿐이고, 이따금 그 언덕에서 예비군 훈련을 할 때 말고는 올라오는 사람이라고는 전쟁놀이를 하러 오는 동네 아이들밖에 없었다. 그러니 지금은 인근에서 가장 안전한 곳이었다. 나는 꼭대기 조금 못 미친 곳 바위들 사이 움푹한 곳에 가방을 내려놓고, 주변에서 나뭇가지와 솔잎을 모아다가 불을 붙이기 시작했다. 사전에서 읽어둔 바로는 넓적한 나무에 홈을 판 뒤 그 홈에 가느다란 나뭇가지를 넣고 양손으로 잡고 비벼서 연기가 나기 시작할 때 마른 풀이나 솔잎을 조금씩 밀어 넣어 불을 붙이면 되는 것이었다. 그러나 말이 쉽지, 그전에도 몇 번 시도해 봤지만 한 번도 성공한 적이 없었다. 그보다는 돋보기를 이용하는 게 더 확실한 방법이었지만, 혹시나 해서 가방을 뒤져봐도 돋보기는 나오지 않았다. 하긴 넣어둔 적이 없는 돋보기가 원한다고 해서 갑자기 나타날 리가 없는 노릇이었다.

나는 폭이 십 센티 정도 되는 나무토막을 하나 주워 돌로 가운데에 홈을 팠다. 나무가 느낌이 약간 푹신한 것이 이미 썩은 다음에 마른 것 같았다. 이게 불을 붙이는 데 도움이 되는 조건인지 방해가 되는 조건인지 알 수 없었지만, 일단은 그냥 해보는 수밖에 없었다. 마른 풀은 몰라도 마른 솔잎이라면 부지기수로 널려 있었다. 나는 해가 잘 드는 바위 사이에 웅크리고 앉아 두 발로는 밑판을 고정하고, 양손으로 나뭇가지를 잡아 비비기 시작했다. 한참을 비비자, 처음엔 시리던 손이 후끈후끈해지기 시작하고 팔이 아플 지경이 됐지만 마찰 지점에서 연기가 나기는커녕 손가락을 대어 봐도 약간 미지근하다가 마는 정도였다. 마찰 지점의 나무판에서 펄프 조각이 너덜너덜하게 일어나기 시작했다. '여기에 불이 붙어야만 우리 부족이 얼어 죽는 걸 면할 수 있다!' 나는 혼잣말로 중얼거리면서 어깨가 빠져라 하고 양 손바닥 사이에 끼운 나뭇가지를 비벼댔다. 한참을 집중해서 비벼대니까 몸이 후끈후끈해졌다. 나무판과 가지를 내려놓고 바위에 등을 기댔다. 햇살이 따뜻하게 느껴졌다. 모로 가도 서울만 가면 된다고, 불을 붙이지는 못했지만, 아무튼 얼어 죽는 건 면한 셈이었다.

바위에 등을 대고 점점 따뜻해지는 햇살을 받으며 가만히 눈을 감고 있으려니 슬슬 걱정이 밀려왔다. 이제 어떻게 해야 하나. 숙제가 있을 것이고, 내일 준비물도 무언가 있을 텐데. 무엇보다, 이따가 진수가 먼저 끝나서 기다릴 텐데, 어떻게 해야 다른 아이들한테 안 들키고 진수를 만나서 데리고 나올 수 있을까. 그리고 무엇보다, 엄마한테 들키는 날에는 어떻게 될까. 집에도 가게에도 전화가 없으니 마귀할멈이 연락할 방법은 없겠고, 그러니 그거 하나는 잘된 일이었다.

생각하면 생각할수록 마음이 답답해져서 바위 위로 기어 올라갔다. 멀리로 홍익대학교가 보이고 거기에서 오른쪽으로 시선을 돌리자 UN 탑이 눈에 들어왔다. 자전거를 타고 그 밑을 지난 게 불과 얼마 전이었던 거 같은데, 그 뒤로 너무 많은 게 변해 버렸다.

다시 눈을 돌려 내가 살던 집, 내가 알고 있는 유일한 집을 찾아보기 시작했지만 잘 보이지 않았다. 집은 너무 작고 거리는 너무 멀었다.

17.

버스를 타는 일은 둘째 날도 힘들었다. 이미 줄이 길게 늘어서 있다가 버스가 나갈 때마다 꽉꽉 채워서 나가는 것도 전날과 마찬가지였고, 그 뒤로 내리는 사람은 없이 사람들이 조금씩 조금씩 더 들어차는 것도 같았다. 그러니까, 그 전날은 예외적인 날이 전혀 아니었던 것이다. 내가 그때까지 경험해 온 아침과 충격적으로 달랐고, 두 번 다시는 감당할 수 없을 것 같던 끔찍한 아침이 그렇게 똑같이 반복된다는 것이 믿을 수 없었다. 버스는 마치 마법의 통조림 깡통처럼 끊임없이 사람들을 받아들이고는 그것조차도 타지 못해 발을 구르는 사람들을 뒤로하고 문을 연 채 다음 정거장을 향해 출발했다. 차장 누나는, 어제와 마찬가지로, 양팔로 문틀의 양쪽 손잡이를 잡은 채, 바깥으로 쏟아져 나오려는 사람들을 온몸으로 지탱하면서 한참을 달린 뒤에야 간신히 사람들을 밀어 넣고 문을 닫을 수 있었고, 다음 정거장에서도 같은 과정을 되풀이했다. 운전기사 역시 어제와 마찬가지로 중간중간 급발차와 급정거로 차를 흔들어 다음 정거장에서 사람이 조금 더 탈 수 있는 공간을 마련했다. 등촌동쯤 가서 조금 빠지긴 했지만 사람들이 그만큼 들어차는 것도 첫날과 똑같았다. 김포 방향에서 나와 갈아타는 사람들이라고 했다. 나와 진수는, 그 전날과 마찬가지로, 학교 앞 정거장까지 낯모르는 사람들의 가슴과 등판에 코를 박은 채 숨도 제대로 못 쉬면서 끼어서 가야 했다. 진수는 그 와중에도 기를 쓰고 바깥을 내다보고, 수시로 주변 사람들에게 물어가면서 내려야 할 정거장을 챙겼다. 우리는 전날의 실수를 교훈 삼아 두 정거장 전부터 필사적으로 뚫고 나가 단추도 하나 뜯겨나가고 머리카락은 온통 헝클어진 만신창이가 될 정도로 애를 썼지만, 결국엔 내려야 할 정거장을 하나도 아니고 두 개나 지나치고 말았다. 진수가 사람들 사이를 뚫고 나오다가 가방을 놓쳤기 때문이었다. 우리는 신촌에서 홍대 앞으로 이어지는 언덕 위의 길을 따라 터덜터덜 걸었다. 진수는 어제 손바닥을 맞았다고 오늘은 꼭 일찍 가야 한다고 하더니, 이제는 아예 포기한 모습으로 발끝만 보면서 터덜터덜 걸어갔다.

걱정으로 치면 나는 더했다. 어제는 빼먹고, 오늘도 또 지각이니… 마귀할멈에게 봉변을 당해도 몇 배로 당할 게 뻔했다. 무슨 일을 당하게 될까? 때리겠지. 가할 수 있는 최대의 모욕을 가하면서. 어쩌면 따귀를 때릴지도 모른다. 그 모든 게 다 지긋지긋했지만, 무엇보다 끔찍한 건 그저 마귀할멈과 반 아이들을 다시 보는 일 자체였다. 아이들은 내가 발목까지 바지를 내린 채 엉덩이를 맞는 광경을 보면서 미친 듯이 깔깔거리고 웃어댔다. 그 웃음소리에 여자애들의 비명소리가 뒤섞여서 들렸더랬다. 누군가는 똥구멍이 보인다고 했고, 또 누군가는 불알이 보인다고도 했다.

학교 담장이 눈에 들어왔다. 아마도 조회가 끝나가는 시간이거나, 조회가 끝나고 1교시가 시작될 무렵쯤 된 것 같았다. 철창 사이로 보이는 운동장 안에는 아무도 없었다. 학교 정문으로 돌아가기 전 담 모퉁이에 서서 결국 진수에게 고백했다. 어제 교실로 들어가지 않고 다시 돌아나갔노라고.

"그럼 어디 가서 뭐 했는데?"

진수가 눈이 동그래져서 물었다.

나는 진수를 이끌고 어제 내가 한나절을 보낸 성미산으로 갔다. 이미 바깥에서 하루를 지내기에는 너무 늦은 계절이었지만, 사람들의 눈에 띄지 않을만한 곳이라는 게 아무리 생각해 봐도 그곳밖에 없었다. 그 전날도 춥기는 했지만 그날은 또 달랐다. 최소한 몇 도는 더 떨어진 것 같았다. 진수와 나는 그날 양지바른 곳의 바위 위에서 바위가 햇볕을 받아 따뜻해지기를 기다리면서 가만히 앉아있기, 바람이 없는 곳을 찾아 바위들 사이의 움푹한 곳을 찾아 숨어있기, 몸을 움직이기 위해 바위와 나무를 기어오르기 등 할 수 있는 걸 다해 봤지만, 만원 버스 안에서 후끈 달아올라 땀이 찼다가 식어버린 몸을 다시 데우기에는 역부족이었다. 채 한 시간도 되지 않았는데 온몸이 걷잡을 수 없이 덜덜 떨리면서 오한이 들기 시작했다. 혼자서라면 어떻게든 버텨 보겠지만, 그러기에는 진수는 아직 어렸다. 어디론가 실내로 들어가야 했다. 그러나 갈 곳이라고는 학교밖에 없었다. 정말 가고 싶지 않았지만, 어쩔 수 없었다. 나는 코를 훌쩍거리기 시작한 진수를 데리고 학교로 향했다.

학교로 돌아가는 큰길에서 오른쪽으로 나 있는 골목길에 들어 있는 허름한 만홧가게를 발견한 것은 진수였다. 허기진 아이가 빵집을 보고도 그냥 지나쳐야 하는 심정으로 지나치다가 내게 언뜻 아이디어가 떠올랐다. 나는 만홧가게 쪽으로 방향을 틀었다.

"짠형 돈 있어?"

말했듯이, 진수가 조금 흥분하면 '작은형'은 '짝은형'이 되고, 그보다 더 흥분하면 '짠형'이 되곤 했다. 진수가 학교 외의 다른 대안이 생길지도 모른다는 사실에 흥분해서 잰걸음으로 따라오며 물었지만, 나는 아직 아무런 확실한 대답도 할 수 없는 처지였다. 나는 만홧가게 앞에 서서 간절한 마음으로 무엇엔가 기도한 뒤 문을 드르륵 열었다. 만홧가게 안에서는 젊은 여자가 아이를 업고 난롯가를 서성거리고 있었다.

"혹시 회수권 받아요?"

"받지. 그런데 십 원 쳐준다." 아이를 업은 여자가 대답했다.

우린 뛸 듯이 기뻤다. 엄마가 만약의 경우를 대비해서 여분의 회수권을 넣어준 게 한 장씩 있었다. 액면가 십오 원짜리를 십 원만 쳐주는 것이었지만, 그 정도의 할인을 아까워할 처지가 아니었다. 우리는 각자 십 원어치씩 만화를 보고 나서 절두산으로 향했다. 난롯가에서 몸을 녹인 데다, 오후가 되면서 햇살이 한결 따뜻해졌다. 우리는 언덕 아래 양지바른 곳, 그러나 사람들 시선으로부터 안전하게 가려진다고 생각되는 자리로 가서 도시락을 까먹었다. 아이들과 자주 놀러 오던 곳이었지만, 내가 이곳을 제일 좋아하는 건 태풍이 올 무렵이었다. 바람이 한강을 거꾸로 밀어 올리면서, 흘러 내려오는 물살과 부딪쳐 거센 파도를 만들어내는 광경은 그때 아니면 볼 수 없는 장관이었다. 파도는 공터 아래에 있는 백사장을 삼키고, 성당이 서 있는 절벽을 거세게 후려쳤다. 절벽 위에 서서 그 광경을 내려다보고 있노라면 발밑에서 쿠르릉 쿠르릉, 거대한 짐승의 발걸음이나 혹은 울음소리 같은 소리가 울리곤 했다. 아마도 강물에 가라앉아있던 돌들이 거센 물살에 뒤집히거나 절벽을 치면서 내는 소리였을 것이다. 절벽 위에 서서 거센 물결과 파도를 내려다보면서 절벽이 우는 듯한 소리를 듣는 것, 그건 서울에서만 살아온 내가 격렬한 자연과 접하는 한 방법이었다.

태풍은 이미 오래전에 지나갔고, 겨울을 앞둔 절벽 아래 백사장에는 온갖 쓰레기들이 널려 있었다. 언젠가 그곳에서 태아의 사체를 봤다는 아이들이 있었다. 진수와 나는 쓰레기들 사이에서 무언가 재미있는 걸 찾을 수 있을지도 모른다는 기대를 하며 한참을 돌아다녔지만 별다른 걸 찾을 수 없었다. 나는 겉이 깨져서 실이 감긴 알맹이가 삐져나온 준경식 야구공을 하나 집어 들고 다니다가 강의 깊은 곳을 향해 힘껏 집어던졌다. 날이 다시 추워지고 있었다. 집에 돌아갈 시간이었다.

다음 날 우리는 청기와주유소 앞에서 제대로 내렸다. 아이들이 학교를 향해 몰려가고 있었다. 진수와 나는 엉거주춤 그 물결에 휩쓸렸다가 잠시 눈을 맞추고는 슬그머니 옆 골목으로 들어갔다. 우린 분명 한패거리였지만 서로에게 부끄러운 일을 하고 있었기 때문에 분명하게 이 일에 대해 대화를 나누는 건 물론이고 눈을 맞추기도 어려웠다. 우리는 몇 마디 말을 속으로 우물거리면서 골목 바깥과 발끝만 번갈아 쳐다보다가 골목 앞을 지나가는 아이들의 걸음이 뜸해졌다 싶을 때 슬그머니 밖으로 나와 학교 반대 방향으로 걸어가기 시작했다.

만홧가게 아줌마는 어제처럼 갓난아기를 업은 채 수심에 찬 표정으로 난롯가에서 서성거리고 있었다. 우리는 아줌마가 왜 이 시간에 학교에 있지 않고 돌아다니느냐고 물어볼까 봐 대답을 다 준비해놓고 가방은 근처 집 담벼락에 붙은 쓰레기통 옆에 숨겨두고 들어갔는데, 아줌마는 아무것도 묻지 않았다. 액면가가 한 장에 십오 원인 회수권을 십 원만 인정해 주는 건 분명 폭리였지만, 우리로선 그것도 감지덕지였다. 전날엔 비상용으로 더 들고나온 두 장밖에 없었지만, 그날은 사정이 달랐다. 당시 늘 쓰던 표현대로 '만일의 경우를 대비해' 꽤 두툼한 뭉치를 들고나온 것이었다. 주인아줌마는 어디에서 난 거냐고 한 번 물었을 뿐, 아버지가 버스 회사 다니신다는 대답을 들은 뒤로는 우리를 의심하기는커녕 회수권을 받고 과자를 사다 주기까지 했다. 과자를 많이 먹어서 배가 불렀기 때문에, 점심시간을 훨씬 넘기고 집에 갈 시간이 거의 돼서야 산에 올라가 바위 턱에 걸터앉아 햇볕을 쬐면서 도시락을 까먹었다. 이를테면 추운 날의 소풍이었는데, 도시락은 차가웠고, 먹을수록 죄가 깊어지는 것 같았다. 그러나 먹지 않을 수도 없었다. 가난한 동네의 가난한 집으로 이사를 가고 나서도 도시락 반찬에는 큰 차이가 없었다. 엄마가 새벽에 가게 뒷방 통로 간이부엌의 석유곤로 위에서 부쳐냈을 계란말이와 두부를 부친 뒤 다시 양념장에 조려낸 두부조림, 김치볶음을 반찬으로 해서 우리는 아무 말 없이 꾸역꾸역 도시락을 비웠다. 그걸 버릴 수는 없었다. 그렇다고 그대로 가지고 가면 그 이유를 대야 할 것이고, 그러려면 거짓말을 해야 할 것이고, 어떤 경우든 죄는 더 깊어질 것이었다.

그다음 날도 제시간에, 무사히 학교 앞에서 내릴 수 있었지만 우리는 버스에서 내리자마자 큰길을 건너서 학교와 반대 방향인 성산동을 향해 달음질쳤다. 만홧가게 아줌마는 우리에게 떡볶이를 만들어주겠노라고 했다. 너무나 가난해 보이는 동네의 가난한 만홧가게였고, 어린 아기를 업고 있는 주인아줌마 또한 가난하고 추워 보였다. 진수와 나는 각자 회수권 몇 장씩이면 그 안에서 부자처럼 지낼 수 있었다.

우리는 돈은 없었지만 회수권이라면 꽤 여유가 있었다. 아버지가 버스회사를 운영할 때 부하직원으로 있던 최 씨 아저씨가 찾아오면서 고무줄로 묶은 커다란 회수권 뭉치를 몇 개 놔두고 갔기 때문이다. 엄마는 그것들을 안방 서랍에 넣어두고 하루에 두 장씩 들고 가라고 했는데, 아무래도 남은 회수권 매수를 일일이 헤아릴 것 같진 않았다. 우리는 회수권을 매일 너덧 장씩 더 들고나왔다. 그거면 하루 종일 군것질을 하면서 만화를 보기에 충분했다. 우리가 낄낄거리면서 만화를 보는 동안 아줌마는 아기를 업은 채 연탄난로 위에서 떡볶이도 만들고 과자를 사다 주기도 하면서 우리의 시중을 들어 주었다. 그 만홧가게에서 며칠을 지내는 동안, 지난 몇 달 동안 주눅이 들어있던 어깨가 비로소 펴지는 것 같았다. 우린 그 만홧가게 안에서는 다시 별걱정 없는 집안의 걱정 없는 아이들이 되었다. 그러나 물론 그건 사실이 아니었다. 우리는 이미 며칠째 학교를 빼먹고 있었고, 매일 조금씩 더 추워지는 산에 올라가 차가운 도시락을 까먹는 일은 점점 더 괴로운 일이 되어가고 있었다. 우릴 웃게 하는 땡이와 맹구와 오삼이도, 수족처럼 시중을 들어주는 아줌마도 없이 우리 둘만 남아 있게 되는 그 순간은 하루 종일 한쪽으로 밀어놨던 모든 불안이 달려드는 시간이었고, 그건 하루하루 날짜가 더해질수록 더했다. 언제까지 이렇게 계속할 수 있을까. 회수권을 낭비하고 있다는 사실은 언제쯤 들키게 될까. 숙제는. 마귀할멈이 우리가 살던 집에 가봤을까? 멀리로 이사했다는 걸

학교에서 알게 되면 안 된다고 했는데. 전화는 물론 해봤겠지. 우리 집 전화번호를 누군가가 쓰고 있을까? 우리가 화곡동으로 이사했다는 걸 들키면 억지로 전학을 시킬지도 몰라. 전학생이 되는 거야. 유일한 희망은 얼마 남지 않은 방학 날까지 버티는 것이었지만, 그것도 비현실적인 희망이기는 마찬가지였다. 그러나 물론 가장 괴로운 질문은 엄마가 알게 되면, 아버지가 알게 되면, 이라는 것이었다. 우리는 항상 이 질문 앞에서 고개를 떨구고 산을 내려와 버스정류장을 향해 가곤 했다. 처음 며칠은 버스를 타고 집에 돌아가는 동안 그 질문에 대한 대답을 이것저것 궁리했고 떠오르는 생각을 귓속말로 나누기도 했지만, 얼마 지나지 않아 그것조차 포기하고 말았다. 하루 종일 이것저것 군것질을 하고, 거기에 도시락까지 욱여넣었음에도 불구하고 버스에 올라타고 나면 항상 허기가 져서 다리가 휘청거리는 것 같은 느낌이었다. 우린 살아가는 일의 불안과 고통을, 너무 짧은 시간 안에 알아버렸다. 만화 바깥의 세상은 너무나 쓸쓸하고 견디기 어려웠다. 진수와 나는 이미 어두워지기 시작하는 한강을 노려보면서 아무 말 없이 집으로 돌아왔다. 우린 그 며칠 동안 너무 빨리, 너무 많이 나이 들어 버렸다.

18.

"아무래도 오늘 저녁하고 내일은 네가 가게를 좀 봐야겠다."

토요일 오후에 엄마가 기운이 하나도 없는 목소리로 그렇게 말했을 때, 나는 즐거운 마음으로 받아들였다. 집에서 별로 하는 일 없이 진수와 마주 보고 불안에 떨고 있는 것보다는 밖에 나와서 무어라도 하는 편이 훨씬 마음 편할 것이었기 때문이다. 우리는 이미 며칠째 숙제도 없고, 시험은 언제인지도 모르고, 학교에 관한 한 무얼 해야 할지 모르는 기묘한 진공상태에 들어 있었다. 진수는 학교를 며칠씩이나 빼먹은 걸 곧 들키게 될 것이고, 그때 무슨 일이 벌어지게 될지 모른다는 불안과 공황상태에 빠져 있다가도 금세 만화에서 봤던 재미있는 상황을 떠올리고는 킥킥거리곤 했는데, 진수가 그럴 때마다 나 역시 내가 읽었던 만화들을 떠올리면서 웃을 수밖에 없었지만 곧이어 더 심한 공황상태에 빠지곤 했다. 진수와 나는 일종의 비밀스런 연대를 형성하고 있었는데, 그것 때문에 오히려 서로가 부담스럽고 심지어 미워지기도 했다. 그러니 해야 할 숙제도 없고, 나가서 같이 놀 친구도 없어서 마냥 방안에 붙어 있어야 하는 토요일 오후에 어디라도 나갈 데가 있다는 건 차라리 구원이었다.

　가게에서 일하는 건 별로 어려울 게 없어 보였다. 물건 가격은 엄마와 형이 공책 한 권에 꼼꼼하게 정리해 놓은 게 있어서 그것대로 받기만 하면 되었고, 분명치 않은 건 방 안에서 공부하고 있는 형한테 물어보면 되었다. 엄마는 별거 아닌 일로 형을 방해하지 말라고 신신당부하고 집으로 올라갔지만.
　당시 우리 집에서 가장 중요한 일이 아버지의 회복이었다면, 두 번째로 중요한 것은 곧 고3이 되는 형이 서울대학에 가는 일이었다. 아무도 입 밖에 내서 이야기하진 않았지만, 첫 번째 목표가 제대로 이뤄지지 않았을 경우에도 우리가 살아남을 수 있는 길은 두 번째 목표가 달성되는 것밖에는 없다고 믿었다. 장학금은커녕 학자금 융자제도도 없던 시절이었거니와, 어떤 이유로든 어디선가 돈을 또 빌린다는 건 엄마로서는 상상도 하기 어려웠을 것이었다. 사립대학은 더 이상 고려의 대상이 못되었고, 의대는 공대로 바뀌었다. 빠른 환금성이 최우선 조건이자 최고의 가치가 되었다. 나머지 식구들의 욕구나 희망사항은 그 두 가지가 실현된 후로 미뤄지거나, 최소한 그 두 가지 목표에 방해가 되지 않는 범위 내에서 추구되어야 했다.

"남쪽 사람들은 돌아갈 고향이라도 있고, 급할 때 도와줄 친척이라도 있지. 우린 아무도 없다."

엄마는 아버지가 쓰러지고 사고가 덮치면서 우리가 두려움에 떨고 있을 때, 다들 정신 똑바로 차려야 한다고 하면서 이렇게 말했다. 그리고 그 후로 무언가가 조금이라도 흐트러진다고 생각할 때마다 그 말을 되풀이하곤 했다. 하도 여러 번 들어서, 우리는 엄마가 "정신 똑바로 차려야 된다."라고 할 때마다 "남쪽 사람들은"으로 시작되는 나머지 부분을 읊어서 결국 엄마를 웃게 만들었다. "그래, 맞다. 알면 됐다." 친구들이 방학 때마다 시골 할머니 할아버지 집에 다녀오는 걸 보면서 부러워하곤 했지만, 그 시골집이 '돌아갈 고향'과 '도와줄 친척'으로 번역되고 나서부터는 부러움의 대상조차 될 수 없었다. 먹고 싶은 음식이나 갖고 싶은 물건을 쳐다봐서는 안 되는 것처럼.

가게에 앉아서 해 저무는 길거리를 내다보는 건 어딘가 멜랑 꼴리하게 만드는 데가 있었다. 전파사 앞에서는 여자아이들이 가게에서 틀어놓은 음악 소리에 맞춰 줄넘기를 하고 있었다. 학교에서 쉬는 시간이나 점심시간에 여자아이들이 6.25 노래나 동요를 부르면서 줄넘기를 하는 건 많이 봤지만, 스피커에서 흘러나오는 가요에 맞춰서 하는 건 처음 보는 풍경이었다.

한 번 보고 두 번 보고 자꾸만 보고 싶네
아름다운 그 모습을 자꾸만 보고 싶네

죽어가는 남자가 마지막으로 쥐어 짜내는 듯한 소리로 부르는 이 노래를 여자아이들은 특히 좋아하는 듯했다. 조금 전에 내가 좋아하는 송창식의 노래 '피리 부는 사나이'가 나올 때만 해도 입속으로 조금씩 우물거리면서 줄넘기를 하더니, 이 노래가 나오기 시작하자 모두들 악을 쓰듯이 목청을 돋워 합창을 하면서 길길이 뛰기 시작했다. 나는 가게 입구 문간에 서서 미닫이 유리창 너머로 그 모습을 지켜봤다. 그러나 내가 거기에 그렇게 서 있었던 건 단지 그 아이들이 노는 모습이 재미있어서만 그런 건 아니었다. 엄마는 시장 아이들이 손버릇이 나쁘니 몰려다니는 아이들을 조심하라고 주의를 줬다. 저렇게 몰려다니면서 놀다가 주인이 자리를 비운 상점이 보이면 바깥 매대에서 작은 것들을 들고 튄다는 것이었다. 그러고 보니 맞은편의 문방구 아저씨는 꽤 추운 날씨인데도 아예 의자를 바깥 매대 사이에 내놓고 앉아 그 아이들을 지켜보고 있었다. '미인'이 끝나고 누군가가 느리고 낮은 소리로 부르는 노래가 흘러나오기 시작하자 아이들은 고무줄을 접고 골목을 떠났다. 안경을 낀 문방구 아저씨는 아이들이 떠났는데도 들어갈 생각을 하지 않고 노을이 지는 골목 입구 쪽을 한참 내다보고 서 있었다. 그의 안경에 노을색이 비쳤다. 노랫말이 아련했다.

  마른잎 떨어져 길위에 구르네
  바람이 불어와 갈길을 잊었나
  아무도 없는 길을
  너만 외로이 가야만 하나

  토요일이라 일찍 퇴근하는 사람들이 노을을 등지고 골목으로 들어서고 있었지만, 사과나 귤 몇 개라도 사 들고 들어가려는 사람은 하나도 없었다. 방 안에서 형이 나와 기지개를 켰다. 날이 어두워지고 기온이 내려가기 시작하면 과일들이 얼기 전에 안으로 들여놔야 했다.

과일을 들여놓고 문을 닫자 가게 안은 제법 아늑했다. 이따금 잔뜩 움츠린 사람들이 옷깃에 고개를 파묻고 잰걸음으로 지나갈 뿐 가게 문을 열고 들어오는 사람은 없었다. 엄마의 명령으로 책가방을 들고 나오긴 했지만, 학교를 벌써 여러 날 빼먹었는데 할 게 있을 리 만무했다. 라디오를 틀어서 듣기 시작했지만 어린이 프로는 이미 지나갔고, 귀 기울여 들을 만한 건 없었다. 구희 누나가 듣곤 하던 프로그램을 찾고 싶었는데, 시간이 안 맞는 건지 그럴듯한 음악이 나오는 방송국이 없었다.

끊임없이 라디오 다이얼을 돌리면서 소리를 내자 형이 심심하면 매대의 사과나 닦으라고 하면서 목장갑을 던져줬다. 엄마가 들어가면서 많이 상한 것들은 골라서 가지고 갔는데도 장갑을 끼고 문지르다 보니 조금씩 곯은 부분이 있는 것들이 보였다. 문제가 있는 것들을 성한 것들 사이에 감춰놓으려 하자 형은 그렇게 하면 성한 것들도 같이 곯게 된다고 하면서 따로 모아놓게 했다. 곯은 것들은 사과를 사는 손님에게 덤으로 하나씩 얹어줘도 되고, 조금 곯은 것들만 따로 모아 싸게 팔아도 된다고 했다. 하지만 시장에 들어가면 과일가게가 따로 있는데 누가 여기서 이런 사과를 사 가려고 할까. 나는 엄마가 아픈 게 가게를 열고 나서 줄곧 무리를 해서 그렇다고 생각했지만, 형은 생각보다 손님이 적어서 기운이 빠져서 그런 거 같다고 했다.

"조금 더 있으면 술 마시고 들어가는 아저씨들이 지나갈 시간이야. 그 아저씨들 중에 과자랑 사과랑 사가지고 가는 사람들이 있어. 아버지도 그러셨잖아." 형이 말했다.

아침에 일어나 보면 머리맡에 과자나 빵이 놓여 있는 경우가 종종 있었다. 뿐만 아니라, 아버지가 조금 많이 취한 날은 과자를 먹으라고 자고 있는 우리를 깨운 적도 여러 번 있었다. 불과 일 년 전만 해도 자주 있던 일이었는데 벌써 까마득한 옛날얘기 같았다. 형과 나는 나란히 앉아 사과를 닦으면서 밖을 내다봤다. 술을 마셨는지 안 마셨는지는 알 수 없지만, 서류 가방을 들고 코트에 턱을 파묻고 지나가는 행인들은 이따금씩 보였다. 그러나 우리 가게 문을 열고 들어오는 이는 아무도 없었다. 기분 좋게 취해서 비틀거리기라도 해야 느닷없이 잠깐 정신이 들어 고개를 들어보면 우리 가게의 간판과 그 아래 밝은 불빛이 보이고, 그 안에서 반짝이고 있는 사과와 과자 봉투들이 보이고, 갑자기 집에서 심심하게 앉아있을 식구들의 얼굴이 뇌리에 떠오르고, 그래야 호기롭게 드르륵 문을 열고 들어와 이것저것 푸짐하게, 깎지도 않고 사 들고 갈 텐데. 모두 종종걸음이었다.

"…여긴 가난한 동네라서 그래."

내 말에 형은 아무 대꾸도 하지 않고 사과만 열심히 문질러서 닦았다.

그날 밤이 다 가도록 아무도 오지 않았던 건 아니다. 형은 나 혼자만 가게에 놔두는 게 마음에 걸렸던지 사과를 다 닦고 나서도 방으로 돌아가지 않고 내 옆에 앉아 이런저런 이야기들을 나눴다. 형은 매주 토요일에는 엄마가 집에 들어가 하루 편하게 쉬실 수 있도록 내가 나와서 가게를 보는 게 좋겠다는 얘기부터 시작해서(나도 그게 좋겠다고 대답했다) 과자는 배달이 오지만 과일은 영등포의 도매시장에 가서 사 와야 한다는 이야기(나도 같이 가보고 싶다고 했다), 앞집의 문방구 아저씨도 평안북도 출신인데 대학도 나왔지만 6.25 때 몸을 상해서 취직은 못하고 저렇게 가게를 하면서 늘 책만 읽는다는 이야기 등등을 해주다가 마침내 이제 나도 중학교 갈 준비를 시작해야 할 때가 됐으니 매주 토요일 저녁마다 영어 공부를 하자는 데까지 이르렀다. 형은 영어 공부를 시작할 방법을 잠시 궁리하더니 과자 봉투를 몇 개 꺼내서 알파벳과 그에 따른 발음을 가르쳐 주기 시작했다. 철자대로 발음이 나는 기본적인 것들을 지나 'ch'는 '초콜릿'에서처럼 'ㅊ' 발음이 나는 게 대부분이지만 어떤 때는 'ㅋ' 발음이 나기도 하며, 'a'는 악센트가 붙으면 '애'가 되지만 없으면 '아'나 '어'가 되는데 초코'볼'에서처럼 'l'이 두 개 있는 앞에서는 '오' 발음이 나게 된다는 것, 또 'i'는 대개 '이' 발음이 나지만 'Hi-면'에서처럼 '아이' 발음이 나기도 한다는 것 등등,

과자 봉투에 쓰여 있는 단어들만 가지고도 기본적인 것들은 충분히 익힐 수 있었다. 너무나 오랜만에 형과 단둘이서 이런저런 이야기를 나누다 보니 갑자기 가까워진 듯한 기분이 들어서 요즘 학교를 계속 빼먹고 있다는 고백을 하고 도움을 구하고 싶다는 생각이 들었지만, 막상 형의 진지한 얼굴을 보는 순간 차마 입 밖에 꺼낼 수가 없었다. 머릿속으로 망설임이 점점 더 커지고 있는 순간 가게 문이 드르륵 열리면서 누군가가 들어섰다. 드디어 취객 한 사람이 들어오는 건가 하는 기대를 품고 고개를 들어 올려다본 순간, 들어오던 사람과 나 모두 깜짝 놀라서 그 자리에 얼어붙고 말았다.

병식이었다. 저 녀석이 대체 이 시간에 왜 여기에 와 있단 말인가, 내가 잘못 본 건가, 하는 표정으로 그놈을 보고 있는데, 병식이 또한 같은 생각을 하고 있는 게 분명했다. 그렇잖아도 약간 어벙벙해 보이는 녀석이 입을 헤 벌린 채 평소 늘 흘리고 다니던 웃음을 짓는 것도 잊어버린 채 나를 응시하고 있었다. 그러나 더 놀라운 건 형의 태도였다. 형은 "어, 왔니?" 하고는 카운터로 돌아가서 서랍을 뒤적거리기 시작했다. 형은 서랍에서 가게 장부 밑에 깔려 있던 손바닥만 한 작은 장부를 꺼내고 손금고에서 돈을 꺼내 세었다. 병식이는 손목에 매달고 있던 작은 가방을 열더니 형이 건네주는 그 돈을 받아서 넣고는 손잡이가 길고 가느다란 검은색 도장을 꺼내 형이 내미는 작은 수첩에 찍었다. 얼핏 들여다본 그 작은 가방 안에는 지폐가 수십 장 가지런히 세워져 있었다. 병식이는 그 괴이한 일련의 일을 마친 후 내게는 아무 말도 하지 않고 형에게만 고개를 숙여 보이고는 가게를 나갔다. 형은 그게 일숫돈을 갚는 거라고 했다. 가게를 얻을 때 모자란 돈을 부동산 업자한테서 빌렸는데, 그걸 매일 조금씩 나눠서 이자를 붙여서 갚는다는 것이었다.

"처음엔 부동산 아저씨가 오시더니, 언제부턴가 쟤가 오더라. 아들이래."

나야 졸업이 얼마 남지 않았으니까 이리로 이사를 오고 난 뒤에도 다니던 학교를 계속 다니는 거지만, 저 녀석은 이렇게 멀리에 사는 녀석이 왜 우리 학교로 전학을 온 걸까. 그러나 이런 궁금증을 해결하는 것보다 더 급한 문제가 있었다. 저 녀석이 매일 밤 가게에 오는 모양인데, 혹시라도 내가 매일 학교를 빼먹고 있다는 사실을 엄마한테 알린다면? 생각만 해도 아찔한 일이었다. 그전에 내가 먼저 병식이를 만나야 했다. 대수롭지 않은 일인 척하면서 형에게 부동산의 위치를 물었다. 형은 약간 의아해했지만 더 이상 캐묻지는 않고 순순히 그 위치를 알려줬다. 내일은 무슨 일이 있어도 그 부동산을 찾아가고, 무슨 수를 써서든 병식이를 만나야 할 것이었다.

그러나 그런 수고는 따로 할 필요가 없었다. 다음 날 아침, 가 겟방에서 자고 일어나 부동산에 찾아가 봐야겠다고 마음먹고 문을 나서는데, 병식이 문방구 옆의 담벼락에 세워놓은 나무 덧문에 대고 표창을 던지는 연습을 하고 있었다.

"여름방학 때 시골 가서 철길에서 만든 거다."

병식은 물어보지도 않았는데 표창을 보여주면서 그걸 어떻게 만들었는지 자세히 설명해 줬다. 철물점에서 가장 길고 굵은 대못을 사서 철로에 얹어놓으면 기차가 지나가면서 납작하게 눌러 놓는다는 것이었다. 기차가 지난 뒤에 철길 근처를 뒤져서 찾아낸 뒤 끝을 숫돌에 날카롭게 갈고 대가리 쪽에는 무명실을 촘촘하게 감아서 손가락 두 마디만 한 손잡이를 만들면 완성이라고 했다. 자기네 시골 동네 형들은 나무를 깎아 끼워서 손잡이를 만든 후에 그걸 실제로 무기로 쓴다고도 했다. 문방구 아저씨가 나오자 병식이는 표창을 거둔 뒤 예의 그 비실거리는 미소를 지으면서 종점 쪽으로 걸어가기 시작했다. 그놈과 해야만 하는 이야기가 있는 나도 슬슬 그 뒤를 따라갔다.

병식이 나를 데리고, 정확히 말하자면 저 혼자 슬슬 걸어가고 내가 그 뒤를 따라가서 도착한 곳은 어느 국민학교 교정이었다. 병식은 운동장 한가운데 있는 훈시대 위에 올라가 걸터앉았다. 주변에서는 우리보다 조금 어려 보이는 아이들이 구슬치기를 하고 있었다. 훈시대 벽에서부터 구슬을 굴려서 멀리 가기 시합을 하는 아이들이 한 그룹 있었고, 또 한 그룹은 훈시대 뒤의 바닥에서 구멍치기를 하고 있었다. 전에 살던 서교동에서는 몇 해 전에 골목길들까지 다 포장되면서 사라져버린 놀이였다.

병식이 뒤를 따라가면서 본 화곡동은 한 마디로 공사장이었다. 오래된 집들은 언제고 허물어버릴 준비를 하고 있는 것처럼 지붕이며 담벼락을 비닐이나 방수포로 대충 덮어놓은 곳들이 많았고, 비슷비슷하게 생긴 집들이 나란히 늘어선 골목이 있는가 하면, 곳곳에 느닷없이 커다란 양옥집들이 세워지고 있었다. 그리고 그런 공사장들의 구석구석에서 아이들이 구슬치기를 하고 있었다.

아이들의 길바닥 놀이에도 유행이 있다. 한동안은 모든 아이들이 일제히 구슬치기를 하다가 어느 날 갑자기 구슬은 완전히 버려지고 딱지치기를, 그러다가 또 팽이치기를 시작하는 식이었다. 그런 유행의 변화가 왜, 누구에 의해 일어나는지는 아무도 몰랐다. 어느 날 아침에 일어나 나가 보면 몇몇 아이들이 구슬 대신에 딱지를 들고 있었고, 그러면 다른 아이들도 구슬을 내팽개치고 딱지를 구해오는 것이었다. 한동안 십 원에 스무 알 하던 구슬이 딱지치기 유행이 시작하는 순간 같은 값에 쉰 알을 준다고 해도 관심을 가지는 아이들이 아무도 없게 되곤 했기 때문에, 구슬을 많이 가지고 있는 아이는 아직 구슬치기가 유행하고 있는 동네를 찾아 원정을 다니기도 했다. 구슬치기는 땅바닥에 붙어서 차가운 것들을 예민하게 다뤄야 하는 속성상 봄여름이 맞을 것 같은데, 내가 기억하는 한 구슬치기는 항상 가을 겨울에 유행했다. 그 동네도 마찬가지였다. 아이들은 곱은 손을 불어가면서 구슬치기를 하고 있었다.

"내가 다니던 학교야."

여태 별말이 없던 병식이가 느닷없이 꺼낸 말이었다. 그 갑작스러운 말이 이해가 가지 않아서 잠시 소화를 시키다가 물었다.

"이렇게 가까운 학교를 놔두고 왜 우리 학교로 전학을 왔어?"

병식이는 약간 어처구니없다는 표정으로 나를 쳐다보더니, "그러는 너는 멀리로 이사 왔는데 왜 전학 안 하냐?"라고 되물었다. 하긴. 그러나 그건 다른 문제 아닌가? 학교가 멀어졌지만 기왕 다니던 데니 불편함을 참는 것과, 가까이 있는 학교에 다니다가 일부러 멀리 있는 학교로 전학을 간다는 것은. 그러나 병식이의 설명에 의하면 그건 모두 같은 얘기였다. 화곡동 학군에는 똥통 중학교밖에 없고, 똥통 중학교 다음에는 똥통 고등학교가 기다리고 있기 때문에 '좀 있는 집'에서는 6학년 2학기가 되면 다들 시내 학교로 전학을 시킨다는 거였다. 자기는 그래도 가까운 곳으로 간 거고, 어떤 애는 종로구에 있는 학교로 갔다고 했다. 그러면서 자기는 어렸을 때부터 하도 이사를 자주 다니고 전학도 자주 다녀서 아무렇지도 않다고 하더니 주변을 한 바퀴 둘러보면서 이렇게 덧붙였다.

"그래도 여긴 2년이나 다녔어."

나는 이런 종류의 말에 어떻게 대꾸해야 할지를 몰랐기 때문에 그저 말없이 병식이 옆에 앉아서 아이들이 노는 모습을 지켜보았다. 그리고 무엇보다, 내 관심사는 병식이가 학교를 몇 군데나 다녔는지, 이사를 몇 번이나 다녔는지 하는 데 있지 않았다. 나는 내 입으로 이 문제를 어떻게 꺼내야 할지 잘 몰랐기 때문에 병식이가 먼저 얘기를 꺼내주기를 바라면서 여기까지 따라왔을 뿐이었다. 가게에 형만 놔두고 오래 나가 있었다는 걸 알면 엄마가 걱정을 할 것이었다. 내 임무는 형이 공부할 시간을 벌어주는 거였으니까. 내 친구들이 자기네 형에 대해 불평하는 것과는 달리 좀체 나를 못살게 굴거나 괴롭히는 일이 없는 형은 오늘 일을 가지고도 나를 야단치거나 하지는 않을 것이고 심지어 엄마가 알고 야단을 친다면 오히려 나를 감싸주려고 하겠지만, 어쨌거나 엄마나 누나가 점심을 가지고 내려오기 전까지는 가게로 돌아가는 게 좋을 것이었다. 그러나 이 녀석은 아무 말도 꺼내지 않고 있었다. 내 용건을 뻔히 알고 있을 녀석이.

할 수 없이 내가 먼저 안 떨어지는 입을 열 수밖에 없었다.

"너 나 학교 빼먹은 거 알지?"

"알지."

"이를 거냐?"

"누구한테?"

누구한테라니. 이쯤 되면 이 녀석이 바보인지 바보 시늉을 하는 건지 알 수 없을 지경이었다.

"누구긴. 아무한테나지. 특히… 우리 엄마."

녀석은 피식 비웃음을 흘리면서 약간 어이없다는 표정으로 나를 보더니 이렇게 말했다.

"좋아. 근데 조건이 있다."

아아… 이런 비열한 자식 같으니. 조건이 있다니. 그러나 병식이가 내건 조건은 내가 짐작도 할 수 없었던 것이었다.

"나도 끼워주라."

19.

다음 날 아침, 병식이는 미리 약속한 대로 가게로 찾아왔다. 엄마는 저녁마다 일숫돈을 받으러 오던 아이가 나와 같은 반 친구라는 우연을 무척 신기해하고 또 즐거워했다. 하긴 사고가 있던 뒤로 약간 달라졌을 뿐, 엄마는 원래 그렇게 별것 아닌 일에도 쉽게 신기해하고 쉽게 즐거워하는 사람이었다.

"잘 됐다. 셋이 같이 다니면 훨씬 덜 불안하지. 병식이는 이동네 지리를 잘 알고, 우리 진영이는 학교를 잘 아니까 서로서로 도와가면서 다니라마. 둘이서 같이 진수 잘 보살펴 주고."

병식이의 멍청하게 헤실거리는 웃음이 엄마 앞에서는 더할 나위 없이 순하고 신뢰할 만한 아이의 그것으로 변하는 걸 그 날 아침 나는 목격했다. 그동안 병식이를 우습게 봐온 게 실수일지도 모르겠다는 생각이 처음으로 들었다. 그 생각이 맞는다는 건 곧 확인되었다.

가게에서 나온 나는 예전과 다름없이 종점으로 향했는데, 병식이는 주변을 잠시 살핀 뒤에 우리를 다른 방향으로 이끌었다. 어차피 학교에 안 갈 건데 버스 타고 그 근처까지 갈 이유는 뭐가 있느냐는 것이었다. 회수권하고 시간 아깝게. 하기사 맞는 말이었다.

"그 생각을 왜 못했지?" 진수와 나는 서로를 마주 보며 웃었다.

"바보들."

병식이는 우리를 가볍게 비웃으며 우리가 한 번도 가본 적이 없는 동네로 이끌었다. 바보들이라고…? 좀 모자란다고 생각해 온 전학생 녀석한테서 바보 소리를 듣다니, 있을 수 없는 일이었지만 내가 무어라 입을 떼기도 전에 병식은 익숙하게 저만치 앞서가고 있었다. 진수가 신이 나서 그 뒤를 따라가며 소리를 질렀다.

"짝은 형, 빨리 와. 길 잃어버리기 전에."

병식이가 우릴 데리고 간 곳은 '옛날 동네'였다. 병식이 말에 의하자면, 우리 가게가 있는 시장통이며, 매일 지나다니는 베니스를 비롯해 우리 집이 있는 골목에 이르기까지, 그 우울해 보이는 동네 모두가 다 '새 동네'였다. 화곡동은 자고 깨면 옛날 동네가 사라지는 건 물론이고, 처음에 만들어진 새 동네가 낡아지면 그 자리에 가장 새로운 동네가 들어서는 식으로 매일 새 동네가 만들어지는 동네라고 했다. 우리가 들어선 옛날 동네는 마지막으로 남은 옛날 동네 중 한 곳이었다. 납작하게 엎딘 채 어깨를 기대고 나라비 서 있는 판잣집들로 이뤄진 동네는 얼마 걷지 않아서 가파른 비탈길로 바뀌나 했더니 곧 산으로 이어졌다. 진수와 나는 거침없이 걸어가는 병식이의 뒤를 따라 그리 높지 않은 등성이에 올랐다. 병식이는 마치 큰 산의 정상에 오른 탐험가처럼 한쪽 발을 바위 위에 올려놓고 산 아랫동네를 가리키면서 느닷없이 질문을 던졌다.

"여기가 왜 화곡동인 줄 알아?"

조금 전에 바보 소리를 들은 충격이 채 가시기도 전에 애 취급을 당하니 울화가 치밀어 오르려 했지만 답을 모르니 가만있는 것밖에 어쩔 도리가 없었다. 어찌 대처해야 할지 몰라 우물거리고 있는데 진수가 툭 튀어나왔다.

"몰라. 왜?"

어린 동생을 달고 다니는 건 상당히 귀찮은 일이지만 좋은 면도 있었다. 모르는 게 있어도 자존심 때문에 차마 물어보지 못하는 걸 진수는 아무 거리낌 없이 물어볼 수 있었고, 나는 그 옆에서 안 듣는 척하면서 귀를 기울이고만 있으면 되었다. 병식이는 나를 흘낏 쳐다보더니 산 아래를 내려다보면서 어른들 같은 노련한 말투로 설명을 하기 시작했다.

"벼 화자에 골짜기 곡자라고, 원래 벼농사가 잘되던 시골 동네였어. 그런데 서울에 인구가 많아지니까 10만 단지, 30만 단지를 차례차례 지으면서 사람 사는 동네가 된 거지. 이게 다 십 년도 안 된 얘기야."

"와…"

진수가 감탄사를 흘리면서 산 아래를 내려다보자 병식이는 한층 신이 나서 말을 이었다.

"근데 그건 이제 시작이고, 바로 이 산 아래로 터널이 뚫릴 거야. 그러면 제2한강교에서 등촌동까지 직선, 등촌동에서 화곡동까지 직선, 이렇게 되는 거지. 전부 다 4차선으로."

"4차선이 뭐야?"

4차선이란 게 뭔지는 나 역시 궁금했으나 차마 물을 수는 없어서 가만있었는데, 역시 진수가 거르지 않고 나서주었다.

"차선이 네 개가 있는 거지. 한쪽에 두 개씩. 지금은 한쪽에 하나씩 2차선이잖아. 그게 두 배로 넓어지는 거야."

"집들은?"

"까짓 하꼬방들 밀어버리는 거지. 그건 뭐 도자 들이대면 일도 아냐."

병식은 별거 아니라는 듯이 무릎을 '탁' 치면서 말하고는 길이 뚫린 뒤의 풍경을 상상하는 것처럼 사방을 둘러보면서 노련하게 한 마디 덧붙였다.

"화곡동도 더 개발이 될 거야. 아직 멀었어. 근데 터널만 뚫리면 나머진 금방이지."

뭐든 물어보는 걸 좋아하는 진수조차 '도자'에서부터는 너무나 먼 세계 같아졌는지 입을 다물고 말았고, 그 말은 나 또한 질리게 만드는 데가 있었다.

"니가 그걸 어떻게 아는데?"

모든 걸 다 아는 것처럼 폼을 잡는 병식의 태도가 아니꼬워서 마침내 한 마디 갖다 붙이긴 했지만, 주도권은 병식에게로 완전히 넘어가 있었다. 병식이 여유 있는 표정으로 나를 흘낏 쳐다보고는 눈을 가느스름하게 뜨고 멀리 한강 쪽을 쳐다보면서 말했다.

"다 아는 수가 있지."

병식은 이어서 여기저기로 손가락질을 해대면서 일단 터널이 뚫리고 나면 어디로 또 길이 날 거고, 어디로 새 동네가 조성될 거고 하면서 설명을 해주었다. 진수와 나는 멍하니 그의 설명을 듣는 수밖에 없었다. 병식에게선 이제 일종의 권위가 느껴지기까지 했다.

　충분히 자신의 능력을 과시한 뒤에 병식은 우리를 언덕 반대편으로 이끌었다. 언덕을 한참 내려가자 다시 판잣집들이 나타났다. 그리고 만홧가게는 그 집들 사이에 끼어 있었다. 번화가와 큰길에서 멀리 떨어져 있고 길모퉁이에 있는 것도 아니어서, 지난 며칠 동안의 경험으로 인해 주변을 살피는 데 익숙해진 내가 보기에도 충분히 안전해 보이는 위치였다. 나와 진수가 그동안 해오던 대로 가방을 숨길 자리를 찾아 두리번거리자 병식이는 그럴 필요 없다고 하고는 바로 문을 열고 들어갔다.

　"오랜만이네?"

　주인아줌마는 병식이를 잘 알고 있는 듯했다.

　"전학을 가는 바람에 바빴어요."

　전학을 온 뒤로 병식이 어떻게 지냈는지 잘 알고 있는 나로서는 무얼 하느라 바빴다는 건지 알 도리가 없었지만 주인아줌마는 더 이상 자세히 알고 싶은 생각은 없는 듯했고, 나로서도 무사히 만홧가게 안에 들어온 이상 병식이가 무슨 헛소리를 하든 알 바 없었다. 만홧가게란 데가 어차피 허황된 소리로 가득 찬 데 아니겠는가.

　이 만홧가게는 밖에서 보이는 것보다 알찬 데가 있었다. 진수와 지난 며칠 동안 다녔던 곳은 한쪽 벽면에만 만화가 꽂혀 있었던데 반해, 이 집은 입구의 미닫이문 옆과 양쪽 벽, 그리고 살림방인 듯한 방으로 통하는 문 옆의 벽에도 온통 만화였다. 그리고 나무 장의자가 가운데 연탄난로를 두고 빙 둘러서 놓여 있었는데, 그러므로 등을 기대지 못하는 불편함이 있을 것 같았지만, 대신 난로에 가까이 앉을 수 있다는 이점이 있었다. 진수와 내가 내부의 구조를 가늠하면서 사방에 꽂혀 있는 만화들을 대충 훑어보고 있는데 병식이는 방문 앞의 좁은 툇마루에 앉더니 눈으로 그 아래를 훑으면서 물었다.

　"아무도 안 왔네요? 방에 들어가도 되죠?"

　"응. 들어가."

　진수와 나는 반쯤 넋이 나간 채로 두 사람의 대거리를 지켜보았다. 아까 산 위에 올라가서 터널이 어쩌고 도시계획이 어쩌고 할 때부터 시작해서, 병식이는 교실 한쪽에 쭈그러져서 있는지 없는지 전혀 존재감이 없던, 내가 알고 있던 그 병식이가 아니었다. 병식이는, 이를테면, 실제 세상이 어떻게 돌아가는지를 알고 있는 아이였다. 병식이는 방 안에 들어가더니 어른들이 하는 것처럼 양팔을 벌려 방바닥을 여기저기 짚으면서 우리에게 말했다.

"어, 따뜻하다. 뭐해? 들어와."

우리는 쭈뼛거리면서 방 안으로 들어갔다. 방바닥은 따뜻한 걸 넘어서 뜨거울 정도였다. 진수와 나는 온돌집에서 살아본 적이 없었다. 서교동 집은 기름보일러였고, 지금 살고 있는 집은 일종의 온돌이긴 했지만, 이렇게 한 군데가 집중적으로 뜨거울 정도로 따뜻하지는 않았다.

"조선 사람은 역시 온돌이지. 어 좋다."

방바닥에 길게 엎어지면서 병식이 말했다.

"만화는?"

이번에도 역시 진수가 한발 앞서서 내가 궁금했으나 차마 묻지 못하고 있던 걸 먼저 물었다.

"나가서 가지고 들어와. 귀찮으면 나가서 봐도 되고."

진수가 방바닥이 너무 뜨겁다고 잽싸게 일어서서 나가고, 나도 엉거주춤 일어나려고 하자 병식이 나를 붙들어 앉혔다.

"있어 봐."

"왜?"

"글쎄. 있어 봐."

내가 엉거주춤 엉덩이를 다시 붙이고 앉자 병식이는 팔을 베고 옆으로 돌아누운 자세로 나를 지그시 쳐다봤다.

"너 반공실화 본 적 있냐?"

"반공실화?"

"없겠지. 새끼. 순진해 빠져가지고."

무어라 받아쳐야 했지만 아무 말도 생각나지 않았다. 적수가 아니라고 생각했던 병식이한테 이렇게 연달아 속수무책으로 당하다니. 그러나 상황의 주도권은 이미 병식이 완전히 장악하고 있었다. 하던 대로 학교 근처로 갔어야 했다는 생각도 들었지만, 이 만홧가게가 여러모로 훨씬 더 나은 건 사실이었다. 만화의 종류도 훨씬 더 많았고, 주인아줌마가 공연히 구박을 하는 것 같은 분위기도 없고, 무엇보다, 학교에서 멀기 때문에 안전했다. 설령 다른 학교 선도부 선생 같은 이한테 걸린다고 해도 우리 학교까지 연락이 갈 것 같지는 않았다. 그리고, 다음에 벌어질 일이 궁금하기도 했다. 이렇게 방안에서 뒹굴자고 병식이가 여기까지 데리고 온 건 아니었을 것이다. 대신 물어봐 줄 진수는 밖에서 이미 만화 삼매경에 빠졌고, 할 수 없이 내가 입을 열려는 찰나, 아줌마가 문을 드르륵 열더니 그리 두껍지 않은 걸 몇 권 던져 넣었다.

"자, 신간. 오랜만에 오니까 신간이 많이 밀렸네."

아줌마가 던져 넣은 것들은 보통의 만화보다 얇고, 대신 더 컸다. 만화보다는 잡지에 더 가까워 보였다. 병식이가 한 권을 집어 들고 바닥에 엎드렸다. 나는 나머지 것들을 훑어봤다. 표지에는 <마타하리>, <김일성의 침실>, <김일성의 밀실>, <색마 김성주> 같은 제목들 밑에 입술과 가슴, 엉덩이 같은 신체 부위들이 유난히 강조된 반라의 여자들이 그려져 있었다. 나는 <김일성의 침실>과 <김일성의 밀실> 두 권을 들고 비교해 보다가 침실 쪽을 골랐다. 누구한테 들키더라도 '밀실'에 비해 조금 덜 창피하고 벌을 받더라도 덜 받을 것 같았다.

그 책에 의하면 김일성은 사실은 독립운동가 김일성을 사칭한 김성주라는 날강도 같은 인간으로서, 눈에 보이는 예쁜 여자는 일단 덮치고 보는 호색한이었다. 김일성을 천하의 나쁜 놈으로 묘사하는 내용은 벌거벗은 여자를 들여다보는 죄책감을 덮어주었다. 그러나 동시에, 내가 이걸 보고 있는 모습을 병식이가 흘끗흘끗 바라보면서 비릿한 웃음을 짓고 있는 것, 이런 만화를 통해서 결과적으로 병식이와 일종의 비밀스런 연대를 맺게 됐다는 사실은 마음에 들지 않았다. 병식이가 팔꿈치로 나를 쿡 찌르면서 자기가 보고 있던 또 다른 '반공실화'의 한 장면을 내 눈앞에 들이밀었을 때만 해도 그냥 넘겼지만, 병식이가 뜨거운 방바닥에 엎드린 채 엉덩이를 엉거주춤 들고 손을 바지춤에 넣는 걸 보면서, 나는 이 비밀스런 연대를 더 이상 유지하지 않기로 마음먹었다. 나는 내가 보고 있던 <김일성의 침실>을 내려놓고 자리에서 일어섰다. 병식이는 다소 당황한 것처럼 보였지만 무어라 말을 하지는 않았다. 궁금했겠지만, 내 뜻을 존중해서라기보다는 몇 마디 말로라도 내게 참견하기에는 자기가 보고 있던 만화에 너무 몰입해 있었기 때문이었을 것이다.

　나는 바깥으로 나와 지난 토요일에 보다 만 <땡이의 사냥기>를 집어 들었다. 내가 그토록 친애하는 땡이와 오삼이, 맹구의 이야기가 계속되었지만, 그러나 방금 태어나서 처음으로 본 충격적인 몸, 충격적인 장면들이 눈앞에 아른거려서 엊그제만 해도 그토록 재미있던 이야기들이 눈에 들어오지 않았다. 잠자는 호랑이의 코에 칼로 십자를 긋고 꼬리를 콱 밟으면 호랑이가 가죽을 남기고 알맹이는 빠져나가 버린다는 식의 이야기는 김일성, 아니 김성주가 화적떼 두목의 여자를 덮치는 이야기와 그 묘사의 긴장감, 사실성에 비할 수도 없었다. 나는 다시 방으로 들어가고 싶었다. 방으로 들어가 따뜻한 바닥에 엎드려 김성주의 이야기를 읽고 마타하리의 벗은 몸이 누군가의 몸과 엉키는 걸 보면서 몸 한쪽 구석으로 쏠리는 긴장을 느끼고 싶었다. 그러나 한 번 내 발로 걸어 나온 방에 다시 들어가는 건 아무래도 자존심이 허락하지 않는 일이었다. 눈은 여전히 땡이의 사냥기에 둔 채 무얼 보고 있는지도 모르게 갈등을 겪고 있는 동안 문이

요란하게 열리는 소리가 들렸다. 나는 고개를 들어 문을 열고 들어서는 이들을 확인하고는 바로 만화책으로 고개를 파묻었다. 중학생들이었다.

중학생들은 언제 어디서 만나든 좋을 일이 없는 존재들이었다. 절두산 성당 아래 공터에서 야구를 막 시작하려고 할 때 몰려들어서 자리를 빼앗는 것도 중학생들이었고, 해 질 무렵까지 놀다가 자전거를 타고 집으로 돌아올 때 동네 어귀에서 자전거 앞을 가로막고 골목길로 끌고 가 푼돈을 뜯는 것도 중학생들이었다. 그나마 나는 운이 좋은 편이었고, 아예 자전거를 빼앗긴 친구도 있었다. 그런데, 이 중학생들은 모자를 납작하게 눌러서 정면의 '중'자가 보이지 않을 정도로 찌그러뜨린 채 머리 뒤 꼭대기에 걸쳐 쓰고 교복 상의의 후크는 물론 단추까지 풀어 헤친 모습이, 한눈에 보기에도 중학생 중에서도 최악의 종류들처럼 보였다. 진수를 흘끗 보니 진수는 누가 들어온 걸 아예 보지도 못했는지 만면에 웃음을 띠고 간간이 키득거리기까지 하면서 만화 삼매경에 빠져 있었다. 하긴 진수는 중학생들의 먹잇감이 되기에는 너무 어리기도 했다. 그러나 나는 여지없이 고양이 무리 앞에 무방비로 던져진 한 마리 쥐새끼였다. 이 자리에서 아무리 당해도 어디 가서 이르기는커녕 하소연 한마디도 할 수 없는 처지였으니까. 아니나 다를까, 못 보던 *만이네, *만이가 커서 뭐 될라고 학교 땡까고 나와서, 너 어릴 때 생각나냐 *탱아, 따위의, 거의 매 단어마다 남성과 여성의 생식기를 지칭하는 단어들이 아무런 맥락 없이 끼어드는 거친 문장들이 만화책 속에 파묻다시피 하고 있는 내 머리 위를 이리저리 날아다녔다. 다행히도 아직 직접 나를 향해 던져지는 말은 없었지만, 이 희롱의 순서는 곧 끝날 것이고, 그들은 결국 나를 향해 발톱을 세울 것이었다. 빌어먹을 병식이 자식. 속이 부글거렸지만 나는 꼼짝도 할 수 없었다. 내가 조금이라도 움직이면, 그러다가 그들 중 하나와 눈이라도 마주친다면 모든 상황은 조금 더 빨리, 조금 더 거칠게 진행될 것이 뻔했다. 나는 만화에 몰두하느라 아무도 못 본 척, 어떤 소리도 못 들은 척하면서 고개를 숙인 채로 그들의 다음 움직임을 기다렸다. 이제 곧 뒤통수에 손바닥이 와서 닿을 수도 있고, 누군가가 내 머리카락을 잡아당길 수도 있고, 최악의 경우로는 턱을 잡아당길 수도 있을 것이었다. 아니, 들고 있는 만화책을 잡아채거나, 기왕 확보되어 있는 사냥감을 조금 더 여유 있게 가지고 놀고 싶어 하는 놈이라면 내 발등을 지그시 밟을 수도 있을 것이었다. 이런저런 상상 속에서 온몸의 신경이 곤두서면서 동시에 근육은 움츠러들어 있는 상태로 대기하고 있는데, 거짓말처럼, 그들은 내 곁을 그대로 지나쳐서 누가 있나 봐, *나 까버려, 어쩌고 중얼거리면서 모두들 방으로 들어갔다. 나는 곁눈으로 그들이 모두 들어간 걸 확인한 뒤에 고개를 들어 방 쪽을 쳐다봤다. 병식이는 저 방 안에 갇혀서 어떻게 되는 걸까, 조금 전에 원망스러웠던 마음은 어디론가 사라지고 이제 슬그머니 걱정이 되기 시작했다. 그러나 안에서는 약간의 두런거리는 소리만 새어 나올 뿐, 이렇다 하게 위협을 느낄만한 소리는 전혀 들리지 않았다. 여전히 무슨 일이 벌어지고 있는지, 아니 벌어지지 않고 있는지, 벌어지기 직전인지 전혀 눈치도 못 챈 채 만화에 코를 박고 있는 진수를 일으켜서 몰래 빠져나가야 하는 건지, 빠져나간다면 어디로 가야 할지, 가자고 한들 진수가 눈치 빠르게 끽소리 하지 않고 일어나 줄지, 한참 재미있게 보고 있는데 어딜 가자는 거냐고 징징거리면서 따지지는 않을지, 그래서 화를 자초하게 되지는 않을지, 아니면 목숨을 걸고, 아니 목숨까지 걸 필요는 없지만 의리상 병식이를 구하려는 흉내 정도는 내야 하는 건지, 머릿속이 한참 복잡해져 있는데 문이 빼꼼 열리더니 병식이가 고개를 내밀었다.

"아줌마, 떡볶이!"

내가 어리둥절해서 쳐다보는 걸 봤는지 못 봤는지 병식이는 다시 고개를 들이밀고 문을 닫았고, 아줌마가 부엌에서 행주로 손을 닦으면서 나오더니 방문을 향해 소리를 질렀다.

"전부 다?"

"예."

대답과 더불어 문 안쪽에서 산발적으로 주문이 쏟아졌다.

"오뎅 넣어줘요."

"만두도요."

"계란도요."

"너 돈이나 있냐, *탱아?"

아줌마는 새로울 것이 전혀 없는 듯한 표정으로 돌아서다가 내게 물었다.

"너희는?"

"예?"

"너희는 뭐 넣어줘?"

진수가 기대에 찬 표정으로 고개를 들고 물었다.

"정말 계란도 넣어줄 수 있어요?"

"한 개 삼십 원."

아줌마가 대답하자 진수는 눈을 크게 뜨고 나를 쳐다봤다. 회수권이 석 장이었다. 내가 아무 말도 못 하고 마주 쳐다보기만 하자 진수는 아줌마에게 고개를 흔들었다. 너무 야박하게 구는 것 같아 마음에 걸렸지만 어쩔 수 없는 노릇이었다. 우린 이미 회수권을 너무 많이 가져다 쓰고 있었다. 병식이가 문을 열고 고개를 내밀더니 "아줌마, 계란 두 개요!" 하고 외치고는 다시 들어갔다. 진수는 잠시 고개를 들어 내게 멋쩍은 미소를 짓더니 바로 다시 만화책에 고개를 파묻었다. 병식이를 우리의 작은 일탈에 끼워 넣은 게 실수라는 생각이 들었다. 우리는 그저 학교에 지각을 했을 뿐이고, 그래서 학교를 빼먹었으니 숙제를 하지 못했을 뿐이고, 준비물이 있는 줄 몰랐으니 챙기지 못했을 뿐이고, 그런 사소한 일들을 빙자한 가학에 가까운 처벌을 피하고 싶었을 뿐이고, 그렇게 시작한 땡땡이가 이틀, 사흘, 누적되었을 뿐, 이렇게 전혀 다른, 어딘가 본격적으로 '바깥'인 세계로 들어가려는 건 아니었다. 나는 진수 앞에서 아무렇지도 않은 척하고 앉아 있었지만, 내가 처음 경험해 보는 세계 앞에서 두려움과 혐오에 떨고 있었다. 나는 이제 이 세계 안으로 들어가게 되는 건가? 이런 세계, 찌그러진 모자를 쓰고 교복 단추를 풀어헤치고, 아무 데나 침을 찍찍 뱉고, 아무렇게나 욕을 하고, 늘 얻어맞고, 늘 누군가와 싸우고, 늘 누군가를 피해 다녀야 하는 생활. 이게 내게 남은 건가?

20.

그날 저녁 우리의 일탈이 강제적으로 종료 당하게 되었을 때, 그래서 나는 한편으로 마음이 놓였다. 어떤 식으로든 처벌이 있을 것이고, 그 처벌이 끝나고 나면 엄마에게 학교에서의 일을 이야기하고 도움을 받을 수 있을 것이고, 모든 일은 다시 예전으로 돌아갈 수 있을 것이었다. 그러나 결론부터 이야기하자면, 일은 그렇게 돌아가지 않았다.

시작은 단순했다. 그날 만홧가게에서 나와서 가게까지 걸어가는데 약간 어지러웠다. 연탄난로 바로 앞에 앉아서 몇 시간을 보냈기 때문일까, 아니면 너무 오랫동안 한 자세로 오래 앉아 있었기 때문일까. 아마 두 가지 모두였을 것이다. 병식이는 방 안에서 같이 뒹굴던 '동네 형'들과 함께 놀러 가자는 제안을 내가 거절하자 두말없이 그들과 같이 어디론가 가버렸고, 나는 진수와 함께 그 만홧가게에 조금 더 앉아있다가 가게를 향해 길을 나섰다. 그러나 간단해 보이던 길의 어디에선가 돌았어야 할 길목을 놓쳤던 건지, 나타나야 할 시장 골목이 나타나지 않았다. 우리는 한참을 헤맸다. 분명히 시장 방향이라고 생각하고 걸어갔는데 언덕길로 이어지면서 사나운 개들이 잔뜩 갇혀 있는 철창이 몇 개나 있는 어떤 외딴 판잣집이 나타나기도 했고, 일단 큰길 쪽으로 나가자 싶어서 선택한 길은 한쪽이 낭떠러지인 이상한 골목길로 이어지기도 했다. 우리는 몇 시간을 정신없이 헤매다닌 끝에, 날이 어두워지고 난 뒤에야 가까스로 시장 입구를 찾을 수 있었다.

길을 잃어버렸다는 초조감 덕에 학교 대신 만홧가게에서 하루를 보내고 나서 버스를 타고 돌아오는 길에 느끼던 것 같은 깊은 우울에 빠질 일은 없었지만, 날은 너무나 추웠고 우린 입도 떼기 어려울 정도로 지쳐 있었다. 엄마는 매대에 놓인 채 반은 얼고 반은 시들어가는 사과들을 장갑 낀 손으로 문질러서 윤기가 돌게 하느라 바빴지만, 우리 기색에서 무언가 이상한 걸 눈치챈 것 같았다.

"왜 요즘은 준비물 얘기가 없니?"

진수를 무너뜨리는 건 그 한 마디로 족했다. 지난 며칠 동안 수시로 궁리를 하고 그럴듯하게 둘러댈 예행연습을 했건만, 막상 엄마의 입에서 학교와 관련된 질문이 나오자 진수는 그 자리에서 가방을 내던지고 되돌아서 줄행랑을 쳤다. 도망치는 거라면 내가 훨씬 더 빨리 도망칠 수 있었지만, 어떤 이유에선가 나는 그 자리에 그대로 서 있었다. 진수의 뒷모습을 쳐다보다가 내게로 돌린 엄마의, 슬픈 것 같기도 하고 화가 난 것 같기도 하고 공허한 것 같기도 한, 무어라 설명하기 어려운 시선을 무시하고 돌아서는 것도 어려웠던 것 같고, 지금 뛰어나가 봐야 갈 데가 어디 있겠느냐는 생각도 있었던 것 같고, 무엇보다 그냥 너무 피곤한 상태였던 것 같기도 하다. 나는 엄마가 진수의 가방을 집어 들고, 내 가방을 잡아채 갈 때까지 그 자리에 그대로 서 있었다. 엄마는 진수와 내 숙제장을 열어보고는 한참을 아무 말 없이 앉아 있다가 마침내 입을 열었다.

"진수 어디 갔는지 아넌?"

나는 말없이 고개를 저었지만, 엄마는 형한테 가게를 좀 보고 있으라고 하고는 무겁게 몸을 일으켰다.

"진수 찾아서 집으로 올라오라우."

엄마는 더 이상 아무 말도 하지 않고 집으로 가지고 갈 찬합통과 흠이 많이 생긴 사과 몇 알을 챙겨서 천천히 가게를 나섰다.

"학교를 아예 안 간 거야?"

형이 물었다. 괴로웠지만 고개를 끄덕일 수밖에 없었다.

"얼마나?"

형이 다시 물었다. 나는 고개를 숙이고 가만히 있었다. 매대에 놓인 과자 봉투가 눈에 들어왔다. H-A-T-A-I. 이 경우 A와 I를 합쳐서 'ㅐ'로 발음한다고 했지.

"이사 온 다음 날부터 한 번도 안 간 거야?"

형이 숙제장과 다른 공책들을 훑어보더니 내려놓으면서 말했다. 나는 다시 별도리 없이 고개를 끄덕였다.

"거의 열흘을?"

나는 다시 한번 고개를 끄덕였다.

"배짱도 좋다."

이번에는 가만히 있었다.

"진수는 어디 갔을 거 같니?"

"몰라."

"정말?"

"응."

"어디 가본 데 없어? 놀이터 같은데."

"없어."

형은 한숨을 쉬면서 가만 내 얼굴을 지켜봤다. 정말로 생각나는 곳이 없었다. 지난 열흘 동안 우리는 만홧가게와 가게, 집만 왔다 갔다 했을 뿐 다른 곳에는 다녀볼 엄두도 내지 못했다. 그러나 엄마는 집에서 기다리겠다고 했고 형은 가게를 지켜야 하는 입장이었다. 나는 잠시 문밖 거리를 내다보다가 생각나는 데가 있다고 하고는 밖으로 나섰다. 가게 안에서 더 이상 견디기가 어려워서 밖으로 나오긴 했지만 마땅히 생각나는 데가 있는 건 물론 아니었다. 맞은편 문방구 아저씨가 문을 닫을 준비를 하고 있었다. 바깥 매대에 내어놓았던 물건들을 하나씩 하나씩 안으로 들여놓는 과정은 이미 끝났고, 이제 매대를 가게 안의 복도로 끌어들이고 있었다. 아저씨는 그 과정을 무슨 의식을 치르듯이 아주 천천히 천천히 진행하고 있었다.

"네가 가게 볼래? 내가 갈까?"

뒤에서 형이 물었다. 나는 시장 쪽으로 발길을 옮겼다.

시장도 가운데 매대만 놓고 있거나 바닥에 물건을 늘어놓고 팔던 상인들은 이제 파장 분위기였다. 날이 본격적으로 추워지면서 모든 게 옹색해지고 사람들의 움직임은 굼떠졌다. 시장 상인들은 대개가 나이 많은 아줌마거나 할머니들이었는데, 멀리서 보이는 그들의 모습은 겹겹이 껴입은 털옷에 등을 웅크린 모습 때문에 하나같이 둥그스름했다. 둥글둥글한 사람들이 그리

밝지 않은 백열등 아래서 천천히 꾸물꾸물 움직이고 있었다. 나는 그들 사이를 천천히 지나면서 그들이 언 손으로 파란 방수포를 씌우고 꽁꽁 동여매고 있는 매대들 사이를 유심히 들여다보았다. 마치 그곳에 진수가 숨어있기라도 할 것처럼. 불행인지 다행인지 진수는 그런 곳에 없었다. 나는 어디로 가야 하는지 모르는 채 생선 좌판들이 늘어서 있던 골목을 벗어났다. 우리는 어쩌다 이렇게 된 걸까.

집으로 가려면 왼쪽으로 꺾어져서 순댓국집들이 늘어서 있는 골목을 지나가야 했다. 물건을 파는 시장은 문을 닫기 시작했지만 순댓국 골목에서는 집집마다 여전히 순대 솥과 국솥을 앞에 내어놓고 뜨거운 김과 고약한 냄새를 내뿜으며 사람들을 끌고 있었다. 언젠가는 저게 식욕을 돋우는 냄새가 될 수도 있겠지만 아직은 아니었다. 진수처럼 구역질을 참고 뛰어야 할 정도는 아니었지만, 내게도 여전히 낯설고 역한 냄새일 뿐이었다. 나는 그 골목 입구에서 백열등 밑으로 퍼져 올라가는 뜨거운 김과 그걸 흩으면서 오가는 사람들, 가게 안으로 들어가는 사람들을 지켜보다가, 시장 저쪽 끝, 캄캄한 곳으로 발길을 돌렸다. 시장의 반대편 입구, 아직 한 번도 가보지 않은 길이었다.

거리는 캄캄했다. 문들은 견고하게 닫혀 있었고 그 안에서 새어 나오는 불빛들은 자기들끼리만 따뜻해 보였다. 밑창이 얇은 신발을 신은 발바닥이 얼어들어와 발가락에는 이미 감각이 없어지기 시작했고, 예민한 개들이 멀리서 짖었다. 진수가 거기 있을 리 없다고 생각하면서도 골목이 나올 때마다, 모퉁이에 쓰레기통이 있을 때마다 고개를 꺾어 들여다봤다. 눈으로 확인하지 않고 넘어가는 골목길의 빛이 미치지 않는 안쪽에, 쓰레기통 뒤쪽 구석에 진수가 쪼그리고 앉아있을 것만 같았다. 그렇게 구석구석을 들여다보며 걸어갔지만 물론 어디에도 진수는 없었다. 베니스도 나타나지 않았다. 다 포기하고 싶었지만, 포기 역시 대안이 있어야 할 수 있는 일이다. 어둡고 차가운 길바닥 위에서 무얼 포기한다 한들 어딘가로 가야 한다는 사실이 변하는 건 아니었다. 어디론가 사라져 버리고 싶어도, 그 '어디론가'는 또 어디인가. 길은 끊임없이 어둠 속으로 이어져 있고, 그뿐이었다. 사라질 길이라도 찾아야 했다. 그리고 사라질 길을 찾느니 집으로 가는 길을 찾는 게 나을 것이었다. 최소한 따뜻하기는 할 테니까. 그 망할 놈의 연탄불이 아직 꺼지지 않고 남아 있다면.

   도살장에라도 끌려가는 기분으로 집에 돌아갔을 때, 엄마는 문을 열어주면서 내가 입을 열기도 전에 진수가 들어와서 잠들었으니 깨우지 말라고 하고는 바로 부엌으로 돌아갔다. 진수는 잠들어 있고, 방안은 따뜻했다. 그 머리맡에 앉아서 진수가 자는 얼굴을 내려다보는데 하염없이 눈물이 흘러내렸다. 안도감 때문만은 아니었다. 구석에 비닐 옷장 하나만 놓여있는 방안이 낯설었고, 눈물이 아니라, 안에서 무언가가 녹아서 흘러나오고 있는 것 같았다. 나는 그 자리에 앉은 채로 그것들이 다 빠져나올 때까지 기다렸다. 눈물이 서서히 그치고 나자 머리가 좀 맑아지는 것 같았다. 안에 들어있던 부드럽고 말랑말랑한 것, 따뜻한 것들은 모두 녹아서 흘러나왔고 이제 내 안에는 차갑고 거칠고 마르고 단단한 것들만 남았다는 느낌이 들었다. 조용히 일어나 화장실로 가서 세수를 하고 거울을 들여다보았다. 엄마가 야단을 치면 야단을 맞고, 매를 때리면 매를 맞고, 어쨌든 나는 훌쩍 큰 아이, 이전의 모든 것들로부터 벗어나는 아이가 될 수 있을 것 같았다. 그게 어떤 방향으로 향하는 건지는 모르겠지만, 아무튼 나는 다른 사람이 될 것이었다. 그렇게 되고 싶었다. 그 기분이 그리 나쁘지는 않았다. 오히려 일종의 희망처럼 느껴졌다.

화장실에서 나왔을 때 내 눈에 들어온 광경은 내가 각오하고 있던 것과 완전히 반대의 것이었다. 엄마는 텅 빈 마루 한가운데에 밥상을 차려놓고 있었다.

"먹으라우."

엄마가 방석을 두 겹으로 깔아주면서 말했다. 나는 아무 말도 하지 않고 밥상 앞에 앉았다. 두부를 많이 넣고 새우젓으로 간을 한 계란국과 계란말이, 새우젓을 넣고 찐 계란찜이 상 위에 놓여 있었다.

"그래도 김장하려고 받아놓은 새우젓도 있고, 아침에 계란을 사다 놓은 거이 있어서."

엄마는 문장을 끝내지 않은 채 내 옆에 앉아서 나를 지켜봤다. 마루는 난방이 되지 않아서 바닥이 차갑고 추웠지만 방금 만든 계란국과 계란말이, 계란찜은 하나같이 부드럽고 따뜻했다. 방마다 식구들이 잠들어있는 집의 차가운 마루에서 엄마가 지켜보는 가운데 나는 천천히 그것들을 먹었다. 화곡동으로 이사하고 나서 처음으로, 아니 사실은 사고로 집안이 어수선해진 지난 초가을 이후 처음으로 집에 돌아온 것 같았다. 엄마는 아무 말 없이 내가 먹는 걸 끝까지 지켜보다가 내가 치우겠다는 걸 만류하고 부엌으로 상을 내갔다. 나는 부엌문 옆에 기대서서 엄마가 물을 틀고 설거지하는 소리를 들었다.

"오늘 늦게 갈아서 내일 아침에도 연탄이 불이 좋겠다. 일찍 갈지 말고, 준비 다 하고 나가기 직전에 갈고 나가라우. 그러다가 늦지는 말고."

엄마는 내가 학교를 빼먹은 일에 대해서는 끝내 아무 말도 하지 않은 채 보자기를 뒤집어쓰고 어두운 곳으로 나섰다. 겹겹이 꺼입은 데다 털이 북슬북슬하게 일어선 카디건을 입어서 둥글둥글한 뒷모습이 영락없는 시장 아줌마였다. 나는 진수 옆에 누워서 잠을 청했다.

21.

다음 날 아침도 여느 날과 별다르지 않았다. 누나가 아침을 준비해서 아버지 아침을 챙겨드리고 우리와 같이 먹고 먼저 나 갔고, 나는 아버지 식후 약을 준비해 드린 뒤 진수와 함께 등교 준비를 마치고 지하실에 내려가 연탄을 갈았다. 연탄은 아랫것 과 윗것이 붙은 채 아직 활활 불타고 있어서 떼어내기가 어려웠 다. 연탄 가는 일에 시간을 꽤 썼기 때문에 진수와 나는 언덕길 을 달려서 내려갔고 베니스도 달려서 지나쳤다. 달리는 동안 괜 히 웃음이 나왔고, 가게에 도착할 때쯤 우리는 둘 다 숨이 턱에 닿아 키들거리는 상태였다. 엄마는 그런 우리를 보고는 "너희 는 참 속도 좋다"면서 어이없다는 듯이 웃으셨다.

"선생님한테 혼나고 매 맞아도 꾹 참고 견뎌. 그리고 빨리 진도 따라잡을 생각이나 하라우."

도시락을 건네주면서 엄마가 정색을 하고 말했다.

마귀할멈의 경멸은 전보다 조금 더 모질었고 매질 또한 혹독했지만 다 견딜 만했다. 아마도 엄마가 확고한 내 편이라는 믿음 덕이 컸을 것이다. 마귀할멈은 마음껏 자신의 증오를 내보이면서 나를 가지고 놀았는데, 그러면 그럴수록 나는 마음이 가라앉았다. 뿐만 아니라, 앞으로도 마귀할멈이 나를 어떻게 대하든 영향을 받지 않을 수 있을 것 같았다. 나는 무언가를 통과한 것 같은 기분이었고, 마음이 한결 편했다. 그리고 그랬기 때문에, 계속 내 쪽을 쳐다보면서 공연히 비실비실 웃고 있는 병식이를 무시할 수 있었다. 점심시간에 병식이가 다가와 "어제 그 형들하고 어디 갔었는지 아냐?"라고 말을 걸었을 때에도 나는 관심 없다고 말을 끊었다. 그리고 그건 그대로 사실이었다. 나는 지난 열흘 남짓한 기간 동안의 일탈과 그 기간에 느낀 두려움과 쓸쓸함을 통해 그동안 내가 살고 있던 세계와는 전혀 다른 세계가 주는 느낌을 몸으로 알게 되었다. 그리고 그건 내가 원하는 게 아니었다.

학기가 끝나려면 아직 조금 더 있어야 했지만 나는 이미 졸업을 한 느낌이었다. 이제 남은 기말고사를 잘 보고 마무리만 하면 되는 것이었다. 어쩌다 보니, 혹은 어쩔 수 없이 엉망진창이 되어버린 한 시절이 이렇게 마무리되었고, 이제 새로 시작하면 되는 것이었다. 엄마는 나와 진수의 짧지 않았던 일탈을 마치 없었던 일인 것처럼 완전히 무시해 버림으로써 우리가 언제든 다시 제자리로 돌아올 수 있다는 메시지를 전해 주었다. 감격스러운 일이었지만, 그러나 그렇다고 해서, 그렇게 돌아온 제자리가 내가 원하는 곳인지는 또 확신이 없었다. 그러니까, 나는 좀 변한 것이었다. 그래도 일단은, 나는 아직 집에 속해 있었다. 그 사실은 알 수 있었다.

22.

꽤 오랫동안, 나는 아버지의 뒷모습을 보는 일에 익숙해져 있었다. 언제부턴가 아버지는 늘 누워서 지냈는데, 그 경우 대개는 벽을 향해 돌아누운 자세였다. 반대편으로 돌아눕는 건 아마 TV를 볼 때뿐 아니었나 싶다. 화곡동으로 이사를 오고 난 후로 아버지가 그렇게 누워있는 시간은 더 길어졌다. 아무래도 엄마가 없으니 대화할 상대가 없고, 조금 힘들더라도 일어나서 햇볕 들어오는 자리에 가 앉아 볕을 좀 받으라고 잔소리할 사람도 없었기 때문일 것이다. 아침에 약을 드리러 들어갈 때나, 약그릇을 가지러 들어갈 때나, 학교 다녀오겠다고 인사를 드리러 들어갈 때나, 다녀왔다고 인사를 드리러 들어갈 때나, 대개 아버지는 그 모습이었다.

나로서는 갑자기 백발에 가까울 정도로 센 채로 헝클어져 있는 아버지의 머리를 보는 일이 특히나 괴로웠다. 그 머리를 볼 때마다 집이 얼마나 허물어졌는지, 아버지의 회복이 얼마나 멀리 있는 것인지 새삼 확인이 되는 기분이었기 때문이다. 그나마 그 자세로 책을 읽고 계실 때에는 좀 나았다. 잠이 들어 있을 때도 견딜 만했다. 그러나 아버지가 그 자세 그대로 움직이지 않고 어둑어둑한 방안에서 벽지를 쳐다보고 있다가 혹시나 싶어서 아버지, 하고 부르는 소리에 텅 빈 눈으로 돌아볼 때면, 그 무기력함과 좌절감이 내게도 그대로 전달되었다.

　나중에, 아버지가 누워있던 자리에 같은 자세로 누워, 아버지가 들여다보고 있던 벽지를 가만히 들여다본 적이 있었다. 별 의미 없는 장식패턴의 연속이었다. 어른 손바닥만 한 마름모꼴로 닫혀 있는 한 장식요소 안에는 다시 부드러운 곡선을 그리는 선들과 작고 의미 없는 기하학적 무늬의 장식들이 상하와 좌우로 대칭을 이루고 있었다. 그리고 그 장식의 여백에는 희미한 베이지색의 동그란 점들이 촘촘하게 찍혀 있었다. 그 점들은 얼핏 보면 모두 같아 보였지만, 자세히 들여다보면 하나하나가 약간씩 달랐다. 아마도 동그란 점을 찍으려고 했던 걸 텐데, 어떤 건 올챙이 꼬리처럼 삐친 선이 있었고, 어떤 건 타원형이었고,

어떤 건 반원에 그치고 있었고, 어떤 건 다른 것들에 비해 유난히 작았다. 장식적인 선과 도형들은 장인이 그리고 점은 초보자가 찍은 건가 싶을 정도였다. 점들은, 당연히, 마름모 안에서는 완벽하게 상하와 좌우대칭을 구성하고 있지도 못했다. 그러나 이 불완전한 점들은 그 옆 마름모무늬 속의 불완전한 점들과 완벽하게 일치하면서 대칭을 이루고 있었고, 그런 점에서 보자면 그것들 역시 거대한 반복의 한 부분을 이루고 있었다.

아버지 역시 이런 걸 읽어내고 있었던 걸까? 읽어내는 행위 이상의 의미는 전혀 없는걸? 공간만 충분하다면 무한히 이어질 장식적인 마름모들의 연쇄로 이어진 우주에서 단 몇 개, 아버지는 그것들을 들여다보고 또 들여다보면서 지냈다. 그것들은 어쩌면 아버지를 기억 속으로 이끌어 갈 아버지만의 마들렌이었을 수도 있고, 아버지가 가보고 싶었으나 일찌감치 결혼해서 아이를 낳아 기르느라 그럴 기회가 없었던 토끼굴로 들어가는 입구였을 수도 있겠다. 당신을 가둬놓고 있는 수많은 창살들이었을 수도 있겠고. 그러나 그걸 누가 알겠는가. 나는 아버지에게 무얼 보고 있느냐고 묻지 않았고, 아버지가 먼저 말을 꺼낸 적도 없다. 원래 말이 없는 사람이기도 했다.

겨울방학이 두 주쯤 남은 날이었다. 토요일이라 오전 수업만

하고 학교에서 돌아오는 버스 안에서 내다본 거리 여기저기에 때 이른 크리스마스 장식이 걸려 있었다. 낮 시간의 크리스마스 장식이란 어딘가 을씨년스러운 데가 있다. 이맘때면 우리도 늘 크리스마스 장식을 하곤 했었다. 트리를 만들진 않았지만, 한 해 동안 상자에 넣어 보관해 두었던 색실과 색등을 비롯한 장식을 꺼내서 현관과 응접실 벽에 걸곤 했다. 나는 모두가 잠들거나 자기 방으로 들어간 밤 시간에 응접실에 들어가 큰 불은 끈 뒤 벽을 빙 두른 색등만을 켜놓고 구경하는 걸 좋아했다. 전축에 냇 킹 콜이나 빙 크로스비의 크리스마스 캐럴 음반을 올려놓고 색등과 그 불빛을 희미하게 반사하는 색실들을 보고 있자면 더할 수 없이 안전하고 포근한 느낌이 들곤 했다.

우리 가족은 누나를 제외하고는 기독교인이 아니었지만, 크리스마스는 다른 어느 날들보다 큰 명절이었다. 크리스마스는 기나긴 겨울로 들어가는 입구에 서 있는 커다란 서양식 장작 난로 같은 것이어서 그 주변에 머물면서 몸을 덥히고 있다 보면 마음까지 노골노골하게 만들어주는 역할을 했다. 이때 받은 선물은 대개 겨우내 가지고 놀 수 있는 것이거나 겨울을 따뜻하게 날 수 있는 어떤 것이었다는 면에서 실질적인 도움이 되기도 했지만, 무엇보다 날이 추워지면서 사람들의 마음도 말라붙어 가라앉기 전에 부드럽게 끌어올려 주는 역할을 했다.

그렇게 즐겁게 들뜬 상태에서 며칠을 보내고 나면 새해였다. 그리고 대충 한 달을 지내고 나면 구정('설날'이라는 명칭은 한참 뒤에야 다시 회복되었다), 그러고 나서 대략 한 달이면 새학기고 봄이었다. 그러니까 크리스마스와 구정은 사람들이 겨울을 건너게 해주는 두 개의 커다란 징검돌 역할을 하는 셈이었다. 그중에서 구정이 조금 더 격식 있고 어른들을 위한 것이었다면, 크리스마스는 그보다 더 따뜻하고 푹신푹신한, 아이들을 위한 징검돌이었다. 그러나 그해에는 모든 것이 달랐다. 크리스마스 장식들은 아직 남아 있었지만 그것들은 상자에 든 그대로 지하실 어딘가에 처박혀 있었고 빙 크로스비와 냇 킹 콜은 전축과 함께 사라졌다. 무엇보다 그것들을 함께 벽에 걸고, 함께 이야기를 나누고 즐길 가족들이 각기 자기의 분주한 일과와 슬픔 속에 잠겨서 따로따로 섬처럼 떠 있었다.

그날 역시 다른 날과 다를 바 없었다. 나는 진수와 함께 청기와주유소 앞에서 89번 버스를 타고 경남예식장과 홀트아동복지회를 지난 뒤 제2한강교를 건넜고, 한강교를 건너는 동안 강물을 내다봤고, 종점에 도착한 뒤 가게에 들러 아버지의 저녁 식사와 저녁 약, 그리고 다음 날 아침 약을 받아서 집으로 올라갔다. 베니스에는 여전히 개울물이 얕게 흘렀고, 개울물 뒤편

집들로 연결된 다리 위에는 살얼음이 끼는 걸 막기 위해 연탄재를 깨서 깔아놓은 게 보였다. 여느 날과 다를 게 하나도 없는 풍경이었다.

우리가 집에 돌아왔을 때 제일 먼저 하는 일은 안방 문을 열고 다녀왔다고 인사를 하는 것이었다. 그리고 대개 그 인사는 누워있는 아버지의 뒷모습을 향해 하는 것이었다. 아버지가 고개를 돌려 인사를 받는 날들이 드물게 있었고, 여전히 벽을 향한 채로 희미한 음성만 돌아오는 날이 있었고, 아무 반응이 없는 날들이 대부분이었다. 고개를 돌려 인사를 받는 날들은 아버지가 화장실에 갈 필요가 있다거나 해서 누군가를 기다리고 있던, 아무튼 우리의 도움이 필요한 경우였다. 그러나 그날은 놀라운 일이 기다리고 있었다. 그날 하교 인사를 하러 안방에 들렀을 때 아버지는 자리에서 일어나 우표책을 들여다보고 있었다. 겹창의 안쪽 창문을 열어두어 부드러운 오후의 햇볕이 모처럼 방안 깊은 곳까지 들어와 있었다. 나는 하교 인사를 하고는 나도 모르게 그 옆에 스르륵 주저앉았다.

우표수집은 아버지의 유일한 취미였다. 예전에 아버지는 주말에 한가한 시간이 나면 그동안 사들이거나 교환해 놓은 우표들을 꺼내서 셀로판지나 반투명한 기름종이 같은 것으로 일일이

싼 뒤에 자신이 정한 일정한 기준에 근거해서 우표책에 정리해 두곤 했다. 한국 우표의 경우에는 우표책에 미리 밑그림이 희미하게 인쇄되어 있는 책이 있어서 그 그림과 일치하는 우표들을 잘 포장한 뒤 그 자리에 붙이는 식으로 정리를 하기도 했다. 이때 옆에 붙어 앉아서 스카치테이프를 적절한 길이로 자른 뒤 아버지가 양면테이프처럼 사용할 수 있도록 양 끝을 붙여 동그랗게 만들어 건네주거나 '그리 귀하지 않은' 우표들은 직접 포장하기도 하는 게 내가 어릴 때부터 해오던 일이었다.

아버지의 우표 정리는 일단 우표들을 분류하는 것으로 시작되었다. 여러 가지 방법이 있었을 텐데, 내가 기억하기로는 아버지는 모든 우표를 일단 크게 우체국 소인이 찍힌 우표와 소인이 찍히지 않은 우표로 나누었고, 그걸 다시 국가별로 분류했다. 그리고 그것들은 다시 실제로 사용하는 우표들을 찍어내는 국가들과, 수집용을 주로 찍어서 파는 이름도 낯선 나라들로 나뉘었다. 후자의 경우는 종류가 무척 다양해서 새, 꽃, 곤충 등 주제별 분류가 끝도 없이 이어졌고, 아이투타키니 안도라, 안티구아, 바부다 같은, 처음 들어보는 나라나 자치구역 이름들이 많았다. 전자의 경우는 연도별로 시작해서 세부항목 분류가 또한 중요한 일이었다. 내 눈에는 후자에 속하는 우표들이 훨씬 더 멋있고 가치도 있어 보였지만, 아버지가 애지중지하는 것들은 이미 사용되어서 우편 소인이 찍혀 있는 우표들이었다. 우표뿐 아니라 그 우표가 붙어 있는 봉투의, 소인이 찍혀있는 부분까지 포함되어 있는 것들, 특히 그 연도가 오래 거슬러 올라가는 것들을 아버지는 더 좋아하고 소중히 여겼다.

아버지가 이 작업을 하고 있을 때 옆에 붙어 앉아서 도와주다 보면 마지막에 그 대가로 몇 장의 우표들을 얻을 수 있었다. 아마도 분류하기 모호한 것들이거나 중복되는 것들이었을 텐데, 대개는 아주 화려하고 예쁜 꽃이나 새 그림들이었다. 아버지는 이게 '별 가치는 없는' 것들이라고 했지만, 진수와 내가 각자 가지고 있던 우표책에 꽂아 넣기에는 더없이 훌륭한 것들이었고, 집에 놀러 와서 우표책을 구경하는 친구들에게는 큰 부러움의 대상이었다.

그러나 지금 당장은 그런 게 문제가 아니었다. 아버지가 일어나 앉아서 다시 무언가를 하고 있다는 사실, 그것만이 내게는 중요했고, 그건 진수에게도 마찬가지였다. 진수는 공연히 신이 나서 우표를 들여다보며 이것저것 질문을 던졌고, 난 그런 진수가 우표를 손가락으로 건드리지 못하게 끊임없이 주의를 주면서도 덩달아 신이 났다. 내가 어렸을 때부터 집에서 보아온 아버지의 모습은 우표를 만지거나 화초를 다듬는 것이었다. 아버지가 이제 원래의 모습 중 하나를 회복했으니 다른 모습들을 회복하는 건 시간문제라고 생각했던 건지도 모르겠다. 그래서 아버지가 엄마한테 가서 돈을 얻어 셀로판지를 사 오라고 했을 때 나는 스프링처럼 튕겨 일어나 가게로 뛰어 내려갔다.

"아이고, 너네 아버지는 왜 또 쓸데없는 데 돈을 쓰려고 그러신다냔."

엄마는 말은 그렇게 하고 있었지만 얼굴에 함박웃음이 피어나는 걸 감추지는 못했다. 나는 엄마가 쥐여준 잔돈으로 맞은편 문방구에서 셀로판지를 산 뒤 엄마가 옆으로 빼놓은 흠집 있는 사과 몇 알을 들고 다시 집으로 가는 길을 향해 뛰어갔다. 이게 희망이라면 희망이 사그라지기 전에, 그러니까, 아버지가 다시 자리에 눕기 전에 돌아가, 그렇게 해서 아버지가 계속 앉아있게 하는 게 중요했다. 몇 달 전에 개에 물린 뒤로는 한동안 뛰는 게 어려웠고 그래서 그 습관도 사라진 것 같았지만, 어느새 나는 다시 달리는 아이가 되어 있었다. 흐르는 물과, 그게 군데군데 얼어붙어 미끄러운 데다가 사람과 짐 자전거가 뒤섞여 복잡하기 그지없는 시장통에서도 나는 때로는 몸을 옆으로 틀고 때로는 점프를 해가면서 달렸고 베니스에서 집으로 이어지는 가파른 언덕길에서도 조금도 속도를 늦추지 않고 뛰어올라 갔다. 대문을 지나 현관문을 열고 들어선 다음에야 나는 호흡을 가라앉히고 안방으로 들어갔다. 아버지는 우표책을 들여다보는 대신 무언가를 쓰고 계셨고, 진수가 방바닥에 우표들을 배열하고 있다가 자랑스럽게 말했다.

"내가 이거 다 그림 종류별로 나누고 있어."

나는 그 자리에 멍하니 선 채로 방안 풍경을 감상했다. 앉아서 무언가를 쓰고 있는 아버지, 방안 가득 펼쳐져 있는 우표들과 그걸 정리하고 있는 진수. 그렇게 서서 보고 있는 동안, 그런 모습을 내가 얼마나 그리워하고 있었는지를 깨달을 수 있었다. 얼마나 그리웠는지, 눈앞에서 보고 있는 동안에도 그리웠다.

"진수 숙제 없넌?"

아버지는 쓰고 있던 걸 봉투에 집어넣으면서 진수에게 물었다.

"있…어요."

진수가 주춤거리면서 대답했다.

우리 집에서 이 질문은 이제 하던 걸 멈추고 자기 방으로 돌아가라는 신호였다. 정말 오랜만에 아버지 옆에 앉아서 포근한 시간을 보내고 있던 진수로서는 아쉬울 수밖에 없는 일이었다. 아버지는 꽃과 새가 그려져 있는 화사한 우표들 중에서 두 장을 집어서 진수에게 건넸다.

"자, 제일 예쁜 거 두 장. 진수가 수고했으니까."

시무룩해지려고 하던 진수의 얼굴이 일순간에 환하게 빛났다.

진수가 그 두 장을 보물단지라도 되는 것처럼 손바닥으로 받쳐서 들고 나가자, 아버지가 내게 물었다.

"진영이 아버지 심부름 좀 하야갔다. 작은아버지 집 어딘지 기억하간?"

"예."

얼떨결에 대답은 시원하게 했지만, 사실 완전히 자신이 있는 건 아니었다. 그러나 얼마만의 아버지 심부름인가. 이건 아버지가 건강이 조금 나아졌다는, 그리고 어쩌면 다시 움직일 거라는 신호였고, 따라서 자신이 없다고 해서 발을 빼도 좋은 일이 아니었다.

나는 아버지가 건네준 편지를 받아들고 집을 나서면서야 머릿속으로 기억을 더듬기 시작했다. 작은집에는 지난봄에 경복궁에서 열렸던 사생대회가 끝난 뒤에 엄마랑 같이 가본 게 마지막이었다. 중앙청 왼쪽 길로(바로 옆길이 아니라 다음 길. 바로 옆길은 일반인의 통행이 금지된 길이었다) 올라가다가 오른쪽에 비스듬하게 나 있는 길로 조금 올라가다 보면 오른쪽에 있는 집이었다. 일단 그 길로 들어가면 집이야 명패를 보고 찾으면 될 일이니 우선 버스를 어디에서 내려야 할지를 알아내야 하고, 그다음에는 다른 길은 모두 직각으로 꺾어지는데 유일하게 비스듬하게 꺾어지던 그 길을 찾으면 그만이었다. 엄마와 형은 기억하고 있겠지만, 아버지는 엄마한테 알리지 말고 다녀오라고 했다. 그러니 그건 형한테도 물어보면 안 된다는 뜻이었다. 그건 괜찮았다. 가면 찾을 수 있겠지.

그러나 문제는 가게 앞을 지날 때였다. 버스를 타러 가려면 가게 앞을 지나야 했다. 운이 좋으면 엄마가 다른 일을 하고 있겠지만, 요즘 자주 보았던 것처럼 멍하니 넋을 잃고 가게 밖을 쳐다보고 있을지도 몰랐다. 나는 가게 앞을 번개같이 뛰어서 지나갈 것인가, 아니면 우회로를 찾을 것인가 고민하다가 우회로를 찾는 쪽을 선택하기로 했다. 이제는 충분히 익숙해진 동네 길을 머릿속에서 더듬었다. 내 방향감각으로는, 베니스에서 시장 골목 쪽으로 우회전하지 않고 그대로 직진하다 보면 종점이 있는 큰길이 나올 것 같았다. 길이 이어져 있다면 말이다. 결과적으로 내 방향감각은 정확한 것이었다. 종점을 훨씬 지난 위쪽, 처음 보는 낯선 곳으로 나와서 결국 지나는 사람에게 길을 물어야 하긴 했지만, 나로서는 새로운 길을 개척한 셈이었다.

짧은 겨울날은 내가 종점에 도착했을 때 이미 저물고 있었고, 차장이 가르쳐준 대로 광화문에서 내린 뒤 다시 길을 물어 효자동 길로 들어섰을 때는 완전히 캄캄해진 뒤였다. 비스듬한 각도의 우회전 길은 나타나지 않았다. 기억 속에 남아있는 길은 중앙청 앞의 큰길에서 그리 많이 들어가지 않은 위치에 있었는데,

오른쪽으로 나 있는 길들을 아무리 자세히 들여다봐도 기억 속의 그 길과는 달라 보였다. 검은 코트를 입은 사람들이 어슬렁거리는 길을 지나 경기상업고등학교라는 현판이 붙어 있는 학교에 도달하고 나서야 무언가 잘못됐다는 걸 깨달았다. 한 번도 본 적이 없는 학교였다. 지나왔거나, 기억이 완전히 틀렸거나, 둘 중 하나였다. 나는 뒤로 돌아 큰길을 향해 내려가면서 왼쪽에 나 있는 길 하나하나를 들여다보기로 했다. 날은 이미 어두웠고 발은 얼어들어 왔지만, 달리 방법이 없었다. 서너 개의 골목에서 헤매다가 돌아 나온 뒤에야 나는 작은집으로 통하는 길을 찾아냈다. 기억 속의 비스듬한 우회전 길은 효자동길에서 바로 이어지는 게 아니고 그 길에서 들어간 길에 이어지는 것이었다.

작은집에서는 작은엄마가 사촌 동생 둘과 함께 저녁 식사를 하고 있는 중이었다. 작은엄마가 식사를 함께하자고 권했지만 나는 사양했다. 작은엄마는 밥 한 그릇 수저 한 벌 더 놓으면 되는 일이라고 했지만 그럴수록 나는 괜찮다고 버텼다. 남들이 권하는 건 무엇이든 일단 사양해야 한다고 아주 어릴 때부터 배웠는데, 그 가르침은 의외로 몸에 깊이 배어 있어서, 작은집 같은 가까운 친척 집에 가서도 쉽게 떨쳐버리기 어려웠다. 작은엄마가 거듭 권하면서 마음이 흔들리긴 했지만 한 번 사양한 걸 번복하기는 쉽지 않았다.

밥상은 단란해 보였다. 화곡동으로 이사한 후로 가게 뒷방에서 대충 챙겨 먹는 밥상이나 집에서 누나가 차려주는 밥상은 항상 피난민의 그것 같았다. 작년에 그려준 걸 아직도 기억하고 있던 사촌 동생들이 비행기를 그려달라고 하지만 않았더라도, 작은엄마가 조금 더 강하게 권하기만 했더라도 어쩌면 같이 앉아 먹었을지도 모르겠다. 나는 도화지와 색연필들을 받아들고 작은엄마와 사촌 동생들이 밥을 먹는 동안 방바닥에 앉아 비행기를 그렸다. P-51 무스탕. 하도 많이 그리고 많이 만들어봐서 머릿속에 도면이 들어 있는 것 같은 기종이었다. 비행기를 다 그릴 때까지 식사가 끝나지 않아 잠수함도 그렸다.

작은아버지는 작은엄마와 사촌들의 식사가 끝나고 나서도 한 시간쯤이나 지나서야 귀가했다. 작은아버지가 다시 식사를 권했으면 이번엔 응했을까? 그러나 작은아버지는 내게 아버지의 안부만 묻고는 앉아서 식사를 시작했고 나는 사촌 동생들과 놀아주면서 작은아버지의 식사가 끝나기를 기다리고 앉아있을 수밖에 없었다. 작은엄마가 식사를 마친 작은아버지에게 내가 가지고 온 편지 봉투를 전달했다. 작은아버지는 편지를 꺼내어

읽고는 다시 봉투에 넣었다. 작은아버지가 특별히 표정의 변화를 보인 건 아니었지만, 나는 아버지의 편지가 무언가 달갑지 않은 내용을 담고 있다는 사실을 직감할 수 있었다. 작은아버지는 안방에 들어가 잠시 시간을 보내더니 손에 봉투를 하나 들고 나왔다.

23.

현관문을 들어설 때 나는 허기가 져서 거의 쓰러질 지경이었다. 신발을 벗고 막 현관에 올라서는 참에 진수가 내복 바람으로 방에서 뛰어나와 현관 바닥을 손가락으로 가리켰다. 손가락이 가리키는 곳에는 엄마의 신발이 놓여 있었다. 진수가 양손의 손가락으로 머리 위에 뿔을 세워 보였다. 신발장을 열고 안쪽 깊은 곳에 봉투를 집어넣었다. 안방 문을 열고 들어서자마자 엄마가 날카롭게 쏘아붙였다.

"넌 도대체 정신이 있는 애가 없는 애가?"

순간적으로 아버지를 쳐다봤다. 그러나 아버지는 벽 쪽으로 돌아누운 채 무언가를 읽고 있었다. 나는 말없이 엄마를 마주 봤다.

"이 시간이 되도록 도대체 어딜 싸돌아다니다 온 거네?"

나는 다시 아버지를 봤다. 아버지는 여전히 벽 쪽으로 돌아누운 채 꼼짝 않고 책을 읽고 있었다. 나는 아무 말도 하지 않았다.

"어디 가서 뭘 했길래 오밤중이 돼서야 돌아와! 아버지가 조금 반짝한다고 얼른 뛰어나가서는 연탄불을 다 꺼뜨리고! 연탄불 관리 잘하라고 몇 번을 얘기했넌. 동생 데리고 학교를 그렇게 빼먹은 것도 용서를 해줬으면, 정신을 좀 차려야 할 거 아니간! 언제나 정신 차리고 사람 구실을 하간!"

나는 그 자리에 선 채로 엄마의 책망을 고스란히 뒤집어쓴 뒤 조용히 돌아서서 안방을 나섰다. 진수와 둘이 쓰는 건넌방은 바닥이 차가웠다. 불이 아주 꺼진 건지, 엄마가 불을 다시 붙이긴 했는데 아직 덜 붙은 건지 알 수가 없었다. 지금이라도 지하실로 내려가서 불을 봐야 하나, 아니면 엄마한테 물어볼까, 잠시 생각을 했지만 그 어느 것도 하고 싶지 않았다. 배가 고팠다. 나는 '잠바'도 벗지 않은 채 이미 방바닥에 펼쳐져 있는 요 위에 웅크리고 누웠다. 너무나 긴 하루였다. 나는 5학년 겨울방학 때 <올리버 트위스트>와 <장 크리스토프>를 읽은 뒤로 고난을 달갑게 받아들이는 상상을 늘 해왔고, 이런 상상력은 아버지의 와병과 집안의 갑작스런 몰락을 견뎌내는 데 도움이 됐지만, 그날의 일은 좀 달랐다. 이런 식의 고난 뒤에는 어떤 깨달음이 올 수 있을까. 상상하려 애썼지만 어려웠다. 나는 잔뜩 웅크린 채로 두려움과 당혹스러움, 설움이 뒤섞인 감정을 삼키려 애썼다. 조용히 눈물이 흘렀다. 어딜 갔던 거냐고 진수가 낮은 목소리로 물었지만 나는 등을 돌리고 누운 채 아무 대답도 하지 않았다. 진수도 심상치 않은 기운을 느꼈는지 등짝에 붙어서 "작은형", "작은형" 하고 속삭이듯 몇 번 부르다가 아무 대답이 없자 더 이상 말을 걸지 않았다. 잠시 후 등 뒤에서 쌕쌕 고른 숨소리가 들려왔다.

나는 자리에서 일어나 창가로 가 겹창문의 안쪽 창을 열고 밖을 내다봤다. 그렇잖아도 외풍이 심한 창인데 한 겹을 열자 찬 기운이 금세 상체 전체로 덮쳐왔다. 창문에 양 손바닥과 이마를 갖다 대었다. 금세 그 주위로 김이 서렸다. 창밖 50센티미터쯤 되는 거리에 시멘트 블록으로 쌓은 담장이 가로막고 있었다. 창에 한쪽 뺨을 붙이고 하늘을 올려다봤다. 달이나 별 같은 게, 아니면 나뭇가지 끝이라도 보이면 조금 위로가 됐을까. 그러나 아무것도 보이지 않았고 아무 소리도 들리지 않았다. 구름 같은 게 희미하게 보이는 것도 같았지만, 자세히 살펴보니 그건 천장 벽지가 희미하게 반사된 것일 뿐이었다. 창문을 열고 내다보고 싶었지만 어디가 어떻게 고정되어 있는 건지, 아무리 밀어

봐도 바깥 창문은 꼼짝도 하지 않았다. 나는 창문을 여는 걸 포기하고 뺨을 창문에 바짝 붙인 채 담장과 처마 사이를 올려다봤다. 캄캄했다.

아버지의 상태는 더 이상 호전되지도, 더 악화되지도 않았다. 더 이상 일어나 앉아 우표 정리를 하거나 하지는 않았지만 그렇다고 벽을 향해 돌아누워 있을 때 불안한 나머지 숨소리를 확인해보고 싶어질 정도로 쇠약하게 느껴지지도 않았다. 똑같은 자세지만 어딘가 달랐다. 달라진 건 그것뿐만이 아니었다. 아버지는 내게 이런저런 심부름을 시키기 시작했다. 주로 과자 종류를 사 오라는 것이었다. 아버지가 말을 하진 않았지만, 지난번 작은아버지에게서 받아온 봉투의 내용을 충분히 짐작할 수 있었다. 나를 괴롭힌 건, 무엇보다, 그 심부름을 엄마의 가게가 아닌 다른 곳에 가서 해야 한다는 사실이었다. 엄마의 가게도 백 원짜리 과자 하나 파는 게 아쉬운 형편이었는데, 다른 가게에 가서 사야 하다니. 그러나 애당초 작은아버지네 집에 갔던 심부름이 비밀이었기 때문에 어쩔 수 없는 일이었다. 밤늦게까지 혼자 가게를 지키고 있던 어느 하루, 백 원을 가게 손금고에 넣고 해태 초코땅콩 하나를 들고 온 적이 있었지만 따지고 보면 문제 될 게 하나도 없는 그 일을 하면서도 손금고에 돈을 넣는 게 아니라 몰래 빼는 것처럼 가슴이 뛰었고, 매대에서 초코땅콩을 꺼내 주머니에 집어넣는 것 역시 가게 물건을 훔치기라도 하는 것처럼 진땀이 흘렀다. 처음에는 이런 심부름을 시킨 아버지가 원망스러웠고, 그리고는 엄마가 원망스러웠다. 왜 미리미리 아버지의 요구를 충족시켜 주지 못해서 나를 이 지경에 몰아넣나 싶었던 것이다. 그러나 그 이유는 분명했고, 나도 잘 알고 있었다.

아버지는 간과 신장, 혈압 문제뿐만 아니라 고지혈증과 당뇨도 있었고, 당뇨가 악화되면 다른 병들도 일제히 악화될 것이기 때문에 특히 조심해야만 했다. 하긴 당뇨만 문제가 되는 것도 아니었다. 간이 더 나빠져도 결국엔 다른 기관들에 악영향을 미칠 것이었고, 신장이나 혈압도 마찬가지였다. 그러니 현재의 빈약한 균형을 잘 유지해가면서 각 분야에서 조금씩 조금씩 호전시켜 가는 게 최선이었을 것이다. 그런데, 다른 누구도 아닌 아버지 본인이 그걸 거부하고 있는 셈이었다. 나는 아버지의 이 어린아이 같은 행동이 회복을 거부하는 것처럼 보여서 당황스럽고 슬펐다. 그렇다고 아버지 심부름을 거절할 수도 없는 일이었다.

그중에서도 제일 화가 나고 슬픈 심부름은 어느 일요일 오후에, 짜장면 한 그릇을 배달시킨 일이었다. 아버지는 한동안 조금 가라앉은 듯했던 부기가 다시 오르기 시작했는데도 짜장면을 고집했다. 그것도 딱 한 그릇. 아마도 작은아버지가 보내온 돈이 떨어진 모양이었다. 짜장면을 비롯한 중식은 예전부터 일요일 점심으로 우리 식구들에게 인기 있는 별식이었다. 자전거를 타고 중국집까지 가서 음식이 출발하기 전에 주문 내용을 확인하고, 반드시 자전거로, 제일 먼저 배달하도록 하는 게 늘 내 임무였다. 배달부가 양철통 아래위층으로 음식을 꽉꽉 채우고 나면 내가 앞서고 배달부가 시커먼 짐 자전거 뒤 짐칸에 양철 배달통을 묶거나, 솜씨에 자신이 있는 경우에는 한 손으로 핸들을, 한 손으로 배달통을 든 채 나를 따르는 것이었다.

그러나 그날은 사정이 달랐다. 일단, 짜장면 한 그릇을 흔쾌히 배달해 주는 중국집은 없었기 때문에 내가 중국집에 가서 사정해야 했다. 결국 먹고 난 그릇은 직접 가져다주겠다고 약속을 하고 나서야 주문을 할 수 있었다. 그러나 그게 다가 아니었다. 배달부가 한 사람밖에 없기 때문에, 다른 주문이 들어오면 그 길에 같이 내보내겠다는 것이었다. 그 자리에 앉아서 십여 분을 기다린 뒤에야 다음 주문이 들어왔고, 다시 이십여 분을 기다려서야 비로소 배달부와 함께 출발할 수 있었다. 그러나 나는, 그렇게 오래 기다린 대신, 우리 집에 먼저 가야 한다는 것만은 양보하지 않았다. 주인이 그럴 수 없다고 했지만, 나는 이미 나와 있는 짜장면의 값을 지불할 수 없다고 버티기까지

해가면서 주장을 관철시켰다. 그러나 그게 끝이 아니었다. 배달 자전거는 두 번째 배달 음식을 망치지 않으려고 빨리 달렸고, 나는 그 배달 자전거 앞에서 있는 힘을 다해 뛰어야 했다. 그러나 이것 또한 끝이 아니었다. 베니스에서 집으로 올라가는 길은 급경사였기 때문에 배달부의 짐 자전거가 올라갈 수가 없었다. 배달부는 자전거에서 내려서 가파른 언덕길을 올려다보더니 한숨을 푹 쉬었다.

"여길 나더러 올라가라고?"

"여기서 안 멀어요."

"멀고 자시고, 자전거로 저기 못 올라가."

결국 내가 배달부로부터 짜장면과 단무지, 춘장이 든 그릇들을 품에 받아들고 집까지 걸어 올라갔다. 그렇게 해서 집에 도착했을 때에는, 추운 날이었는데도 온몸이 땀에 흠뻑 젖어 있었다.

"간짜장을 시켰어야 하는 건데."

퉁퉁 부은 손으로 이미 눅눅하게 들러붙은 면과 짜장을 비비려 애쓰면서 아버지가 말했다. 흰 밀가루와 간이 센 짜장. 아버지한테 좋을 게 전혀 없는 음식이었다. 아버지는 점점 어린아이 같아지고 있었다. 나는 조용히 방을 나왔다.

아버지가 내게 두 번째 심부름을 시킨 날은 겨울방학으로 들어가는 방학식 날이었다. 6학년인 나는 2월 개학이 없을 것이기 때문에, 이제 국민학교와는 영영 마지막인 셈이었다. 나로선 대부분의 친구들과 영영 헤어지게 될 것이었고 그래서 애틋했지만, 친구들은 사정이 달랐다. 모두 한 동네 아이들이었고, 물론 그렇다고 해서 겨우내 만나서 놀 사이인 아이들은 많지 않았지만, 그건 늘 그래 왔던 것이고, 아무튼 한동네에서 사는 한 헤어진다는 절박감은 누구도 가질 이유가 없었다. 그리고 무엇보다, 내일이 크리스마스였다. 그 방학식은 내가 아무런 상장도 받지 못한 첫 번째 방학식이었다. 개근이야 당연히 해당 사항이 없었고, 공로상이니 봉사상이니 하는 따위는 학급 간부들에게 주는 거니까 또 해당 사항이 없었지만, 우등상은 여전히 가능성이 있었고 받을 수 있을 것 같았는데도 학급에서 남녀 각각 세 명씩 불려나가는 동안에도 내 이름은 끝까지 불리지 않았다. 상장이 문제가 아니라, 보아주는 사람이 아무도 없다는 느낌 때문에 어딘가 허전했다. 아무것도 받아들지 못한 건 진수도 마찬가지였다. 나는 진수를 데리고 홍대 입구 사거리 큰길을 건넌 뒤 버스정류장으로 가지 않고 성산동으로 가는 길로 접어들었다.

"작은형, 어디 가는 거야?"

진수가 물었지만 나는 아무 대답도 하지 않고 그냥 앞서 나갔다. 나는 학교를 빼먹을 때 가곤 하던 만홧가게로 갔다. 그 가게에는 아무런 변화가 없었다. 피곤한 얼굴로 아이를 업고 있는 아줌마도 여전했고, 아무런 감흥도 변화도 없는 무표정으로 아이들을 맞는 것도 전과 전혀 다를 바 없었다. 하긴 불과 한 달, 한 달 반 전 이야기였다. 무엇이고 크게 변할 만한 시간이 아니었다. 변한 게 있다면 나와 우리 집 식구들뿐이었다. 아기를 업고 있는 아줌마의 표정은 하루하루 지날 때마다 우리 가족들이 닮아가는 어떤 것이었다.

　그날 오후 집에 가는 길은 집으로 돌아가는 게 아니라 다른 많은 것들로부터 멀어지는 길, 무언가로부터 떨어져 나오는 길 같았다. 날은 이미 저물어가고 있었고, 집에 가는 길에 들른 가게는 대목답게 평소보다 분주했다. 덕분에 엄마는 우리가 늦게 왔다고 야단칠 시간도, 아버지와 우리들의 저녁 식사를 준비할 시간도 없었고, 저녁밥 대신 아버지가 드실 하이면과 우리가 먹을 라면을 내줬다. 평소 같으면 환호성을 지를 일이었지만, 그날은 이 모든 게 쓸쓸하게 느껴졌다.

　일본식 우동을 워낙에 좋아하던 아버지에게 하이면은 그 갈증을 달래줄 유사제품이자 별식이었지만 역시나 삼가야 할 음식리스트에 들어가 있는 것이었고, 라면 역시, 우리는 좋아했지만 집안 형편이 괜찮을 때조차 건강에 좋지 않다는 이유로 쉽게 허용되지 않던 음식이었다. 그날 나는 엄마가 하이면과 라면을 내어준 사정을 충분히 이해할 수 있었지만, 그와는 별개로, 무언가가 손가락 사이로 새어 나가는 느낌 또한 받을 수밖에 없었다. 아버지가 스스로를 포기한 것처럼 엄마도 조금씩 포기하고 있구나.

집에 들어가자마자 아버지는 내게 다시 편지 봉투를 내밀었다. 지난번에 엄마에게 야단을 맞은 사실을 상기시키고 싶었지만, 아버지는 말을 마치자마자 다시 벽을 향해 돌아누워 버렸다. 나는 아버지의 등을 잠깐 쳐다보다가 방을 나왔다.

24.

　진수는 연탄 가는 법을 배우게 된 게 신나는 것 같았다. 지하실은 아직 진수에게는 통행금지 구역이었다. 나는 형으로부터 배운 것에다 내가 경험하면서 알게 된 것들을 더해 진수에게 신중하게 전달했다.

　"중요한 건 불구멍을 잘 맞추는 거야. 하지만, 그걸 맞추겠다고 너무 오래 들여다보지 마. 보고 있으면 그 안으로 빨려 들어가는 것 같아져. 그때 눈을 떼고 고개를 돌려서 심호흡을 해야돼. 그렇게 세 번을 했는데도 못 맞추겠으면 일단 밖으로 나가서 찬바람을 쐬고 들어와. 찬바람을 쐬면서 천천히 열까지, 하나-둘, 둘-둘, 셋-둘, 이런 식으로 해서 열까지 세고 다시 들어오는 거야."

진수는 굼뜨긴 하지만 영리한 아이였다. 나는 진수에게 내가 가르쳐 준 요령을 자기 입으로 반복하게 해서 그걸 진수가 완전히 숙지하고 있다는 걸 확인하고 난 뒤에 집을 나섰다.

　작은집으로 심부름을 가는 건 유쾌할 거라고는 전혀 없는 길이었지만, 아침에 그렇게 시달리면서 갔던 길을 오후에 텅텅 빈 버스에 앉아 가는 건 확실히 색다른 맛이 있었다. 게다가 국민학교 시절은 그날로 실질적으로 마지막이었다. 나는 차분하게 가라앉은 마음으로 UN 기념탑부터 시작해서 서교동 언덕 위의 산부인과 병원, 가나안제과와 청기와주유소 언저리의 건물들, 길들을 하나하나 살폈다. 이 동네에 다시 돌아오게 될 일이 있을까.

　버스가 동교동 로터리를 지나 잠깐 오르막길을 오르다가 신촌 로터리를 향해 뻗은 내리막길로 접어들자 로터리의 시계탑과 로터리를 둘러싼 건물들 위에 장식한 휘황한 불빛들이 눈에 들어오기 시작했다. 그때까지 맨 뒷자리 한쪽 구석에 처박혀 있던 나의 우울한 기분을 들뜨게 하기에 충분한 양의 빛이고 다양한 색상들이었다. 그리고 무엇보다 사람들. 신촌 로터리로 내려갔다가 다시 이대 입구로 올라가는 길 양쪽 인도가 사람들로 터져나갈 지경이었다. 창에 얼굴을 바짝 붙이고 길거리의 사람들을 들여다봤다. 누군가를 향해 손을 흔들거나 소리를 지르고 있는 장발의 사내들, 웃고 떠들고 서로의 어깨를 치는 사내들, 꽤 추운 날씨에도 아랑곳하지 않고 미니스커트를 입고 있는 젊은 여자들, 모두들 들뜨고 즐거운 기분을 숨기지 않고 있었다.

저 무리들은 대개 홍대와 서강대와 연대와 이대의 대학생들이거나, 이 네 대학들이 모여서 만들어내는 흥청거리는 분위기를 즐기기 위해 찾아온 젊은이들일 것이었다. 나는 국민학생일 뿐이었지만 저 무리의 분위기에 익숙했다. 길거리에서 늘 본 탓도 있지만, 매해 봄마다 저 무리들 사이에 뒤섞여서 지냈기 때문이다. 우리 동네 아이들에게 인근 대학의 축제는 곧 우리의 축제이기도 했다.

특히 이화여대에 축제가 있을 때면 우리는 어두워지기를 기다렸다가 서넛씩 패를 지어 으슥한 구석구석을 '순찰' 돌곤 했다. 그런 곳에는 아이들보다 먼저 으슥한 곳을 찾아온 커플들이 늘 있었다. 우리가 감히 그들에게 행패를 부리거나 하는 건 물론 아니었다. 우리는 그저 그들에게 다가가서 "콜라 티켓 저 주세요."라고 말하는 게 다였다. 축제에 오는 남학생들이 '쌍쌍파티' 같은 데 참여하려면 음료수 티켓을 구입해야 했는데, 우린 그걸 노리는 거였다. 막냇동생뻘도 안 되는 국민학교 아이들 때문에 애써 확보한 호젓한 장소에서의 소중한 시간을 낭비하고 싶지 않거나, 무엇보다 여학생 앞에서 체면을 잃기 싫은 남학생들은 순순히 티켓을 내어줬다. 물론 험악한 표정으로 아이들을 을러대는 남학생들도 있었다. 그러나 우리도 만만치 않았다. 멀찌감치, 여차하면 도망을 칠 수 있을 만한 곳, 그러나 여전히 피차 눈에 보이고 귀에 들리는 데까지만 물러나서는 닭싸움을 하기도 하고 다방구를 하기도 하면서 분위기를 흐리는 게 우리의 작전이었다. 대부분의 남학생들은 모처럼의 축제 저녁을 포기하는 것보다는 콜라 티켓을 포기하는 게 낫다는 합리적인 결론에 도달하게 마련이었다.

우리는 홍대나 연대 축제는 노리지 않았다. 그 두 학교는 남학생들이 압도적으로 다수인 데다가 남학생들이 손님이 아니라 주인인 처지였고, 그러니 까딱 잘못했다간 잡혀서 봉변을 당할 가능성이 컸다. 서강대는 생각도 해 본 적이 없었다. 어딘가 고등학교 같았고, 엄숙한 구석이 있었기 때문이다. 그 학교에도 축제가 있었던가, 사실은 그것도 잘 모를 정도였다.

아무튼 축제가 있었던 날 밤이면 나는 주로 재완이, 성민이와 함께 그렇게 해서 확보한 콜라를 배가 터질 만큼 들이키고 나서도 자전거 바구니에 가득 싣고, 사이좋게 트림을 주고받으면서 봄밤을 달려 집으로 돌아오곤 했다.

그러나 모두 지난 일들이었다. 더 이상 그런 짓을 하면서 지낼 동네에 살고 있지도 않았고, 그럴 친구들도 없었다. 무엇보다, 이제 그러고 놀 시절이 아주 지나가고 있었다.

광화문은 신촌 일대와는 또 다른 종류의 술렁거림이 있었다. 신촌이 대학생들로 붐비는 동네라면 광화문은 공무원들과 회사원들의 공간이었고, 인근의 고등학생들과 뒷골목의 재수학원 학생들과 깡패들이 모이는 곳이었다. 크리스마스의 은성한 분위기는 여기도 마찬가지였지만, 신촌보다 훨씬 거칠었다.

새문안교회 앞 육교를 지나 조금 걸어가자 오른쪽으로 사람들이 줄을 선 모습이 보였다. 줄은 국제극장으로 이어져 있었다. 간판에는 스티브 맥퀸의 얼굴이 크게 그려져 있었다. 여배우는 재작년에 엄마를 따라가서 '러브스토리'를 봤을 때의 그 배우였다. 연초에는 이 극장에서 아버지하고 진수와 같이 포세이돈 어드벤처를 보았다. 불과 열 달 전이었다. 그 영화에서 치솟던 불길, 아비규환의 비명소리, 떨어져 내리던 목사의 모습 같은 것들이 모두 생생하게 기억에 남아 있었지만, 지금 화곡동에 누워있는 아버지는 그때의 아버지와는 너무나 다른 사람이었다.

나는 극장의 불빛을 뒤로하고 지하도로 걸어 들어갔다. 지하도 안도 붐비긴 마찬가지였다. 광화문 뒷골목에서 수업을 마친 재수생들은 종로 쪽으로 물결을 이뤄서 건너가고 있었고, 종로 쪽에 있는 학교의 학생들은 반대 방향의 물결을 이뤄서 건너오고 있었다. 나는 한때 시민회관이 있던 쪽으로 방향을 잡았다. 2년 전에 큰 화재가 났던 시민회관을 보고 싶었기 때문이었다.

이 시민회관에서 열린 전시회 구경을 온 적이 있었다. 내게 이 건물은 '시내'의 상징 같은 건물이었다. 엄마나 아버지와 같이 시내에 나와 영화를 보거나 시민회관에서 열린 전시회에 들르고 나면 종로 쪽으로 넘어가 복'떡'방에서 모찌와 모나카를 사거나, 백합제과에 가서 양과자를 사서 돌아오곤 했다. 이제 그런 시절은 다 간 것인지, 아니면 엄마 말대로 내년이면 다시 회복이 될 수 있을 것인지 알 수 없었다. 그러나 국제극장, 시민회관을 지나는 동안 나는 그것들이 더 이상 내 세계 안에 들어 있는 곳들이 아니라는 느낌을 강하게 받았다. 나는 그곳들을 지나 서둘러 가야 할 곳이 있었고, 서둘러서 돌아가야 할 곳이 있었다. 그곳들은 모두, 그 순간 내가 보고 있던 거리의 흥청거림과는 거리가 먼 곳들이었다. 시민회관이 있던 자리는 높은 가림막으로 가려져 있었다. 나는 그 을씨년스러운 모습을 한참 올려다보다가 걸음을 옮겨, 경찰들이 곳곳에 진을 치고 있는 정부종합청사 앞을 지나 효자동 쪽으로 서둘러 올라갔다.

크리스마스이브라 그랬는지 작은아버지는 일찍 귀가해서 식구들과 함께 저녁 식사를 하고 있는 중이었다. 나는 아버지의 편지를 전하고 나서 방바닥에 엎드려 사촌 동생들을 위한 무스탕을 또 그리기 시작했다. 이미 시작한 식사 자리에 작은엄마가 권하는 대로 끼어들 숫기는 없었고, 달리 할 일도 없었다. 무스탕을 그리고 나서는, 내가 좋아하는 또 다른 전투기, 가운데의 칵핏 양옆에 비행기가 하나씩 붙어 있는 것 같은 모양의 P-38 라이트닝을 그렸다. 가장 마지막으로 모형을 만들어 본 기종이었다. 작은아버지는 식사를 마치고 나서 봉투를 하나 건네줬다. "이것밖에 안 되겠다고 말씀드려라" 하는 말과 함께였다.

나는 효자동 길을 천천히 걸어 나와 사직동 방향에 있는 버스 정거장으로 올라가서 버스를 기다리다가 육교를 건너 종합청사 쪽으로 내려갔다. 큰길, 번화한 시내 한복판을 다시 한번 보고 싶었다. 경찰이 나를 불러 세웠다. 광화문으로 버스를 타러 가는 길이라고 하자 경찰은 말없이 청사 뒤쪽 길을 가리켰다. 아무도 없는 컴컴한 길에 방한복을 둔하게 껴입은 경찰들이 몇 명 몰려서서 이쪽을 쳐다보고 있을 뿐이었다. 청사 앞의 큰길로 가려고 하자 경찰은 다시 한번 뒷길을 가리켰다.

"이리 가면 더 빨라. 빨리 집에 들어가. 어린애 혼자 늦게 다니면 못 써."

　그가 가리킨 길은 캄캄했다. 나는 그 경찰이 왜 나를 굳이 그 캄캄한 길로 보내려고 하는지 알 수 없었고 그 길로 들어가고 싶지 않았다. 그러나 방한복을 입은 그 경찰관이 계속해서 내 행동을 주시하고 있었기 때문에 할 수 없이 그 길로 들어섰다. 길은 한참 동안 캄캄하게 이어졌다. 왼쪽으로 시민회관 공사장의 차단막이 보였다. 잎사귀를 떨궈버린 가로수들만이 희미하게 보이는 길을 한참 걸어 나가자 멀리서 불빛들이 보이기 시작했다. 불빛과 더불어 어부를 부르는 사이렌의 노랫소리처럼 소음들이 들리기 시작했다. 나는 그 자리에 멈춰 서서 그 불빛을 바라보고 그 소리들을 들었다. 기나긴 터널을 지나온 것 같았다.

25.

집으로 돌아오는 버스에는 사람이 꽤 많았다. 바깥에서 크리스마스이브의 흥과 냄새를 그대로 묻힌 채 올라탄 사람들도 있었고, 그런 것들과 관계없이 피곤한 몸을 이끌고 탄 사람들도 있었다. 다리도 아프고 배도 고프고 해서 자리에 앉고 싶었지만 자리가 나기는커녕 점점 더 많은 사람들이 올라탔다. 저 깊은 속에서부터, 그리고 동시에 손가락 끝과 발가락 끝, 코끝과 온몸의 피부에서 짜증과 울화가 피어올랐다. 가라앉을 때까지 창밖을 보면서 가려고 했지만, 그럴수록 울음이 올라오려 했다.

밀고 들어오는 인파를 뚫고 급하게 내리고 보니 이대 입구였다. 신촌을 향해 천천히 걸어 내려갔다. 찬바람을 마시니 속에서 치밀어 오르던 것들이 조금 가라앉는 것 같았다. 거리는 아까 작은 집에 가는 길에 버스에서 내다보던 때보다도 더 사람들로 붐벼서, 어깨를 부딪치지 않고는 잠시도 걸어갈 수가 없을 정도였다. 신영극장을 지나 조금 더 내려가자 중국집이 보였다. 갑자기 배가 고파 견딜 수 없었다. 식사 시간이 지나서 그런지 중국집 안은 한산했다. 안쪽으로 들어가 자리를 잡고 앉았지만, 종업원은 엽차를 갖다줄 생각도 하지 않고 멀뚱멀뚱 쳐다만 보고 있었다.

"여기 짜장면 하나 주세요!"

내가 큰소리로 주문을 하자 그제야 사환이 난로 위에 놓여 있던 주전자에서 뜨거운 김이 나는 엽차를 부어들고 자리로 다가왔다.

"돈은 있니?"

나는 재킷 안주머니에 손을 넣어 봉투 속에서 손에 집히는 지폐를 한 장 끄집어냈다. 천 원짜리였다. 짜장면 여섯 그릇을 사고도 남는 돈이었다. 사환은 돈을 흘낏 보더니 카운터로 돌아가더니 나를 곁눈질하면서 주인과 대화를 주고받았다. 국민학생으로서는 너무 큰돈을 가지고 있다고 생각하는 거였을까? 하긴 국민학생 혼자서 그 시간에 중국집에 들어와 음식을 시킨다는 것 자체가 드문 일이었을 것이다. 그러고 보니 나 혼자 중국집에 들어간 건 처음이었다. 도둑질한 돈이라고 생각했을까? 글쎄, 틀린 추측은 아니었다. 하지만 나는 누구 돈을 훔친 걸까?

작은아버지는 그 돈을 이미 아버지에게 보낸 다음이니 아버지 것이라고 해야 마땅하겠지만, 아버지가 이걸 정당하게 얻은 거라고 할 수 있을까? 심지어 엄마도 모르게 얻은 돈이었다. 그리고 아버지는 이 돈을 스스로의 건강을 악화시키는 데에 쓸 것이었다. 믿을 수 없는 일이지만 사실이었다. 온 식구가 아버지의 회복을 위해 애를 쓰고 있던 때에, 아버지는 그 희망과 기대를 무참하게 저버리고 있었다. 그것도 가장 어린아이 같고 졸렬한 방법으로. 그러나 물론 그렇다고 해서 내가 한 행동이 정당화될 수 있는 건 아니었다. 그러니 나는 우울했다. 어쩔 수 없이 심부름을 가긴 했지만 치욕스러웠고, 작은아버지가 주는 봉투를 받아오긴 했지만 아버지에게 전달하고 싶지는 않았다. 그러나 그러지 않을 도리도 없었다. 게다가 배가 고팠다. 그리고 버스에는 사람이 너무 많았다. 버스 안의 사람들보다는 거리의 사람들 사이에 끼고 싶었다. 밝고 즐겁고 행복해 보이는 인파에 휩쓸리고 싶었다.

오랜만에 먹은 짜장면은 맛있었다. 나는 그릇에 붙은 작은 양파 조각까지 모두 떼어먹고 나서야 그릇을 내려놨다. 봉투에는 4천 원이 남았고, 거스름돈으로 받은 850원은 바지 주머니에 넣었다. 850원은 내게는 무척이나 큰돈이었다. 그중에서 500원짜리 지폐는 봉투에 넣을까 생각했지만, 4천5백 원은 4천 원보다도 더 모호한 액수였다.

거리는 여전히 사람들로 붐비고 있었다. 한 해에 두세 번밖에 없는 통금 없는 날이었다. 내가 짜장면을 먹고 나온 중국집에서 신촌로터리까지 이어지는 내리막길 양쪽에는 우표와 옛날동전 등을 사고파는 가게들이 모여 있었다. 그중 한 가게는 예전에 아버지와 함께 몇 번 들른 적이 있는 곳이었다. 화신백화점 1층에 있는 상점들 중 한 곳과 더불어 아버지가 자주 거래를 하던 집이었다. 백화점의 정문을 들어서면 안쪽에 우표와 옛날 돈을 취급하는 코너들이 여러 군데 있었는데, 아버지는 그중에서 장 씨 아저씨와 주로 거래했다. 그 장 씨 아저씨와 신촌의 김 씨 아저씨는 아버지가 찾고 있는 우표들을 기억해 두고 있다가, 그것들이 들어오면 집으로 전화를 걸어오기도 했다. 어쩌면 최근에도 우리 옛날 전화번호로 전화를 했을지도 모르겠다. 누군가가 대답했을까? 아니면 아무도 대답하지 않았을까? 그랬다면 그 두 사람은 어떻게 했을까? 몇 번 더 전화를 해보다가 전화번호부에서 아버지 이름과 번호를 지워버렸을까?

창문 안으로 들여다보이는 진열장에는 천이 덮여 있었다. 하긴 워낙 늦은 시간이었다. 그 집 문이 열려 있다 한들 볼 일이 있었던 것도 아니었지만, 아무 데도 갈 데가 없다는 생각 때문에 쓸쓸했다. 나는 주머니 속의 850원을 만지작거리면서 신촌

로터리를 향해 걸어 내려갔다. 늦게까지 문을 열고 있는 문방구나 완구점이라도 찾아볼 생각이었다.

그러나 신촌로터리를 지나 시장 입구 버스정류장에 도착하자 문을 열고 있는 문방구를 찾아 창서국민학교 앞까지 가보려던 생각이 시들해졌다. 대신 버스정류장 축대 밑에 늘어선 새와 물고기를 파는 가게들 앞에 가서 셔터에 귀를 댔다. 희미하게 새 소리가 들렸다. 한때는 용돈이 조금만 여유가 있어도 이리로 달려와 새를 사 가던 때가 있었다. 어느 날 창문을 열어둔 거실로 날아들어 온 잉꼬 한 마리가 시작이었다. 새장을 사다가 그놈을 넣어두었고, 잉꼬는 쌍으로 있지 않으면 죽는다는 말에 새장째로 들고 와 짝을 맞춰서 집으로 데리고 갔다. 그 뒤로 십자매를 샀고, 백문조를 샀고, 털이 얌전하게 가라앉은 카나리아를 샀고, 털이 회오리처럼 휘감겨 있는 카나리아도 샀다. 알을 낳은 백문조가 알을 부화시킬 수 있게 온갖 신경을 다 써주기도 했지만, 결국 부화에 성공하지는 못했다. 새들은 사 온 가게에 엄마가 다시 갖다 팔았다고 했는데, 지금 희미하게 들려오는 소리가 그놈들의 소리일 수도 있을까. 나는 차가운 셔터에 대고 있던 뺨이 얼얼해져서 감각이 없어질 정도가 된 뒤에야 천천히 버스정류장으로 올라갔다.

26.

버스정류장에는 노점상들이 늘어서 있었다. 늦게 귀가하는 가장들을 대상으로 해서 장사를 하는 이들이었을 텐데, 오늘은 게다가 크리스마스 대목이었다. 카바이드 불을 밝혀놓고 사과와 귤 따위를 파는 리어카들이 몇 대 서 있는 옆으로 봉제 인형을 파는 리어카들이 늘어서 있었다. 진수는 여전히 동물 인형을 끼고 살기는 했지만, 3학년 올라가고부터는 조립식 완구를 더 좋아했다. 사자 인형이 귀엽게 생기긴 했지만, 내일 문방구에 가서 조립형 장갑차나 탱크를 사다 주는 게 나을 것 같았다. 그 리어카들을 지나고 나자 바닥에 자리를 깔고 움직이는 장난감을 팔고 있는 상인들이 보였다. 태엽을 감아놓으면 심벌을 치면서 움직이는 원숭이와 드럼을 치는 장난감 병정 같은 것들이 있는 한쪽에, 진수와 내가 오래전에 가지고 놀던 장난감과 비슷한 게 눈에 띄었다. 어느 날 밤, 술에 취해 들어온 아버지가 자고 있는 우리 머리맡에 놓아준 것이었다.

기계체조 인형. 얼핏 보면 굵은 철사로 만든 새총 비슷하게 생겼는데, 새총이 'Y'자 모양이라면 이건 'U'자 모양이었다. 새총과 다른 건 또 있었다. 새총에는 기다란 고무줄이 달려 있는 데 반해 이 물건에는 가운데를 가로지르는 팽팽한 고무줄이 붙어 있고, 거기에 양철판으로 오려놓은 관절인형이 매달려 있었다. 예전에 아버지가 사다 준 것과 다른 점이 있다면 그때 것이 셔츠와 반바지도 걸치고 있고 얼굴도 있는 진짜 사람 모양이었다면, 이건 마네킹처럼 알몸만 있고 얼굴 역시 형체만 있다는 점이었다. 그러나 다른 건 모두 같았다. 굵은 철사를 손으로 조이면 고무줄이 늘어지면서 관절인형도 축 늘어져서 매달렸다가 조였던 손을 놓는 순간 고무줄이 팽팽해지면서 관절인형도 튀어 올라 재주를 부리기 시작했다. 철사틀을 조이는 정도와 풀어주는 정도에 따라 관절인형은 공중에서 멈추기도 하고 천천히 회전을 하기도 하면서 다양하게 재주를 부렸다. 내가 3학년, 진수가 유치원에 다닐 때였는데, 그때는 진수가 인형의 체조선수 움직임을 마음대로 조절하지 못해서 내가 하는 대로 물구나무를 세우려다가 안 되면 울음을 터뜨리곤 했다.

내가 타야 할 89번 버스는 줄지어 서서 사람들을 태우고 있는 버스들 뒤에 와서 붙는 대신 그 버스들을 지나 제일 앞에 가서 섰다. 나는 그 버스를 따라서 뛰다 말고 다시 그 노점상으로 돌아갔다. 크리스마스 선물은 내일 조립 장갑차를 사다 주더라도, 오늘 오후 내내 혼자서 지냈으니, 뭐라도 당장 가지고 놀 수 있는 걸 갖다주고 싶었다. 몇 년 전에 가지고 놀던 걸 기억하고 있는지도 보고 싶었다. 어쩌면 지금은 인형을 마음대로 조종할 수 있을 거였다.

그렇게 한 대를 보내고 나서 한참을 기다려서 올라탄 버스 역시 사람이 많은 건 마찬가지였다. 버스 안에는 술 냄새와 온갖 음식 냄새가 뒤섞여서 숨을 쉬는 것도 괴로웠다. 시장 앞의 순댓국 골목은 차라리 나았다. 내가 서 있던 자리 앞에 앉아있던 어떤 젊은 여자가 창문을 조금 열었지만, 그 뒷자리에 앉아있던 아저씨가 손을 뻗치더니 아무 말도 없이 탁 닫아 버렸다. 라디오에서는 크리스마스 캐럴이 흘러나오고 있었지만, 버스 안에서는 크리스마스가 이미 지나간 것 같았다. 자리에 앉아있는 사람들은 대체로 눈을 감고 있었고, 서 있는 사람들도 손잡이를 잡은 자기 팔에 기대어 졸고 있었다. 다들 그저 피곤한 모습이었다. 나는 사람들에게 밀린 김에 아예 그 젊은 여자가 앉아

있는 좌석 등받이 뒤로 몸을 조금 넣고 서서 유리창에 이마와 코를 갖다 댔다. 유리창을 통해 찬 기운이 전해지니까 금방이라도 토할 것 같던 역한 느낌이 조금 사라졌다.

집에 돌아왔을 때는 열 시가 한참 넘어 있었다. 아버지는 돌아누워 책을 읽고 있었다. "다녀왔습니다." 하고 인사를 했고 아버지는 "응, 수고했다."라고 말했지만, 나를 돌아보지는 않았다.

"이것밖에 안 된대요."

종점에서 집까지 캄캄한 길을 걸어올라오는 동안 내내 할 말을 궁리한 끝에 고른 말이었다. 나는 봉투를 방바닥에 내려놓고는 그렇게 말했다. 그러나 아버지는 여전히 등을 돌린 채였고, 더 이상 아무 말이 없었다. 나로서는 그 말이 내가 할 수 있는 최대의 도전이었고, 그래서 그 말에 대해 아버지가 무어라 반응을 보였을 때, 그때 어떻게 하리라는 것에 대해서는 전혀 계산이 없었다. 그러나 막상 아버지가 아무런 반응을 보이지 않으니까 내 마음을 보여줄 수 있는 기회를 빼앗긴 것 같아 약간 억울하기까지 했다. 내가 무어라 하든, 어쨌거나 아버지는 내게 아무 할 말이 없을 것이었다. 아버지가 공중전화까지 걸어 나가 작은아버지에게 전화를 걸어 확인을 할 수도 없을 것이었고, 엄마를 통해 확인할 가능성은 당연히 없었다. 내가 생각보다 늦게 돌아왔고, 봉투에 들어 있는 4천5백 원이라는 다소 이상한 액수 때문에 의심을 품을 가능성이 있겠지만, 내게 심하게 추궁을 하지도 못할 것이었다. 우린 같이 치사한 죄를 저지른 공범이었으니까. 그러나 동시에, 아버지가 어떤 식으로든 내게 질문을 던지고, 몰아붙여 줬으면 좋겠다는 생각을 하고 있었던 것 같다. 나는 될 대로 돼라 싶은 심사였고, 이렇게 엉망진창이 된 것에 대해 나 말고도 다른 누군가를 비난하고 싶었다. 그리고 그 누군가는 바로 아버지였다. 그러나 아버지는 등을 보이고 누워있을 뿐이었다.

나는 잠시 그 자리에 서 있다가 돌아서서 나왔다.

27.

진수는 방에 없었다. 가게에 내려갔을까. 그럴 수 있을 것 같았다. 크리스마스이브니까. 혼을 빼앗길 만큼 재미있는 프로라도 있으면 모르겠지만, 아무 말 없이 벽을 향해 돌아누워 있는 아버지 옆에 앉아 혼자 텔레비전을 보는 것도 별로 재미없는 노릇이었을 것이다. 방에서 혼자 뒹구는 건 물론 말할 것도 없고.

방안이 썰렁했다. 아마도 연탄불을 제대로 못 붙였겠지. 잘 붙었는지 확인을 안 해보고 그대로 가게로 내려가 버린 걸 수도 있었다. 연탄구멍을 잘 맞춘다는 게 쉬운 일 같지만 아무리 설명을 잘 들어도 사실은 직접 해보지 않는 한 약간 헷갈리는 일이다. 컴컴한 구멍을 잘 들여다보면서 연탄을 조금씩 돌리고 있다 보면 일식에서 벗어나는 것처럼 구멍의 한쪽 구석이 환해지기 시작하는데, 그러나 열아홉 개의 구멍이 일제히 환해지는 게 아니라 조금씩 엇갈리기도 하고, 게다가 모두 그렇게 환해진다고 해서 아래위의 연탄의 구멍이 완전히 잘 맞은 게 아니었다. 여러 번의 시도 끝에 모든 구멍이 완전히 맞는 순간 열아홉 개의 구멍 모두가 다시 일식에 들어간 태양처럼 가장자리만 밝은 순간이 오는데, 그 순간까지 가야 하는 것이었다. 진수는 아마도 그 전 어디에선가 다 맞췄다고 착각을 했을 것이었다. 충분히 그럴 수 있는 일이었다. 나도 그랬던 적이 있으니까. 그리고 우리 방이 그렇다면 안방도 그럴 수 있다는 얘기였다.

그러니 지하실에 내려가 봐야 하나. 하지만 귀찮았다. 게다가 누굴 위해서. 나는 그날 밤, 아버지가 이기적이고 초라한 사람이라고 생각하고 있었고, 그런 아버지를 위해서 약간의 수고라도 무릅쓰고 싶은 생각은 전혀 없었다. 나는 방바닥에 벌렁 누운 채로 주머니에서 기계체조 인형을 꺼내 철사틀을 눌렀다 폈다 하면서 그 리듬에 따라 관절인형이 철봉을 빙빙 도는 모습을 지켜봤다. 관절인형은 옷도 입고 있지 않았고, 심지어 얼굴에 눈코 입도 그려져 있지 않았지만, 움직임 때문에 충분히 사람 같았다. 철사틀을 누르는 힘을 조금 예민하게 조절하면 관절인형은 공중에 물구나무를 선 상태에서 양다리의 무릎 아래만 아래로 늘어뜨리는 묘기를 보여주기도 했다. 그러다가 철사틀을 조이고 있던 손을 탁 놓으면 관절인형이 출렁하면서 철봉 역할을 하는 고무줄 아래로 떨어져 내리는 것이었다. 길바닥에서 산이 장난감은 전에 아버지가 사다 준 제대로 된 인형보다 오히려 움직임이 더 원활했다. 굵은 철사가 그대로 노출되어 있는 틀과 그 틀 사이에 묶여있는 굵은 노란 고무줄, 그리고 거기에 매달린 양철판 조각은 모든 장식을 털어버려서 홀가분하다는 듯이 내 손바닥과 손가락 근육의 미세한 움직임을 받아 아주 섬세하고 정교한 움직임으로 번역해 냈다. 전전 해에 있었던 뮌헨올림픽 중계에서 본 기계체조 선수처럼, 아주 잠깐이긴 하지만, 철봉 위에 완전히 수직이 되는 상태까지 올라가지 않은 대각선에 가까운 위치에서 정지를 시킬 수도 있었다. 얼른 진수에게 보여주고 싶었다.

누나 방에는 불이 꺼져 있었다. 아마 교회에 있을 것이었다. 작년 크리스마스에도 누나는 교회에서 밤을 새우고 다음 날 아침에 일찍 들어왔다가, 잠깐 눈을 붙이고는 다시 고아원 방문을 간다고 나갔더랬다. 누나는 우리 집에서 유일하게 교회에 다녔고, 화곡동으로 이사를 온 뒤에도 매주 토요일 오후에는 서교동에 있는 교회까지 가서 토요 집회라는 이름의 학생 집회에 꼬박꼬박 참석했고, 일요일은 아침부터 저녁까지 학생회와 학생 성가대 활동을 하면서 하루 종일을 교회에서 보내다가 왔다.

누나는 주말마다 다니던 과외와 학원 대신에 교회에서 많은 시간을 보낼 수 있게 된 걸 더 좋아하는 것 같기도 했다. 엄마는 누나가 주말마다 바깥에서 많은 시간을 보내는 게 못마땅한 것 같았지만, 특별히 심하게 제한을 하거나 하지는 않았다. 누나가 토요일 저녁에 들어왔다가 일요일 아침 일찍 다시 나가는 게 힘들다고 토요일 밤마다 친구 집에서 자면 안 되겠느냐고 했을 때 어이없어하면서 말도 안 되는 소리 하지 말라고 한마디로 자르긴 했지만, 거기까지였다.

나는 컴컴하고 텅 빈 마루 한가운데 잠시 서 있었다. 아무런 난방장치도 없는 마루는 몹시 추웠다. 집안은 조용하다 못해 괴괴했다. 그 고요 속에 잠시 서 있다 보니 희미한 목소리가 들려왔다. 아버지가 TV를 트신 모양이었다. 아버지는 힘들게 몸을 일으켜, 겹겹이 덮고 있던 이불 속에서 나와, 아마도 무릎걸음으로, 몇 걸음을 움직여 TV를 켜고, 다시 같은 동작으로 이불 속으로 들어가 TV를 향해 모로 누우셨을 것이다. 나는 그저 그 차갑고 캄캄한 마루 한복판에 서서 안방에서 흘러나오는 희미한 소리를 그냥 듣고만 있었다. 말소리가 끝나고 귀에 익은 음악 소리가 들렸다. 짧은 전주 끝에 노래가 시작되었다.

내 마음이 가는 그곳에

너무나도 그리운 사람
　갈 수 없는 먼곳이기에
　그리움만 더하는 사람

　장현이라는 가수가 부르는 '미련'이었다. 나는 은근하고 낮게
흐르는 이 가수의 노래와 음성을 좋아했지만, 아버지는 생긴
게 궁상맞고 싫어했다. 중환자에게는 TV를 트는 것도, 채널
을 돌리는 것도 모두 일이었다. 평소 같았으면 내가 그 옆에 붙
어 앉아 얼른 다른 채널로 돌려드렸겠지만, 그날은 그러고 싶지
않았다. 노래는 끊기지 않고 끝까지 흘렀고, 나는 그 자리에서
그 노래를 끝까지 들었다.

　먼 훗날에 돌아온다면
　변함없이 다정하리라

　방에는 아무래도 연탄불이 꺼진 것 같았지만, 나는 지하실로
가는 대신 가게로 내려가는 길을 택했다. 집에는 아버지만 남
게 될 것이고, 아버지는 추워지는 걸 참다가 나를 부르겠지. 그
러나 나는 없을 것이었다. 더 이상 자기 자신을 돌보지 않는, 그
렇게 해서 가족을 생각하는 걸 포기한 아버지에 대한 내 응징

이었다. 여전히 꽝꽝 얼어있는 신발을 발에 꿰고 현관을 나서서 집을 돌아봤다. 푸르고 창백한 빛이 안방 창문을 통해 흘러나왔다. 그 빛은 불과 몇 미터 밖 내가 서 있는 자리까지도 미치지 못하고 창문 언저리만을 밝히고 있었다.

베니스를 걸어서 내려오는 동안 그 가느다란 다리 너머 집들에서 빛나고 있는 불빛들을 봤다. 집집마다 대문과 대문 너머의 현관, 현관 양쪽의 방들 모두에 형광등의 푸른빛, 백열등의 노란빛이 섞여서 빛나고 있었다. 늘 이랬던가. 기억나지 않았다. 같은 프로그램을 틀어놓고 있는 집이 많은지 아마도 남진일 것 같은 목소리가 경쾌하고도 느끼하게 부르는 징글벨 소리가 자그마하게 그러나 내가 발걸음을 재게 옮기는 동안 한 집에서 다음 집으로 이어져서 들려왔다. 가게에 가면 엄마와 형과 진수가 있겠지, 어쩌면 라디오에서는 엄마가 좋아하는 냇 킹 콜이나 빙 크로스비가 부르는 부드러운 크리스마스 캐럴이 나올지도 모른다, 생각을 하면서 발걸음을 재촉했다. 게다가 주머니에는 진수에게 줄 장난감도 가지고 있었다. 나는 관절인형이 찌그러지지 않도록 손으로 조심스럽게 감싼 채 길을 재촉했다.

그리고 채 얼마 못 가 나는 점점 속도를 늦추었고, 결국엔 발길을 돌렸다. 가게에 내려갔다가 올라올 동안이면 구들장이 완전히 차갑게 식어버릴 터였다. 그리고 옆집 문을 두드려서 밑불을 빌려오기에도 너무 늦어질 것이었다. 그렇게 생각하자 갑자기 마음이 급해졌다. 이미 너무 늦은 시간인 건 아닐까, 아니야, 크리스마스이브니까 괜찮을 거야, 아직 다들 텔레비전을 틀어놓고 있잖아. 나는 결국 집을 향해 뛰기 시작했다. 일단 뛰기 시작하자 오히려 마음이 편해졌다.

28.

거기에 진수가 누워 있었다. 지상으로 올라오는 계단에서 몇 걸음 떨어지지 않은 곳, 침침한 백열등 아래 진수가 엎드려 있었다.

그 직후의 일은 정확히 기억나지 않는다. 이름을 불렀던가? 흔들어서 깨우려고 했던가? 일으켜서 밖으로 데리고 나오려고 했던가? 그 자리에 얼어붙은 채 서 있었던가? 분명히 기억나는 건, 부엌 뒤꼍에 파묻어놓은 독에서 동치미를 떠서 가지고 오던 일이다. 손이 덜덜 떨려서 살얼음이 낀 차가운 국물이 손가락으로 쏟아져 들고 있던 스테인리스 그릇이 자꾸 미끄러져 떨어지려고 했던 기억은 선명하게 남아있다. 바닥에 앉아 진수의 머리를 무릎 위에 올려놨지만, 어떻게 해야 하는 건지 알 수가 없었다. 다시 바닥에 반듯하게 눕히고 인공호흡을 해야 하는 걸까. 하지만 그 차가운 바닥에 다시 눕힐 엄두가 나지 않았던 거 같다. 머리를 흔들어서도 안 될 것 같았다. 조심스럽게 뺨을 쓰다듬었다. 그러다가 뺨을 때리기 시작했다. 표정에 조금 변화가 있는 것 같았다. 점점 더 세게 때렸다. 몇 대 때리자 진수가 얼굴을 찡그리며 울기 시작했다. 어린아이가 칭얼거리는 것 같은 맥없는 울음이었다. 살아있구나 하는 생각이 제일 먼저 들었다. 어디선가 얻어들은 대로 동치미 국물을 조금 흘려 넣었다. 국물이 잘못 흘러들어갔는지 진수가 기침을 하면서 고개를 흔들었다. 눈물이 흘러내리면서 그 자리에만 흙먼지가 씻겨나갔다. 연약한 어린아이가 거기 있었다. 기억하는 한 처음으로, 그 애의 머리를 꼭 끌어안았다.

진수를 반쯤은 부축해서 반쯤은 질질 끌면서 방안으로 데리고 들어와 보니 흙바닥에 얼굴을 부빈 것처럼 얼굴이 온통 먼지투성이였다. 병원에 데리고 가야 할 것 같은데, 그러려면 일단 가게로 데리고 내려가야 할 것이고, 그런데 거기까지 끌고 내려갈 수 있을까, 엄두가 나지 않았다. 얼른 뛰어 내려가서 형을 데리고 와야 하나, 하지만 그동안에 무슨 일이 있으면 어떡하지,

그것 또한 쉽게 결정을 내릴 수 없었다. 내가 방바닥에 앉았다 일어났다, 문고리를 잡았다 놨다, 마음을 못 정하고 있는 동안 진수가 눈을 떠서 사방을 두리번거렸다.

"진수야, 여기가 어디야?"

"어디는 어디야, 우리 방이지." 다급하게 묻는 내 말에 진수는 천연덕스럽게 대답했다. 어쨌든 정신은 있구나, 살았다, 싶었다. 하지만 진수는 말을 마치자마자 곧 인상을 찌푸리면서 눈을 감았다.

"머리 아파."

누워서 인상을 찌푸린 채 눈을 감고 있는 진수를 내려다봤다. 역시 병원에 데리고 가야 하는 걸까. 그러려면 엄마한테 말을 해야 할 텐데, 엄마는 왜 진수가 연탄을 갈러 지하실에 내려갔냐고, 너는 어디에 가 있었냐고 물을 텐데, 그러면 뭐라고 대답을 해야 할까. 아버지가 시킨 심부름에 대해 이야기해야 할까, 그 말을 들으면 엄마는 또 얼마나 실망할까. 진수를 병원에 데리고 갈 돈은 있을까. 아버지와 말다툼을 하실지도 모른다. 그렇게 되면 아버지는 또 얼마나 나한테 실망할까… 생각이 꼬리에 꼬리를 물고 일어나면서 도저히 판단이 서질 않았다. 아버지는 도대체 왜 나한테 그런 심부름을 시켜서! 하는 생각에 부아가 치밀었지만, 그러나 내가 심부름만 마치고 바로 돌아왔더라면 이런 일은 없었을 거라는 생각이 이미 마음 한쪽 구석에 묵지근하게 자리 잡아 나를 괴롭히고 있던 차였다. 어쩌면, 옛날이야기들에 나오는 것처럼, 어떤 초자연적인 존재가 나를 시험하고 있는 건지도 모른다는 생각마저 들었다. 아버지에 대한 무조건적인 효도의 마음을 시험한 건데 나는 그런 일을 시킨 아버지에 대한 실망과 원망, 그리고 내 알량한 자존심을 지키려는 마음에서 반항하다가 그 시험에 보기 좋게 실패했고, 그 대가로 이런 처벌이 내려진 것이었다. 그러니까, 진수는 나 때문에 이런 고통을 받고 있는 것이었다. 만약 진수에게 문제가 생긴다면, 그건 온전히 나 때문이고, 따라서 나도 나를 처벌해야 한다는 생각이 들었다. 나는 어떻게 나를 처벌할 것인가? 구체적인 방법은 생각나지 않았지만, 최소한 진수가 당하고 있는 고통만큼 나도 고통을 받아야 할 것이었다. 진수가 아픈 만큼 아파야 하고, 만약, 진수가 죽거나 불구가 된다면 나 역시 그렇게 돼야 한다는 생각이 들었다. 그러나 우리 둘 다 그렇게 되면 엄마는 어떻게 될까? 그 생각을 하자 걷잡을 수 없이 눈물이 쏟아졌다. 어쨌거나 일단 진수를 구해야 했다.

일단 있는 이불을 다 꺼내서 진수에게 덮은 다음 창문을 활짝 열었다. 한겨울 밤의 한기가 순식간에 자그마한 방안을 점령했다. 진수한테는 맑은 공기가 필요했고 나는 벌을 받을 필요가 있었으니 가장 적절한 방법이었다. 나는 진수가 누워있는 머리맡에 쪼그리고 앉아 진수를 지켜봤다. 기분 탓인지 진수의 찡그린 얼굴이 조금 펴진 것 같았다. 한참 전에 작은집을 나설 때부터 시리던 발이 다시 얼어들어왔다. 나는 두 발을 진수가 누워있는 요 밑으로 밀어 넣어 두 발로 진수의 머리를 받쳤다. 내 두 발로 진수의 베개를 만들어준 셈이었다. 바닥에서 약간의 온기가 전해져왔다. 지하실에 내려가서 불을 먼저 살려놔야 하는 거 아닐까, 불이 다 꺼져 있으면 옆집에라도 다녀와야 하는 거 아닐까 하는 생각이 들었다. 하지만 지금 당장은 진수 옆을 떠나고 싶지 않았다. 나는 진수의 얼굴 위에서 있는 대로 몸을 웅크렸다. 찬 기운에 노출돼 있는 진수의 얼굴을 조금이라도 보호해 주고 싶었다. 주머니에 손을 넣자 관절인형이 손에 잡혔다. 나는 그걸 꺼내서 이불에 덮여 있는 진수의 손을 더듬어 그 안에 조심스럽게 쥐여주었다. 진수의 손이 따뜻했다. 좋은 신호인 것 같았다. 진수의 얼굴에서 찡그린 표정이 사라지고 평온한 표정이 돌아왔다. 머리 아픈 게 좀 덜한 건가. 그러나 한편으로는 덜컥 겁이 났다. 코앞에 귀를 갖다 댔다. 그러나 아무 소리도 들리지 않았다.

언젠가 책에서 읽은 대로 종이를 한 장 코앞에 갖다 댔다. 조금 흔들리는 것 같았지만 내 손이 흔들린 건지 종이가 흔들린 건지 알 수가 없었다. 방안을 뒤져 돋보기를 찾아냈다. 돋보기를 코앞에 갖다 대자 흐리게 김이 서렸다가 스러졌다. 호흡은 규칙적이었다. 그러나 물론 그렇다고 해서 일산화탄소 중독이 아니라는 보장은 없었다. 생각을 해볼수록, 아무래도 병원에 데리고 가보는 게 좋을 것 같았다. 엄마한테 야단을 맞고, 엄마한테 상처를 주는 한이 있더라도. 하지만 어떻게? 내가 끌고 내려갈 수는 없고, 형을 불러와야겠지. 아니면 종점까지 나가서 택시를 잡아타고 올라와야겠지. 생각이 다시 헛돌기 시작했다. 하지만, 어떤 방식을 택하든, 시간이 꽤 걸릴 것이었다. 어찌 됐든, 일단 연탄불을 먼저 해결을 봐야 할 것 같았다. 인정하고 싶지 않았지만, 아버지가 마음에 걸렸다. 정확히 말하자면, 아버지가 누워 있는 방바닥이 마음에 걸렸다. 아버지와 가장 넓은 면적으로 만나고 있는 방바닥. 삽시간에 아버지의 온몸을 장악할 찬 기운. 그 생각, 그 느낌이 감당하기 어려웠다. 나는 창문을 닫고, 방을 나섰다.

지하실에 다시 들어가자 안방의 화덕이 밖에 나와 있는 게 보였다. 예상했던 대로 불이 옮겨붙지 않은 채로 밑불이 꺼져 있었다. 진수는 아마 구멍을 맞춰보려고 애를 쓰다가 내 조언을 잊고 너무 오래 화덕을 들여다봤을 것이다. 그러다 계단 아래로 떨어졌을까? 아래를 내려다봤지만 그건 알 수 없었다. 머리를 확인해 봤어야 하는 건데 싶어서 마음이 조급해졌지만, 연탄불을 해결하는 것도 내 마음속에서는 그 못지않게 다급했다. 지금 시간에 옆집 문을 두드려도 될까? 하지만 별다른 선택의 여지가 없었다. 그전에, 혹시나 하는 심정으로 우리 방의 화덕을 들여다봤다. 하얗게 사위어 있었다. 그러나 누나 방의 화덕은 잘 타고 있었다. 제일 안쪽에 있는 것부터 붙이면서 나온 모양이었다. 여기에서 시간을 보내면서 이미 가스를 많이 마셨겠지 싶었다. 일단 그 불을 안방으로 옮겼다. 필요하다면, 한두 시간 뒤에 안방의 밑불을 가져다 우리 방으로 옮기면 될 것이었다. 누나 방은 누나가 내일 오후까지 돌아오지 않을 테니까 아침에 갈아 넣으면 될 것이고.

진수는 잘 자고 있는 것 같았다. 이리저리 잘 살펴보고 만져 보기도 했지만, 어디가 깨지거나 한 것 같지는 않았다. 하지만 그저 잠이 든 것인지, 가스중독이나 뇌진탕 때문에 의식을 잃고 있는 것인지 알 수가 없었다. 아버지한테 의논을 해볼까 싶었지만 내키지 않았다. 지금 당장은 아무런 능력이 없는 아버지한테 공연히 마음의 짐만 얹어주는 일이 될 것이었다. 아버지는 어쩌면 이 모든 일이 자신 때문에 일어났다고 자책하게 될 것이었다. 물론 아닐지도 모른다. 아버지는 언제부턴가 당신의 몸밖에서 벌어지는 모든 일들에 관심을 잃은 것처럼 보였으니까. 아버지가 어떻게 느끼고 있든, 병원에 데리고 가라는 말 외에무얼 달리 기대할 수 있을까. 하지만 형이 와서 진수를 들쳐 엎고 나가게 되면 어차피 알게 될 텐데 미리 이야기는 하는 게 좋지 않을까.... 마음을 정할 수가 없었다. 일단 빨리 가게로 내려가자. 나는 마침내 그렇게 마음먹었다. 아무래도 그게 최선이었다. 나는 진수의 얼굴을 조심스럽게 쓰다듬고 이불을 잘 여며주고 난 뒤 방문을 나섰다. 그러나 막상 집을 나설 생각을 하니 걷잡을 수 없이 불안해졌다. 역시 아버지한테 먼저 이야기를 하는게 좋지 않을까? 내가 없는 동안 아버지가 진수를 보살펴줄 수있지 않을까? 하지만 만약에 진수에게 문제가 생긴다면, 그러면 어떻게 될까. 아버지는 진수를 업고 뛰는 건 물론이고, 누구에게 도움을 구할 수도 없을 것이었다. 집에는 전화가 없고, 공중전화도 시장까지 가야 있었다. 아버지는 아무 것도 할 수 없는 상태에서 그냥 보고만 있어야 할 것이었다. 나는 안방 문고리를 잡았던 손을 놓고 현관으로 향했다. 그리고 바로 그때 대문이 열리는 소리가 났다. 나는 나도 모르게 숨듯이 방으로 들어가 불을 껐다.

곧이어 현관문이 열리고 두런거리는 말소리가 들렸다. 엄마와 형이 온 것이었다. 나는 그냥 문 옆에 주저앉고 말았다. 이렇게 해서 나는 또다시 기회를 잃은 것이었다. 내가 먼저 나서서 진수가 다쳤다고, 나 때문에 다쳤다고 이야기를 하는 대신, 그 사실을 어떻게든 숨겨보려고 하다가 들키게 된 것이었다. 이걸 원한 건 아니었다. 하지만 어쨌거나 잘된 일이었다. 형도 같이 왔으니까 진수를 업고 내려갈 수 있겠지. 나머지는 다 나중에 어떻게 되겠지. 한 가지 마음에 걸리는 건 엄마와 형 모두 기분이 무척 좋은 것 같다는 사실이었다. 두 사람은 현관을 들어설 때부터 웃고 있었다. 모처럼의 웃음이었다.

"에이고, 그래도 오늘은 좀 했다."

"예, 계속 열어놓길 잘했어요. 막판에 많이 몰렸어요."

장사가 너무 안 된다고 늘 걱정이었는데, 오늘은 모처럼 좀 된 걸까, 엄마와 형의 목소리가 밝았다. 저 모처럼의 즐거움을 내가 곧 깨뜨려야 할 것이었다.

"쉬라우."

"예."

손잡이가 돌아가며 문이 조금 열렸다.

"다들 불 끄고 자고 있네." 형이 말했다.

"진숙이 방 비었으니까 거기 가서 편하게 자라우. 하루 종일

일해서 고단할 텐데. 내일은 좀 늦게 열자꾸나." 엄마가 말했다.

"예, 어차피 아침엔 손님도 없을 거예요. 주무세요." 형이 대답하면서 조심스럽게 방문을 닫았다.

형이 삐거덕거리는 마루를 걸어가는 소리가 들렸고, 엄마가 안방 문을 닫고 들어가는 소리가 들렸다. 곧이어 집안에는 다시 정적이 찾아왔다. 엄마가 잠이 들기 전에 가서 이야기를 해야겠지, 아니다, 조금 있으면 누나 방바닥이 완전히 식을 텐데 불을 넣은 뒤에 이야기할까, 하지만 불을 갈라 넣을 정도로 안방 불이 피려면 아직 조금 더 기다려야 할 텐데, 아니지, 어차피 형이 진수를 업고 내려가야 할 테니 그 방에는 불이 필요 없겠구나, 우리 방에도, 따위의 생각들이 순식간에 머리를 스쳤다. 저렇게 피곤에 절어서, 그러나 모처럼 즐거운 기분으로 들어온 두 사람을 다시 허둥지둥 밤거리로 내몰아야 하는구나 하는 생각에 정말이지 죽고 싶었다. 하지만 더 이상 미룰 수는 없는 일이었다.

방을 나서기 전에, 나는 진수 옆에 누운 뒤 진수의 머리 밑에 팔을 넣어 머리를 내 가슴에 안았다. 그리고 귀에 대고 속삭였다.

"미안해."

진심이었다. 시작이 어찌 된 것이든, 내가 얼마나 화가 나 있었든, 결국은 내 잘못이었다. 어둠에 익은 내 눈에, 창으로 희미하게 새어 들어오는 불빛 아래서 눈물과 흙먼지로 얼룩이 진 진수의 얼굴이 보였다. 그 얼굴을 조심스럽게 쓰다듬으며 다시 한번 속삭였다. "미안해 진수야, 내 잘못이야."

기어이 눈물이 나기 시작했다. 진수가 쓰러져 있는 걸 보던 순간부터, 아니, 그전에 아버지에게 봉투를 건네주던 순간부터 참고 있었던 눈물이었다. 아니 사실은 그것보다 훨씬 전, 신촌의 버스정류장에 서 있을 때부터, 아무런 이유 없이 무서웠던 경찰관의 손짓을 따라 정부종합청사의 캄캄한 뒷길을 걸을 때부터, 그보다 전, 작은집으로 향하는 길에서부터 이미 참고 있었던 것 같은 눈물이었다. 나는 무릎에 얼굴을 묻고 한참을 흐느꼈다.

"작은형, 왜 울어?"

눈을 뜨니 진수가 날 올려다보고 있었다.

"괜찮아? 안 아퍼?"

진수는 내 말에 대답을 하는 대신 나를 보며 물었다.

"작은형 언제 왔어?"

진수의 평소 목소리가 어떤지를 설명하기는 어렵지만, 그리고 그날 저녁 내내 진수의 목소리가 어떻게 평소와 달라졌는지를 말하는 것도 어렵지만, 이 말을 듣고서야 나는 진수의 원래 목소리가 돌아왔다는 사실을 깨달았다.

"기억 안 나? 아까 왔잖아."

진수가 손을 들어 올리며 물었다.

"이거 작은형이 사 온 거야?"

진수가 들어 올린 손에는 기계 체조 인형이 들려 있었다.

"응."

진수는 창문을 통해 희미하게 들어오는 불빛 속에서 관절인형을 움직여 두어 번 재주를 넘게 하더니 이불을 끌어올려 덮고는 내 쪽으로 돌아누웠다.

"추워."

"좀 있으면 따뜻해질 거야."

천천히 머리를 쓰다듬어주면서 말했다. 조금만 기다려. 조금만. 진수는 그 큰 눈을 두어 번 천천히 끔벅거리더니 다시 잠이 들었다. 다시 진수의 코에 귀를 갖다 대봤다. 쌕쌕하고 고르게 숨 쉬는 소리가 들렸다. 이것 역시 평소의, 내게 익숙한 소리였다. 병원에는 가지 않아도 되는 건가? 아마도 그런 것 같았다.

멀리서 크리스마스 캐럴 소리가 들려왔다. 아마도 새벽송을 도는 모양이었다. 누나도 지금쯤 우리가 살던 동네 근처를 돌고 있겠지. 작년 크리스마스에는 교회에 나가지도 않는 우리 집 앞까지 와서 노래를 불러서 엄마가 곤혹스러워했었다. 어머니가 어린 시절을 보낸 평안도 정주에는 교회에 나가는 집들이 워낙 많았지만, 안 나가는 집에서도 새벽송을 얻어들으면 단팥죽을 내어주는 법이었다고 했다. 저놈의 에미나이, 미리 얘기도 안 하고 이렇게 들이닥치면 집안 체면이 뭐가 되냐, 어머니는 말은 그렇게 하면서도 웃는 얼굴로 집안에 있는 간식거리를 있는 대로 주섬주섬 모아 쟁반에 받쳐 들고 나갔더랬다.

새벽송을 부르는 이들은 기쁘다 구주 오셨네라고 소리를 높여서 동네 개들을 다 깨우더니 이제는 조용한 노래를 부르고 있었다. 나는 가능한 한 소리를 내지 않으면서 현관문을 열고 밖으로 나가서 그 노래를 들었다.

오 작은 마을 베들레헴
너 잠들었느냐
별들만 높이 빛나고, 잠잠히 있으니
저 놀라운 빛 지금
캄캄한 이 밤에

온 하늘 두루 비칠 때, 너 어찌 모르나

나는 하늘에 입김을 불어서 그게 흩어지는 걸 보면서 노래를 끝까지 들었다. 놀라운 빛이 온 하늘을 비추고 있다는데 내 눈에는 아무것도 보이지 않았다. 보이지 않으니 알 도리가 없었다. 노래를 다 듣고 지하실로 들어갔다. 좁은 콘크리트 계단을 올라가 안방 화덕 문을 열고 화덕을 끌어냈다. 위에 올려놓은 연탄에 불이 붙기 시작했지만, 갈라 넣기에는 조금 이른 상태였다. 나는 화덕을 다시 밀어 넣고, 아까 진수가 누워 있던 자리에 가서 쪼그리고 앉았다. 그리고 기도 비슷한 걸 했다. 제발 이 모든 것이 무사히 지나가 주기를.

29.

　진수는 그날 밤의 일을 전혀 기억하지 못했다. 지하실에서 쓰러진 건 물론이고, 지하실에 내려간 일도, 나와 짧긴 했지만 대화를 나눈 일도 기억하지 못했다. 심지어 자기 손에 쥐어져 있는 관절인형을 보면서도 어리둥절한 표정이었다. 진수가 기억하는 그날의 마지막 일은 안방에 앉아서 TV를 보던 것이었다. TBC에서 '우주소년 아톰'이 끝나고 새로 시작하는 '우주 삼총사'를 볼 계획이었지만, 같은 시간에 MBC에서 '성탄 어린이잔치'라는 특별 프로그램을 한다는 사실을 신문에 실린 프로그램 안내에서 봤고, 그래서 약간의 망설임 끝에 그걸 골랐지만 별로 재미가 없어서 후회했다는 것이었다. 그게 다였다. 그러니까, 몇 시간 동안의 기억이 사라졌다는 것 말고는 별 이상이 없었다.

그러나 '몇 시간 동안의 기억이 사라졌다는 사실'은, 별일 아닌 거로 치부하고 싶은 마음이 강했지만, 별일 아닌 게 아닌 거 같기도 했다. 이제라도 병원에 데리고 가야 하는 걸까, 하지만 하루가 온전히 지난 이제 와서 엄마에게 이 모든 걸 다 설명해야 할 걸 생각하니 아득하기만 했다. 다시 진수를 봤다. 멀쩡해 보였다.

　나는 하루 종일 진수를 따라다니면서 끊임없이 관찰했다. 진수가 보여주는 모든 행동과 하는 모든 말들이 어쩐지 이상한 것 같기도 했지만, 따지고 보면 진수가 하는 말과 행동은 늘 그랬던 거 같기도 했다. 이를테면, 진수는 세면대에 물을 틀어놓고 세수를 하다 말고 고개를 숙인 그 자세 그대로 멈춰서서 물이 빙글빙글 돌아 내려가는 모습을 오래 들여다봤는데, 그건 남이 보면 무척이나 이상한 행동처럼 보였겠지만, 그리고 사실은 나도 살짝 가슴이 철렁했었는데, 이런 건 사실 각종 만화를 통해 '과학천재=괴짜'라는 공식을 철석같이 믿고 있던 진수가 늘 하는 종류의 행동이었다. 그리고, 뒤늦게라도 맑은 공기를 좀 쐬게 하는 게 좋을 것 같아 혹시 동네 근처에 여는 스케이트장이 없나 찾아보러 나가자고 했을 때 진수가 보여준 반응도 마찬가지였다. 진수는 바닥에 누워서 두 손으로 책을 허공에 받쳐 든 채로 책에서 눈을 떼지 않은 채, 나가자고 하는 내게 끝없이 되물었다. 이를테면 이런 식이었다.

"나가자."

"어딜?"

"밖에."

"왜?"

"스케이트장 찾아보러."

"스케이트장은 왜?"

"스케이트장에서 넌 뭐하냐?"

"스케이트 타지."

"그러니까."

"근데 스케이트장이 있어야 스케이트를 타지."

"그러니까 나가서 찾아보자고."

"아, 그러니까 스케이트장에 가는 게 아니라 스케이트장을 찾아보러 가자고?"

"그래! 내가 처음부터 그렇게 말했잖아, 이 밥통아!"

"작은형이 찾아놓으면 안 돼?"

이런 아이를 정상이라고 보기는 무척 어렵겠지만, 내게는 마음이 푹 놓일 정도로 평소의 진수였다. 물론 평소였다면 당장 발로 옆구리를 한 대 걷어차고 진수는 얻어맞는 것과 거의 동시에 엄마!를 외치면서 나의 발길질과 '밥통'이라는 단어 사용을 고해바치는 게 정해진 순서였겠지만, 그날은 진수가 여전히 정상이라는 사실이 너무나 반가워서 한 번 더 달래서 일으켜 세웠고, 진수는 내가 발길질을 하지 않은 걸 신기해하면서 기꺼이 일어나 주었다. 그러나 막상 모자와 장갑까지 챙겨서 나가다 말고 진수는 갑자기 방바닥에 엎어졌다. 방문을 열고 코를 내밀어 보니 너무 춥다는 것이었다. 지극히 진수다운 행동이어서 다시 한번 안심이 됐다.

결국 진수는 크리스마스 하루 내내 안방에서 TV를 보든가, 아니면 내가 사다 준 기계체조 인형을 비롯해 몇 개 남지 않은 장난감들과 백과사전을 비롯한 몇 권의 책들을 가지고 하루 종일 방 안에서 뒹굴었다. 그 이후로도 며칠이 지나고 해가 바뀌어도 마찬가지였다. 진수가 방바닥에 누워 기계체조 인형을 데리고 물구나무 연습을 시키고 있는 걸 보면서 집을 나섰다가 가게에서 아버지의 약과 식사를 들고 돌아왔는데, 그때도 여전히 같은 자세로 누워있는 경우도 종종 있었다. 좀 지나치다 싶어서 밖으로 데리고 나오고 싶었지만, 진수는 방바닥과 본드로 접합이 되기라도 한 것처럼 꼼짝도 하지 않으려고 했고, 억지로 일으켜 세우면 문고리를 잡고 늘어졌다. 나가봐야 춥다, 할 것도 없다, 친구도 없다, 돈도 없다, 핑계는 끝도 없었다. 거기에 이따금씩 머리가 아프다는 이유가 추가되었다. 그 말도 핑계처럼 들렸지만, 들을 때마다 가슴이 덜컹 내려앉았던 것도 사실이다. 그리고 그럴수록, 진수가 진짜로 아픈 게 아니라는 걸 확인하기 위해, 그리고 혹시라도 아픈 게 사실이라면 회복에 도움이 될 수 있도록, 어떻게 해서든 밖으로 데리고 나오고 싶었다. 하지만 마땅한 구실이 없었다.

그때 생각난 게 개미집이었다. 5학년 때 자연 실습으로 만들고 한 해 내내 교실에 두고 관찰했던 개미집. 투명한 유리병에 흙과 나뭇가지들을 섞어서 채우고 개미들을 잡아서 넣은 뒤 검은색 천으로 덮어두면 개미들이 알아서 집을 지었다. 그렇게 지은 집의 어떤 부분들은 보이지 않았지만, 유리병의 표면 가까이에 낸 길은 들여다볼 수 있었다. 보이는 부분이 너무 적으면, 개미들에게는 미안한 일이지만, 몽땅 쏟아냈다가 다시 채우면 그만이었다. 그렇게 몇 번을 반복하다 보면 언젠가는 관찰을 하기 좋은 상태가 되었다.

그러나 일은 계획대로 되지 않았다. 가게에서 투명한 우유병을 하나 구한 뒤에 진수를 꼬드겨서 밖으로 데리고 나오는 것까지는 순조로웠다. 진수는 마당에서 해결하고 싶어 했지만, 마당에는 그야말로 개미 새끼 한 마리도 얼씬거리지 않았다. 나로서는 오히려 잘된 일이었다. 언젠가 병식이와 만홧가게 가는 길에 올라갔던 야산까지 찾아갔다. 문제는 거기서부터였다. 아무런 도구도 없이 흙을 파내기에는 땅이 너무 꽝꽝 얼어붙어 있었다. 더군다나, 제대로 된 개미집을 만들려면 다양한 종류의 흙이 필요했다. 제일 이상적인 것은 중간쯤까지는 자갈과 점토가 섞여 있고, 위로 올라갈수록 모래가 많이 섞인 가벼운 흙으로 구성되는 것이었다. 그렇게 구성된 흙 사이사이에 나뭇가지들을 엮어서 집어넣으면 잘 무너지지 않고 환기도 잘되는 훌륭한 개미집을 얻을 수 있다는 게 내가 5학년 한 해 동안의 실습과 관찰을 통해서 알게 된 바였다. 이런 말들을 주워섬기면서 잔뜩 아는 척을 했는데, 꽝꽝 얼어붙은 땅에서는 여러 가지 종류의 흙을 얻기는커녕 바닥에 떨어져 있는 나뭇가지들을 꺾어서 느슨하게 엮어 병에 넣은 뒤 아무 흙이나 되는 대로 채워 넣는 것도 불가능에 가까운 과제였다. 바닥에 얼어붙어 있는 나뭇가지들을 떼어내서 꺾는 작업을 조금 했을 뿐인데도 이미 손끝이 시리다 못해 아려오기 시작했다. 그래도 예전의 우리 같았으면 즐겁게 해낼 수 있을 만한 일이었는데, 어떤 이유에선가 진수는 조금 겉돌고 있는 것 같았다. 나는 처음에는 과장되게 들뜬 말투로 탐험가 흉내를 내면서 진수의 관심을 유도했지만, 진수는 예전과는 달리 별다른 관심을 보이지 않았다. 나뭇가지를 꺾어서 엮는 것도 흙을 파내는 것도 어렵고, 어찌 된 일인지 그 흔하던 개미는 한 마리도 보이지 않고, 진수는 오들오들 떨면서 한자리에 쪼그려 앉아있을 뿐이었다. 한마디로 최악이었다. 진수가 한 거라고는 내가 어렵게 어렵게 바닥에서 떼어낸 뒤 조그맣게 잘라서 건네준 나뭇가지들을 병에 집어넣는 일뿐이었다. 그날을 기점으로 해서 개미 채집과 먹이 수집을 핑계로 수시로 데리고 나올 계획이었는데, 그 모든 것이 수포로 돌아간 기분이었다. 나는 그날의 초라한 전리품을 채운 병을 겨드랑이에 끼고 재킷 주머니에 손을 찌른 채 순식간에 어두워져가는 비탈길을 터덜거리면서 내려왔고 진수 역시 부실한 재킷에 턱을 파묻은 채 말없이 내 뒤를 따랐다.

크리스마스 전날 내가 얻어온 돈으로 아버지가 시킨 첫 번째 심부름은 맥주를 한 병 사 오라는 것이었다. 그 뒤로는 무얼 사 오라는 심부름을 시키지도 않았다. 정확하게 말하자면, 그러지 못했다. 급격히 상태가 안 좋아졌기 때문이다. 그만하면 익숙해질 때가 됐는데도, 아버지의 상태가 안 좋을 때면 습관적인 허기라고밖에는 달리 표현하기 어려운 막막한 느낌이 들었다. 어깨가 공연히 더 쳐지면서 몸 전체가 까부라지는 것 같았고, 별것 아닌 일에도 울화가 치밀었다. 특히 이번에는 더했다. 나는 아버지에게 분노했고, 나 자신에게 분노했다.

내 불안정한 감정의 제일 큰 희생자는 진수였다. 진수는 원래가 움직임이 굼뜬 편이었지만, 내가 보기엔 연탄가스 사고 이후에 더욱 심해진 것 같았다. 그래서 늘 신경이 곤두섰지만, 의논할 사람이 아무도 없다는 사실 때문에 더욱 초조했다. 게다가 진수 본인도 전혀 기억을 못 하고 있는 일이었기 때문에 나도 진수에게 그날의 일에 대해 이야기하는 걸 멈춘 상태였다. 하지만 죄의식이 작동하는 방식이라는 건 기묘하기 짝이 없는 것이어서, 대개는 어떤 식으로든 진수에게 좀 더 잘해주려고 애를 썼지만, 불안과 절망감 때문에 공연히 울화가 차오르기 시작하는 순간이 오면 그걸 풀어내는 대상 역시 진수가 되는 경우가 많았다. 평소보다 조금 느린 반응, 무표정 같은 것들 하나하나가 참을 수 없어지면서 갑자기 걷잡을 수 없이 화를 내거나 심하면 주먹질이나 발길질을 하게 되기도 했다. 아버지의 상태가 안 좋아지면서 엄마는 점점 더 많은 시간을 집에서 보내고 있었는데, 엄마는 나의 이런 발작적인 폭력을 보면서 절망했다. 절망의 이유는 여러 겹이었다. 우선, 내가 전에 없던 이런 폭력적인 모습을 보이는 게 급격하게 변한 환경 탓이라고 생각했다. 동시에, 진수가 눈에 띄게 고집이 세어지고 침울해지고, 툭하면 인상을 찌푸리면서 울음을 터뜨리는 것도 문제는 문제라고 생각했다. 그리고 진수가 그렇게 된 것 역시 환경이 이렇게 우울하게 변한 탓이라고 생각했다. 엄마는 아버지를 돌봐야 하는 입장이었지만 동시에 아버지가 이런 분위기에 아무런 역할을 하지 않으려 한다는 사실에도 분노하고 있었다.

　"아무리 중환자라지만…"

　엄마가 자주 중얼거리는 문장이었다. 아버지가 무기력해도 너무 무기력하고, 무관심해도 너무 무관심하다는 비난이었다. 나는 엄마의 그런 절망감을 보면서도 아무 말도 할 수 없다는 사실이 절망적으로 갑갑했고, 거기에서 오는 분노는 다시 진수에게로 향했다. 사실 죽도록 미운 건 아버지였지만, 그러나 아버지는 여전히 유일한 희망이었고, 아버지를 미워하는 건 스스로도 용납할 수 없는 금기였다. 내가 신경질적이고 폭력적으로 되어갈수록 아버지는 더 무관심해지고 차가워졌고, 엄마는 나를 더 통제하려고 했다. 그러나 거기에는 한계가 있었다. 아버지와 진수는 날이 갈수록 점점 더 엄마의 보살핌에 의존하고 있었고, 그럴수록 나는 점점 더 밖으로 떠돌았다.

　엄마가 집에서 보내는 시간이 늘어날수록 가게에서 형이 감당해야 할 몫은 늘어났고, 이 문제는 그렇잖아도 불안한 상태에 빠져 있는 엄마를 더욱 불안하게 만들었다. 결국 엄마는 내게, 아버지가 회복돼서 엄마가 가게로 다시 내려가 지낼 수 있게 될 때까지 아예 가게에 내려가 지내라는 처분을 내렸다.

　나로서는 시장통의 활기찬 분위기가 한없이 우울하기만 한 집안 분위기보다 훨씬 더 마음에 들었다. 진수를 계속 보고 있지 않아도 된다는 사실 역시, 그래서 약간 불안하긴 했지만, 오히려 뱃속 편한 데가 있었다. 가게는 최악의 불황이었다. 신정과 구정 사이의 한겨울은 전통적으로 한 해 중 장사가 가장 안 되는 철이라고 했는데, 해도 해도 너무하다 싶을 정도였다. 이러다간 죽도 밥도 안 되겠다는 게 엄마의 판단이었다. 엄마는 형에게 근처의 사설 독서실에 가서 입시 준비를 하라고 명령했다. "가게는요?"라고 형이 묻자 엄마는 나를 쳐다보며 말했다.

　"낮에는 네가 가게를 일절 책임지라우."

　엄마는 내게 무거운 책임을 지우는 게 일일이 간섭을 하고 감시를 하는 것보다 차라리 나을 수 있다고 생각했던 것 같다. 그 예상은 들어맞았다. 나는 가게 카운터에 앉아 시간을 보낸 첫날부터, 집에 있을 때보다 훨씬 더 차분한 상태를 유지할 수 있었다. 차분보다는 몽롱이라고 묘사하는 쪽이 더 맞을지도 모르겠다. 연탄난로를 피워놓은 가게 안은 아주 따뜻하지는 않았지만 그럭저럭 견딜만했다. 그 난로의 화력이 뛰어나서가 아니라, 문을 열고 들어오는 사람이 없어서 온기가 잘 유지될 수 있었기 때문이다. 잔뜩 웅크린 사람들이 몇 칸으로 나누어진 유리문 액자 안으로 들어왔다가 빠져나가는 모습을 지켜보는 게 내가 할 수 있는 일의 전부였다. 그 적막함 때문인지 난로에서 은밀하게 조금씩 새어 나오는 가스 때문인지, 아마도 그 둘 모두 때문이었겠지만, 이따금 고개를 한 번씩 흔들어야 의식이 돌아올 정도로 몽롱한 상태에 빠져든 채 나는 가깝고 먼 과거의 일들을 떠올리며 시간을 보냈다. 여의도 광장에 피어오르던 열의 아지랑이, 자전거를 타고 두 팔을 편 채 언덕길을 내려올 때 마구 펄럭이던 셔츠 자락의 소리, 캄캄한 겨울 밤거리 밑창이 얇아진 운동화 속에서 웅크릴 대로 웅크린 발가락들, 장맛비가 쏟아지는 사람 없는 거리를 자전거로 돌아다닐 때의 그 무거운 마찰의 느낌 같은 것들.

일숫돈 수금은 여전히 병식이의 몫이었다. 병식이는 가게에 들어서면서 나를 보더니 피식 웃었다. 땡땡이 사건 이후로 학교에서도 슬금슬금 서로를 피해 다니다가 방학을 맞았고, 그 후로는 처음 만나는 것이었다. 병식이 엉거주춤 문을 열고 들어서는 걸 보고 아차 싶어서 금고를 뒤져봤지만 얼핏 보아도 일숫돈도 안 되는 금액만이 들어 있었다. 잔돈까지 다 헤아려 봐도 마찬가지였다. 병식이 계산대 앞에 와서 예의 그 작은 가방을 열고 도장을 꺼내 들었다가 머뭇거리고 있는 내 눈치를 보고는 물었다.

"왜? 모자라?"

나는 말없이 고개를 끄덕였다. 난 왜 이 녀석한테 이렇게 번번이 창피한 꼴을 당해야 하는 걸까 싶은 생각이 들었지만 그렇다고 모자라는 걸 당장 메꿔놓을 재주가 있는 것도 아니었다.

"장사가 안 되는 철이긴 하지."

녀석이 노련한 장사꾼이라도 되는 것처럼 한마디 하더니 다시 물었다.

"얼마가 부족한데?"

나는 금고 안에 들어 있는 지폐를 다시 한번 세었다.

"300원."

"그럼 여태 900원 판 거야?"

분명히 주제넘은 참견이었지만 그렇다고 무어라 하기도 어려웠다. 어쨌거나 빚을 지고 있는 건 우리 쪽이었고, 매일 갚아야 할 금액을 마련하지 못할 경우 어떤 일이 벌어지게 되는지에 대해서는 나로서는 알 수 없었다. 병식이는 한심하다는 듯이 한숨을 푹 쉬더니 도장을 도로 집어넣었다.

"할 수 없지. 내일 올게."

공부시간에는 멍청하게 구는 녀석이 지난번에 만홧가게 가는 길에 산에 올라갔을 때 재개발이 어쩌고 운운하는 꼴도 그랬고, 이런 일에만 노련한 척하는 꼴이 같잖았지만, 문제가 있는 쪽은 어쨌거나 우리 가게였기 때문에 나로서는 고개를 끄덕여주는 수밖에 없었다. 녀석은 돌아나가는 것 같더니 문 앞에서 걸음을 멈췄다. 그리고는 주변을 둘러보더니 매대와 선반에서 부피가 작고 비싼 것들만 이것저것 주워들었다.

"이것들 다하면 300원 맞지?"

녀석은 아직 약간 어리둥절해 있는 내 앞에 과자들을 내밀었다. 내가 그렇다고 하자 녀석은 다시 가방을 열고 예의 그 길고 가느다란 도장을 꺼냈다. 그리고는 내가 내민 900원을 받아 넣고 장부에 도장을 찍더니 내가 주섬주섬 담아 내민 종이봉투에서 초코파이와 나하나 초콜릿을 꺼내 계산대 위에 올려놨다. 병식이는 내가 미처 무어라 말하기도 전에 돌아서서 나가버렸다.

형은, 엄마의 지시대로, 본격적으로 대학입시 준비에 몰입하기 시작했다. 새벽에 가게 문을 열어놓고는 바로 종로에 있는 학원에 가서 영어와 수학 단과반 강의를 들었고, 낮에 가게로 돌아와 점심을 먹고는 물건을 떼러 가거나 받아서 들여놓거나 하는 특별한 일이 없을 때에는 저녁 늦게까지 종점 근처에 있는 사설 독서실에 가서 입시 공부에 몰두했다. 전에는 엄마가 가게에서 식사 준비를 해서 내 손에 들려 집으로 올려보냈다면, 이제는 집에서 준비한 뒤 누나 편에 가게로 내려보냈다. 가게는 거의 전적으로 내 몫이 되었다. 하지만, 그렇다고는 해도, 손님이 워낙 없었기 때문에 계산대에 앉아 멍하니 밖을 내다보면서 낮에 볕이 좋을 때 잠깐 여자아이들이 전파상 앞에 와서 고무줄놀이를 하는 걸 구경하고, 나머지 시간에는 라디오를 듣는 게 내 일과의 대부분이었다. 형은 중학교 1학년 교과과정을 미리 들여다봐야 한다고 했고, 누나 역시 중학교 들어갈 때 공부좀 하는 애치고 1학년 과정을 미리 마치지 않고 들어온 아이는 없다고 했다. 그렇게 미리 공부하고 들어온 애들이 한 반에 열명 있다고 치면, 나는 중학교에 들어가서 열심히 공부를 해서 따라가도, 아무리 잘해봐야 11등이라는 게 형과 누나의 주장이었다. 내가 그렇다면 한 번 해볼까, 하고 가까스로 동의해서 누나가 교회 후배가 쓰던 1학년 영어 수학 교과서와 참고서, 문제집 따위를 받아다 줬지만, 알지도 못하는 낯선 걸 혼자서 미리 공부한다는 게 그리 재미있는 일은 아니었다. 저녁 시간에 형이 가르쳐줄 때에나 잠깐씩 들여다볼 뿐, 학교에 가면 어찌 되겠지 하는 심산이었다.

병식이가 일수를 받으러 오는 시간은 대개 형이 사설 독서실에 가 있을 때였는데, 그날따라 형이 조금 일찍 돌아와 계산대에서 나를 붙들고 인수분해와 소인수분해에 대해 설명해 주고 있었다. 형이 인사처럼 병식이에게 너는 이런 거 아느냐고 묻자 병식이는 지금 과외에서 방정식을 배우고 있다고 해서 형을 놀래켰다. 내가 가지고 있던 교과서로 보자면 방정식은 2학기에 해당하는 내용이었다. 나로 말하자면 놀랬다기보다는 불쾌한 쪽에 가까웠다. 녀석이 다른 것도 아니고 학교 공부에서 나를 앞서갈 수 있으리라고는 상상도 해본 적이 없기 때문이다. 병식이는 형이 시험 삼아 낸 인수분해는 물론 방정식 문제도 아주 쉽게 풀어 보였다. 영어 역시 마찬가지였다. 과자 봉투나 더듬더듬 읽어내는 나와는 수준이 달라서 형이 말하는 간단한 문장들을 제법 해석도 하고 작문도 할 수 있었다. 병식이는 겨울방학 전부터 과외를 시작했다고 했다. 나를 더 불쾌하게 한 건 병식이가 들어간 과외 팀이 한때 내 단짝 친구들이던 재완이와 성민이가 하고 있던 팀이라는 사실이었다. 나만 놔두고 다들 먼저 앞으로 나아가고 있는 것 같았다. 그러나 그렇다고 내가 어떻게 할 수 있는 건 아니었다. 그저 기분이 나빴고, 기분이 나쁜 건 나만의 문제일 뿐이었다.

나도 그동안 배운 게 전혀 없는 건 아니었다. 가게에서 며칠을 보내는 동안 나는 꾸준히 라디오를 들었고, 내가 원하는 라디오

프로그램들을 완전히 꿸 수 있게 되었다. 6시에는 89.1MHz 동양 FM에서 팝스다이얼을 듣다가 7시 반에 AM인 640KHz 동양방송에서 다시 비바 팝스, 8시에는 940KHz 기독교방송에서 가요대행진, 9시에는 다시 동양 FM으로 넘어가 밤의 리퀘스트를 들었다. 그러다가 마침내 11시 10분이 되면 세 군데의 AM 방송에서 일제히 그날의 가장 핵심이 되는 음악방송이 시작되었다. 문화방송에서는 별이 빛나는 밤에, 동아방송에서는 0시의 다이얼, 동양방송에서는 밤의 다이얼이 흘러나왔다. 나는 주로 0시의 다이얼을 들었는데, 듣다가 마침내 통행금지가 시작되는 자정이 가까워지면 형이 나와 가게 덧문을 닫아걸었다. 이미자 조미미 김세레나 하춘화 이수미 어니언스 장현 이용복 신중현 김추자에서 시작한 하루의 음악이 밤이 깊어지면서 송창식 한 대수 양은희 박인희 이장희 사월과 오월, 그리고 존 덴버 카펜 터스 비틀즈 로보 브레드 폴 앵카 사이먼 앤 가펑클 등등으로 옮겨가면서, 계통도 맥락도 없이 매일매일 머릿속으로 몸 안으로 쏟아져 들어왔다. 액자처럼 하나의 틀로 고정되어 있는 가게 문밖 풍경 속으로 지나가는 사람들을 지켜보면서 이 노래들을 듣다 보면, 어떤 것들은 그 자그마한 트랜지스터라디오에서 흘러나오는 즉시 내 피부 속으로 직접 스며드는 것 같았다. 그런 노래들을 만날 때마다 구희 누나와 구희 누나의 녹음기가 생각났다.

그러니까 녹음기란, 그런 경험들을 붙들어 매어놓는 장치인 셈이었고, 그러니 한 달 치 월급을 모두 쏟아부어도 아깝지 않은 것이었다. 그리고 이런 음악들이 있는 한, 아무도 오지 않는 한밤의 구멍가게를 지키고 앉아있는 것도 그리 나쁘지 않았다.

여기에 한 가지가 더해졌다. 책이었다. 아버지와 엄마가 회사와 집으로 찾아오는 과거의 직원이나 친분이 있던 사람들을 거절하지 못하고 들여놓은 각종 세계고전문학전집, 현대문학전집, 단편문학전집, 러시아문학전집, 일본문학전집, 미국문학전집, 한국문학전집, 전후문학전집 따위의 온갖 전집류들이 차압을 면하고 화곡동까지 따라왔다. 나와는 별 관계 없는 책들이라고 생각해왔던 것들이지만, 시간은 많았고 달리 할 건 없었다. 단편문학전집을 제일 먼저 집어 든 건 짧은 것들이라 만만하겠다는 속셈도 있었지만, 무엇보다, 속표지에 들어 있는 비너스상 때문이었다. 비록 조각품을 찍은 사진이긴 했지만, 여자의 나신은 두어 달 전 병식이와 함께 갔던 만화방에서 본 성인만화 이후로는 처음이었다. 게다가 세계명작으로 공인된 예술작품이었는데도 그 소설들에는 성인만화보다 더 생생한 묘사들이 여기저기에 숨어 있었다. 점잖고 우아한 '명작' 소설의 문자로 된 묘사가 만화의 과장된 그림체보다 더 격렬한 느낌을 줄 수 있으리라고는 상상도 하지 못했던 터라 고스란히 빨려 들어갈 수밖에 없었다. 나는 격류에 휩쓸리듯 명작의 세계로 빠져들어갔고, 엄마는 매일 집에 들를 때마다 새 책을 뽑아가는 나를 보면서 아주 흡족해했다. 내가 매일 새 책을 가져간 이유는 대충 훑어나가면서 보고 싶은 장면들만 골라 읽었기 때문이었다. 하지만 훑어나가는 과정에서, 기대하는 장면은 없었지만 어떤 설명할 수 없는 이유로 사로잡히게 되는 이야기들도 간혹 있었다.

"환경이 어려우면 아이들이 빨리 큰다더니."

내가 책을 먹어 치우듯이 읽어대는 걸 보면서 엄마는 반쯤은 만족스럽고 반쯤은 쓸쓸한 표정으로 중얼거리곤 했다.

엄마의 말이 맞았다. 내가 새로 접하게 된 세계가 어른의 세계라면, 나는 그 세계가 마음에 들었고, 망설이지 않고 그 세계 안으로 들어갔다. 어느 날 병식이가 품 안에 성인만화를 한 권 말아서 감춰들고 찾아왔을 때 의연할 수 있었던 것도 내가 이미 그 정도의 세계는 넘어선 수준에 도달해 있었기 때문이었다. 병식이는 내 의연하다 못해 초연한 태도에 깊이 감명을 받은 듯했는데, 더군다나 그 이유가 내가 '세계명작' 소설에 빠져있기 때문이라는 사실을 알고는 상당한 충격을 받은 듯했다. 물론 내가, 그 소설들 속의 어떤 면에 매혹되었는지를 말해줄 정도의 바보는 아니었다. 병식이는 그날 이후로 다시 뻔질나게 가게에 들르기 시작했다. 형이 새벽에 학원에 갔다가 이른 오후나 돼야 돌아오고, 독서실에 갔다가 다시 늦은 저녁 시간이나 돼야 돌아온다는 걸 알게 된 뒤로는 아예 매일 아침 우리 가게로 출근을 하다시피 했다. 물론 특별히 하는 일은 없었다. 근처의 가판대에 가서 선데이서울이나 주간경향 같은 주간지, 그리고 새로 나온 반공실화를 비롯해서 협객 김두한 따위의 성인만화를 사다가 읽는 게 다였다. 나로서는 라디오도 들을만한 게 없어서 지루한 오전 시간을 같이 보낼 사람이 있다는 게 좋았고, 게다가 녀석이 우리 가게에 오는 이유가 과외를 땡땡이치려고 하는 거라는 사실을 눈치챘기 때문에 더 만족스러웠다. 터무니없는 생각이라는 건 알지만, 녀석이 재완이, 성민이와 같은 팀에서 과외를 하는 게 마치 내 자리를 빼앗아 들어간 것 같은 느낌이었기 때문이다. 뿐만 아니라 병식이는 만화를 보는 내내 이런저런 과자들로 군것질을 했는데, 많은 경우 병식이의 군것질이 그날 오전 매상의 상당 부분을 차지하곤 했다.

그렇게 다시 이어진 우리 둘의 관계는 형이 오면 내가 병식이네 집으로 가는 것으로 이어졌다. 처음에는 형이 학원에서 돌아온 후 형이 점심을 먹는 동안 잠시 다녀온다고 허락을 얻는 식이었다.

병식이네 집은 우리 집은 물론이고, 내가 알던 어떤 친구 집과도 달랐다. 대문은 늘 열려 있었고, 설령 잠겨 있더라도 초인종을 누르면 누군지 물어보지도 않고 문을 여는 부저 소리가 울렸고, 정원수들을 헝겊으로 꽁꽁 동여맨 마당을 지나 현관문을 들어서면, 늘 발을 디딜 자리가 없을 정도로 신발들이 넘쳐났다. 널찍한 거실에는 나무를 깎아 만든 장식이 요란한 가죽 소파가 놓여 있었는데, 그 뒤로는 방금 이사를 들어온 집처럼 상자들이 잔뜩 쌓여있고 건너편에 있는 안방은 늘 문이 활짝 열려 있었다. 그리고 그 안에서는 남자 여자 어른들이 여러 패로 나뉘어 둘러앉아 왁자지껄 떠들면서 화투를 치고 있었다. 처음 갔던 날, 인사를 드려야 하지 않을까 하고 안방 문 앞에서 머뭇거리고 있자 앞서서 이층 계단을 오르고 있던 병식이가 후다닥 내려와 소매를 잡아끌었다.

　"뭐하냐?"

　"인사드리려고."

　"우리 집에선 그런 거 안 키워."

　병식이의 방 옆방에서는 시끄러운 전자기타 소리가 났다. 형이라고 했다. 궁금했지만 병식이는 데리고 가서 인사를 시키는 건 물론, 형에 대해서는 더 이상 이야기하려 들지도 않았다.

　"덜 마주칠수록 좋아."

그게 병식이가 자기 형에 대해 이야기한 전부였다. 얼마 되지 않아 식모 누나가 점심상을 가지고 들어왔다. 말도 표정도 없는 사람이었다. 고맙다는 인사를 할 때에도 아무런 반응이 없었다. 상을 놓고 나갈 때 다시 한번 고맙다는 인사를 했지만, 이번에도 돌아보지도 않고 그대로 나가버렸다.

"귀머거리야."

내가 좀 무안해하는 듯하자 병식이가 아무렇지도 않은 듯이 말했다.

"벙어리고."

"그럼 어떻게 대화를 해?"

"일 시키는 거?"

병식이는 내 질문을 수정하더니, 미처 생각해보지 않았다는 듯 잠시 말을 멈췄다가 이렇게 말했다.

"몰라. 알아서 하겠지 뭐."

사실, 배는 고팠지만 밥을 기대한 건 아니었다. 내가 요구할 수 있는 건 더군다나 아니었다. 밥은 맛있었다. 오랜만에 먹는 제대로 된 밥이었다. 그 집에 처음 들어갔을 때는 어른들이 나서서 관여하는 게 전혀 없다는 게 좀 이상했지만, 밥을 먹었느냐, 먹겠느냐 하는 일체의 질문이 없는 것, 그리고 무엇보다 병식이의 엄마가 아니어서 예절을 차릴 필요도, 아무런 부담이 없다는 것도 좋았다. 병식이 방에는 온갖 백과사전과 내가 처음 보는 아동문학 전집들이 여러 질 있었고, 무엇보다, 뜯지도 않은 조립식 장난감들이 있었다. 늦지 않게 가게로 돌아가 형이 독서실로 갈 수 있게 해줘야 했지만, 그 안락한 방에서 나가고 싶지 않았다. 어차피 가게에는 손님도 없을 것이고, 하루쯤 예전처럼 계산대에 앉아서 공부를 해도 큰 지장은 없을 거라는 생각이 들었다. 나는 그대로 그 방에 머물렀다. 그 방에서 뒹굴면서 아무 책이나 집어 들고 읽다가, 병식이가 만들어달라고 하는 조립식 장난감을 만들었다가 하면서 시간을 보냈다. 어른들 간섭도 전혀 없고, 내가 그때까지 가본 친구네 집들 중에서 가장 편안한 집이었다.

누나가 저녁 식사를 가지고 내려오기 전까지는 돌아가야겠다고 생각하고 일어나려는 찰나에 병식이 서랍에서 무언가를 꺼냈다. 화투였다. 말로만 듣고 한 번도 해보지는 못한 것이었다. 병식이는 섯다를 가르쳐 주겠다고 했다. 둘이서도 충분히 할 수 있는 놀이라는 것이었다. 병식이는 내가 화투를 한 번도 쳐보지 않았다는 사실에 대해 무척이나 놀라워했고, 나는 병식이가 화투를 그토록 능숙하게 다룰 줄 아는 것에 놀랐다. 그리고 몇 번이나 설명을 해줘도 내가 화투장의 순서를 외우지 못한다는 사실에 병식이는 한 번 더 놀랐다. 이 놀라움은 다분히 비아냥을 동반하는 것이어서 꽤 비위가 상했지만, 나로서는 어쩔 수가 없는 노릇이었다. 엉성한 그림들이 각각 일 년 열두 달 중 하나를 의미하는 것이라는데, 한가위 달이 뜬 8 말고는 머릿속에서 어떤 연결도 지을 수가 없었다. 어릴 때부터 음력을 전혀 사용하지 않은 탓도 있었을 것이다. 병식이는 결국 포기하고 트럼프를 꺼내왔다. 킹과 조커를 빼버리고 마흔여덟 장을 만든 뒤 족보 목록을 연습장에 써주었다. '섯다'에 익숙해지자 병식이는 다시 '짓고땡'을 가르쳐줬다. 내가 한참 흥미를 붙일 무렵 병식이는 시시하다고 물러나 앉았다. 트럼프로 하니 '쪼는 맛'이 없고, 내기를 하지 않으니 피 튀기는 재미가 없다는 것이었다. 내게는 걸 만한 것이 아무것도 없었다.

30.

가게에 돌아가 보니 웬만해선 화를 내지 않는 형이 잔뜩 화가
나 있었다.

"금방 온다더니 어떻게 된 거냐?"
"누나 안 왔어?"

도시락이 보이지 않는 것 같아 대답을 하는 대신 나도 질문
을 던졌다. 형의 질문도 대답을 원하는 질문은 아닌 것 같았고,
화투를 치느라 늦었다고 할 수는 없는 노릇이었다.
"진숙이 오늘 교회 간다 그랬잖아."

아차, 싶었다. 그제야 어제 내려왔을 때 얘기한 게 기억났다. 여섯 시까지 집에 올라가서 저녁 식사 가지고 가라고. 얼른 벽시계를 올려봤다. 이미 여덟 시가 다 돼가고 있었다. 지금 올라갔다가는 욕을 바가지로 얻어먹을 게 틀림없었다. 형의 공부와 잠, 식사와 관련된 것들은 요즘 엄마가 가장 예민해 하는 문제들이었다. 앞이 캄캄했다.

"얼른 올라갔다 와."

형은 마치 내 마음을 읽은 것처럼 단칼에 자르고는 다시 책으로 눈을 돌렸다.

현관문을 조심스럽게 열고 들어가 보니 보자기로 싼 저녁 도시락이 현관 마루 끄트머리에 놓여 있었다. 안방 눈치를 보면서 살짝 들고 돌아나가려는데, 뒤에서 현관문이 열리더니 엄마가 들어섰다. 그러고 보니 연탄을 갈 시간이었다.

"어째 며칠 얌전하게 잘한다 했다."

엄마는 나를 쳐다보지도 않은 채 한 마디 던지고는 그대로 방으로 들어가 버렸다. 나는 잠시 그 자리에 서 있다가 신발을 벗고 우리 방으로 들어갔다. 이렇게 쫓기듯이 내려가는 건 자존심이

상하는 일이었다.

　진수는 방안에 누워서 기계체조 인형을 가지고 놀고 있었다. 진수는 인형이 물구나무를 선 상태에서 정지시키는 건 이제 할 수 있었지만, 철봉과 직각을 이룬 상태에서 멈추는 건 아직도 못 하고 있었다. 하지만 그건 가르친다고 될 일이 아니었다. 그 대신 진수에게 섯다를 가르쳐주고 싶었지만, 그건 너무 오래 걸릴 것 같았다. 엄마가 "아직도 안 내려가고 뭐하고 있니!" 하고 불호령을 내리게 될 순간까지 시간이 많이 남지 않았다는 건 너무나 뻔했다. 게다가 섯다를 가르쳐 주다가 걸리면 불호령 위에 다른 것도 얹힐 가능성이 컸다. 나는 얼른 개미집을 살펴봤다.

　"개미 내일 아침에 마당에서라도 찾아봐."

　"응"

　진수는 여전히 기계체조 인형에 눈을 둔 채로 건성으로 대답했다.

　"없으면 골목에 나가보고."

　"응."

　진수는 아마도 하루 종일 방 안에서 혼자 지내고 있었을 것이었다. 무어라 말을 좀 더 걸어보고 싶었지만, 아무 말도 떠오르지 않았다.

“나 간다.”

“응.”

진수는 여전히 체조 장난감에만 시선을 두고 있었다. 놀자고 하더라도 그럴 수 없는 처지라는 걸 알기 때문에 지레 포기하고 있는 것일 수도 있었겠지만, 애당초 그러고 싶은 생각이 없는 것 같기도 했다. 나는 잠시 진수를 내려다보다가 방문을 열고 나왔다.

화곡동에서는 늘 발이 시렸다. 지난여름부터 신고 있던 범표 신발은 밑창의 물결무늬가 지워진 지 이미 오래였고 얇아질 대로 얇아져서 발밑에 밟히는 것들이 그대로 느껴질 정도였다. 집은 세 개의 방 외에는 난방이 되지 않았기 때문에 현관에 벗어 놨다 신는다고 해서 나아질 게 없었다. 병식이네 집에 벗어놓고 있는 동안 잠시 녹았던 신발은 집까지 오는 동안 다시 얼어붙었고, 저녁 도시락을 들고 베니스를 걸어 내려가는 동안 아무리 발가락을 오므리고 종종걸음을 쳐도 별 도움이 되지 않았다. 베니스의 다리들 건너편 집들로부터 백열등과 형광등이 뒤섞인 불빛들과, 음식 냄새와, TV 소리와, 이따금 사람들의 목소리가 부드럽게 흘러나왔다. 알고 보면 우리 집과 형편이 크게 다르지 않은 서민들의 아주 작은 집들이었다. 개천을 코앞에 두고 있어서 여름이면 벌레도 많이 꿇었을 것이다. 그러나 개천가에 한 줄로 나란히 서 있던 그 집들이야말로 그즈음의 내게는 가장 큰 동경의 대상이었다. 모두가 모여 있는 곳. 사람들이 '안'에 들어 있는 곳. 눈만 뜨면 자전거를 끌고 나와 허리가 꼬부라질 때까지 돌아다니던 나는 이미 지쳤고, 그 무렵에는 사라지고 없었다. 나는 따뜻한 '안'에 있고 싶었다.

가게에 도착해서 형을 봤을 때, 나는 형 역시 '안'을 그리워하고 있다는 걸 즉시 깨달았다. 따지고 보면 형은 화곡동으로 이사한 뒤로 거의 모든 시간을 가게의 계산대와 그 뒤의 좁디좁은 쪽방에서 보냈다. 형은 그날따라 유난히 지치고 어딘가 비어보였다. 단순히 배가 고팠던 건지도 모르겠다. 어쩌면 나 때문에 화가 났던 걸 수도 있겠다. 형은 아무 말 없이 도시락을 끌렀다. 우린 계산대 앞에 나란히 앉아, 연탄난로 위에 올려놓았던 보리차를 따라놓고 말없이 저녁을 먹었다.

병식이는 며칠을 들르지 않았다. 일숫돈은 병식이 아버지가 와서 받아 갔는데, 병식이가 궁금하긴 했지만 묻지는 않았다. 병식이를 통해서 들은 병식이 아버지는 무서운 사람이었고, 병식이가 평소와 다른 행동을 보이는 건 대개 문제가 생겼을 때였다.

좀 더 정확히 말하자면, 문제를 일으키고 다닌 걸 '걸렸'을 때였다. 그리고 그렇게 걸리는 건 대개 아버지한테 걸리는 거니까, 병식이 아버지한테 병식이 안부를 묻는 건 별로 영리한 짓이 못 될 게 뻔했다. 잘해봐야 취조를 당할 것이고, 재수 없으면 무슨 봉변을 당할지 알 수 없었다. 따지고 보면 병식이는 그즈음에는 내게 유일한 친구였다. 이유 없이 실실거리는 모습이 며칠이나 안 보이는 건 의외로 섭섭한 일이었다.

"안 심심하니? 요즘은 병식이도 안 보이네."

학원에 다녀온 형이 물어볼 정도였다.

"과외 빼먹고 다닌 거 걸린 모양이지."

별거 아닌 것처럼 말했지만, 나도 궁금하긴 궁금하던 참이었다. 형은 피식 웃었다.

"잃어버리고 나야 귀한 줄을 알지."

평소 같으면 이런 영감 같은 소리는 귀에 들어오지도 않았겠지만, 그날은 어딘가 쓸쓸하게 만드는 데가 있었다. 말하는 형도 그런 듯했다. 우린 나란히 앉아서 유리문 너머 길거리를 내다봤다. 일단 거리를 지나다니는 사람들이 없었다. 그러니 손님이 있을 리가 있겠는가.

"수고해라."

점심 식사를 마친 형이 '끙' 하고 몸을 일으켜 독서실로 나갔고,

나는 오전 내내 읽고 있던 책을 펴들었다. 모든 것이 부족했지만, 책이라면 몇 달이고 버틸 정도로 쌓여 있었다. 그것 하나는 다행이었다.

병식은 이삼일이 지나서야 갑자기 드르륵 문을 열고 나타났다.

"어, 춥다."

어른들 흉내를 내는 말투도 그대로고, 모든 게 그대로였다. 너무나 아무렇지도 않아서 그동안 어떻게 지냈느냐고 묻기도 뭐할 정도였다. 병식이는 마치 자기 집에 온 것처럼 가방을 계산대 아래 구석에 던져놓더니 그 앞 의자에 털썩 주저앉았다.

"빌어먹을."

병식이는 다짜고짜 투덜거리기부터 했다.

"왜?"

"이런 걸 자업자득이라고 하나보다."

병식이가 그날 장타령으로 늘어놓은 이야기인즉슨 이랬다. 병식이 아버지는 병식이를 검사를 시키겠다고 마음먹고 있었다. 이유는 간단했다. 살아보니 검사가 최고라는 것이었다. 병식이네 형은 이미 글렀고, 병식이는 처음부터 바짝 잡아서 시키면 안 될 게 없다고 생각해서 겨울방학도 시작하기 전에 동네 과외 팀에 집어넣었다. 거기서 인수분해부터 방정식까지 배웠는데,

겨울방학 시작하면서 동교동에서 새로 과외 팀을 꾸린다는 소식을 들었다. 그래서 그리로 옮겼는데, 거기에서도 인수분해부터 시작했다. 병식이가 아무리 수학 머리가 없긴 했지만, 같은 과정을 두 번째 하니 아주 못할 리는 없었다. 과외 팀에서 보내준 시험 결과를 보고 병식이네 아버지가 고무된 나머지 좀 더 공부를 잘한다는 아이들이 하고 있는 과외 팀에 병식이를 밀어 넣었다. 그게 바로 재완이와 성민이네 팀이었다. 그런데 여기는 수준이 조금 달랐다. 똑같은 인수분해니 방정식이니 하는 걸 배우지만 난이도가 훨씬 높았던 것이다. 처음에 한동안은 바로 옆 건물인 목욕탕 창문을 공략하는 일에 재미를 붙이고 열심히 다녔지만, 그 잠깐의 즐거움보다는 수학의 고통이 더 커서 곧 질리고 말았다. 이런 경우 병식이가 대처하는 방식은 늘 같았다. 안 가고 마는 것이다. 그러나 과외 팀은 학교와 달라서 바로 병식이 아버지에게 전화를 했고, 병식이는 살아남으려면 땡땡이에 대해 합당한 이유를 대야 했다. 눈앞에서 붕붕거리는 몽둥이를 보자 그야말로 아무 말이 입에서 튀어나왔는데, 그건 수준이 너무 낮아서 시시하다는 것이었다. 병식이 본인도 깜짝 놀랐지만, 그렇다고 뱉어놓은 말을 주워 담을 수도 없었다. 병식이 아버지는 병식이의 말에 충격에 가까운 감명을 받고는 몽둥이를 내렸을 뿐만 아니라, 부동산계의 모든 정보통을 동원해서 대한민국 최고 수준의 과외 팀을 찾아냈다. 병식으로서는 기절초풍을 할 수밖에 없는 노릇이었는데, '변 선생 수학'이라는 이름으로 알려져 있는 그 과외 팀은 시험을 봐서 붙어야 받아주겠다는 조건을 붙여서 병식에게 그나마 일말의 희망을 안겨 주었다. 자기가 붙을 리가 없다고 생각했기 때문이다. 그래서 이 시험만 보고 나면 아버지도 현실을 깨닫게 될 것이고, 따라서 이 느닷없는 과외 인생도 끝날 것이라고 스스로를 위로하면서 그저께 가벼운 마음으로 시험을 보러 갔는데, 아버지가 "떨어져도 괜찮다, 기숙과외라는 게 있다더라. 방학 동안 엘리트 애들만 몇 명을 데리고 스파르타식으로 해서 아주 진도를 쫙쫙 뽑아 준다더라. 거기가 차라리 낫겠다."고 했다는 것이었다. 그래서 정신이 번쩍 들어서 시험을 봤는데, 마침 시험 범위가 그동안 세 번의 과외를 통해 세 번 반복해서 배운 것들이었다.

"내가 공부를 좀 못하긴 했지만 바보천치 지진아는 아니잖아. 그걸 어떻게 못 볼 수가 있어."

병식이가 어울리지 않게 한숨을 푹 쉬면서 말했다.

"그래서 어떻게 됐는데?"

"이 옷들이 어제 아버지가 미도파까지 가서 사 온 거야. 오래 살다 보니 자식놈이 공부 잘한다는 소리까지 들어본다고. 그 과외는 서교동하고 연희동 진짜 부잣집 애들 오는 데라 기죽지 말라고 사 왔단다."

병식이가 허수아비처럼 두 팔을 들어 보였다. 과연 외투부터 스웨터, 바지, 신발까지 모두 새것이었다.

"그냥 그날 맞고 말았어야 하는 건데."

병식이가 계산대에 얼굴을 파묻었다. 불쌍한 것 같기도 하고, 부러운 것 같기도 하고, 며칠 전에 형 앞에서 수학 실력으로 잘난 척을 하던 걸 생각하면 괘씸하기도 하고, 아무튼 무어라 할 말이 없었다.

"오늘 거기 갔던 거냐?"

"갔지."

"그런데?"

"그냥 맞아 죽을란다. 이렇게 결심하고 나니까 뱃속 편하다. 나 공부해야 한다고 일수도 아버지가 직접 받으러 다니고, 나 공부 방해된다고 우리 형 기타도 못 치게 해서 형도 나 때려죽이겠단다. 아버지한테 맞아 죽으나 형한테 맞아 죽으나 죽는 건 마찬가지야."

병식이는 매대로 가더니 초코볼을 한 봉지 들고 까서 입안에 털어 넣다시피 했다. 때마침 형이 들어오다가 이 모습을 봤다.

"너 돈은 내고 먹는 거냐?"

질문인지 혼자서 중얼거리는 건지 구분이 안 되는 말이었다. 형은 늘 수면 부족 상태였다. 형은 내가 심야방송까지 다 듣고 잘 때에도 깨어 있었고, 아침에 깨워서 일어나 보면 이미 가게 문을 열어놓고 학원에 갈 준비를 마친 상태였다.

"집에 가서 줄게."

병식이 말했다. 주머니에 백 원이 없을 리가 없는데, 자기 집에 놀러 가자는 얘기였다. 형한테는 미안하지만 나도 오랜만에 가게를 벗어나 놀러 가고 싶었다.

"다녀와."

형이 지친 표정으로 덧붙였다.

"손님도 없는데 가게에서 공부하지 뭐. 저녁밥 오기 전에 와."

병식이는 가던 길이 아니라 다른 길을 택해서 갔다.

"어디 가는 거냐?"

"집."

"너네 집 이쪽 아니잖아."

"네가 우리 집을 나보다 잘 아냐? 잔말 말고 따라와."

앞서가던 병식이 지난번 집보다 훨씬 더 커 보이는 2층 양옥집 문 앞에 서서 문을 밀고 들어갔다. 그리 넓지 않은 마당은 흙밭이었다. 나머지는 지난번 집과 비슷했다. 현관에 남녀 어른들 신발이 흘러넘칠 정도로 널려 있고 거실 건너편 반쯤 문이 열려 있는 안방에서 왁자지껄한 소리와 더불어 화투장 내려치는 소리가 나는 것까지, 그리고 이층으로 올라가는 계단이 거실 오른쪽에 있는 것까지도 같았다. 다만 한 가지 다른 게 있다면 모든 게 지난번 집보다 조금씩 더 넓고 조금씩 더 크다는 것이었다.

"여덟 번째 집이다."

병식이가 2층 같은 위치에 있는 자기 방문을 열고 들어가 털썩 주저앉으면서 내뱉듯이 말했다.

"여덟 번째?"

"응. 화곡동에 이사 오고 나서 여덟 번째."

"언제 이사 왔는데?"

"4학년 2학기 올라갈 때."

그렇다면 이제 2년 반 된 셈이었다. 2년 반 동안에 여덟 개의 집을 옮겨 다니면서 살다니. 한 집에서 평균 넉 달 정도 살았다는 얘기였다.

"이게 다 불합리한 규제 때문이야. 잠시라도 살다 팔지 않으면 안 되거든."

병식이 거들먹거리면서 말했다. 그렇게 자주 이사를 해야 했다니 좀 안쓰러웠는데, 막상 병식이 하는 이야기를 들으니 그럴 필요도 없는 것 같았다. 말하는 태도가 아니꼬울 따름이었다. 무슨 소린지를 모르니 면박을 주고 싶어도 무어라 말해야 할지 알 수가 없어서 버벅대고 있는데 식모 누나가 점심상을 가지고 왔다.

부끄러운 얘기지만 병식이가 자기네 집에 가자고 할 때 제일 먼저 생각난 건 이 밥상이었다. 제대로 된 그릇에 담겨 있는 따뜻한 밥과 국과 찌개와 고기와 두부와 약간의 밑반찬들. 화곡동으로 이사 오고 난 뒤 우리 집 식탁에서 제일 먼저 변한 건 물론 고기반찬 따위가 사라진 것이었고, 그건 예측까지는 몰라도 맞닥뜨리는 순간 얼마든지 이해 가능했던 일이었지만, 제대로 된 그릇들이 사라지고 음식들의 온도가 제멋대로가 된 건 매우 낯설고, 거의 당혹스러울 정도였다. 그건 식사 시간에 엄마와 내가 있는 장소가 다른 한 어쩔 수 없는 일이었다. 엄마가 가게에 있고 내가 집에 있을 때에는 엄마가 가게에서 만든 도시락을 집에서 먹었고, 엄마가 집에 있고 내가 가게에서 주로 지낼 때에도 엄마의 부엌 위치만 바뀌었을 뿐이었다. 뜨거운 것은 미지근해지고 차가워야 할 것도 미지근해졌다. 온도가 변하면 질감이 변하고, 냄새가 미묘하게 달라지고, 결국엔 맛도 변한다. 그리고 그런 상태가 오래가다 보면, 우리가 맞닥뜨린 문제가 생각보다 깊고 총체적이라는 사실을 서서히 깨닫게 된다.

가난이란 서로가 서로로부터, 그리고 사물의 적절한 상태로부터 버려지는 과정이라는 걸 체감하게 되는 것이다.

밥을 먹을 때는 조용히 밥만 먹는 게 예의지만, 밥상 앞에 앉을 때는 마주 대한 밥상과 그걸 제공해 준 이들에 대해 간단한 찬사의 뜻을 표하는 게 내가 배운 예의의 한 부분이었다. 나는 기름이 조금 떠 있고 부드러운 김이 오르는 국을 감상하면서 물었다.

"저 누나는 내가 온 걸 어떻게 아는 거야?"

"못 듣는 대신에 눈치가 구단이야."

병식이 고기부터 욱여넣으면서 말했다. 무례한 행동이지만 자기네 집이니까. 고기 접시는 나로서는 국과 밥과 다른 반찬들을 한 바퀴 돈 뒤에 손을 대는 게 마땅할 것이었다. 그때까지 남아 있다면.

점심을 다 먹고 나자 병식이는 밥상을 문가로 대충 밀어놓고 트럼프를 꺼내왔다. 그리고는 주머니에서 백 원짜리 지폐를 꺼내서 내게 주었다.

"초코볼 값 주는 거다. 알았지?"

"그래."

내가 받아서 주머니에 넣으려 하자 병식이가 내 손목을 쥐었다.

"그걸로 섯다 치자고."

"이걸로?"

"응. 돈을 걸어야 재미있어."

내가 망설이자 병식이가 대안을 내놨다.

"네가 잃으면, 내가 초코볼 값을 안 줬다 그래."

그럴듯했다. 그러고 보니 이놈은 멍청한 게 아니라 어떤 방향으로는 정말 천재 아닌가 싶었다. 내가 잠시 머뭇거리는 동안 병식은 바둑알 통을 들고 왔다. 검은 돌은 1원, 흰 돌은 10원이었고, 백 원을 채우면 '묻어'놨던 현금을 가져가기로 했다. 병식이와 나는 각각 백 원짜리 지폐 한 장씩을 문자 그대로 담요 밑에 '묻고' 각자 알통에서 검은 돌 서른 개와 흰 돌 일곱 개씩을 꺼냈다.

패를 돌리기 시작하자마자 병식의 입에서 말의 홍수가 쏟아졌다.

"끗발이, 끗발이, 이게 영…"

"우산 쓴 귀신이 떠야 할 자리에 시커먼 게 뜨니 약발을 받겠어 못 받겠어…"

"패를 쥐면 쫙 쪼이는 맛이 있어야 하는데 똥꼬만 쪼이고 말이지 말이지 말이야…"

한편으로는 병식이 쏟아내는 말의 뜻을 헤아리면서 한편으로는 옆의 연습장에 적어놓은 족보와 내가 든 카드를 비교하느라 바빴지만, 운은 내 쪽에 붙었다.

"선무당이 사람 잡는다더니"

병식은 내가 판을 쓸어갈 때마다 중얼거리다가 곧

"하지만 첫 끗발이 개 끗발이지"

하면서 현란한 솜씨로 카드를 섞었다.

"고수는 기리에서 판가름이 난다고 했는데"

어쩌고 하면서 다 섞고 난 카드 뒷면에 콧기름을 찍어 바르기도 했지만, 약간의 요요를 거치면서 나는 결국 병식이 가지고 있는 바둑알들을 다 내 거로 만들었다. 이제 그만하자고 하면서 처음에 가지고 시작했던 바둑알들을 알통에 집어넣으려 하자 병식이 알통을 손으로 덮으면서 말했다.

"남아일언이 뭐냐?"

"무슨 소리냐?"

"중천금 아니냐 중천금. 무겁다는 거잖아."

"그런데?"

"화투판에서의 한 마디는 그거보다 더 무겁다."

병식은 엄숙한 얼굴로 선언하더니 담요 밑에서 백 원짜리 지폐를 꺼내서 내게 내밀었다.

"넣어둬."

그리고는 주머니에서 백 원짜리 두 장을 꺼내더니 담요 밑에

묻고 알통에서 흰 돌만 스무 개를 꺼내 갔다.

"짓고땡으로 가자."

병식이 비장한 표정을 지으면서 말했다.

두어 판이 지났는데 그래도 판세가 뒤집어지지 않았다.

"마지막 비장의 무기다. 고추 섯다로 가자."

병식은 한숨을 푹 쉬더니 깔려 있던 카드를 모두 모아들이고 빨간색 카드로 바꿨다.

"자 잘 익은 고추가 나간다. 너 같은 풋내기는 상대가 안 되지."

병식은 카드를 잘 섞은 뒤에 사타구니에 비벼댄 뒤 패를 돌렸다. 그 뒤로도 병식은 온갖 해괴하고 망측한 짓을 다 했는데, 결국엔 내가 병식이가 가지고 있던 칠백몇십 원을 모두 따는 것으로 끝났다. 병식이는 미련이 남아서 자기가 가진 물건들을 걸고라도 더 하고 싶어 했고 나 역시 그것들이 탐나긴 했지만, 이미 가게에 돌아가야 할 시간이 지나가고 있었다.

다음 기회를 기약하면서 일어서려는데 만화책을 붙들고 엎드려 있던 병식이 툭 던지듯 말을 걸어왔다.

"너 딸딸이 쳐봤냐?"

딸딸이. 이미 하루 종일 온갖 새로운 말들을 들은 뒤였지만, 이건 어쩐지 그것들보다도 간교하고 불량하게 들리는 말이었다. 게다가 치다니. 경음과 격음을 중심으로 이뤄진 그 문장은 여태까지 내가 듣고 말해온 것들과는 다른 세계의 것 같았고, 왠지 모르게 전에 병식이와 같이 갔던 만홧가게에서 만났던 중학생들이 연상되는 말이었다. 예전 같으면 거의 본능적으로 움찔하면서 물러나게 되던 종류의 말이었는데, 하지만 나는 이미 새로운 세계에 몸을 담근 뒤였다. 최소한 그렇게 생각했다. 아마도 그래서 그랬을 텐데, 나는 "물론 해봤지" 하고 대꾸했다. 내 대답에 병식이는 귀가 번쩍 뜨이는 듯했다.

"언제 처음 해봤는데?"

"글쎄, 2학년 때였나?"

내 대답에 병식이는 떼굴떼굴 구르다시피 했다.

"국민학교 2학년 때 딸딸이를 쳤다고? 아이고 웃겨라, 기네스북에 올라가겠다."

병식이는 한참을 더 나를 놀리다가, 딸딸이라는 게 어떤 건지 가르쳐 주겠다고 선언했다. 병식이는 몇 권의 성인만화를 뒤적거리다가 김일성의 밀실의 한 페이지를 열더니 그 페이지가 자기한테 잘 보이게 붙들고 있으라고 했다. 김일성, 아니 김성주가 어떤 젊은 여자의 저고리를 거칠게 찢어서 가슴이 노출되는 장면이었다. 내가 어리바리하게 시키는 대로 그 책을 붙들고 있는 동안 병식이는 허리띠를 풀고 바지를 내리고 손을 팬티 안에 넣더니 주물럭거리기 시작했다.

"페이지 넘겨."

시키는 대로 하는 게 우스운 짓인 건 분명했지만, 그렇다고 그 맹렬한 몰두를 깨뜨리는 것도 쉽지 않았다. 나는 다시 한번 어정쩡하게, 시키는 대로 페이지를 넘겼다. 본격적으로 강간이 시작되는 장면이었다. 병식이의 손 움직임이 커지더니 아예 팬티를 내려버렸다. 내 눈앞에서 벌어지고 있는 일을 믿을 수 없었지만, 눈을 떼기에는 너무나 강렬하고 놀라운 광경이었다. 늘 비실비실하면서 헤실거리는 웃음을 입가에 달고 지내던 병식이의 두 눈이 이글거리고 얼굴이 붉어지면서 이마에 핏대가 오르고 있었다. 병식이의 얼굴은 내가 들고 있는 그 만화 속 사내의 얼굴과 전혀 다르지 않았다. 거의 완전한 변신이었다.

식모 누나가 과일 쟁반을 들고 들어온 건 병식이의 고개가 약간 뒤로 젖혀지면서 손놀림이 점점 더 빨라지고, 그에 따라 내 불안도 점점 더 커져가던 순간이었다. 나로선 도대체 이 광경이 어떻게 이어질지, 어떻게 끝나게 될지 알 수가 없었기 때문이다. 식모 누나는 병식이가 내어놓고 있는 아랫도리와 내가 들고 있던 만화, 그리고 내 얼굴과 병식이의 얼굴을 보더니, 목 뒤에서 끓어오르는 것 같은 이상한 소리를 내면서 그대로 돌아나갔다.

"말을 못 해서 괜찮아."

사색이 된 채로 할 말을 잃고 있는 내게 병식이 싱글싱글 웃으면서 말했다. 그러더니 이렇게 덧붙였다.

　"내가 언젠가는 따먹을 거다. 저년은 그래도 아무한테도 말 못 해. 우리 형은 아마 벌써 따먹었을걸?"

　병식이네 집에서 가게까지 돌아오는 길은 거리가 꽤 됐지만, 바로 전에 병식이 방에서 본 것과 병식이한테서 들은 말들을 소화시키기에는 충분치 않았다. 병식이네 집을 나와 가게에 도착할 때까지도 나는 병식이의 말과 태도에 들어있던 음침함과 공격성에서 받은 불쾌함과 혐오감, 그리고 무엇보다, 두려움에서 헤어 나오지 못하고 있었지만, 동시에, 처음으로 구체적으로 느끼게 된 섹스라는 것의 가능성에 대해서, 그 과정의 폭력성을 잊어버릴 정도로, 완전히 사로잡혀 있었다. 그리고 그 느낌은 누군가에게 털어놓고 의논을 해야 할 것 같은 동시에 혼자서 은밀하게 누리고 싶은 것이기도 했다. 가게가 가까워지면서 그 갈등은 점점 더 심해졌다. 어떤 식으로든 형한테 이야기를 하고 주머니를 까뒤집어 먼지를 털어버리듯 이 음침한 느낌을 털어내 버리고 싶다는 생각이 드는 반면에 그 들큼하게 끈적거리는 느낌을 좀 더 깊이, 은밀하게 간직하고 싶다는 욕망 또한 점점 더 강렬해졌다.

결과적으로, 죄다 쓸데없는 갈등이었다. 가게에 돌아가 보니 형은 없고 누나가 진수를 데리고 자리를 지키고 있었다.

"넌 어디를 그렇게 돌아다니니? 엄마가 오빠 공부할 수 있게 도와주라고 보낸 거잖아."

누나가 성난 얼굴로 쏘아붙이고는 발딱 일어서서 문으로 향했다.

"형은?"

"택시 잡아서 집에 올라갔어. 엄마랑 아버지 모시고 병원에 갔을 거야."

"...입원하신대?"

"...몰라."

하지만 우리는 모르지 않았다. 누나는 잠시 바닥을 내려다보고 서 있다가 진수에게 목도리를 친친 둘러주고는 추운 거리로 나갔다. 우린 어떻게 될까. 여기서 영영 빠져나가지 못하게 되는 건가? 조금 전까지 내 머리와 온몸을 채우고 있던 고민 따위는 물거품처럼 사라졌다. 나는 가게 안 매대 사이의 좁은 통로에서서 문밖의 거리를 망연히 내다보다가 계산대 앞에 가서 앉았다. 그것 밖에 할 수 있는 일이 없었다. 연탄난로가 피워져 있긴했지만 가게 안은 늘 춥고 휑했다. 형은 오늘 중으로 가게로 돌아올 수 있을까. 주머니에 들어있던 돈을 모두 꺼냈다. 온전히 내 것으로 내 손에 넣은 것 중에는 태어나서 가장 큰 액수였지만, 아버지와 우리 집안을 구하기에는 물론 어림도 없었다. 난무얼 할 수 있을까. 하지만 아무것도 떠오르는 건 없었다.

아무것도 할 수 없을 때 내가 할 수 있는 건 라디오를 듣는 것밖에는 없었다. 계산대에 맥없이 턱을 고이고 바깥을 쳐다보면서 흘러나오는 노래에 귀를 맡겼다. 한 마디도 알아들을 수는 없지만 내 안에 숨어 있는 줄도 모르고 있던 막연한 그리움을 일깨워서 흔드는 노래가 흘러나왔다. 노래가 끝나자 디제이가 마치 시를 읊듯이 가사의 내용을 알려줬다.

샌프란시스코에 가려거든
꼭 머리에 꽃을 꽂도록 하세요
샌프란시스코에 가게 되면
친절한 사람들을 만나게 될 겁니다
샌프란시스코에 오는 사람들에게
여름은 사랑을 나누는 계절이 될 거예요
샌프란시스코의 거리에서
머리에 꽃을 꽂은 친절한 사람들과 함께

샌프란시스코. 나는 입속으로 그 단어를 중얼거렸다. 샌프란시스코. 머리에 꽃을 꽂은 따뜻하고 친절한 사람들이 사는 곳. 이 춥고, 손발이 시리고, 쓸쓸한 곳을 떠나 우리 식구 모두 그런 곳에 가서 살면 얼마나 좋을까.

이 노래만이 아니었다. 나는 이즈음부터 팝송에 재미를 붙이기 시작했다. 라디오에서는 경쟁적으로 달콤하고 부드럽고 우울한 팝송들을 쏟아냈다. 팝송들은 그 가사의 내용을 알 수 없기 때문에 더더욱 모르는 세계, 지금 이곳이 아닌 세계에 대한 환상으로 내 몸에 스며들었다. 그 노래들은 계산대 근처의 좁은 공간을 완전히 다른 세계로 만들어줬다. 춥고 딱딱한 의자 하나를 둘러싼 작은 세계지만, 거긴 그곳을 제외한 가게 전체보다도, 시장통 전체보다도 풍요로웠다. 나는 그 노래들에 빠져서 다시 기운을 회복했고, 아버지와 우리 가족에 대한 우울한 생각에서 슬그머니 빠져나왔다. 나는 계산대 위의 좁은 공간을 깨끗하게 직사각형으로 비우고 어제 읽던 모파상 단편집을 놓았다. 야한 묘사는 적지만 정신없이 읽게 만드는 책이었다. 책은 그즈음의 내게는 노래를 듣는 것과 더불어 유일한 오락거리인 동시에 다른 사람들의 인정을 받는 유일한 길이기도 했다. 그리고 희미하긴 하지만 나는 책을 읽는 아이라는 자부심의 근원이 되었다. 심심할 때마다 붙들던 책은 불안을 달래는 데에도 요긴했다. 그러나 자부심이 일종의 고양이라면, 덕분에 일종의 전략도 있었다. 책을 읽는 게 습관이 된 후로는 어떤 이유에선가 책에 집중을 못 하게 되는 상태가 될 때마다 곧장 그 상태를 들여다볼 수밖에 없게 되었고, 그때마다 마음 깊은 곳에 자리 잡고 있는 시궁창을 직면하게 되었다. 내게 자부심이 된 '책을 읽는 아이'라는 이미지는 당시의 내게는—아마도 나뿐만 아니라 당시의 아이들 대부분이 그랬을 텐데—'고상한 아이'와 동의어에 가까웠는데, 바로 그렇기 때문에 책에 집중하지 못하게 하는 어떤 것들이 마음을 어지럽히고 있을 때 그것들은 곧장 '고상함'의 대척점에 놓일 수밖에 없었다. 그리고 그날 그 역할을 한 건 병식이였다. 책을 펴고 몇 줄도 지나지 않아 아까 봤던 광경이 나를 압도하기 시작한 것이었다. 그 안에서는 병식이, 정확히 말하자면, 나처럼, 아니 사실은 나보다 조금 더 멍청하다고 생각해 왔던 병식이가 평소의 그 헤벌레한 얼간이가 아니라, 평소보다 적어도 서너 살은 더 나이 들어 보이고 무언가에 깊이 몰두하고 있는 표정을 보여주고 있었다. 그리고 그 광경 안에서는 내가 이따금 어렴풋이만 느끼곤 하던 내 몸 한 곳의 변화가, 변두리에서 무시당한 채 숨어있는 게 아니라, 중심을 버젓이 차지하고 있었다. 병식이가 그 행위를 할 수 있도록 만화책을 펼쳐서 받쳐 들어주고 있는 게 당혹스럽고 창피했지만, 그렇다고 그만두라고 말리면서 접어버리지도 않았던 기억이 부끄럽게 떠올랐다. 나는 그 과정을 처음부터 끝까지 고스란히 지켜봤던 것이다. 나는 이삼일 전에 읽고 난 뒤로 내 머릿속에서 사라지지 않고 있던 한 단편의 어떤 부분을 찾고 싶어서 책의 앞부분을 뒤적였다. 샅샅이 뒤졌는데도 내가 읽고 두 눈이 휘둥그레졌던 그 부분, 여주인공이 마룻바닥에 누운 상태에서 남자를 받아들이면서 십자가에 못 박히던 예수처럼 마룻바닥에 못 박힌다고 상상하던, 불온하면서도 아마도 그래서 더 자극적이기 그지없었던 그 장면은 다시 찾아낼 수 없었다. 아마 다른 책이었던 모양이다. 한 번 읽은 책은 책들을 가게에 내다 놓고 굴리지 말라는 엄마의 엄명에 따라 집에 가져다 꽂아두었다. 그 책을 다시 읽으려면 집에 올라가야 했고, 그러려면 형이 돌아와야 했다. 다시 생각은 집과 아버지, 우리 가족에게로 돌아갔다. 샌프란시스코는 너무나 멀리 있었다. 집이 아닌 것 중에 내게 지금 가까이 있는 건 병식이와 병식이네 집이었다. 현관에 가득 찬 신발들과 안방에서 들려오는 낭자한 웃음소리, 그리고 이층의 비밀스러움. 거기에 사는, 강간을 꿈꾸는 소년. 그 집은 거역하기 어려운 힘을 가지고 있었지만, 그러나 그리로 돌아가고 싶지는 않았다.

31.

　겨울방학이 끝났다. 예년보다 몇 배 더 춥고 쓸쓸한 방학이었다. 방학이 끝났다고는 하지만 누나와 나는 각각 중학교와 국민학교에서의 마지막 겨울방학이라 방학이 그대로 이어졌고, 형과 진수만 개학을 했다. 한 석 주 정도 다니고 나면 다시 한 주 동안 봄방학이고 그 뒤에는 새 학년으로 올라가는, 학교에 다니는 것도 아니고 안 다니는 것도 아닌 어중간한 한 달짜리 학기였다. 아버지는 짧은 입원을 마치고 돌아왔지만, 병세가 호전돼서 퇴원한 게 아니라는 건 누가 봐도 알 수 있었다. 아버지는 혼자서 거동을 하는 게 거의 불가능할 정도로 상태가 악화되어 있었고, 이제는 엄마가 집에서 머물러 있는 게 기정사실이 됐다.

　"내 팔자에 무슨 장사를 해보겠다고."

엄마는 말버릇처럼 중얼거렸다. 엄마의 힘으로 무언가를 해보려고 했는데 좌절된 게 못내 아쉬운 듯했다. 이제 가게는 골칫거리가 됐다. 닫자니 계약 기간 같은 문제가 걸리는 것도 걸리는 거지만, 신통찮은 매상마저 없으면 살아갈 길이 사실상 막혀 있었다. 그렇다고 계속 열고 있자니 무언가는, 누군가는 희생을 치러야 했다. 그리고 그 희생이 형의 공부라는 데 문제의 심각성이 있었다. 아버지가 쓰러진 뒤로 우리 집의 앞날이라고 할 만한 건 전적으로 형한테 달려 있다는 게 엄마의 생각이었고, 그건 우리 모두가 쉽게 수긍하고 있는 바였다. 그러니, 어떤 상황에서든, 형의 공부가 희생된다는 건 있을 수 없는 일이었다. 식구들 모두가 달라붙어서 그 희생을 최소화해야 했다. 일단 형이 학교에 가 있는 동안에는 내가 가게를 보기로 했다. 방학 동안에도 해왔던 일이기 때문에 시간만 조금 더 길어지고 책임지는 범위가 조금 더 넓어질 뿐, 본질적으로 큰 차이가 있는 건 아니었다. 문제는 모두가 학교에 가야 하는 3월부터였다. 우리 모두가 이 문제를 의식하고 있었지만, 누구도 이 문제에 대해 아무 말도 하지 않았다. 그때쯤엔 아버지가 일어나게 될 거라는 막연하고 희미한 희망을 가지고 있었고, 그것만이 유일한 희망이었기 때문에 아무도 그 희망을 의심하지 않았다. 최소한 입밖에 내지는 않았다. 2월 한 달은 그렇게 숨죽이고 지나가야 할 터였다.

그런데 문제는 엉뚱한 데서 터졌다. 진수가 학교에 가지 않겠다고 버티기 시작한 것이었다. 아주 이해하기 어려운 일은 아니었다. 따지고 보면 예상하지 못한 게 이상한 일이었다. 그 지옥과 같은 아침 버스를 국민학교 3학년짜리가 혼자서 감당하는 건 불가능하지는 않겠지만 결코 쉬운 일은 아니었다. 내키지 않는 일이었음은 물론이다. 진수는 평소에는 무척 유순했지만, 반면에 고집이 센 아이였다. 특히 이번 겨울을 보내면서, 진수는 누구도 예측하기 어려운 아이가 되어 있었다. 엄마는 아이가 크다 보면 있을 수 있는 변화로 애써 치부하려 했다. 아무튼 진수는 아침에 옷을 입다 말고 주저앉아 버렸다고 했다. 누나가 간신히 진수를 달래서 가게로 데리고 내려와서 잔뜩 부은 얼굴로 전해준 말이었다. 엄마가 누나 편에 보낸 메시지는 나더러 진수를 학교에 데려다주라는 것이었다. 어떤 이유에선가 가게에 앉아있는 걸 죽기보다 싫어하던 누나로서는 차라리 자기가 진수를 데려다주는 쪽을 택하겠다고 했지만, 엄마는 꼭 해야 하는 게 아닌 이상 붐비는 버스를 타는 걸 피하라는 말로 달랬다. 아침저녁으로 버스 안에서 남자들이 몸을 기대오고 더듬어대는 것에 질색을 하던 누나로서는 그것도 일리가 있었다.

나라고 엄마의 명령이 달가울 리는 없었다. 만원 버스는 물론이고 그 학교도 진절머리가 났다. 그러나 내게는 일종의 원죄가 있었다. 진수에게 학교란 게 가기 싫으면 안 가도 되는 곳이라는 생각을 불어넣어 준 건 다름 아닌 나였기 때문이다. 게다가, 그날처럼 그렇게 말도 안 되는 고집을 부리는 것 역시, 다른 식구들은 물론 진수 본인도 그 이유를 모르지만, 어쩌면 내 탓일 수도 있었다.

버스는 안 타는 학년들이 있어서 그런 건지 내가 그동안 요령이 생겨서 그런 건지는 모르겠지만, 방학 전보다는 훨씬 덜 붐비는 것 같았다. 나는 버스에 올라타자마자 얼른 자리를 하나 확보해서 진수를 앉혔다. 진수는 버스를 타고 가는 내내 창문에 이마를 댄 채 아무 말이 없이 갔다. 학교 앞에서 내려서 학교에 갈 때까지, 그리고 운동장을 가로질러 교실로 향할 때까지도, 진수는 학교에 가지 않겠다고 고집을 부렸던 일은 다 잊었다는 듯이 순순히, 뒤도 돌아보지 않고 갔다. 나는 진수가 교실로 들어가고 난 뒤 빈 운동장을 조금 서성거리다가 돌아서서 나왔다.

학교 밖으로 나오니 갑자기 공중에 붕 뜬 것 같은 느낌이었다. 늘 집에서 가게로, 가게에서 집으로, 가야 할 곳이 있었고 해야 할 일이 있었는데, 지금은 그런 의무 조항이 아무것도 없었다.

집으로 갈까? 하지만 진수는? 누나가 전해준 엄마의 명령에는 진수를 기다렸다가 집으로 데리고 오라는 것까지 포함되어 있지는 않았다. 하지만 어딘가 불안했다. 일단 오늘 하루 하교까지는 같이해보고 난 뒤에 내일부터 어떻게 할지 결정하는 게 나을 것 같았다. 그러나 막상 앞길을 걸어 내려오자 마땅히 갈 곳이 없었다. 두 달 전까지만 해도 속속들이 모르는 곳이 없었던 이곳이 이제는 낯선 곳이 되어 있었다. 길에는 전혀 인적이 없었다. 미라네 집을 지났다. 4학년 때 생일 초대를 받아 갔던 집이었다. 6학년에 다시 같은 반이 되어 무척이나 반가웠는데, 제대로 말도 못 해보고 봄학기를 지냈고, 가을학기에는 엉덩이를 까고 매를 맞는 수모를 당한 뒤로 피해 다니기만 했다. 생일이 이 무렵이었다는 기억이 떠올랐다. 미라는 올해도 아이들을 초대했을까? 어쩌면 나도 초대하고 싶어 했을까? 우리 집에 전화를 해봤을까? 혹시 찾아가 봤을까? 재완이나 성민이에게 내 연락처를 물어봤을까? 이런저런 생각을 하면서 개천을 따라 내려갔다.

제일 먼저 생각나는 곳은 성미산 아래에 있는 만홧가게였다. 여분의 회수권은 가진 게 없었다. 최 씨 아저씨가 들른 지도 꽤 됐고, 따라서 언제부턴가 회수권도 돈을 주고 사야 하는 물건이 되었다. 하지만 주머니에는 병식이한테서 딴 돈이 충분히 있었다.

만홧가게에 가고 싶으면 얼마든지 갈 수 있고, 만화를 보는 건물론이고 군것질도 마음껏 할 수 있었다. 하지만 별로 내키지 않았다. 별다른 이유는 없었다. 굳이 이유를 찾자면, 금지된 일이 더 이상 아니었고 따라서 긴장과 더불어 관심도 잃었다고 해야 하나. 어쨌거나 어디론가 가긴 가야 했다. 가만히 서 있기에는 너무 추운 날씨였다. 길바닥의 한기가 운동화의 얇디얇은 밑창을 뚫고 올라와 발가락의 감각을 마비시켰다. 걷기 시작했다. 걷는다고 해서 나아지지 않는다는 건 알고 있었지만, 그렇다고 가만있을 수도 없었다.

가나안제과와 청기와주유소가 대각선으로 마주 보고 있는 넓은 사거리에는 인적이 거의 없었다. 왼쪽으로 가면 한강, 오른쪽으로 가면 동교동 로터리, 맞은편으로 가면 성미산이었다. 그 세 방향 중 어느 곳에도 나를 환영할 만한 곳은 없었다. 전에 살던 집에나 가볼까, 아니면 성민이나 재완이네 집에나 들러볼까 싶었다. 하지만 나는 몇 달 전까지 우리 집이었던 곳으로 향하는 골목 입구를 그대로 지났고, 성민이네 집과 재완이네 집으로 향하는 골목 입구에서도 잠시 멈춰 섰다가 그대로 지나쳐서 걸었다. 더 이상 우리 집이 아닌 집을 본다는 게 어쩐지 이상한 기분이었고, 성민이와 재완이한테는 물어볼 것도 있고 오래 못 봐서 조금 보고 싶기도 했지만, 막상 골목 입구에 이르자 내키지 않았다. 둘 다 아마 과외공부를 하러 가 있을 것이었고, 집에 있더라도 공부 때문에 엄마 눈치를 봐야 할 것이었다. 우리 집에 별다른 변화가 없어서 아직 이 동네에 살고 있었더라면 아마도 나 역시 같은 처지였을 것이었다. 하지만 제일 무서웠던 건, 어쩌면 나에 대한 그 둘의 태도가 변했을지도 모른다는 것이었다. 나는 마치 누가 지켜보고 있기라도 한 것처럼, 가능한 한 망설이는 표를 내지 않고 내처 걸었다.

걷는 동안 38번 버스가 나를 지나갔고, 한참을 더 걷자 또 한 대가 지나갔다. 성미산 꼭대기 바위에 노랗게 해가 비치는 모습이 따뜻해 보였다. 가까이 가면서 보니 산 여기저기서 푸르스름한 연기가 올라오고 있었다. 아이들이 잔가지와 낙엽을 모아 불장난이라도 하고 있는 것 같았다. 우리 동네 아이들일까? 아니면 망원동 아이들? 어쩌면 알라네 동네 아이들일 수도 있었다.

그러나 산에서는 예비군 훈련이 진행되고 있었다. 조금 널찍한 공터에는 가짜 총들을 너덧 자루씩 모아 세워놓은 것들이 일정한 간격으로 늘어서 있었고, 예비군복을 입은 사내들이 여기저기 아무렇게나 흩어져 앉거나 누운 채 담배를 피우고 있었다. 산 밑에서 보이던 연기는 그 담배 연기였다.

아는 아이들이 있는 게 아닌 한 그 산에서 할 일이 있었던 건 아니었기 때문에 나는 산에서 다시 내려와 또 다른, 작은 사거리에 섰다. 왼쪽으로 가면 경성중학교, 오른쪽으로 가면 망원동, 그리고 왔던 길의 반대편, 성미산 옆의 고갯길로 넘어가면 알라가 사는 동네로 통하는 개천이 나올 것이었다. 나는 망원동으로 가는 길을 택했다. 경성중학교 쪽에는 나와 관계있는 어떤 것도 없었고, 알라네 동네에 가면 찜뽕이라도 하고 놀 수 있을지는 모르겠지만 썩 내키지 않았다. 그 아이들은 내게 자전거가 어디 있느냐고 물을 거였다. 불과 몇 달 전만 해도 나는, 어느 날 우리 집에 날아들었던 잉꼬처럼, 그 동네에 갑자기 나타난 이질적인 존재였지만 지금의 나는 모든 면에서 완벽하게 그들 중 하나였다. 전에 그 동네에 가는 걸 망설였던 게 그들과 내가 어딘가 다르다는 생각 때문이었다면, 그날은 정반대의 이유 때문이었다.

131번 종점에서 주택가 사이로 완만한 언덕길을 걸어 올라가 언덕 꼭대기에서 왼쪽으로 조금 걸어가다 보니 그 집이 있었다. 기억에 남아있던 그대로였다. 나보다 한 살 많은 외아들과 누나 둘이 있는 집. 내가 본 가장 넓은 집. 고등학교 시절 공부는 제일 못했는데 팔자는 제일 좋다고 엄마가 피식거리던 엄마의 고향 친구의 집. 그 집에 구희 누나가 있었다.

그 집은 큰 집은 당연히 그래야 한다는 듯이 깊은 정적에 빠져 있었다. 육중한 철문은 웬만큼 중요한 일이 아니면 움직일 이유가 없어 보일 정도로 거대했고, 그 옆의 쪽문 역시 쪽문이라고 하기 어려울 정도로 높고 무거워 보였다. 많은 집들이 철문에 사자머리를 붙여놓고 거기에 코뚜레처럼 손잡이를 매달아 놓는 게 유행이었는데, 그 집의 사자머리는 유난히 크고 유난히 더 반짝거렸다. 내가 수영장까지 있는 좋은 집으로 가서 좋겠다고 하자 구희 누나가 어이없는 표정으로 쳐다보면서 그래, 그 수영장 청소를 누가 하겠느냐고 반문하던 게 생각났다. 저 유난스런 사자머리를 닦는 것도 구희 누나의 일이겠지 싶었다. 금세라도 구희 누나가 기름이나 왁스를 묻힌 걸레를 가지고 저 황동 사자머리를 닦으러 나올 것 같았다. 나는 그 집 대문 근처에서 어슬렁거리면서 구희 누나를 만나게 될 경우에 할 말들을 떠올렸다. 요즘 어떤 어떤 음악 프로그램들을 듣고 있다는 것, 그리고 그렇게 해서 듣게 된 어떤 음악들이 내 마음에 어떤 움직임들을 불러일으킨다는 것, 등등. 아무리 생각해 봐도 그게 다였다. 그러고 보니, 나는 구희 누나에게 그 이야기들을 하고 싶어서 다른 모든 가능성들을 포기하고 이리로 온 것 같았다. 어쩌면 화곡동 종점에서 버스를 탈 때부터 그 생각을 하고 있었던 것 같았다. 하지만 그게 다였나? 그 이야기들이 정말 하고 싶은 이야기의 전부였나? 그리고, 정작 만나게 되면 그 이야기들이라도 제대로 할 수 있을까?

　나는 시린 발을 동동거리면서 그 집 근처를 배회하다가 131번 종점으로 다시 내려가 버스를 타고 학교로 돌아갔다. 개학날이라 일찍 끝날 것이었기 때문이다. 구희 누나를 만나지 못해 다행이라는 생각이 들었다.

32.

    2월의 나머지는 고통스럽게 흘러갔다. 형은 학교가 파하고 난 뒤 단과반 학원 한 곳에 들렀다가 아홉 시가 다 되어서야 퀭한 표정으로 돌아와 집에서 가지고 온 식은 도시락으로 허겁지겁 저녁을 먹었다. 엄마는 장기판의 말을 옮기듯이 형과 누나, 나를 데리고 집과 가게의 빈 구멍을 메꿨지만, 크게 움직일 수 있는 말들이 모두 묶여있는 상태에서 한 칸씩만 움직일 수 있는 졸들을 데리고 사정없이 몰아닥치는 바깥세상의 도전을 막아내는 데에는 무리가 있었다. 우린 그야말로 근근이 버텨냈다. 형이 새벽에 가게 문을 열고 등교하면 내가 지키고 있다가 진수를 데리고 내려온 누나에게 가게를 넘겨준 뒤, 진수를 학교에 데려다주고 돌아와 누나를 집에 올려보내고, 형이 돌아올 때까지 자리를 지키는 게 정해진 순서였다. 여기에는 식구들이 다 같이 모여서 먹는 제대로 된 식사 같은 것이 끼어들 자리가 없었다. 화곡동으로 옮긴 뒤의 생활은 임시방편 같은 느낌이 강했는데, 이제는 그것이 새로운 일상이 되었다. 나는 진수를 학교에 데려다준 뒤 서교동 일대를 방황하다가 돌아오거나, 아니면 바로 화곡동으로 돌아온 뒤 일없이 그 동네를 배회하다가 가게로 돌아오곤 했고, 밤에 형이 돌아온 뒤에는 가게에 남아 라디오를 들으며 책을 읽다가 형이 공부를 하고 있는 뒷방의 좁은 공간에 누워 잠들곤 했다. 병식이는 마침내 아버지의 꿈을 깨는 데 성공했는지, 며칠 후부터 다시 저녁마다 일숫돈을 받으러 다녔다. 때로 무언가를 말하고 싶어서 머뭇거린다는 인상을 받기도 했지만, 나는 의식적으로 대화가 길어지는 걸 피했다. 병식이가 하고 싶어 하는 말이 마침내 벙어리 식모 누나를 '따 먹었'다는 것일까 봐 두려웠다. 그 말을 들었을 때 어떻게 반응해야 할지 알 수 없었기 때문이다. 그 말이 섹스를 의미한다는 건 알았지만 그러나 그 일이 정확히 어떤 경로를 통해서 일어나게 되는지에 대해서는 여전히 잘 몰랐고, 그러나 아무튼 두렵고, 무언가 커다란, 좋지 않은 변화를 불러일으킬 일이라는 것만은 대충 느낄 수 있었다. 하지만 그 일을 좋지 않은 일이라고 느낀다고 해서, 적극적으로 비난하고 맞서서 싸울 만한 분명한 판단력이나 정신적인 체력을 갖추고 있지도 못했다. 그러니 다만 피하고 싶을 뿐이었다. 그렇게 지내는 동안 병식이와의 관계는 차츰 의례적인 것이 되어갔다. 병식이는 애당초 그리 끈기가 있는 아이가 아닌 데다가 동네에 다른 친구가 많았고, 나는 어차피 가게를 벗어나기도 어려운 처지였다.

집에 가 있는 동안에도 진수와 무언가를 같이 하는 일은 거의 없어졌다. 진수는 늘 인상을 찌푸리고 있었고, 날이 갈수록 조금씩 더 말이 없어졌다. 말을 조금 할 때에는 그마저 어눌했다. 엄마는 그런 진수를 이따금 걱정 어린 눈으로 쳐다봤지만, 그게 다였다. 엄마는 아마도 갑작스러운 환경의 변화 때문에 그렇다고 생각하는 것 같았다. 하긴 모든 것들이 다 갑작스럽게 변했다. 살던 동네도, 집도, 방도 갑작스럽게 바뀌었고, 가족들 각자가, 그리고 하나의 가족으로서 생활하는 방식도 급격히 바뀌었다. 그런 갑작스런 변화들 중에 엄마가 어떻게 해볼 수 있는 건 집안 분위기를 비슷하게 유지하는 것 말고는 없었다. 그리고 그 한 가지마저도 사실은 가능하지 않다는 건 이사를 하고 나서 한두 달이 지났을 때 이미 분명하게 드러난 터였다. 엄마 역시 그 사실을 받아들이는 도리밖에 없었다. 진수를 병원에 한 번 데리고 가봐야겠다는 말을 늘 달고 살았지만, 물론, 당장 무슨 일이 벌어질 것 같은 화급한 상황이 아닌데 병원에 갈 여유는 없었다.

　진수와 나는 점점 멀어졌다. 진수와 내가 여전히 엮여 있다고 생각되는 건 오로지 개미집을 통해서였다. 정확히 말하자면, 아직은 개미집이 아니라 개미집을 만들 계획으로 흙을 채워 넣은 유리병에 불과했지만, 진수와 나는 아침에 학교에 가는 버스 안에서, 그리고 밤에 집에서 만나는 날이면 개미를 잡는 일과 개미집을 유지하는 일에 대해 이따금씩 이야기를 나눴다. 나는 마치 개미집이 진수의 모든 문제를 한꺼번에 해결해줄 수 있는 유일한 대안이라도 되는 양 길을 다닐 때면 늘 땅바닥에 시선을 고정하고 개미를 찾으면서 다녔는데, 어느 날 밤 집에 들어가자 진수는 기다리고 있었다는 듯이 개미 이야기를 꺼냈다. 백과사전에서 읽었는데, 개미가 겨울잠을 잔다는 거였다. 그래서 지금은 찾아볼 수가 없다고, 그러니 봄이 올 때까지 기다리든가 아니면 개미들이 동면 중인 집을 찾아서 잡아야 한다는 거였다. 나는 드디어 미스터리가 풀렸다는 사실보다 진수가 예전처럼 말을 한다는 것 때문에 더 기뻤다. 그러나 얼마 지나지 않아 진수의 얼굴에서 표정이 사라졌고, 진수는 다시 입을 다물었다. 내가 조심스럽게 그 이유를 묻자, 진수는 마치 내가 무슨 소리를 하고 있는지 모르겠다는 듯한 표정으로 나를 쳐다봤다.

어쩔 수 없이 어수선하게, 그러나 필사적으로 보낸 2월 한 달 우리 가족의 성적표는 처참했다. 일단 엄마가 밤낮으로 옆에 붙어서 돌봤음에도 불구하고 아버지의 건강은 전혀 호전되지 않았다. 나는 아버지의 건강이 나빠진 게 짜장면이나 과자 몇 봉지, 맥주 몇 병 때문일 거라는 생각을 점차 버리게 되었다. 아버지의 상태는 그까짓 사소한 것들에 영향을 받아서 그렇게 됐다고는 보기 어려울 정도로 심각하게 나빴기 때문이다. 따라서 내가 가지고 있던 죄의식도 같이 사라졌고, 아버지에 대한 미움도 서서히 누그러들었다. 어쩌면 아버지는 위기가 다가오고 있다는 걸 느끼고 있었던 건지도 모르겠다는 생각이 들었다. 그래서 상황이 심각해지고 의식도 오락가락하는 상황이 되기 전에 인생을 조금 즐겨보자는 결심을 했던 것인지도 모른다. 진수의 경우도 마찬가지일 수 있다는 생각이 들었다. 문제는 우리가 전혀 알지 못하고 알더라도 어떻게 할 수 없는 어떤 지점에서 시작된 것이고, 그날 밤의 지하실 사건은 이 문제에 그다지 큰 영향을 끼치지 않았거나 아예 관계가 없는 것이었으리라는 생각이 드는 것이었다.

가게 매상은 1월에 이어 여전히 엉망이었다. 명절이라고는 구정, 즉 음력설이 하루 끼어 있었지만, 공휴일도 아니고 주말도 아니어서 매상에 별 영향을 미치지 못했다. 그리고 형과 진수의 성적이 떨어졌다. 형은 진수에 비해서는 그다지 많이 떨어진 것도 아니었지만, 불과 몇 점의 점수 차이로 들어가는 대학의 이름이 바뀔 수도 있는 것인 만큼 충격은 더했다. 게다가 이제 곧 신학기였다. 나와 누나가 번갈아서 가게를 맡던 방식에도 어쩔 수 없이 변화가 있어야 했다. 엄마는 다시 한번 우리 셋을 가지고 대책을 세워야 했다.

엄마는 일단 형은 입시에 집중해야 한다고 했다. 누구나 그렇게 생각하고 있던 바였다. 그리고 나는 중학교에 입학해야 한다고 했다. 그것 또한 당연한 일이었다. 그것은 진수가 국민학교에 계속 다녀야 하는 것만큼이나, 그리고 아버지가 치료를 계속 받아야 하는 것만큼이나 당연한 일이었다. 또 한 가지 당연한 일은 누나가 고등학교에 가야 한다는 사실이었다. 하지만 이렇게 하다 보면 또 한 가지의, 당연한 걸 넘어서서 필수적인 일, 가게를 누가 지키느냐 하는 문제가 해결되지 않은 채 남을 수밖에 없었다. 우리 모두 이 문제에 생각이 미쳤을 때, 엄마는 우리를 둘러보다가 힘들게 말을 꺼냈다.

"그래서…,"

"그래서?"

누나가 평소답지 않게 예민하게 말을 받았다. 나로서는 누나가 왜 그러는지 어리둥절했는데, 평소 같으면 당장 버르장머리 없다고 야단을 쳤을 엄마가 오히려 어울리지 않게 어색한 미소를 지으면서 누나를 쳐다봤다.

"야, 아무리 장사가 안 돼도 그 가게라도 없으면 우리가 어떻게 먹고살간. 엄마도 수시로 내려가 보긴 하갔지만, 그래도 누가 도맡아서 하긴 해야 할 거 아니갸."

"그래서?"

누나가 거의 울먹이면서 같은 질문을 던졌다. 누나는 이화여대부속고등학교에 배정을 받아놓고 있었다. 그 학교는 학군 내에서 유일한 남녀공학이었는데, 누나는 그 학교가 공부할 수 있는 분위기가 아니라고 투덜거리고 있었지만 내심 큰 기대를 걸고 있다는 걸 나는 알고 있었다.

"그럼 오빠가 학교 그만두고 가게를 봐?"

누나가 실로 이해하기 어려운 질문을 던졌다. 그건 나뿐만 아니라 진수가 들어도 말도 안 되는 소리였다. 형이 우리 집에 남은 유일한 희망이라는 건 누구나 인정하고 있는 사실이었다.

"야, 말 같은 소릴 하라우."

아니나 다를까, 엄마가 버럭 소리를 질렀다.

"그럼 뭐야, 그럼 뭐?"

누나가 거의 울 지경이 돼서 마주 소리를 지르자, 엄마는 한숨을 푹 쉬더니 똑같이 울상이 되었다.

"야, 그럼 어떡하간. 넌 똑똑하니까 1년 쉬었다가 가도 고등학교 1학년 공부는 금방 따라잡을 수 있지 않간. 나중에 바로 대학에 들어가서 재수했다고 치면 되지 않간."

나는 그제야 사태를 분명하게 파악할 수 있었다. 그러니까, 엄마는 누나가 고등학교 진학을 한 해 미루고 가게를 도맡아서 보라는 것이었다.

"1년도 말고 딱 여섯 달만 그렇게 하자우. 여섯 달이면 아버지 다 나아. 그러면 나머지 여섯 달은 학원 다니면서 공부하면 되지 않간. 그렇게 해서 1학년 들어가자마자 1등 하라우."

"1년 어린 애들하고 창피해서 어떻게 다녀!"

누나는 이제 본격적으로 울음을 터뜨리고 있었다. 나는 내가 이 대화에서 아예 소외되어 있다는 사실이 약간 섭섭했다. 누나와 나는 그래 봐야 3년 차이고, 나는 이미 가게를 보는 일에 상당한 경험을 쌓고 있었다. 왜 나는 이 일의 적임자라고 생각해 주지 않는 걸까. 게다가 나는 기꺼이 학교를 1년 쉴 마음의 준비가 되어 있었다. 이 문제에 대해서 내가 이의를 제기하려 하는 순간 엄마가 미리 대답을 내놨다.

"그럼 진영이한테 보라고 하간? 가게는 내팽개쳐두고 망나니 친구하고 쏘다니다가 가게 망하게 하는 꼴 보고 싶넌? 그나마 잘난 구멍가게 하나 있는 거 망하고 나면 우린 뭐 먹고 살간?

년 성실하잖네."

실로 살신성인의 자세로 집안을 위해 이 한 몸 기꺼이 희생하려던 마음이 쏙 들어가 버리고 마는 발언이었다. 누나는 그렇게 인정을 받고도 울음을 그치려 하지 않았다.

"내가 결국 이렇게 될 줄 알았어. 그래서 내가 가게 보는 걸 그렇게 싫어한 거야."

누나가 울면서 말했다. 그랬구나. 그런 거였구나. 누나는 미리 알아채고 있었구나. 우린 모두 입을 다물고 있을 수밖에 없었다. 엄마가 마침내 무릎걸음으로 조금 다가앉으면서 입을 열어 무어라 조용히 말을 꺼내려는 찰나에 누나가 울면서 소리를 질렀다.

"아버지가 안 나으시면?!"

실로 충격적인 발언이었다. 그건 우리 집안의 금기 중의 금기였다.

"진숙아,"

여태 고개를 숙이고 가만히 앉아있던 형이 조심스럽게 끼어들었지만 누나는 이제 본격적으로 울음보를 터뜨렸다. 형도 별다르게 할 말이 있었던 건 아니었는지 낮게 한숨을 내쉬고는 다시 고개를 숙이고 말았다. 엄마는 그러나 아무 말도 하지 않고 누나를 가만히 보고만 있었다. 드물지만 엄마가 크게 야단을 칠 때 보여주던 모습이었다. 누나가 일른 받아들이지 않고 고집을 부리면서 아무 말이나 막 하더니 이제 크게 혼나겠구나 싶은 생각이 드는 순간, 전혀 예상하지 못했던 뜻밖의 사건이 벌어졌다. 엄마가 울음을 터뜨린 것이었다. 엄마가 그렇게 우는 모습은 태어나서 처음 보는 것이었다.

"그럼 어떡하간."

엄마는 이 말만을 간간이 내뱉으며 오래오래 울었다. 누나가 놀라서 잠시 울음을 멈췄다가 다시 본격적으로 울기 시작했고, 뒤이어 진수와 내가, 그리고 형이 울음을 터뜨렸다. 누나는 어느새 엄마를 부둥켜안고 "엄마 울지 마"라고 되뇌고 있었다.

33.

겉으로 보기에 크게 달라질 건 없을 듯했다. 2월 한 달 동안에도 아침이면 누나가 진수를 데리고 나와서 나와 교대를 했고 내가 가게에 돌아와서 교대를 해주면 집으로 올라가곤 했는데, 그 상황이 몇 달 더, 그리고 매일 조금 더 긴 시간 동안 이어진다는 게 다르다면 달라질 일이었다. 어쩌면 엄마가 내게 진수의 등교를 도와주는 일을 맡기고 누나에게 가게를 보게 한 게 이 일을 준비시키려는 의도였을지도 모르겠다는 생각이 들었다. 그러나, 그렇게 해서 자의 반 타의 반 준비를 했다 하더라도, 막상 고등학교 대신 가게로 출근하게 된 누나가 받은 충격은 엄청난 것이었던 모양이다. 누나는 결국 가게를 맡는 일에 동의를 해놓고 난 뒤에도 봄방학 기간 내내 자기 방에만 박혀서 가게에는 단 한 번도 얼굴을 비치지 않았다.

내게는 또 내 나름대로의 문제가 있었다. 중학교에 입학할 날이 문자 그대로 내일모레로 다가왔는데, 아직도 교복과 가방, 심지어 신발조차 준비가 안 되어 있었던 것이다. 내가 배정받은 곳은 무려 7년의 역사를 자랑하는 사립학교인 금성중학교였는데, 중학교와 고등학교가 붙어 있는 이 학교의 이사장이자 고등학교 교장이기도 한 설립자가 군 장성출신이어서 학교의 규율이 군대와 마찬가지라고 알려져 있던 곳이었다. 학교에서 받아온 통지문에는 신입생의 용모와 복장, 소지품 따위에 관한 규정이 상세하게 적혀 있었다. 교복 상의의 후크를(우린 어떤 이유에선가 이걸 늘 '호크'라고 불렀다) 반드시 채울 것부터 시작해서 학교 배지와 학년 배지의 위치, 이름표 및 교표의 위치 등에 대해서도 센티미터 단위로 규정을 해놓고 있었고, 바지통(이건 허벅지와의 밀착 정도로 규정되어 있었다)과 밑단의 폭(이것 역시 인치 단위로 규정되어 있었다), 전체적인 모양새, 신발의 재질(천)과 색(검정) 등에 대한 규정도 들어 있었다. 나는 그 통지문을 엄마에게 보여 주었지만, 엄마는 얕게 한숨을 쉬면서 "가만 있어보라우"라고 할 뿐 더 이상 아무런 구체적인 조치도 취하지 않았다. 그러던 엄마가 입학식 전전날 아침에 내복을 갈아입으라고 하더니 갑자기 어딜 좀 다녀오자고 하면서 길을 나섰다.

엄마가 나를 데리고 간 곳은 망원동 친구네 집이었다. 내가 두어 주 전에 다녀온 바로 그 집이었다. 거대한 문기둥에 붙어 있는 초인종을 누르자 인터폰 안에서 구희 누나의 목소리가 들렸다. 공연히 가슴이 뛰었다.

"구희구나. 나야, 진영이 엄마."

엄마가 인터폰에 대고 말했다.

"어머, 아줌마! 안녕하세요!"

구희 누나답지 않게 흥분한 목소리였다. 지잉 하는 소리와 함께 문이 열렸다. 문을 밀고 들어가자 저 안쪽 현관에서 구희 누나가 뛰어나오는 모습이 보였다. 만나보고 싶어서 일부러 찾아오기까지 했던 사람인데, 막상 눈앞에서 마주 보게 되자 쑥스러워져서 낯선 곳에 온 어린아이처럼 엄마 뒤로 슬그머니 숨게됐다. 구희 누나는 이런 나를 보면서 웃었다.

"어머, 너 부끄럼 타니?"

구희 누나는 우리 집에 있던 때와는 달리 무척이나 밝아 보였다. 엄마는 공치사로 했던 말인지 모르겠지만, 내가 보기에는 엄마가 말한 것처럼 한결 예뻐진 것 같아 보였다. 구희 누나 뒤로 엄마 친구가 곧 나타났다. 구희 누나는 우리 집에 있을 때 엄마와 그리 살갑지 않았던 것과는 달리 그 아줌마와는 무척 가까운 것 같았다.

"거봐요. 성호랑 비슷하죠?"

구희 누나가 말했다.

"응. 그렇네. 성호 일학년 들어갈 때랑 비슷하네. 지금은 성호가 조금 더 크겠지만."

두 사람은 눈대중으로 내 키를 재면서 주거니 받거니 했다.

슬그머니 화가 나려고 했다. 도대체 우리 집과 이 집 사이에 어떤 차이가 있길래 구희 누나의 태도가 저렇게 바뀐 걸까 싶었다. 이 집은 커서 청소할 것도 더 많다면서. 그렇다면 사람이 더 지치고 힘들어 보여야 하는 것 아니겠는가 말이다. 집 안에 들어가자, 아줌마는 그 집 아들을 불러내서 나와 나란히 서보게 했다. 과연 그 집 아들이 나보다 조금 더 컸다. 세 여자는 무슨 크게 즐거운 일이라도 만난 듯이 화기애애하게 웃었다. 아줌마가 자기 아들더러 나와 같이 방에 가 있으라고 하자 구희 누나는 우리 둘의 가운데에 서서 우리의 어깨에 손을 얹은 채 이끌고 나왔다. 나는 구희 누나의 이런 태도가 낯설다 못해 화가 날 지경이었다. 중요한 배신을 당한 것 같았다.

나를 더욱 화나게 한 건 그 집 아들의 방에 갔을 때였다. 그 방에는 전축이 있었고, 음반도 꽤 많이 꽂혀 있었다.

"성호야, 트윈폴리오 틀어줘. 쟤도 그 노래들 들어봤어." 구희 누나가 말했다. 성호라고 불리는 그 집 아들이 턴테이블을 덮고 있던 아크릴 상자를 들어 올리고 음반을 하나 꺼내 들었다. 그 집 아들은 재킷에서 음반을 꺼낸 뒤 재킷을 내게 건넸다. 아마 재킷 구경을 하라는 뜻인 것 같았다. 뒷면에는 곡들의 수록 순서와 노래 가사들이 적혀 있고, 앞면에는 뿔테안경을 낀 송창식과 윤형주가 잔디밭 위에서 기타를 든 채 온몸을 비틀면서 괴상한 폼으로 서 있는 사진이 실려 있었다. 그 집 아들은 음반을 턴테이블에 올리고 스위치를 켠 뒤 조심스럽게 바늘을 얹었다. 손의 움직임 하나하나가 노련했다. 약간의 잡음과 더불어 송창식의 감미로운 목소리가 방안을 가득 채웠다. 이루 말할 수 없이 충만한, 저절로 눈이 크게 떠지는 소리였다.

"소리 좋지?"

속으로는 스피커에서 흘러나오는 부드럽고 깊으면서도 단단한 소리에 감탄하고 있었지만, 막상 구희 누나가 이렇게 묻자 아무 말도 하고 싶지 않았다. "쟤도 그 노래 들어봤어." 구희 누나는 분명히 그렇게 말했다. "쟤"라고. 그러니까, 구희 누나는 내가 아니라 그 집 아들을 향해 말을 건넨 것이었다. 그렇게 오랜만에 만난 나를 제쳐두고. 무어라 설명하기 어렵게 서러운 느낌이었다. 우리가 처음 이 노래나 한대수의 '바람과 나'를 같이 듣던 때의 그 특별한 느낌은 나 혼자만 느끼던 것이었단 말인가 싶은 생각이 들었다. 하지만 어떻게 그럴 수 있단 말인가.

그 순간의 공기는 분명히 특별했고, 그건 구희 누나도 분명히 알고 있었다. 구희 누나가 그 특별한 공기를 호흡하고 있는 순간을 내가 분명히 목격했으니까. 나로서는 구희 누나가 그 특별함을 일부러 버렸거나, 더 좋은 걸 찾아서 떠났다고 생각할 수밖에 없었다. 이런 줄도 모르고 매일 밤 라디오를 들을 때마다 그 노래들을 구희 누나와 함께 들었으면 좋겠다고 생각하고, 심지어 그렇게 하고 있다고 상상하기까지 했던 일들이 치욕스럽게 느껴졌다. 나는 앨범 재킷을 좀 더 자세히 들여다보고 싶은 욕심을 꾹 누르면서, 그게 별것 아닌 듯이 침대 위에 툭 내려놓고 방안을 휘 둘러봤다. 벽에는 여러 외국인 기타리스트의 사진들을 담은 판넬들이 여기저기 걸려 있었고, 한쪽 벽면에는 통기타와 전자기타가 나란히 걸려있었다. 이 자식은 기타도 칠 줄 아는구나. 내 안의 깊은 곳 어딘가로부터 시고 뜨거운 것이 끓어올라왔지만, 나는 가능한 한 아무런 감정적인 변화도 드러내지 않으려고 애쓰면서 그것들을 훑어봤다. 아줌마가 날 찾으러 온 건 그때였다.

아줌마를 따라서 거실로 갔더니 소파 위에 이런저런 물건들이 잔뜩 쌓여 있었다. 교복과 체육복, 가방, 참고서 따위들이었다. 엄마는 교복을 들고 내게 입어보라고 했다. 대충 눈치는 채고 있었지만, 막상 이 물건들을 눈앞에서 보니 수치심과 울화가 치밀어올라 눈 주위가 화끈거렸다. 그러나 차마 싫다는 말이 입 밖으로 나오지는 않았다. 입을 열었다가는 내 안에서 들끓고 있는 시큼한 그 열기가 쏟아져 나올 것 같았다. 교복을 들고 머뭇거리자 엄마가 괜찮다고 갈아입으라고 했다. 뭐가 괜찮단 말인가, 도대체 뭐가! 게다가 구희 누나까지 있는 앞에서 내복을 드러내도 좋단 말인가. 눈빛으로 엄마에게 간절하게 신호를 보냈지만, 엄마는 꿈쩍도 하지 않았다.

"뭐하니, 어서 입어보지 않고."

엄마도, 따로 갈아입을 장소조차 권해주지 않는 아줌마도 야속했지만 어쩔 수 없었다. 나는 엉거주춤 돌아서서 내가 입고 있던 옷들을 벗고 교복을 입기 시작했다.

"부끄러운가 보다, 진영이가 다 컸네."

아줌마가 말했다.

"하는 짓은 아직 영락없는 어린애야."

엄마가 말을 받았다. 죽고 싶었다. 엄마가 도대체 뭘 안단 말인가. 특히, 지난 몇 달 동안 내게 일어난 변화에 대해서 엄마가 무얼 알고 있단 말인가. 우린 마주 앉아서 한 상에서 밥을 먹은 날도 거의 없었다.

교복은 새것이나 마찬가지로 깨끗했고, 전체적으로 조금 헐렁했지만 입을만했다. 학년 초에 조금 크게 맞춰 입었던 건데

학기말에 갑자기 커서 새 학년에는 입기가 어렵다고 했다. 학년 배지의 하얀색 코팅이 절반쯤 벗겨진 것만 빼면 배지와 교표도 그대로 쓸 만했다. 그 집 아들은 학년 배지는 학교 앞 문방구에서 팔 테니, 등굣길에 사서 끼우라고 했다. 엄마와 나는 그 물건들을 모두 보자기에 싼 뒤, 검은색 운동화까지 한 켤레 얻어서 그 집을 나섰다. 집으로 돌아오는 버스 안에서 엄마는 창밖만 쳐다볼 뿐 한마디도 하지 않았다.

34.

입학식 날 아침에는 누나의 울음소리에 잠을 깼다. 누나는 형의 등교 시간이 되기 전에 가게에 나가야 했을 것이고, 준비하고 현관을 나설 때까지 내내 울었던 모양이다. 나는 조용히 일어나 교복을 갖춰 입고 엄마가 차려주는 밥을 먹은 뒤 진수를 데리고 집을 나섰다. 날은 3월답지 않게 추웠다. 앞으로 꽃샘추위가 며칠 이어질 거라고 했다. 나는 진수를 데리고 작은아버지네 집에 심부름을 갈 때 사용했던, 가게 앞을 지나가지 않는 길을 통해 종점에 갔다. 가게에 혼자 앉아 있는 누나를 보는 게 마음에 걸렸고, 누나가 교복을 입은 내 모습을 보는 것도 마음에 걸렸다. 진수는 늘 가는 길로 가지 않고 낯선 길로 접어들자 잠시 멈칫했지만, 내가 손을 잡아끌자 아무 말 없이 따라왔다.

우리는 아무 말 없이 버스에 올라 말없이 시달리면서 학교까지 갔다. 나는 진수를 내려준 뒤 한 정거장을 더 가 동교동에서 내려 이제부터 내가 다녀야 할 학교를 향해 걸어갔다.

　재완이와 성민이가 그 학교에 왔다는 건 병식이를 통해 알고 있었다. 가장 친하게 지냈던 친구들 소식을 다른 아이를 통해 알게 된다는 게 씁쓸한 일이긴 했지만 어쨌거나 같은 학교에 배정받았다는 건 반가운 일이었다. 입학식 날 똑같은 옷에 똑같은 머리 모양을 하고 운동장을 가득 채우고 있는 아이들 사이에서 그 둘을 찾아내는 게 가능이나 할까 싶었지만, 달리 할 일이 있는 것도 아니어서 슬렁슬렁 찾아다녔다. 동네에서, 또 학교에서 알고 지내던 얼굴들이 죄다 똑같은 모양을 하고 있는 꼴이 우스웠다. 그리고 그들 중에 재완이와 성민이가 있었다. 반가웠지만 다가가려다 말고 그만뒀다. 병식이가 같이 있었기 때문이었다. 그 셋은 뭐가 그리 재미있는지 연신 웃으면서 이야기를 나누고 있었다. 나는 멀찌감치서 그들을 지켜보다가 자리를 떴다. 마침 반별로 모이라는 방송도 있었다. 단일 건물로는 '동양 최대의 길이'를 자랑한다는 그 학교에는 다행히도 한 학년 당 반이 열 개나 있었고, 그 셋 중 누구와도 같은 반에 편성되지 않았다.

한 반으로 편성된 아이들은 운동장의 같은 구역에서 어슬렁거리면서 서로의 얼굴을 흘끔거리다가, 아는 얼굴들이 보일 때마다 환호성을 지르기도 하고 서로 툭툭 치기도 하면서 반갑게 인사를 나눴다. 테니스코트의 철망에 기대서 이런 모습을 지켜보고 있던 내 눈에도 아는 얼굴들이 여럿 들어왔지만, 어쩐지 선뜻 다가가게 되지는 않았다. 불과 두 달 남짓 못 보고 지냈을 뿐인데도 내가 잘 알지 못하는 아이들처럼 느껴졌다. 좀 더 분명히 말하자면, 그 아이들을 보는 순간 나는 더 이상 저 아이들이 사는 세계에 속해 있지 않다는 느낌이 든 것이었다. 무어라 설명하기 어려운 기묘한 느낌이었다. 그전까지 내가 살고 있던 세계와 다른 세계들 사이에 마치 어떤 분명한 경계선이라도 있었던 것처럼, 이제 나는 그 바깥으로 빠져나와 그들을 구경하고 있었다. 그리고 어쩔 수 없이 약간은 서러운 그 구경을 하기에 테니스장 철망처럼 적당한 곳은 없었다. 물론, 내가 사전에 그 테니스장의 존재를 알고 있었고, 그 철망에 기대서 다른 아이들을 구경하자고 마음먹고 있었던 건 아니었다. 내가 속한 반이 건물 입구에 가깝기도 한 그 자리를 골라서 모인 것이었고, 나는 그 자리에서 좀 외곽이라고 할 수 있는 그 철망 가까이에 자리를 잡은 것이었고, 자연스럽게 거기에 기대게 된 것일 뿐이었다. 그런데 막상 기대고 보니, 등을 기대고 흔들 때마다 약간씩 출렁이는 움직임은 그때의 내 마음의 움직임과 통하는 데가 있었다. 그리고, 그런 종류의 움직임에는 약간의 중독성 같은 데가 있다. 철망은 내가 살살 흔들 때는 탄탄하게 버티는 것 같다가도 세게 흔들면 파도가 치듯이 출렁거렸다. 나는 차츰 그 재미에 빠져서 아예 몸을 떼었다가 뒤로 나자빠지듯이 세게 부딪혀서 그 출렁거리는 흔들림과 삐거덕거리는 소리를 즐겼다. 다짜고짜 머리통을 때리는 무지막지한 손길을 느낄 때까지는 그랬다는 얘기다. 머리통이라고 했지만, 정확히는 왼쪽 귀 위의 옆머리였다. 맞는 순간 그대로 바닥에 나뒹굴었다. 귀에서 날카롭게 위잉 하는 소리가 울렸다. 그때까지 살면서 경험해보지 못했던 강도의 타격이었다. 내 앞에 버티고 선 사내가 일어나라고 해서 일어나긴 했지만, 어찌 된 사태인지 파악이 되질 않았다. 나는 철망에 기대 철망과 함께 흔들리면서 아이들을 구경하고 있었을 뿐이었다. 사내는 각이 진 턱을 거의 움직이지 않고, 따라서 입도 거의 벌리지 않으면서도 말을 하는 신기한 기술을 지니고 있었는데, 날카로운 이명을 뚫고 들어온 목소리를 대충 이해한 바로는, 나는 넋 나간 미친놈이고, 나 같이 제정신이 아닌 놈은 군대에 가서 맞아 죽어야 한다는 것이었다. 내가 넋 나간 미친놈이라는 건 보기에 따라 그럴 수 있다고 쳐도, 그러니 군대에 가야 한다는 건 좀 이상한 말 같았다. 군대란 곳은 신체

검사를 거쳐서 합격이 되어야만 가는 데 아니었던가. 그런데 넋나간 미친놈도 받아주나? 게다가 군대에 가서 맞아 죽다니. 그 사내는 이렇게 이상한 인과관계로 이뤄진 말을 던지고는 그 자리를 떠났다. 나를 뺑 둘러싸고 서 있던 아이들은 그 사내가 움직이기 시작하자 화들짝 놀라 양옆으로 일제히 갈라졌다.

"정신 차려 이 새끼들아. 중학교는 달라."

그건 말 안 해도 알 것 같았다. 학교란 데가 국민학교부터 시작해서 학년이 올라갈수록 점점 더 이상해진다는 것도 나는 이미 알고 있었다. 아무튼 사내는 그 한 마디를 남기고 사라졌고, 아이들은 뒤에서 그 사내의 정체를 놓고 수군거리기 시작했다.

"미친개, 미친개 카더만 저기 그건갑네."

웅성거리는 소리를 뚫고 낭랑한 경상도 사투리가 들려왔다. 알라였다.

"니도 여 왔네. 마수걸이 씨게 했다. 액땜했다 생각해라."

알라가 내 발밑에 침을 탁 뱉더니 하나둘 셋, 세어가면서 외발로 그 자리를 맴돌았다.

"니도 해라. 재수 띠야지."

내가 그 자리에 그대로 멍하니 서 있자 알라는 다시 한번 재촉했다.

"저기 그 체육선생 미친갠갑다. 제대로 걸리믄 삼 년 내 좆빽이 돌린다카더마이. 침 뱉고, 깽깨이로 세 바퀴 돈다. 실시. 돌아라, 머하노."

가까이 있던 아이들이 어떤 아이들은 진심으로, 어떤 아이들은 반 장난으로 바닥에 침을 뱉고 숫자를 세면서 외발로 제자리를 맴돌기 시작했다.

"니는 재수 옴붙으도 개안은갑네. 한 방 맞으니까 얼라맹키로 발라당 자빠지드만. 바라, 이진앵이 아즉도 정신이 안 드나."

주변의 아이들이 키들거리고 웃었다. 그러고 보니 낯이 익은 얼굴들이었다. 지난여름에 자전거를 타고 갔을 때 같이 찜볼을 하던 아이들이었다. 자동반사적으로 고개를 돌려 나와 같은 반이었던 아이들, 같은 동네에 살던 아이들, 조금 전까지 내가 구경하고 있던 아이들을 봤다. 그 아이들은 조금 거리가 떨어진 곳에 같이 몰려 서 있었다. 그러고 보니 그 아이들도 처음부터 나를 알아봤지만 다가오지 않고 있었을 뿐일지도 모른다는 생각이 들었다. 그러니까, 나만 그들을 구경하고 있었던 게 아니었던 것이다. 다만, 그 아이들은 영리하게도 자기들끼리 어울리면서 나라는 존재를 무시하고 있었고, 나는 어리숙하게 내 초조한 속마음을 그대로 드러내면서 테니스장의 철망을 흔들고 있다가 체육선생인지 미친개인지한테 두들겨 맞은 것이었다. 그제야 정신이 좀 드는 것 같았다.

"오랜만이다. 알라."

나는 그 아이들에게 등을 돌리며 돌아서서 알라의 어깨를 툭 쳤다. 학교 안에서도 알라라고 불러도 되나 싶은 생각이 들어 이름표를 보니 박지선이라고 적혀 있었다.

"지선이? 네 이름이 지선이야?"

알라가 묘한 미소를 짓더니 내 귓가에 입을 갖다 대고 조용히 말했다.

"내 이름 갖고 놀리거나 까불면 죽는 수가 있다이. 열 대 맞을 동안 내가 니 한 대 못 때리겠나. 딱 한 대면 넌 죽어."

내가 어이없는 표정으로 쳐다보는 동안 알라는 다시 자기 친구들 사이로 들어가더니 교복 상의 밑으로 손을 넣어 배를 쓰다듬으며 소리쳤다.

"아 씨바 담태이 머하노. 추븐데 빨리 나와가 교실로 안 데꼬

드가고."

그 몸짓을 보자 지난여름에 봤던 알라의 형이 생각났다. 내 자전거를 바닥에 아무렇게나 쓰러뜨려 놓고는 러닝을 걷어 올리고 배를 쓰다듬던 모습. 알라는 본인이 의식하고 있었든 그렇지 않았든, 자기 형을 흉내 내고 있었다. 거친 동네에서 거칠게 살고 있는, 실제로는 어떤 사람인지 모르겠지만, 남들에게 얕보이지 않으려고 애쓰면서 사는 인간. 한순간에, 이 모든 게 이해가 되었다. 알라도 세 보이고 싶은 것이었다. 처음 보는 아이들 앞에서 주눅 들지 않고 자기 몫의 목소리와 공간을 차지하고 싶었던 것이다.

"야, 지선아, 이 기집애야."

나는 돌아서 있는 알라의 엉덩이를 발로 걷어찼다. 알라와 그 주변 아이들의 움직임이 순간 멎는 게 눈에 분명하게 보였다. 앞으로 그 애와 나의 관계가 어떻게 될지는 이제 알라의 다음 반응에 달려 있었다. 알라가 천천히 몸을 돌리더니 내게 덤벼들었다.

"죽을래? 내가 까불지 말라 그랬쟤? 닌 머 모가지가 두 개가?"

말은 여전히 험악했지만, 얼굴에는 웃음이 살짝 배어 있었다.

"덤벼라 지선아. 미친개한테 물려서 나도 미쳤다."

우리가 서로에게 헤드록을 걸려고 맞서고 있는 동안 누군가가 소리쳤다.

"담임 나온다."

담임이 아이들을 인솔해서 교실로 들어가는 동안 우린 뒤에서 술렁술렁 따라갔다.

"쫌 놀러 오지 와 안 왔노."

그때 이후로 왜 놀러 오지 않았냐는 말이었다. 이사를 갔다고 대답하려다가 그만뒀다. 다른 학군으로 이사 갔다는 걸 여전히 비밀로 해야 하는 건지 알 수 없었기 때문이다. 알라가 내 등에 손을 대고 앞으로 밀었고, 나는 내가 더 뒤에 가겠다고 버티다가 못 이기는 척하고 밀려갔다. 알라가 키들거리면서 내 등을 밀고 왔다. 우린 이렇게 해서, 다른 모든 아이들 앞에서 우리의 관계를 못 박아 뒀다.

그 학교는 한 마디로 군대 지옥이었다. 우리는 중학교와 고등학교가 함께 사용하는 교문을 통과할 때 거수경례를 하면서 "전진!"이라고 크게 구호를 외쳐야 했다. 누군가가 말하기를, 이사장이 사단장으로 있던 사단의 구호였다고 했다. 입학식을 마치고 돌아온 날 가게에서 형과 함께 연습까지 했지만 막상 다음 날 아침에 교문을 들어설 때에는 발과 경례가 잘 맞지 않아서 뒤뚱거리다가 제대로 소리를 지르지 못했고, 그 즉시 교문 안쪽에 일렬로 서 있던 지도부원들에게 불려갔다. 이들의 위세는 국민학교 때 보던 선도부원들과는 차원이 달랐다. 그들이 서 있는 뒤쪽에는 수십 명에 달하는 학생들이 지도부 담당 교사인 미친개의 명령에 따라 원산폭격을 하고 있거나 엎드려뻗쳐 자세를 하고 있었다. 맞은편에는 고등학교 지도부원들이 줄을 지어 서 있었고, 그들 뒤의 광경도 마찬가지였다. 코끼리 빤쓰라는 별명을 가진 지도부 교사가 돌아다니면서 매를 휘두르고 있는 모습도 보였다. 한 마디로 등교 시간의 교문 안쪽은 고함소리와 신음소리와 매타작 소리가 어우러지고 있는 아수라장이었다. 나를 오라고 부른 지도부원은 경례 연습을 몇 번 반복해서 시키더니 마침내 내 학년 배지의 흰색 코팅이 반쯤 벗겨져 있는 걸 발견하고는 뒤로 가서 엎드리라고 지시했다. 옆자리에 알라가 엎드려 있다가 내 쪽으로 고개를 돌리며 씩 웃었다.

"니는 와?"

"빳지. 너는?"

"'호크'가 없다."

그러고 보니 알라의 목이 허전해 보였다. 교복은 턱밑까지 올라오는 딱딱한 둥근 깃이 맞물려 있어야 정상인데 그게 벌어져 있을 뿐만 아니라, 그게 열려 있을 경우에는 전복 이빨처럼 작게

튀어나와 있어야 할 쇠고리 두 개가 아예 보이지 않았다.

"그거 없으면 맨날 깨질 텐데?"

"없는 걸 우짤끼고."

하긴 맞는 말이었다. 누군가가 줬겠지. 그런데 하필이면 후크가 없는 것이었겠지. 알라의 엄마는 어쩌면 후크라는 게 왜 있어야 하는지조차 이해하지 못했을 수도 있다. 알라 본인도. 알라의 형도. 그자가 혹시라도 알라에게 약간의 관심이 있었더라도. 모르는 걸, 없는 걸 어쩌란 말인가.

시선을 땅에 두고 가만히 엎드려서 그런 생각을 하고 있는데, 알라가 다시 고개를 옆으로 돌리고 웃으며 말했다.

"처음 한 달만 이 지랄이지, 이때만 넘기믄 개안타카드라."

엎드려 있느라 피가 몰려서 그랬을 텐데, 알라는 마치 곧 울 것처럼 눈 주위가 붉어져 있었다.

첫날 담임선생이 가장 중요하게 여긴 건 생활환경조사였다.

"중학교에서는 일일이 가정방문을 하지 않기 때문에, 여러분의 생활환경을 알기 위해서는 이 생활환경조사서가 무엇보다 중요하다. 반드시, 일인도 빠짐없이, 내일까지 제출하도록."

갱지 한 장에 인쇄되어 있는 생활환경조사서에는 부모의 학력, 집의 자가/전세/월세 구분과 가격을 포함하는 재산 정도,

자가용부터 시작해서 TV에 이르기까지의 가족소유 물품들을 모두 기록하게 되어 있었다. 국민학교 시절부터 학년 초마다 매년 제출해 온 서류였는데, 내가 적어넣어야 할 것들이 그해 처음으로 많이 달라져 있었다.

엄마는 주소지란을 공란으로 남겨뒀다가 맨 마지막에 수첩을 뒤져 망원동으로 시작되는 주소를 입력했다.

"엄마 망원동 친구 집이에요?"

엄마는 내 질문에는 대답을 하지 않고 주소지 뒤에 적혀 있는 세 가지의 선택사항 중에서 잠시 머뭇거리다가 '월세'에 동그라미를 치고, 보증금과 월세 금액을 적어 넣었다. 그러니까, 법적으로 따지자면 우리는 그 망원동 친구의 집 어딘가에 세들어 살고 있는 처지였던 셈이다. 엄마는 그러고 나서 슬쩍 내 얼굴을 보면서 겸연쩍은 듯이 웃더니 혼잣말처럼 중얼거렸다.

"얼른 다시 이사하자."

이건 엄마가 화곡동으로 이사 온 직후에 늘 하던 말이었지만, 이번에는 전에 하던 말에 들어있던 '회복'의 느낌보다는 '거짓말을 하지 않아도 되는' 쪽에 더 무게가 실려 있는 것 같았다.

엄마가 그 서류를 작성하고 마지막에 도장을 찍고 있는 모습을 보고 있자니 이미 지난 몇 달에 걸쳐 몸으로 알고 있었던 변화가 공식적으로 인정되는 듯한 느낌이었다. 수학 선생인 담임은 자신에게 과외를 받을 아이들을 빠르게 추려냈다. 아마도 첫 날 제출한 생활환경조사가 큰 도움이 됐을 것이다. 국민학교 동창들 중 생활 형편과 성적이 괜찮은 아이들은 모두 담임과 면담을 했고, 그들 중 대부분이 담임의 방과 후 학생이 되었다. 동창 아이 중 하나는 잘 하고 있던 과외를 옮겨야 한다는 사실 에 대해 노골적으로 불만을 말했다. 수업에 들어온 영어 선생 도 첫 시간의 상당 부분을 자신에게 과외를 받을 아이들을 추 려내는 데 썼다.

가장 압권은 전체 조회 시간이었다. 이 학교에서도, 다른 학 교들과 마찬가지로, 매주 월요일 아침에 중고등학교를 합쳐서 운동장에서 조회를 했는데, 그중 어느 날, 본관 한가운데서 독 일셰퍼드가 한 마리 걸어 나오더니 운동장을 가득 채우고 부동 자세로 서 있는 학생들 사이를 어슬렁거리고 돌아다니기 시작 했다. 아이들이 술렁거리자 지도부 교사들이 조용하라고 고함 을 질렀다. 아이들은 이사장이 기르는 개라고 소곤거렸다. 학교 에 개가 돌아다니다니! 우습고 재미있었다. 실제로 키들거린 아 이가 있었고, 옷은 체육복을 입었지만 모자는 빨간색 군모 비 슷한 걸 쓴 미친개가 그 아이에게 가더니 정강이를 걷어찼다. 그러나 우습고 재미있던 것과는 전혀 관계없이, 그 개가 혀를 길게 빼고 허리를 좌우로 출렁거리면서 내가 서 있는 곳 가까이로 다가오는 순간, 거짓말처럼, 그 전 해 여름에 개한테 물렸던 자리가 아프기 시작하더니 갑자기 현기증이 일었다.

나는 전화번호를 묻는 양호 선생의 목소리에 깨어났다. 순간적으로 예전 집 전화번호가 생각났지만 지금은 집에 전화기가 없다는 생각이 동시에 들었다. 내가 눈은 떴지만 아무 대답이 없자 양호 선생은 아직 정신을 못 차렸다고 생각했는지 가볍게 따귀를 때렸다. 그제야 나는 전화가 없다고 대답했다.

"전화가 없어? 그럼 어쩔 수 없지."

양호 선생은 인상을 쓰면서 중얼거리더니 앞으로 쉽게 양호실에 올 생각 하지 말라고 못을 박았다. 내가 교실로 돌아갔을 때는 담임의 학급조회가 진행 중이었다. 담임은 나를 노골적으로 비웃었다.

"앞으로 조회 시간마다 쓰러질 예정이냐?"

나는 그렇다고 대답하고 싶었지만 참았다. 대신 가만히 쳐다봤는데, 담임은 손바닥으로 머리통을 한 대 치더니 이렇게 말했다.

"꾀병 부리지 마. 그리고, 버릇없이 굴면 이게 다음엔 따귀가 된다. 알았어?"

나는 전혀 예상도 못 하고 있다가 머리통을 맞은 충격도 있고 해서 잠시 아무 말도 없이 멍하니 서 있었다. 다시 머리통에 이번엔 좀 더 세게 충격이 가해졌다.

"알았어 몰랐어?"

나는 여전히 영문을 몰랐지만, 알았다고 대답했다.

"괜안나?"

조회가 끝나고 담임이 나가자 알라가 다가와 물었다. 내가 아무 대답이 없자 알라는 담임 욕을 했다. 자기한테 그러면 바로 받아버릴 거라고 큰소리쳤다. 알라는 내게는 물어보지도 않은 채 내 짝과 자리를 바꿔서 내가 앉아있는 뒤쪽으로 왔다. 우리가 가까운 사이라는 건 이미 반 아이들이 대충 인식하기 시작하고 있었지만, 일부러 자리를 바꿔서 같이 앉는 건 상당히 큰 제스처였다. 반 아이들이 모두 뒤를 돌아 우리가 앉아있는 자리를 쳐다봤다. 쉬는 시간마다 천변 동네 아이들이 우리 자리로 몰려왔다. 알라가 옆자리로 온 게 꼭 반갑지만은 않았지만, 약간 으쓱해지는 것도 사실이었다. 천변 동네 아이들과 가까워지고 나니까 노고산, 와우산 비탈에서 사는 산동네 아이들과도 쉽게 가까워졌다. 우리는 쉬는 시간과 점심시간에 같이 몰려다녔다. 매점 앞이나 운동장에서 병식, 성민, 재완과 마주치기도 했지만, 우리는 별말 없이 지나쳤다.

가게로 돌아갔을 때 누나는 물건들을 정리하고 있었다. 누나는 조금씩 상한 사과들을 골라내 두었던 걸 봉투에 넣어서 엄마한테 갖다 드리라고 내밀었다. 계산대 위에는 수학책이 펼쳐져 있었다. 집으로 올라가는 길은 몹시 춥고 금세라도 눈이 쏟아질 것처럼 하늘이 꾸물거렸다. 진수가 개미집 병을 들고 마당에 나와 앉아있었다.

"뭐하냐? 안 추워?"

진수는 나를 쳐다보지도 않은 채 나뭇가지로 땅바닥을 파면서 대답했다.

"개미."

"개미? 아직 추운데? 아직 겨울잠 자고 있지 않을까?"

"3월이잖아."

진수는 계속해서 땅을 팠다. 나는 그 모습을 잠시 지켜보다가 집 안으로 들어갔다.

"네가 골라 담은 거가?"

내가 내민 사과 봉투를 들여다보면서 엄마가 물었다.

"아뇨. 누나가 골라놨던데요?"

엄마는 아무 말 없이 봉투 안에 든 사과를 들여다보다가 부엌으로 들어갔다. 아버지는 벽을 향해 돌아누워 있다가 다녀왔다는 인사에 잠시 고개를 돌리긴 했지만 얼굴이 너무 부어서 눈이 잘 보이지도 않을 정도였다. 나는 발치에 주저앉아서 잠시 다리를 주물렀다. 손가락으로 누르는 자리마다 살이 푹 들어갔다가 한참이 지나도 다시 튀어나오지 않고 그대로 들어간 채로 남아있었다. 얼마 주무르지 않았는데도 다리가 아픈지 아버지가 슬그머니 다리를 거둬들였다. 나는 잠시 그 자리에 앉아있다가 일어나서 빠져나왔다.

나는 방 안에 가만히 누워서 천장을 올려다봤다. 성민이나 재완이와 다시 가까워질 수 있을까? 아니, 그럴 필요가 있을까? 내가 그걸 원하나? 병식이는? 지금 나를 자기들 중의 하나로 생각해주는 건 알라네 아이들이었다. 그런데 나는 그 아이들과 어울려 지내는 것도 마냥 편안하지만은 않았다. 어쩌면 그냥 혼자 지내는 게 나을지도 모른다는 생각이 들었다. 엄마가 가게를 나한테 맡겨주었더라면. 그랬다면 나는 학교 따위 가지 않고, 혼자 계산대 앞에 앉아 책을 읽고 라디오를 들으면서 나 혼자만의 세계에서, 송창식의 피리 부는 사나이처럼, 즐겁게 살 수 있었을 것이었다. 하지만 당장 내일도 나는 학교에 가서 담임과 다른 선생들의 시선을 피해서 적당히 잘 지내야 했고, 아이들 무리에서도 적당히 뒤섞여서 눈에 띄지 않게 지내는 과제를 수행해야만 했다. 우습지 않은가. 선생들과 아이들을 만나기 위해서 학교에 가는 게 아니라 그들을 피하는 법에 골몰하면서 학교생활을 해야 한다는 게.

팔베개를 하고 누운 채 천장을 보면서 이 생각 저 생각을 하다 보니 머릿속은 점점 더 복잡해지고 마음은 답답해지기만 했다. 다 떠나서, 내일 아침 교문을 통과할 일이 끔찍했다. 망할 놈의 경례, 망할 놈의 전진! 망할 놈의 엎드려뻗쳐, 망할 놈의 조회, 망할 놈의 개새끼. 그러나 물론 그건 그 개의 잘못은 아니었다. 이사장이라는 개자식, 그 앞에서 꼬리를 치는 개보다 못한 선생들, 그 선생들 앞에서 꼼짝도 못 하는 비겁한 놈들, 그러니까, 나 자신 같은 놈들이 문제였다. 욕을 먹어도, 영문도 모르고 매를 맞아도 눈을 끔뻑거리면서 잘못했다고 말하는 나 자신 같은 비겁한 놈들. 나는 내 머리통을 만져봤다. 중학교에 입학하고 나서 불과 며칠 만에 미친개에 이어 담임에게도 얻어맞은 머리통. 머릿속 전체가 울리는 것 같은 충격이었다. 담임은 다음엔 따귀를 때리겠다고 했다. 정말 따귀를 때리면 난 어떻게 해야 할까. 그것 역시 그냥 그러려니 하고 받아들이고 말아야 할까? 아니면 알라가 말한 대로 거칠게 '들이받아' 버려야 하는 걸까? 하지만 들이받는다는 건 대체 무슨 뜻인가? 맞서서 싸운다는 건가? 그게 가능이나 한 일인가? 그리고 그다음엔? 분명히 퇴학을 당할 텐데, 그다음엔?… 엄마는 뭐라고 할까? 아마 집에서도 쫓겨날지도 모른다. 결국은 아무 대책이 없는 거나 마찬가지였다. 때리면 맞는 수밖에 없다는 얘기였다.

나는 분이 풀리지 않아 벌떡 일어섰다. 어서 가게에나 내려갔으면 싶었다. 가서 라디오나 들었으면. 하지만 밖이 어두워지지 않은 걸 보면 엄마가 저녁 도시락을 싸놓기에는 아직 이른 시간이었다. 나는 마루에 나가 한쪽 구석에 휑뎅그레하게 놓여 있는 책꽂이에서 읽을 만한 책을 찾기 시작했다. 열 권짜리 세계단편문학전집은 이제 다 읽었고, 여섯 단짜리 책꽂이를 가득 채우고 있는 다른 전집류들 중에서 한 가지를 시작해볼 생각이었다. 온갖 다양한 방식으로 구색을 맞춘 문학전집들이 책꽂이에 한가득이었다. 최소한 책에 관한 한 나는 그리 가난하지 않은 셈이었다. 학교에서 아무리 당해도 이 책들과 가게 계산대 앞에 놓인 작은 라디오만 있으면 그럭저럭 견뎌 나갈 수 있을 터였다.

무언가 육중한 게 떨어지는 소리와 동시에 와장창 유리 깨지는 소리가 들려온 건 한국현대문학전집 중에서 아무거나 한 권을 꺼내서 뒤적거리고 있던 때였다. 소리가 안방 쪽에서 들려온 것 같았기 때문에 부리나케 안방으로 달려가 문을 열고 들여다봤다. 이미 어둑해진 방안 풍경은 아까 내가 들어갔을 때와 조금도 달라진 게 없었다. 아버지는 아까와 똑같은 자세로 누워 있었다. 나는 조심스럽게 문을 닫고 부엌으로 가서 들여다봤다.

"금방 다 돼. 좀만 더 기다리라우."

엄마는 아무 소리도 듣지 못한 모양이었다. 콩나물무침을 하려는지 김이 오르는 솥에서 콩나물을 건져내는 중이었다. 잘 삶아진 콩나물 냄새가 구수했다. 부엌 바닥에는 유리가 깨진 흔적이 없었고, 무언가가 떨어졌던 것 같지도 않았다. 뜸이 들고 있는 밥 냄새와 콩나물 냄새를 맡고 있는데 갑자기 불길한 느낌이 들었다. 나는 후다닥 현관으로 가서 신발을 대충 꿰고 이제 막 어두워지기 시작한 마당으로 나갔다. 아니나 다를까, 산산조각이 난 유리 조각들이 마당에 잔뜩 떨어져 있고, 진수가 비교적 크게 조각나 있는 유리 조각들을 찾아 그 위에서 쿵쿵 발을 구르고 있었다.

"개미가 없어, 개미가 없어,"

진수는 발을 쿵쿵 구르면서 그 리듬에 맞춰 똑같은 말을 중얼거리고 있었다.

"발 다쳐, 조심해!"

나는 진수가 그런 모습을 보일 수 있다고 상상도 해본 적이 없었기 때문에 당황한 나머지 선 자리에서 소리만 질렀다. 진수는 내 말을 듣자마자 오히려 더 격렬하게 발을 구르면서 더 크게 소리를 질렀다.

"개미가 없어! 개미가 없어!"

진수가 비명처럼 소리를 지르자 엄마가 마당으로 통하는 부엌문을 열고 나왔다.

"야가 와 이러네, 야, 진수야, 정신 차리라우!"

엄마는 진수에게 달려가 양쪽 어깨를 붙잡더니 마구 흔들었다. 진수가 소리 지르는 걸 멈추더니 삐죽삐죽 울기 시작했다. 그러더니 미약한 소리로 중얼거렸다.

"머리 아퍼, 머리 아퍼,"

"야, 머리가 아파? 머리가 와 아프넌?"

엄마는 진수가 심상치 않다는 걸 눈치챈 듯했다. 진수를 붙들고 얼굴을 조심스럽게 살폈다.

"엄마, 바닥에 유리. 조심해."

엄마는 그제야 바닥에 깔린 유리 조각들을 봤다.

"야, 이게 다 뭐간. 진영아, 이 유리 조각들 좀 치우라우."

엄마는 진수의 얼굴과 땅바닥을 번갈아 살피면서 조심스럽게 진수를 데리고 집 안으로 들어갔다. 진수한테 도대체 무슨 일이 벌어지고 있는 걸까. 도대체 어디에서부터 이 모든 일이 잘못된 걸까. 나는 안방 창문을 올려다봤다. 캄캄하게 불이 꺼져 있는 그 창문 안에는 아무도 살고 있지 않는 것 같았다. 나는 지하실 문을 열고 들어갔다. 안방의 아궁이를 열고 화덕을 조심스럽게 끌어냈다. 화덕 안에는 불이 잘 붙어있는 연탄이 활활 타고 있었다. 앞으로 두어 시간은 잘 타오를 것이었다. 나는 그 위에 얼굴을 들이댔다. 얼굴이 화끈거리면서 달착지근한 냄새가 입안에 번졌다. 이 모든 걸 여기에서 끝낼 수 있을까.

그러고 싶었다. 그러나 그렇게 생각하는 순간 마음의 온도가, 그렇게 말할 수밖에 없겠는데, 갑자기 떨어지는 게 느껴졌다. 머리둘레를 무언가로 조였다 풀었다 하는 것 같은 느낌이 반복되면서, 모든 게 하찮게 느껴졌다. 나는 탑 위의 철문 앞 좁은 공간에 쪼그리고 앉았다. 그렇게 앉아서 앞뒤로 몸을 구르기 시작했다. 그렇게 구르다가 그대로 툭 떨어져 내려도 괜찮을 것 같았다. 지하실에 들어올 때마다 시선을 두는 걸 일부러 피하고 있던 지하실 가장 안쪽의 어둠 속을 쳐다봤다. 그 어둠 속에서는 늘 무언가가 숨어서 날 지켜보고 있는 것 같았다. 나는 그동안 읽은 책 어딘가에서 봤던 것 같은 문장을 중얼거렸다.

"이제 네 모습을 드러내렴."

이 말을 입 밖에 내고 나서, 나는 그 어둠의 가장 뒤쪽을 한참 동안 노려보았다. 금방이라도 무언가가 튀어나올 것 같던 어둠은 그대로 꾸물럭거리기만 할 뿐이었다.

35.

나는 다음날 등교할 준비를 갖춘 뒤 형과 내가 먹을 저녁 도
시락까지 들고 가게로 내려갔다. 교복을 차려입고 책가방까지
든 채 이미 어두워진 길을 내려가는 기분은, 늘 묘했다.

누나는 그날의 매상을 정리하고 있었다. 누나는 그날의 매상
중에서 일숫돈을 꺼내놓고 얼마 되지 않는 나머지를 챙겨서 주
머니에 넣었다. 누나는 내가 입고 있는 교복을 한 번 흘낏 쳐다
봤을 뿐 더 이상 눈물을 흘리거나 하지는 않았다. 누나는 곧 난
로의 연탄불을 갈라서 방 아궁이에 넣어야 할 거라고 한마디
하고는 가게 문을 나섰다. 연탄을 아끼기 위해서 낮 시간에는
방에 불을 넣지 않았다는 거였다.

계산대에 앉아 펼쳐져 있는 장부를 봤다. 그날 하루의 매출이

꼼꼼하게 기록되어 있었다. 누나는 이제 마음을 정한 모양이었다. 선반 위의 과자 상자들도 질서정연하게 정리되어 있었다. 우울하고 붕 떠 있는 것 같던 마음이 조금 가라앉는 기분이었다. 나는 라디오를 틀고 집에서 들고나온 책을 펼쳤다. 손창섭이라는 작가였다. 이야기 내내 비가 왔다. 조용하고 암울한 이야기였다. 라디오에서도 조용하고 감미로운 남자 듀엣의 노래가 흘러나왔다. 디제이는 그 노래의 제목이 'Sound of Silence', '침묵의 소리'라는 뜻이라고 알려줬다. 그리고 첫 두 줄을 읊고 번역해 줬다.

Hello darkness, my old friend 안녕, 나의 오랜 친구 어둠이여

I've come to talk with you again 또다시 너와 이야기를 나누려고 왔어

나는 그 두 줄을 입안으로 몇 번이고 중얼거렸다. 나의 오랜 친구 어둠이라는 말이 가슴 깊이까지 가라앉았다. 나의 진정한 친구 역시 저 문밖의 어둠인 것 같았다.

그 노래가 끝난 다음에도 감미로운 팝송들이 이어졌다. 그 노래들은 내 안에 들어있던 그리움을 일깨워줬다. 그러나 그

그리움은 한 번도 가보지 못한 세계에 대한, 그러니까 아무런 구체적인 내용도 없고 대상도 없는, 그리움 자체일 뿐인, 그리움을 향한 그리움 같은 것이었다. 학교에 가지 않고, 그래서 담임도, 영어 선생도, 알라도, 다른 아이들도, 아이들 사이를 어슬렁거리며 돌아다니는 셰퍼드도 보지 않고 이렇게 음악만 듣고 있을 수 있다면. 학교뿐만 아니라 집에도 어디에도 가지 않고 그냥 이 정체 모를 그리움에 푹 빠져서 그 안에서만 살 수 있다면. 그게 그 순간 내가 바라는 모든 것이었다.

연탄을 갈라 불을 붙이는 동안에도 그 구절이 떠올랐다. 이제 막 새로 사귄 '나의 오랜 친구 어둠'은 새로 갈라 넣은 연탄 구멍 안에도 있었다. 캄캄한 구멍 저 안쪽 깊은 곳에서 올라오는 희미한 불빛을 들여다봤다. 아까처럼 무섭거나 눈물이 나지는 않았다. 내가 비겁해지지 않는 유일한 길은 그 안에서 들려오는 이야기를 듣는 일일 것만 같았다. 나는 한참을 들여다보다가 문소리에 놀라 고개를 들었다. 병식이네 아버지였다.

"엄마 안 계시냐?"

안 계신다고 하자 병식이네 아버지는 난처하다는 표정을 지었다. 나는 아무 말도 하지 않고 일수 장부와 돈을 꺼내서 내밀었다. 자기는 늘 병식이한테 심부름을 시키던 주제에 새삼 돈거래는 어른들끼리 하는 거라는 티를 내는 게 우스웠다. 돈을 챙겨서 가방에 넣은 뒤 장부에 도장을 찍고 돌아서 나가는 병식이 아버지에게 오늘은 왜 병식이가 안 왔느냐고 물었다. 병식이 아버지가 눈을 가느스름하게 뜨고 물었다.

"우리 병식일 아니?"

"예. 같은 중학교 다니는데요."

나는 교복의 오른쪽 깃에 붙어있는 학교 배지를 가리켰다.

병식이 아버지한테 내가 같은 학교에 다닌다고 얘기한 건 어쩌면 바보짓이었다. 앞으로 병식이가 어떤 짓을 하고 다니느냐에 따라 아주 귀찮아질 수 있다는 위험도 있었지만, 관계없었다. 그리고 앞으로도 계속 관계없으면 될 일이었다.

"중학교 들어갔으니까 공부해야지. 너도 공부 열심히 해라."

병식이 아버지는 잠시 새삼스럽게 나를 관찰하는 듯하다가 한 마디 던지고는 돌아서서 나갔다. 나는 웃음이 나오려는 걸 간신히 참았다. 어쩌면 병식이 아버지는 내가 병식이가 피해 다녀야 할 시장통 아이라고 생각하고 있을지도 모른다는 생각이 들었다. 아무튼, 병식이에게 찾아왔던, 아니, 병식이가 몸으로 때우면서 확보했던 한동안의 해방은 또다시 막을 내린 것처럼 보였다.

형은 열 시가 넘어서야 돌아와 말없이 밥을 먹고 방으로 들어갔다. 밖에서는 눈이 내리기 시작했다. 나는 형한테 알리지 않고 혼자 나가서 밖에 내어놓은 과일들을 들여왔다. 자정이 다 되어 형이 방 안에서 나왔다.

"눈이 오네. 혼자 들여놨구나. 말을 하지 그랬어."

형은 중얼거리면서 나를 보고 희미하게 웃고는 밖으로 나갔다. 덧문을 닫을 시간이 된 것이었다.

"형, 불만 끄자. 덧문은 내가 이따가 닫을게."

형은 눈이 내리는 밤하늘을 잠시 올려다보더니 그대로 들어왔다.

"그래. 그러지 뭐. 저거 생각보다 무겁다. 얘기해. 혼자 하지 말고."

형이 방 안으로 들어가고 나서 나는 실내의 불을 모두 껐다. 유리문밖에 봄눈답지 않게 굵은 눈발이 쏟아지고 있었다. 가게의 외등들만이 희미하게 빛을 내고 있는 캄캄한 거리에 눈송이들이 빛나면서 떨어져 내리고 있었다. 라디오에서 송창식이 부르는 노래가 흘러나왔다. 처음 듣는 노래였다. '밤눈'이라고 했다. 방송국이 있는 안국동에도 눈이 내리고 있는 모양이었다. 안국동은 라디오의 이쪽과 저쪽만큼이나 다른 세상 같은 느낌이었지만, 따지고 보면 그리 멀지 않은 곳이었다.

한밤중에 눈이 내리네 소리도 없이
가만히 눈 감고 귀 기울이면
까마득히 먼 데서 눈 맞는 소리
흰 벌판 언덕에 눈 쌓이는 소리

당신은 못 듣는가 저 흐느낌 소리
흰 벌판 언덕에 내 우는 소리
잠만 들면 나는 거기엘 가네
눈송이 어지러운 거기엘 가네
눈발을 흩이고 옛 얘길 꺼내
아직 얼지 않았거든 듣고 오리다
아니면 다시는 오지도 않지

한밤중에 눈이 내리네 소리도 없이
눈 내리는 밤이 이어질수록
한 발짝 두 발짝 멀리도 왔네.

노래를 들으면서, 그리고 노래가 다 끝나고 나서도, 나는 어둠 속에 앉아 바깥에 내리는 밤눈을 보면서 까마득한 먼 데와, 내가 묻어놓고 온 옛 얘기들에 대해 생각했다. 생각 속의 세계는 처음에는 내가 살던 골목과 그곳에서 내가 겪었던 일들이었지만, 곧이어 내가 한 번도 가보지 않은 곳, 한 번도 해보지 않은 일들 속으로 뻗어갔다. 그 밤, 어둠 속에 앉아 음악을 들으면서 나는 아직 가보지 않은 그곳에 이미 가본 것 같았고, 해보지 않은 모든 일들을 이미 오래전에 해본 것 같았다. 그리고 그 모든 것이 그리워졌다. 더없이 외로웠고, 이미 오랜 세월을 산 것 같은 기분이었다.

지하실의 어둠, 혹은 기계체조 인형과 함께 남은 시간

1

2000년 여름으로 기억한다. 근무하던 출판사 문학동네에서 도서전 참관을 명목으로 한 미국 여행 기회가 주어졌고, 시카고와 보스턴을 거쳐 마지막 여정으로 도착한 곳이 뉴욕이었다. 여행길을 같이했던 소설가 성석제 형은 아는 후배가 뉴욕에 산다며 북디자이너와 나를 어퍼맨해튼이란 곳으로 데려갔고, 거기서 만나 우리의 한나절 뉴욕 구경을 책임져준 이가 고영범 형이었다. 그러니까 끈질기게 이어지고 있는 인연의 고리는 '연세문학회'였던 것 같다. 내 첫 직장 민음사의 편집장 이영준 형은(우리의 미국 여행 때 하버드대 동아시아학과 대학원에서 공부 중이었고, 보스턴이 우리 여정의 중간에 들어 있었던 것도 그 때문이었다. 지금은 경희대 휴머니타스칼리지 교수로 있다) '연세문학회'의 좌장 격이었던 것 같고, 이영준 형의 너른 품을 좇던 나는 성석제, 원재길, 김진해, 배효룡, 이성겸, 성원근, 기형도(뒤의 두 사람은 이곳에 없다) 등 '연세문학회'의 또 다른 맹장들을 우러를 행운을 누렸다. 이이들은 그 당시 세상만 모를 뿐 이미 각자의 시 세계(대부분 시를 썼던 것 같다) 및 문학적(그리고 아마도 철학적) 우주의 도상적 설계를 거의 마쳤다고 믿는 호기롭지만 불우한 문사들이었고, 서로 남의 말 따위는 들을 시간이 없을 정도로 바삐 자신들만의 우주를 향해 달려가고 있었다. 한마디로 이이들을 둘러싸고 있는 것은 자유의 기운이었다. 지식은 체계가 없는 대로 잡다한 채 독학자들의 힘을 갖고 있었고, 주로는 음악이나 바둑, 술, 허세와 같은 무용한 놀이 쪽으로 가기 위한 부실한 사다리 구실을 하고는 금방 담배 연기와 함께 사라졌다.

뉴욕에서 처음 만난 고영범 형은 나이로는 문학회의 막내쯤이었는데, 벌써 얼마간 추레해진 선배들과는 달리 여전히 생생한 자유의 기운으로 충만한, 집안의 총명하고 귀티 나는 막내 같았다. 내가 만난 '연세문학회' 사람들의 특징은 하나같이 말들을 너무 잘한다는 것이었는데, 고영범 형은 그 재능들을 한데 모아 욕심 사납게 한 사람이 가진 것 같았다(그는 이 특별한 재능이 말이 많은 것과는 별로 관계가 없다는 것도 증명해주었다). 짧은 만남이었지만 어떤 주제든 막힘이 없었고, 대개는 오래 자기만의 생각과 공부로 얻은 논리와 말들로 이야기를 주도했다. 그때야 지금 같은 SNS의 세상이 오리라고는 짐작도 할 수 없었지만, 근자에 페이스북에서 많은 이들을 애독자로 만든 고영범 계정의 현하지변을 그렇게 처음 접했다.

　그 인연이 띄엄띄엄 20년이 넘었다. 돌아보면, 나는 처음 그의 명석함에 매혹되었지만 점차 인간을 더 좋아하게 된 것 같다. 말이나 글에서 그의 예각이 두드러져 보인다면, 그의 사람됨은 둔각 쪽으로 따뜻하고 속 깊다. 그의 유다르고 세련된 지성은(나는 그 뿌리에 '신학'이 있지 않나 짐작한다) 늘 인간적 배려와 관용에 감싸여 있다. 그는 언제나 무언가를 쓰고, 만들고(고영범 형은 맥가이버 수준의 수공업 장인이기도 하다), 작업하고 있었지만 그것들은 그가 늘 생각하는 '더 나은 인간' '더 나은 세상'과 분리된 것이 아니었다.

남들이 표나게 무언가를 성취하고, 이런저런 방식으로 이름을 알리는 동안에도 그가 상대적으로 덜 드러났다면, 그것이 그의 방식이자 삶의 태도이기 때문이었을 테다. 본인이야 게을러서 그랬겠지, 라는 한마디로 퉁치고 말겠지만.

처음부터 '작가'인 사람이 있다. 고영범 형이 딱 그랬는데, 내가 처음 만났을 무렵 그의 관심은 영화 쪽에 있는 것 같았다. 몇 년 뒤 영화 일들이 구체화되면서 아예 가족들과 함께 한국으로 들어오기도 했다. 그때 몇몇 국내 대학의 영화과에서 강의를 하는 한편, 시나리오를 쓰고, 각색을 하고, 편집을 하면서 감독 데뷔를 준비했다. 영화계 일이 원래 그렇다고 하는데, 여러 차례 '엎어졌던' 걸로 안다. 그는 미국 영화과 대학원에서 다큐멘터리를 공부했고, 직접 만든 영화로 세계적 권위의 오버하우젠 국제단편영화제에 초청받기도 했다. 홍상수 영화를 컷 단위로 분석해가며 이야기할 때는 혼이 쏙 빠지기도 했는데, 압바스 키아로스타미의 〈클로즈업〉을 다룬 글은(물론 어디에도 발표되지 않았던 것 같다) 내가 그 무렵 읽은 최고 수준의 영화 평론 중 하나였다. 희곡은 그가 대학 때부터 가장 꾸준히 해온 작업이었고, 시 역시 '문학회'의 전통을 충실히 이으며 발표와는 전혀 무관하게 쓰고 있었다. 한두 편 내게 보여준 기억도 있다. 번역은 생계를 위해 틈틈이 해왔고 강출판사에도 그의 이름으로 된 두 권의 역서가 있다. 그중 『레이먼드 카버: 어느 작가의 생』(캐롤 스클레니카 지음)은 500페이지에 육박하는 분량에다 인용 시의 번역을 비롯해서 난처가 많은 텍스트였는데 고생만 잔뜩 시키고 살림에도 거의 도움을 못 드려 지금도 미안한 마음을 갖고 있다. 다만 그 번역이 계기가 되어 카버와 카버 문학에 대한 뛰어난 안내서인 『레이먼드 카버: 삶의 세밀화로 그린 아메리칸 체호프』(아르테, 2019)를 저서로 갖게 되었으니 조금 빚을 던 느낌도 없지 않다. 이 책은 얼치기 문학평론을 하는 처지에서는 문장이며 문학 이해의 깊이에서 읽는 내내 질투심을 억누르기 힘들었다는 걸 고백해둔다. 10여 년 전 서울에 있을 때 소설을 써볼까 한다는 이야기를 들은 적이 있다. 적극 권하면서 막연히 머리에 떠올려본 게 최인훈, 이승우 같은 지적이고 관념적인 소설 계보였던 것 같다. 역시 돈은 좀 안 될 것 같다는 생각과 함께 말이다. 그러다 그는 다시 한국을 떠났다.

그리고 2021년 가을, 한 편의 멋진 소설이 도착했다. 소설의 모습과 관련된 내 막연한 짐작은 보기 좋게 틀렸지만, 책의 판매와 관련해서는 무엇보다 더 많은 독자들이 이 근사한 소설을 만남으로써 그렇게 되기를 바란다.

2

『서교동에서 죽다』는 이진영이라는 소년이 국민학교 6학년 여름방학부터 이듬해 봄 중학교 입학 무렵까지 반년 남짓한 시간을 통과한 기록이다. 소설은 방학 중 새 자전거가 생긴 진영이 8월 15일 광복절 날 서교동 집을 나와 홍대 앞, 상수동과 마포를 거쳐 서울대교(현재의 마포대교)를 건너고, 여의도를 지나 제2한강교(현재의 양화대교)를 통해 합정동 쪽으로 다시 돌아오는 첫 자전거 질주를 이야기하는 가운데 '5.16 광장'의 '빌 브라이트 목사 초청 엑스폴로 74' 플래카드를 언급하는 방식으로 이

여름에 1974년과 서교동을 중심으로 하는 서울 서남부라는 특정한 시간과 장소의 좌표를 부여한다. 작품을 읽어나가다 보면 이 좌표가 통상적인 '소설의 시대성'과는 좀 다른 지점을 겨냥하고 있는 것이 드러난다. 그것은 훨씬 좁고 촘촘하고 밀도 높은 시간의 대역(帶域)을 지시하면서, 한 소년이 몸으로 통과하는 세상, 그의 의식에 현상하는 세계의 물리적 조각을 향하고 있다. 이 문제는 진영을 일인칭 화자로 하는 소설의 서술 장치와도 연계되는데, 기본적으로 회상의 방식으로 기술되는 일인칭 소설에서 화자가 (그 자신이기도 한) 인물에 대해 갖는 거리는 삼인칭 소설과는 다른 양상을 띨 수밖에 없다. 일인칭 화자는 회상하는 서술자로서의 우월적 지위와 인물의 제한적인 시야 사이를 오가며 이야기의 어조와 흐름을 구축하게 되는데, 『서교동에서 죽다』는 그 균형의 통제에서 특별한 소설의 목소리를 얻어내고 있는 것 같다.

광복절에도 나는 아침부터 자전거를 끌고 나갔다. 날은

무더웠고, 골목엔 아무도 없었다. 늘 하던 대로 홍익대학교
의 정문 앞 공터─라고 하기에는 조금 어색하지만, 아무튼
우리는 그렇게 불렀다─까지 올라갔다.(19쪽)

여기서 '공터'가 열세 살 진영의 언어라면 삽입된 부연 설명은
화자의 언어일 텐데, 대개는 경계 표지 없이 두 개의 언어 층위
는 섞여 있다. 친구들을 기다리다가 혼자 자전거를 타게 된 진
영이 홍대 정문에서 극동방송국을 지나 상수동 쪽으로 언덕길
을 내려가는 장면에서 소설은 아스팔트 위 왕모래의 위험을 피
하는 소년의 질주를 극사실주의적으로 묘사함으로써 언어를
인물에게 한껏 양도한다(이 양도는 당연히 화자의 적극적 협력을 포함한
다). 그러나 화자와 인물의 이러한 밀착은 고정되지 않고, 여의도
에 운집한 '엑스폴로 74'의 군중들이나 그날 자전거 타기의 마지
막 여정이 된 성미산 언덕에서 집으로 돌아오다 보게 된 전파상
앞의 사람들에 대해서는 소년의 관심을 더 이상 이끌고 나가지
않는 방식으로 인물과 거리를 둔다. 그렇게 해서, 복음주의 반공

기독교와 당시 유신 독재정권의 유착을 보여주는 '엑스폴로 74'나 바로 그날 장충동 국립극장에서 일어난 육영수 여사의 피살 사건과 같은 시대의 큼직한 풍경은 이야기의 배경으로 멀찍이 물러난다. 이는 열세 살 소년의 실제 의식에 근접하기 위한 회상형 소설의 일반적인 전략일 수도 있으나, 『서교동에서 죽다』가 화자와 인물 사이의 거리를 의식하고 조율하는 소설적 노력에는 좀 더 특별한 긴장이 있는 것 같다. 일단 여기에는 회상형 소설에 흔히 등장하는 화자의 '현재'가 없다(『서교동에서 죽다』를 각색하여 이성열이 연출한 연극에서는 미국에서 귀국한 중년이 된 현재의 '나'가 나온다). 이 경우 회상의 주체로서 화자의 현재는 원리적으로 '글을 쓰고 있는 익명의 나'가 된다. 회상의 장치로 현재의 '나'가 제한되면서 열세 살 진영은 좀 더 '순수한' 상태로 1974년의 시간 속에 던져진다. 허구적이든 텍스트 외적 참조의 차원이든 형성의 도달점은 가려진 채 한 소년이 통과하는 반년 남짓의 짧은, 특정한 시간의 구획이 주어져 있을 뿐이다.

이 시간의 구획을 소년의 자리에서 생성되는 의식, 생성되는 '세계 그 자체'로 마주할 방법이 있을까. 『서교동에서 죽다』는 이 질문에서 시작된 소설처럼 보인다. 작가의 자리에서 화자에게 양도된 언어는 '그 자신'이기도 한 열세 살 소년의 언어를 분절하고 들어올리는 데에만 사용될 뿐, 그 언어를 포획하려 하지 않는다. 작가—화자의 개입은 언제나 건너갈 수 없는 강 앞에서 안타깝게, 아슬아슬하게 멈추어 있다. 그렇게 해서 화자와 인물 사이에 존재하는 거리는 이미 통과해왔지만 지금 처음 통과하는 시간의 현상학에 바쳐진다(6장 진영이 개에게 물리는 삽화에서만 유일하게 소설은 진영을 '너'라고 호명하며 화자의 자리를 전경화하는데, 반드시 이 이야기만 이인칭 서술을 취할 필연성은 없다는 점에서도 소설 전체적으로 부각되는 것은 화자와 인물 사이의 안타까운 거리다).

그렇게 1974년 8월 중순에 시작된 소설의 내적 시간은 1975년 3월 초까지 이어지고, 서교동을 중심으로 진행되던 이야기는 진영네 집이 이사 가는 화곡동을 비롯, 진영이 아버지 심부름으로 다녀오게 되는 효자동을 통해 광화문과 신촌 일대까지로

확장된다. 특히 진영의 생활 반경과 동선에 바탕한 서울의 지리
지는 기억의 순금 지대를 이루는데,『서교동에서 죽다』는 소년
의 작은 몸과 좁은 시야에 와닿은 1974년 서울의 공기와 풍경
을 두텁게 떠메고 온 듯한 느낌을 준다.

　우리가 버스의 종점에서 내려서 향한 곳은 시장으로 통
하는 길목에 있는 상가였다. 상가라고는 하지만 제각각의
모양으로 납작하게 엎드려서 나란히 늘어서 있는 건물들에
허름한 문방구와 약국, 철물점, 이발소, 전파상 따위의 업소
들이 계통 없이 들어서 있었고, 그 끄트머리에 약간의 사과
와 귤 따위 과일을 얹은 좌대를 앞에 내놓은 식품점이 하
나 있고 그 뒤로는 본격적으로 시장 골목이 시작되었다. 그
리고 그 시장을 지나면 주택가가 펼쳐졌다. 그러니까 크고
작은 차들이 빠르게 다니는 도시의 길과 안온하게 엎드려
있는 집들 사이의 완충지대로 시장이 있었고, 그 허름하고
짧은 상가는 큰길을 달리는 금속성의 차갑고 사납고 빠른

것들과 한자리에 쪼그려 앉아 있는 상인들, 그들이 다루는 생선이며 야채, 과일 같은 부드러운 질감의 물건들, 여기저기서 흐르는 물 때문에 항상 질척한 바닥, 그리고 그 사이를 돌아다니며 장을 보는 사람들 같은 느리고 부드러운 존재들로 채워진 시장통 사이의 기압 차를 해소해주는 역할을 하는 셈이었다. 사람들은 아침이면 이 짧은 상가 골목을 지나 세상으로 나가고, 저녁이면 그보다 조금 느려진 걸음으로 집으로 돌아올 것이었다. 그러니 이 상가에 있는 상점들은 좋게 말하면 통행인이 많은, 소위 '목'이 좋은 자리에 위치한 셈이었지만, 달리 보자면 주택가로부터 시장을 사이에 두고 격리돼 있어서 단골보다는 지나는 길에 들르는 뜨내기손님들을 주로 상대하게 된다는 문제가 있었다.(168 ~164쪽)

그해 여름에는 새 자전거라는 선물만 있었던 것은 아니었다. 바로 다음 날 아버지의 갑작스런 입원이 있었고, 아버지는 이후

입퇴원을 반복하며 기약 없는 자리보전을 하게 된다. 엎친 데 덮친 격으로 아버지가 운영하던 버스가 빗길에 사고를 내면서 집안은 급속도로 기울고, 서교동의 집을 내주고 낯선 화곡동 가파른 언덕바지로의 이사가 결정된다. 인용한 대목은 학교를 파한 뒤 형과 누나의 인도로 동생과 함께 진영이 서교동에서 버스를 타고 화곡동에 내려 처음으로 이사한 집을 찾아가는 장면이다. 저기 시장통 끄트머리에는 어머니가 아버지와 함께 떠나온 평안북도 고향의 이름을 따서 붙인 자그마한 잡화가게 '정주상회'가 기다리고 있을 터였다. 이제는 집안의 유일한 생계의 원천이 된. 딱히 서울 변두리 동네만은 아닌, 1970년대 한국의 웬만한 도시의 서민 동네에서라면 낯설지 않은 사람살이의 풍경이 손에 잡힐 듯 펼쳐져 있다.

회상의 주체는 그 기억의 풍경에 작게나마 구도와 질서를 부여하며 그것을 정돈하고 의미화하려 하지만, 사실 여기서 일어나는 기억의 화학 작용은 그 시간과 장소의 질료에 더 많이 빚진 것이며 우리가 어떤 '아득함'을 느끼게 된다면 그 때문이리라.

그것은 우리가 아무리 가깝게 이곳으로 끌어오고 싶어도 끝내 먼 곳에 남는 것이며, 단 한 번의 시간과 장소로만 주어지는 것이다.『서교동에서 죽다』의 회상과 묘사는 이 일회성과의 가망 없는 싸움 끝에 조금씩 풀려나오고 있다. 모르긴 해도, 소설에서 거듭 이야기되는 소년의 알지 못할 '서러움'과 정체 모를 '그리움'의 실을 따라가면 그 끝에는 회상하는 '나'의 이 가망 없는 싸움이 있지 않을까. 그 실패의 잔해들이 만들어내는 막막한 울림이 이 소설을 아리게 따라가게 만드는 힘의 정체인지도 모른다.

'식모'인 구희 누나는 진영에게 가족 밖 '이성'의 존재에 대한 희미한 눈뜸과 함께('차별'이라는 문제에 대한 옅은 도덕적 각성도 일어난다), 늘 앞치마 주머니에 넣고 다니던 "고무줄로 상자 배터리를 동여맨" 소니 트랜지스터라디오와 자신의 한 달 월급을 바쳐 장만한 금성사 카세트 레코더를 통해 '음악'이라는 세상을 열어준다. 트윈폴리오, 한대수, 송창식에서 시작된 목록은 화곡동 가게의 심야 라디오 청취 시기를 거치며 존 덴버, 비틀즈, 사이먼 앤 가펑클까지 제법 풍성해진다. 말고도 <쇼쇼쇼> <주말의

명화>를 보는 시간이 이야기되고, 단란했던 가족 시절의 영화 관람 목록으로 <겟어웨이> <포세이돈 어드벤처>가 추억되는 방식으로 1974년 진영을 감싸고 있던 '문화'의 명세서가 추가된다. '음악'이 우연찮게 조금은 이른 시기에 진영의 세계에 도착했던 것처럼, '전집류'의 형식으로 집의 서가를 채우고 있던 이런저런 '문학'에의 맛보기식 입문도 가겟방 시기의 남아도는 시간과 함께 진영의 조숙에 얼마간 기여했던 것 같다. 화곡동 친구 병식의 안내는 그 시절 그 나이 또래의 아이들에게 가장 친숙한 놀이터인 만화방을 단번에 성(性)과 죄의식의 공간으로 바꾸어버리기도 한다. 이런 가운데 '채변봉투'의 악몽과 '땡땡이'를 중심으로 이야기되는 국민학교 마지막 학기는, 당시 군사문화의 판박이처럼 획일과 강압, 폭력으로 문을 여는 중학교 입학 에피소드와 함께 진영이 앞으로도 한동안 계속 벗어나고 부정하는 방식으로 스스로를 형성해야 할 세상의 얼굴이 될 테다. 소년이 마주했던 그 세상의 공기는 가옥 구조, 연탄, 만원버스, 우표책, 크리스마스이브 풍경 같은 미시적 생활사의 꼼꼼한

세목들과 어우러지면서 1970년대의 성공적인 소설적 재현에 이르는데, 비슷한 시기에 성장기를 보낸 이들이라면 디테일 하나하나에서 잠시 독서를 멈출 법하다. 그 시간의 표지들은 진영이라는 소년의 단내 나는 숨결에 싸인 채 이곳으로 건너온다.

자전거와 버스가 소년을 바깥 세계로 잇고 확장하는 하나의 축이라면, 세 개의 연탄 화덕이 있는 화곡동 집의 지하실의 '어둠'이나 심야방송 라디오와 함께하는 가게의 '고요'는 소년의 '내면'으로 하강하는 공간이 되는데, 거기서 소년은 정체 모를 '서러움'과 '그리움'을 만들며 자라난다. 라디오에서 흘러나오는 노래들은 이 느꺼움의 정서에 얼마간 형태를 부여한다. 그런가 하면 아버지의 '초라함'에 '은밀한 공범자'로 참여하게 되는 크리스마스이브의 심부름 길, 신촌 버스 정류장 노점에서 동생 진수의 선물로 사는 'U자형 기계체조 인형'은 이 소년들의 시간을 세상의 무심과 침묵 쪽에서 응시하는 사물처럼 툭 던져져 있다. 카프카의 「가장의 근심」에 나오는 '오드라덱'처럼 이 작은 관절인형은 소년들이 다 자라 세상 저편으로 떠난 뒤에도 여전히 망각되지 않은 채 거기, 그대로 남아 있을 것만 같다. 연탄가스 사건 이후 진영과 진수가 만드는 '개미집'의 부서진 잔해와 함께. 그렇게 사물들만이 시간의 증거로 일회성에 저항하며 남아 있으려 한다. 그 사물들의 잡히지 않는 아우라, 그것이 모습을 드러내지 않은 채로 이 소설의 뒤에 있는 회상하는 '나'가 싸우고 있는 실체일지도 모른다.

늘 벽을 향해 돌아누워 있는 아버지의 뒷모습. 갑자기 백발에 가까울 정도로 세어버린 머리. 소설에는 언젠가 소년이 아버지와 같은 자세로 누워, 아버지가 들여다보고 있던 벽지를 들여다보는 장면이 나온다. 별 의미 없는 장식 패턴의 연속. 얼핏 같아 보이지만 하나하나 다른 점들. 그러나 그 불완전한 점들은 또한 대칭을 이루며 거대한 반복의 한 부분을 이루고 있지 않겠는가.

아버지 역시 이런 걸 읽어내고 있었던 걸까? 읽어내는 행위 이상의 의미는 전혀 없는걸? 공간만 충분하다면 무한히 이어질 장식적인 마름모들의 연쇄로 이어진 우주에서 단 몇 개, 아버지는 그것들을 들여다보고 또 들여다보면서 지냈다. 그것들은 어쩌면 아버지를 기억 속으로 이끌어 갈 아버지만의 마들렌이었을 수도 있고, 아버지가 가보고 싶었으나 일찌감치 결혼해서 아이를 낳아 기르느라 그럴 기회가 없었던 토끼굴로 들어가는 입구였을 수도 있겠다. 당신을 가둬놓고 있는 수많은 창살들이었을 수도 있겠고. 그러나 그걸 누가 알겠는가.(250쪽)

아마도 이것은 지금 이 소설이 씌어지고 있는 어떤 자세이면서, 지금 회상하는 '나'가 수행하고 있는 일이 또 하나의 마들렌의 이야기를 찾는 것임을 알려주는 듯도 하다. 그러나 여기서 저 무늬들 너머로 더 나아가는 것은 위험하다. 멈추어야 하며, 『서교동에서 죽다』는 지하실 연탄 화덕의 어둠 앞에서 멈춘다. 그리고 아버지의 뒷모습과 어머니의 오랜 울음을 기억하려 한다. 그이들의 평안도 말들과 함께. '하잖년', '아넌', '있으라우'. 실향의 말들.

화곡동으로 옮긴 뒤 식사며 생활이 모두 '임시방편'처럼 되었다고 소설은 쓰고 있는데, 아버지와 어머니가 겪은 실향의 삶이란 그 전체가 '임시방편'이 아니었을까. 『서교동에서 죽다』는 눈 내리는 겨울밤, 소년이 화곡동 가게에 앉아 라디오에서 흘러나오는 노래를 듣는 장면에서 끝난다. "까마득히 먼 데서 눈 맞는 소리".(송창식 「밤눈」) 이때 이 아이는 저 '까마득히 먼 데'가 자신의 옛이야기가 되리라는 것을 알았을까. 『서교동에서 죽다』는 단 한 번 왔다가 사라져버린 그 시간에 바쳐지는 이야기이며, 그런 의미에서 통상의 성장소설과 결을 달리한다.

아이는 자랄 것이다. 그러나 어둠과 집 잃음은 아버지가 바라보아야 했던 무한 무늬처럼 아이의 세상 앞에 반복 도착하리라. 이 예감이 『서교동에서 죽다』에는 떨치지 못하는 멜랑콜리의 어조로 스며 있다. 손안의 기계체조 인형이 물구나무선 채 소년을 응시하고 있는 세계. 1974년 서교동 골목골목의 흙과 크리스마스이브 광화문의 공기가 기억과 언어의 힘으로 섬세하게 물질화될수록 그 시간은 까마득히 먼 곳으로 밀려난다.

그 아득함의 환각이 세이렌의 노래처럼 소설을 감싸고 있다.

하고 싶은 말은 많다. 그러나 발문의 이름을 빌린 서툰 소개는 이 소설을 읽게 될 독자들을 위해서라도 이만 그쳐야 할 듯싶다. 소설은 훨씬 풍부하다. 소설 곳곳에 한참을 머물고 싶은 생의 아름답고 슬픈 미로가 정확하고 세련된 한국어에 실려 읽는 이를 기다리고 있다. 좀 더 많은 이들이 이 섬세한 시간 여행에, 실향과 귀향의 긴 항해에 같이해주길 바라는 마음이다.

그해 서교동에 '죽음'이 있었다. 그러나 그것은 '사건'이 아니라 대상 없는 '서러움'과 '그리움'의 얼굴로 도착했다. 안타까운 역설을 견디며 먼 곳에서 먼 곳의 이야기를 완성한 작가에게 축하와 경의의 마음을 전한다. 적어도 이 이야기가 씌어지는 동안은 저 '낯선' 소년은 조금은 덜 외로웠을지도 모른다. 읽는 우리도 그러했으리라.

작가의 말

내가 처음으로 무언가를 썼을 때 그건 시의 형태였다. 최소한 겉모습은 시란 이런 것이라고 그때까지 알고 있던 것들과 닮아 있었다. 그러다가 <세일즈맨의 죽음>이라는 연극을 보고 나서는 희곡을 쓰고 싶어졌고, 모두 세 편을 써서 그중 두 편은 당시에 다니던 교회에서 또래 아이들과 함께 공연으로 만들어 올렸다. 그리고, 무언가를 쓴다는 건, 당연히, 생각을 하며 살아야 한다는 걸 전제로 하는 것이었는데, 당시는 하나의 군사독재 정권이 다른 군사독재 정권으로 넘어가던 무렵이었고, 따라서 내 생각의 상당 부분은 당연히, 그 문제들에 대한 걸로 채워졌다. 이 생각들은 시나 희곡 속에 스며들기도 했지만, 당시에 발생한 이란의 미 대사관 점거 사태를 직접적으로 다룬 '이란의 미 대사관 점거 사태와 미국의 제국주의'라는 소논문 비슷한 형태의 글로 나타나기도 했다.(이 소논문은 교지의 인문사회과학 논단에 싣기 위해 쓴 것이었다. 학교 측에서 이 글을 게재하지 못하게 막은 것으로 나는 기억하고 있는데, 교지의 당시 편집장이었던 친구는 학교와 맞서서 결국 게재했다고, 자기 집 어딘가에 그 책이 남아 있다고 말했다.)

대학에 들어가서 시와 희곡, 사회과학에 몰두하게 된 건 당연한 귀결이었고, 문학회와 연극반, 그리고 사회과학 서클에 동시에 가입한 것도, 따라서, 당연한 선택이었다. 그러나 나는 이 세 가지 영역 모두에서, 전공 공부를 포함한다면 네 가지 영역 모두에서 실패했다. 전적으로 겉멋과 불성실, 비윤리적인 태도 때문이었다. 이 세 가지는 서로에게 원인이 되고 서로를 부추기면서 같이 움직이게 마련인데, 따라서 각자 맡은 역할을 시간표에 따라 수행해야만 하는 곳인 연극반이나 사회과학 서클과는 늘 문제가 많았고, 몇 달 만에 상당한 수준에 오른 불성실과 무책임성에 대해 어느 누구도 관심을 보이지 않는 유일한 모임인 문학회에서 입대하기 전까지의 시간을 보냈다.

나이가 들면서 이 문제 많은 존재와 가족, 동료들, 그들의 가족들에 대해 이런저런 각도에서, 틈틈이, 많은 생각을 하게 됐고, 한 번 들여다보자 싶어졌다. 형식은 이 존재가 살아오면서 경험한, 혹은 그동안 선택해왔던 방식들을 모두 동원해 보면 재미있을 것 같았다. 몇몇 에피소드는 오래전에 시나리오 형식으로 써본 적이 있었으니 그 형식은 제쳐두고, 이번에는 여러 에피소드들을 각 에피소드의 성격에 적합한 형식들—시와 희곡, 인문학과 사회과학적 접근이 뒤엉킨 소논문, 인터뷰, 기사, 에세이, 심지어 성명서 등 한 번이라도 다뤄본 형식은 모두 동원해서—로 써보자는 생각이었다. 내부에서 다투면서 밖으로 말하는 책을 만들어보자, 이를테면 그런 생각이었다.

가쎄의 김남지 대표와는 페이스북 친구로 처음 만났는데, 농담처럼 꺼낸 이 이상한 몽상에 대해 "마음대로 해보세요"라고 대답해 줬다. 그게 벌써 4년 전의 여름이었다.

이런 무계획에 가까운 계획은 얼마 되지 않아 난관에 봉착했다. 인터뷰 형식의 글은 겉돌았고, 논문 형식의 글은 깊이가 없었고, 에세이는 감상적이었고, 시는 그냥 그랬고, 기사는… 이것까지 들어가자 전체적으로 어린애 장난처럼 보였다. 기중 마음이 가는 게 이사 가는 날을 다룬 희곡 형태의 장과 개에 물리는 장면을 다룬, 이전에는 한 번도 써본 적이 없는, 소설 형태의 글이었다.

시력에 문제가 생기면서 한동안 밀어두고 있다가 조금 나아진다 싶어져서, 일단 희곡 형태로 되어 있던 장을 붙들고 공연이 가능한 길로 키워봤다. 너무나 설명적인 내용이 많아서 희곡은 포기하고 차라리 소설로 쓰는 게 낫겠다는 생각이 들기도 했지만, 일단 별개의 작품으로 키워보기로 했다.

희곡은 다행히도 2021년 서울문화재단 예술창작활동지원사업에 선정되었고, 얼마 전에 국립극단의 예술감독직을 마치고 나온 이성열 연출이 해보겠다고 나서줬다. 이성열 연출은 공연으로 올리기 난감한 면이 있는 대본을 노련하게 다듬어서 올려줬고, 코로나와 기타 등등의 이유로 나는 가보지 못했지만, 관객의 반응이 나쁘지 않았다고 들었다. 고맙다. 이 유쾌하지 못한 이야기를 한동안 안고 살아준 배우들과 스태프진에게도 고마울 따름이고.

그리고 이제 이 책이다. 희곡과는 별개로, 다른 조각들을 해체한 뒤 '장편소설'이라는 형태로 재구성해서 다시 쓴 것이다. 이야기가 꽤 오랜 기간 동안 난삽한 변신 과정을 거쳐 비로소 소설의 형태로 정착된 셈인데, 어떻게 받아들여질지 궁금하다. 김남지 대표가 건네줬던 그 넉넉한 제안에 대해서는 지금도 고맙고, 결과물을 내어놓는 데 이렇게 오래 걸린 건 몹시 민망하고 죄송스럽다.

대학 생활이 실패였다고 썼는데, 희곡 <서교동에서 죽다>를 연출해준 이성열은 대학 연극반에서 만난 친구고, 문학회에서 만난 선후배와 친구들은 그때 이후 여태까지 내게 마음속의 닻이고 돛이고 갑판 같은 존재들이다. 그러니 아주 실패하지는 않은 셈인가. 한 사람 한 사람, 그들의 이름을 속으로 불러본다. 모두 고맙다. 혹시라도 누구 하나 빼놓을까 봐 두려워서 이름을 일일이 적지는 않겠다. 다만 먼저 이곳을 떠난 성원근, 기형도, 이주원 형들의 이름은 다시 한번 마음을 모아 불러보고 그 얼굴을 떠올려본다.

이 이야기 속에서 가족으로 등장하는 인물들은 물론 소설 속의 인물들일 뿐이다. 내 실제의 형제들(누나가 둘이 더 있다)은 이들보다 훨씬 더 다정다감한 사람들이고 동생은 직장생활 잘하고 일찌감치 은퇴해서 여유 있는 은퇴자 생활을 즐기고 있다. 이야기 속에서는 서로 아끼고 사랑하면서도 어떤 순간 서로를 희생시킬 수밖에 없었던 칠십 년대의 야만성을 드러내기 위해 다른 허구적 요소들과 함께 희생자로 동원되었을 뿐이다.

글을 쓰는 건 철저하게 사적인 일이다. 주변 사람들이 아무리 애정과 이해심으로 무장하고 있다 해도, 몇 시간이고 한쪽 구석에 혼자 틀어박혀 있는 사람을 견디는 건 쉬운 일이 아니다. 더군다나 그 사람이 애도 아니고 그 집에서 제일 덩치 큰 남자 어른이라면 말할 것도 없다. 한 여자의 남편이자 두 아이의 아버지로서 그 관계를 감당하기 위해, 또 집안을 함께 꾸려가기 위해 해야 할 일들이 꽤 있는데, 글을 쓴다는 건 그 일들의 상당 부분을 제대로 하지 않거나 최소한 뒤로 미루게 된다는 걸 의미한다. 한마디로 민폐다. 그 답답함과 괴로움을 견뎌주는 아내와 아이들에게 미안하고, 고맙다.

　오마니가 이 책을 보셨으면 분명히 잊기 어려울 농담을 한 마디 하셨을 텐데(나는, 불행하게도, 약한 치아는 그대로 물려받은 반면에 그 은근한 유머감각은 반도 닮지 못했다), 오마니는 당신을 오랫동안 한결같이 편안하게 모시고 있던 형 집에서, 올해 초에 먼저 떠나셨다. 나는 늘 늦게 귀가하고 늦게 도착하는 자식이었는데, 이번에도 늦었다. 늘 용서하셨으니 이번에도 용서해 주시겠지. 이 말을 하고 있는 동안에도 마음이 따뜻한 걸 보면 이미 그러신 것 같다.

서교동에서 죽다

ⓒ고영범 2021

초판 1쇄 발행 2021년 10월 31일

지은이   고영범

펴낸곳   도서출판 가쎄 [제 302-2005-00062호]
주소   서울 용산구 이촌로 224, 609
전화   070. 7553. 1783 / 팩스 02. 749. 6911
인쇄   정민문화사

ISBN   979-11-91192-32-2 (03810)

값   15,800원
이 책의 판권은 저자와 도서출판 가쎄에 있습니다.
이 책 내용의 전부 또는 일부를 재사용하려면 반드시 서면동의를 받아야 합니다.

www.gasse.co.kr
berlin@gasse.co.kr